Sabine Vöhringer

Dunkle Wolken über Cannes

Ein Fall für Conny von Klarg

Kriminalroman

GOLDMANN

Sollte diese Publikation Links auf Webseiten Dritter enthalten, so übernehmen wir für deren Inhalte keine Haftung, da wir uns diese nicht zu eigen machen, sondern lediglich auf deren Stand zum Zeitpunkt der Erstveröffentlichung verweisen.

FSC
www.fsc.org
MIX
Papier | Fördert gute Waldnutzung
FSC® C014496

Penguin Random House Verlagsgruppe FSC® N001967

1. Auflage
Originalausgabe Mai 2023

Umschlaggestaltung: UNO Werbeagentur, München
Umschlagmotive: Getty Images/Westend61; FinePic®, München
Redaktion: Susanne Bartel
KS · Herstellung: ik
Satz: KCFG – Medienagentur, Neuss
Druck und Bindung: GGP Media GmbH, Pößneck
Printed in Germany
ISBN: 978-3-442-49373-9

www.goldmann-verlag.de

In Erinnerung an traumhafte Tage in Südfrankreich.
In tiefer Dankbarkeit meiner Familie und dem Schicksal,
das mich zu meinen Liebsten, zum Schreiben und
an die Côte d'Azur geführt hat.

Même quand on l'a perdu,
l'amour qu'on a connu
vous laisse un goût de miel.

Édith Piaf

1

Die Wellen schlugen ihren Takt mit unaufhörlicher Wucht. Es war der Rhythmus dieser Meeresmelodie, der sie immer wieder anzog wie ein Magnet. Der Klang der Unendlichkeit.

Reisejournalistin Conny von Klarg trat auf den Balkon ihrer Suite an der Promenade des Anglais in Nizza, gefesselt von der vor ihr liegenden Bucht der Engel, der Baie des Anges.

Sie atmete die salzige Luft tief ein, badete im warmen Nachmittagslicht, während ihr Blick bis zum Übergang vom Cap de Nice in Richtung Villefranche-sur-Mer glitt. Sie genoss es, wieder in Südfrankreich zu sein. Dort, wo sie sich so tief verwurzelt fühlte wie sonst nirgendwo auf der Welt. In ihrem ganz persönlichen Paradies.

Ihre großzügige Suite lag in der fünften Etage des *Hôtel Royal Plage*, über Palmenhöhe, seitlich der berühmten Promenade, sodass sie sowohl die Stadt als auch das Meer und den Strand mit den Sonnenschirmen und Liegen sehen konnte. Der Wind hatte in den letzten Minuten aufgefrischt und trieb kleine Wölkchen über den Himmel, die schlanken Stämme der Palmen unter ihr bogen sich, und ihre Blätter rauschten.

Connys Besuch der Filmfestspiele in Cannes hatte sich so kurzfristig ergeben, dass es nur Simonette, ihrer mütterlichen Freundin und Grande Dame der Hotellerie an der Côte d'Azur, zu verdanken war, dass sie jetzt in diesem Zimmer in dieser Lage in Nizza stand.

Simonette Bandelieu, die nach dem Tod ihrer Eltern wie eine Maman für Conny gewesen war, kannte den Hoteldirektor, der Conny diese Suite organisiert hatte. Alle Hotels waren ausgebucht. Überhaupt ging der Termin bei den Filmfestspielen auf Simonettes Konto.

Von hier aus waren es nur rund dreißig Kilometer bis Cannes, und die würde Conny gleich mit Félix fahren, den sie sehnlichst erwartete.

Félix Weißenstein, der zehn Jahre ältere halbfranzösische Psychologe und Fallanalytiker, den sie seit über elf Jahren liebte und der in Nizza lebte, genauer gesagt auf diesem Hügel am Cap de Nice, den sie von hier aus so gut im Blick hatte.

Eigentlich hatte er sie vom Flughafen abholen wollen, damit sie noch ein paar gemütliche Stunden zu zweit hatten, bevor sie gemeinsam der großen Opening Ceremony in Cannes beiwohnen würden. Doch dann hatte er ihr eine Nachricht geschickt, dass er es nicht schaffte, aber spätestens um siebzehn Uhr ins Hotel kommen würde. Der Einlass ins Palais des Festivals et des Congrès war ab achtzehn Uhr, eine Stunde später begann der offizielle Teil, und um zweiundzwanzig Uhr sollte sie ihren großen Auftritt haben.

Trotz aller Versprechungen hatte Félix die in Frankreich

durchaus übliche halbe Stunde Verspätung nicht nur längst überschritten, er hatte sich auch nicht noch einmal gemeldet.

Langsam wurde Conny unruhig. In wenigen Stunden musste sie einen anspruchsvollen Job mit Bravour erledigen, und der Ablauf des Abends war streng durchgetaktet. Wenn sie ihrer Aufgabe gerecht werden wollte, dann musste sie pünktlich sein. Félix wusste das, wo blieb er also?

Bei dem Gedanken an die Aufgabe, die vor ihr lag, wurde sie von einem jähen Schwindel gepackt: Lampenfieber.

Dabei hatte sie sich von dem Moment an, als sie das erste Mal von den legendären Filmfestspielen in Cannes gehört hatte, nichts sehnlicher gewünscht, als einmal selbst dabei zu sein. Und nun war es so weit. Sie durfte bei diesem Großevent der Filmbranche einspringen und in der Öffentlichkeit stehen, was für eine Ehre. Dass ihre Mutter, die genau wie ihre Großmutter viele Jahre in Südfrankreich gelebt hatte, darauf bestanden hatte, dass sie zweisprachig aufwuchs, hatte sich ausgezahlt. Würde sie nicht Französisch sprechen wie eine Muttersprachlerin, hätte man sie für diesen Job wohl kaum in Erwägung gezogen.

Dank Simonette hatte sie nicht nur Karten für Félix und sich für die exklusive Eröffnungszeremonie bekommen, die sonst nur ausgewählten Insidern vorbehalten waren, sondern auch noch diesen Job. Simonette, die als Hôtelière auch in der Filmbranche bestens bekannt war, hatte Conny dafür vorgeschlagen, nachdem die Journalistin, die eigentlich vorgesehen gewesen war, erkrankt war. Im Anschluss an die Vorstellung des Festivalkomitees und der Jury sollte Conny nun die beiden Hauptdarstellerinnen des für die Palme d'Or gehandelten Films *Une année sans regrets*, der gleichzeitig der Eröffnungsfilm war, vor aller Augen interviewen. Margaux und Juliette Calimard.

Mutter und Tochter einer Schauspielerdynastie, die für die Tragikomödie, die in der deutschen Übersetzung *Ein Jahr ohne Reue* hieß, gemeinsam vor der Kamera gestanden hatten. Eine Familiengeschichte mit zahlreichen Verwicklungen, in der die spätpubertierende Tochter nur knapp dem Tod entkam. Ein Film, so hieß es, der einem tagelang im Gedächtnis blieb.

Das Interview, eingebettet in eine Show, die von der bekannten französischen Fernsehansagerin Cathrine Joly moderiert werden würde, würde für die zahlreichen Zuschauer auf der Croisette live auf eine Großleinwand übertragen werden. Außerdem würde halb Frankreich Ausschnitte daraus in den Nachrichten zu sehen bekommen. Und nach dem Gespräch, wenn Conny vermutlich bereits völlig durchgeschwitzt sein würde, würden sie und Félix hinter der Bühne all die Stars kennenlernen, die man sonst nur auf dem Bildschirm und in People-Magazinen sah.

Marie Sommer, ihre Chefin und Herausgeberin von *La Voyagette*, war in München fast von ihrem Bürostuhl gefallen und hatte begeistert in die Hände geklatscht, als Conny sie um Erlaubnis gefragt hatte, den Termin wahrzunehmen. Natürlich versprach sich Marie von Connys

Auftritt und der Story, die diese anschließend darüber für *La Voyagette* schreiben würde, eine gehörige Auflagensteigerung des Magazins. Wahrscheinlich hatte sie ihr deshalb großzügigerweise sogar noch ein paar freie Tage im Anschluss eingeräumt, die Conny zusammen mit Félix in Simonettes Hotel *La Maison des Pêcheurs* am Alten Hafen von Saint-Tropez verbringen wollte.

Endlich verkündete das Vibrieren ihres Handys den Eingang einer WhatsApp.

Félix? Conny hastete zurück in ihre Suite.

Viel Glück, meine Liebe, du rockst es!, hatte Marie Sommer geschrieben. Es folgten drei Daumen-hoch-Emojis, ein vierblättriges Kleeblatt und schließlich der Zusatz: *Stell dir vor, Chopard hat sich gerade mit einer sechsseitigen Anzeigenstrecke eingebucht.* Chopard, der Hauptsponsor der Filmfestspiele, war ein äußerst begehrter Anzeigenkunde.

Na klasse, dachte Conny, und ihr wurde heiß und kalt.

Damit würde vermutlich auch noch jemand von Firmenseite beobachten, wie sie *La Voyagette* vertrat, um abzuschätzen, ob sich eine mögliche Investition auch in Zukunft lohnen würde.

Merci, ich werd jedenfalls mein Bestes geben, schrieb Conny seufzend zurück und konnte nur hoffen, dass das ausreichen würde, um sich nicht vor dem Who's who der Filmbranche zu blamieren.

2

Wenig später ließ sie ihren Blick über die vier Abendkleider gleiten, die sie sorgfältig auf die Chaiselongue drapiert hatte. Drei davon hatte sie sich bei Freundinnen und Kolleginnen ausgeliehen.

Eins glamouröser als das andere. Ein buntes seidenes und ein kleines schwarzes, das mit dem Blondton ihrer Haare kontrastierte. Ein rotes mit tiefem Rückenausschnitt, das bis zu den Knien an ihrem Körper entlangfloss und perfekt zu ihrem warmen Hautton passte. Und zuletzt ihr eigenes in dem hellen Türkis, der Farbe ihrer Augen, mit tiefem Dekolleté und Empire-Taille, das äußerst bequem war.

Sie hatte nur ein Paar High Heels dabei. Honigfarben und damit farblich passend zu ihrer Lederjacke, die sie in jedem Fall tragen würde, um nicht nur elegant, sondern auch cool zu wirken. Sie hatte gehofft, dass Félix ihr bei der Kleiderentscheidung helfen würde. Er hatte ein besseres Gespür als sie dafür, die richtige Auswahl zu treffen.

Conny hatte sich vorgestellt, dass sie sich gemeinsam auf den Abend einstimmen würden. Dass sie vielleicht einen Pastis zur Entspannung trinken und das Interview noch einmal spielerisch durchgehen würden, während sie ihm ab und zu mit ihren Fingern durch die dunklen Locken gefahren wäre. Sie hätten gescherzt und geflirtet, und sie hätte sich *à l'aise* gefühlt. Rund um wohl in ihrer Haut.

Dabei hatte sie aus den vielen möglichen Fragen noch immer nicht die wirklich entscheidenden herausgepickt. Sie schimpfte sich für ihre Unprofessionalität, aber sie schien unfähig, drei Kernfragen zu wählen, bevor sie die Schauspielerinnen Margaux und Juliette persönlich kennengelernt hatte. Sie musste darauf vertrauen, dass sie sich intuitiv richtig entscheiden würde.

Aber zunächst galt es, das Kleiderproblem zu lösen. Denn als Gegenleistung für den exklusiven Termin hatte Simonette ein Abendkleid und ein Beweisfoto auf dem roten Teppich zur Bedingung gemacht. »Du musst *chic* sein, *chérie!*«, hatte die Siebzigjährige erklärt, deren Markenzeichen stets elegant frisiertes Haar und Kostüme im Stil von Coco Chanel waren.

Conny fuhr sich durch ihren etwas mehr als schulterlangen, leicht gelockten Bob und betrachtete noch immer unschlüssig die Kleider, als eine weitere Nachricht auf ihrem Smartphone eintraf.

Viel Erfolg, ma petite!, schrieb Simonette, als hätte sie geahnt, dass Conny gerade an sie gedacht hatte. *Ich bin sicher, du wirst Margaux und Juliette vom ersten Moment an lieben. Und sie dich. Ruf Margaux doch jetzt noch schnell an, um dich vorab vorzustellen. Anbei der Kontakt. Gros bisou!*

Merci, mémé, ich werde es versuchen. Conny, die für Simonette gern den Kosenamen für Großmutter verwendete, tippte einen hoch gereckten Daumen und ein Kuss-

Emoji zu ihrer Nachricht, bevor sie das Handy auf die Chaiselongue zu den Kleidern warf.

Der kurze Piepton kurz darauf signalisierte vermutlich den Eingang von Margaux' Kontaktdaten. Normalerweise hätte Conny nicht lange gezögert und die Schauspielerin angerufen. Doch jetzt konnte sie sich nicht überwinden. Sie befürchtete, Margaux zu stören. Bestimmt bereitete sie sich auf ihren großen Auftritt vor. Und Conny wollte keinesfalls, dass Margaux einen schlechten Eindruck von ihr bekam.

Im Gegensatz zu Simonette flößte Conny die schillernde Filmwelt Respekt und auch ein wenig Misstrauen ein. Einerseits bewunderte sie Menschen, die in verschiedene Rollen schlüpfen konnten. Die ganz in die Gefühle einer anderen Person eintauchen konnten und sich dabei trotzdem nicht selbst verloren. Auf der anderen Seite war sie oft nicht sicher, was sich wirklich hinter der strahlenden Fassade verbarg, und das verunsicherte sie. In ihrer eigenen Welt war nicht alles Glamour, es gab Licht und Dunkel, Höhen und Tiefen.

Conny, die sich sonst mutig und voller Neugierde in jedes Abenteuer stürzte, fühlte sich auf einmal gehemmt. Sie konnte sich jetzt nicht überwinden, einfach Margaux anzurufen, die große Diva des aktuellen französischen Films.

Ihr Magen begann zu rumoren. Warum nur hatte sie diesen Job angenommen?

Sie lief zur Minibar, fand eine kleine Flasche Pastis und im Eisfach Eiswürfel. Zwar mochte sie den Aperitif am liebsten auf Eiswasser mit Zitronenzesten, aber nun war nicht der Moment, um wählerisch zu sein. Außerdem genehmigte sie sich den Drink normalerweise als Belohnung, doch heute musste er ihr als Beruhigung dienen.

Sie schenkte sich ein, nahm einen ersten großen Schluck und ließ den kühlen Anisgeschmack ihren Mund fluten, bevor sie die Flüssigkeit ihre Kehle hinabrinnen ließ. Das tat gut!

Sie wusste gar nicht, warum sie sich so verrückt machte. Sie konnte davon ausgehen, dass Margaux und Juliette ihr wohlwollend begegnen würden. Mutter und Tochter waren häufig in Simonettes *La Maison* zu Gast, die Beziehung, die die drei verband, dürfte also über eine oberflächliche hinausgehen.

Wenn Simonette jemanden ins Herz geschlossen hatte, dann meist für immer. Conny erinnerte sich an mehrere Schwarz-Weiß-Porträts der beiden, die neben denen von Romy Schneider und Alain Delon, Brigitte Bardot und Gunter Sachs, Jane Birkin und Serge Gainsbourg in der sogenannten Hall of Fame in der Hotellobby hingen. Die Schnappschüsse zeigten Mutter und Tochter in unterschiedlichen Phasen ihres Lebens, aufgenommen in und um Saint-Tropez.

Die strahlende Margaux mit hochgeschobener Sonnenbrille am Plage de Pampelonne im Liegestuhl, neben ihr im Sand die vielleicht fünfjährige Juliette, mit ihrem hellbraunen Lockenkopf eine französische Version von Shirley Temple, dem Kinderstar. Einige Jahre später, Juliette mochte zehn oder zwölf Jahre alt sein und hatte schon einige Kinderrollen gespielt, saßen beide in engen Shorts auf einem Poller vor einer Megajacht im Neuen Hafen. Ein drittes Foto zeigte Juliette als genervt dreinblickenden Teenager in einem körperbetonten T-Shirt und Margaux, um die Hüften etwas rundlicher, in einem zeltartigen Strandkleid mit Blumenmuster. An einen Mann an der Seite der beiden Frauen konnte Conny sich nicht erinnern, und auch Simonette hatte nie einen erwähnt.

Heute, das hatte Conny während der Vorbereitungen auf das Interview recherchiert, waren Mutter und Tochter einundfünfzig und zwanzig Jahre alt. Margaux, leicht matronenhaft und generös, besaß die Ausstrahlung einer Diva, die majestätisch über allem schwebte. Juliette, mädchenhaft und zierlich, verfügte über die sinnliche Anziehungskraft einer Fee, provokant und flüchtig, doch so faszinierend, dass man in ihre großen dunklen Augen eintauchen und darin versinken wollte.

Conny hatte die beiden schon nach ihrer Landung auf riesigen Filmplakaten am Flughafen bewundert und sich die französische *Vogue* gekauft. Anlässlich der Filmfestspiele war der große Aufmacher des Magazins eine Homestory der beiden in Margaux' Villa. Sie lag im exklusiven Stadtteil Californie Pézou, auf einem der mit Pinien, Mimosen und Jasmin bewachsenen Hügel von Cannes.

Allerdings war Conny noch nicht dazu gekommen, den Artikel zu lesen, und auch jetzt hatte sie nicht die Muße dafür.

Immer noch war da dieses flaue Gefühl im Magen. Ein weiterer Schluck Pastis. Félix hatte sich immer noch nicht gemeldet. War vielleicht etwas mit Lucien, seinem kleinen Sohn?

Mit dem Anflug eines schlechten Gewissens ignorierte Conny Simonettes Hinweis, Margaux anzurufen, bückte sich und griff schicksalergeben nach dem türkisfarbenen Kleid, bevor sie spontan ihre Meinung änderte und in das rote schlüpfte.

Es war bereits kurz vor achtzehn Uhr. Höchste Zeit, dass sie aufbrach.

Mit aller Kraft ignorierte sie die Aufregung und ihre aufflackernde Wut auf Félix, der sich immer noch nicht gemeldet hatte, während sie begann, Mascara und Lippenstift aufzutragen. Dabei wiederholte sie in einem fort das Mantra, dass es ihr gut ging und sie alles, aber auch wirklich alles, schaffen würde.

3

Juliette Calimard richtete sich schwer atmend auf. Noch immer fühlte sie sich benommen. Sie war am Boden des Salons zu sich gekommen, hatte aber keine Ahnung, warum. War sie bewusstlos gewesen?

Sie fühlte sich schlecht, ihr Kopf schmerzte, und als sie sich mit einer Hand über die Stirn strich, spürte sie eine feuchte Beule. Sie zog ihre Finger zurück, sah sie an, und sie waren rot. Blut.

Ungeachtet ihrer blutigen Finger schob Juliette mühsam ihr schwarzes Glitzertop und den kurzen Ballonrock aus Leder zurecht, beugte sich aber gleich wieder vor, um nach ihrer Makramee-Leder-Clutch zu greifen, die sie etwas entfernt auf dem goldgelb glänzenden Fischgrätparkett entdeckt hatte. Als sie nach vorne blickte und dabei bemerkte, was neben ihrer Handtasche lag, ließ sie sich vor Schreck zurück auf den Bauch fallen. Dann begann sie zu schreien, und es schien ihr, als könnte sie nie wieder damit aufhören.

Doch nach einer gefühlten Ewigkeit konnte sie den Ton nicht mehr ertragen, drückte beide Hände fest auf ihre Ohren, ließ den Kopf auf das Olivenholzparkett sinken und verstummte – nur wenige Meter entfernt von der regungslosen Gestalt.

Nach einigen Minuten kam sie auf die Knie, ließ ihren Oberkörper nach vorn sinken und verharrte in der Stellung des Kindes, bis sie sich wimmernd hin und her zu wiegen begann und mit den Fäusten wild auf den harten Holzboden einhämmerte. Ein Kampf gegen die Realität, den sie teils sogar gewann, denn als sie den Kopf erneut hob, war sie in ihrer eigenen Welt. Sie war so müde. Es war dunkel im Raum. Wahrscheinlich, weil die Fensterläden geschlossen waren, wie so oft in letzter Zeit. Sie fühlte sich unglaublich erschöpft.

Gerade wollte sie sich wieder auf dem Boden ausstrecken und die Augen schließen, als einer der Fensterläden, wohl im Esszimmer, laut gegen den Rahmen schlug.

Erschrocken fuhr Juliette zusammen. Hatte sich die

Halterung durch einen Windstoß gelöst? Oder war da jemand?

Dann war das hier also doch real, und sie träumte nicht. Immer wieder klackte der Fensterladen gegen den Rahmen.

Juliette wünschte sich weit weg, fand sich aber in der Realität wieder. Der wohlbekannte Kronleuchter, der dem Raum Eleganz verlieh, hing weiterhin über ihr. Und die mit rotem Velour bezogene Sitzgarnitur mit den geschwungenen Lehnen und Holzbeinen im Stil von Louis XV., die ihre Mutter so liebte, zeichnete sich wie ein dunkler Schatten links von ihr vor dem geschlossenen Flügelfenster ab.

Davor der runde beigefarbene Webteppich mit dem kleinen Messingtischchen, auf dem sich Bücher um eine Etagere voller *petits fours* und *éclairs* und eine Flasche Martini stapelten. In der Ecke der offene Kamin. Und weiter rechts an der ockerfarben gestrichenen Wand das gemauerte Sideboard mit einer Parade aus Spiegeln in unterschiedlichen Größen. Und mit all den Preisen und Trophäen, die das Zimmer beherrschten wie ihrer beider Leben. Darunter normalerweise der César, eine rund dreißig Zentimeter große Bronzeskulptur, die ihre Mutter 2003 für die Hauptrolle in *Viens avec moi* erhalten hatte. *Komm mit mir* hatte Margaux weit über die Grenzen Frankreichs berühmt gemacht.

Wie bei *Une année sans regrets* war der Produzent René Delon gewesen, den Margaux schon damals gekannt hatte. Die Dreharbeiten für *Viens avec moi* hatten nach langer

Vorbereitung nur wenige Wochen nach Juliettes Geburt begonnen.

Deren Augen suchten jetzt das Sideboard nach der Auszeichnung ab. Vergeblich. Wo war er, der bronzene César, der so schwer war, dass sie ihn als Kind kaum hatte halten können? Er war ihr immer als das Maß aller Dinge erschienen.

Der César stand nicht an seinem Platz.

Ihr Blick wanderte weiter an den Trophäen entlang zum Prix d'interprétation féminine von 2001, der Margaux als beste Darstellerin in *La Pianiste* für die Rolle der Klavierspielerin verliehen worden war. Dann eine dreiteilige, mit hellem Samt ausgekleidete Lederschatulle, aufgestellt wie ein Altar, mit einem von Chopard gefertigten Glaswürfel in der Mitte, den ein einzelnes Palmblatt zierte. Eine Miniatur der Palme d'Or. Allerdings in Silber, nicht in Gold. Trotzdem: ein heiß begehrter Preis.

Der, um den es in den nächsten Tagen wieder ging.

Dagegen nahm sich das Schminktischchen daneben mit dem ovalen Spiegel mit der geschliffenen Kante fast bescheiden aus. Es wurde flankiert von zwei stehenden Spiegeln, sodass man sich von allen Seiten betrachten konnte. Wie oft hatten sie und ihre Mutter hier gesessen? Vertieft darin, Charaktere einzustudieren, Passagen durchzuspielen, Dialoge zu üben, sich die Kommentare des Regisseurs vorzustellen und die Rolle mit noch mehr Persönlichkeit zu füllen oder sich einfach nur über ein Outfit und die Nuancen des Make-ups zu beraten. Ihre Mutter hatte ihr immer wieder Tipps gegeben, was sie wie verbessern könnte. Und sie hatte alles versucht, ihre Erwartungen zu erfüllen.

Juliettes Blick glitt weiter zur Stirnseite des Raums, zum Sekretär mit dem messingfarbenen Papierkorb davor. Es kam ihr vor, als würde er den Ursprung allen Übels beinhalten, auch wenn sie sich nicht erinnern konnte, warum.

Plötzlich glitten die Jahre ihrer Kindheit und Jugend wie im Zeitraffer an ihr vorüber. Das Kind in ihr wollte nach einigen Szenen greifen, den Film anhalten, die Ausschnitte wie eine schützende Decke über die Gestalt breiten, die vor ihr auf dem Boden lag und die sie nicht sehen wollte. Doch das war unmöglich, die Szenen waren real.

Sie stand vor keiner Kamera, sie spielte keine Rolle.

Niemand würde gleich die Filmklappe zuschlagen, das Licht anschalten, kein begeistertes Klatschen, kein erleichtertes Lachen würde ertönen. Es würde nicht wieder alles gut werden.

Juliette kam schwankend auf alle viere.

Das enge Top mit den schwarzen Pailletten war wieder verrutscht, der Bund des kurzen Ballonrocks schnürte sie ein, die Riemchen der High-Heel-Sandalen schnitten in ihre Fesseln, und die tänzelnden Sonnenstrahlen, die hereindrangen, sobald der lose Fensterladen im Esszimmer aufschlug, tauchten die Szenerie in ein geradezu gespenstisches Licht.

Juliette musste sich einfach überzeugen, dass sie keiner Täuschung aufsaß, und streifte ihre Sandalen ab. Der rechte Riemen blieb kurz an ihrem Fußkettchen hängen, doch nachdem sie ihn gelöst hatte, kroch sie langsam auf die Gestalt am Boden zu.

Der Körper lag mit dem Rücken auf dem runden Webteppich, der Kopf auf glattem Parkett. Arme und Beine waren weit von sich gestreckt, wie wenn man sich im Meer treiben lässt.

Das bodenlange schwarze Samtkleid mit den applizierten Ornamenten aus Seide umgab sie wie ein Zelt. Lidschatten, Rouge und der knallrote Lippenstift, den sie so liebte, kontrastierten grell mit dem jetzt aschfahlen flächigen Gesicht.

Um den Hals das Collier mit den Smaragden, wie jedes Jahr speziell für das Festival geliehen von Chopard. Die blonden Locken, gekonnt onduliert, wie ein Heiligenschein.

Sie hätte friedlich ausgesehen, wäre da nicht das dunkel aus dem Hinterkopf sickernde Blut gewesen. Es breitete sich dickflüssig und zäh um sie herum aus, tränkte die blonden Locken in Rot, verschlang den Heiligenschein.

Ihre großen, sonst lebhaften Augen unter den perfekt gezeichneten Brauen waren in erschrockenem Erstaunen verharrt, weit aufgerissen und leer.

Juliette blinzelte gegen ihre Angst und die seltsame Müdigkeit an und robbte weiter, bis sie schließlich die schlaffe linke Hand greifen konnte. Sie fühlte sich so warm und weich an wie immer. Eine schöne Hand, mit langen schlanken Fingern und hellrot lackierten Nägeln. Auf dem leicht gebräunten Handrücken wenige Altersflecken, an denen Margaux immer wieder mit allen erdenklichen

Hausmitteln herumexperimentiert hatte. Darunter deutlich sichtbare Venen.

Nur ein einziger Ring – passend zum Collier, aber im Gegensatz zu ihm ihr Eigentum – schmückte den Ringfinger der Hand, die Juliette nun zitternd zwischen ihre beiden nahm. Sie streichelte den überdimensionalen rechteckigen Smaragd, der funkelte, wenn ihn ein Lichtstrahl traf, und schluchzte laut auf.

Die Frau am Boden war Margaux.

Margaux war ihre Mutter.

Ihre Mutter war tot.

Der einzige Mensch, von dem sie ein Teil gewesen war.

Vor und hinter der Kamera.

Juliette begann, an der Hand zu ziehen. »Maman?«

Margaux rührte sich nicht.

»Maman!«, rief Juliette erneut, diesmal energischer.

Sie wollten doch wie jedes Jahr gemeinsam zur Festivaleröffnung gehen und über den roten Teppich laufen. Gleich würde sie der Fahrer mit der Limousine abholen.

Sie erinnerte sich schwach. Ihre Mutter hatte ihr vorher noch etwas sagen wollen. Es sei wichtig und dulde keinen Aufschub.

Was?, fragte Juliette sich jetzt. Was wolltest du mir sagen? Aber sie erhielt keine Antwort.

»Maman!«, schrie sie. »Maman! Was ist mit dir?«

Sie zog noch fester an der Hand. Margaux sollte endlich sprechen. Und wenn sie nicht sprechen wollte, dann sollte sie wenigstens aufstehen. Die Filmcrew erwartete sie sicher längst vor dem Palais des Festivals et des Congrès.

René, der sich als Produzent für alles und jeden verantwortlich fühlte, hasste es, wenn man zu spät kam. Und François hielt große Stücke auf Juliette. Als Regisseur hatte er sich bis zur völligen Erschöpfung für diesen Film aufgeopfert, und es fehlte nicht mehr viel, bis er den prestigeträchtigen Preis erhalten könnte, um den alle in ihrer Branche kämpften. Er hatte Juliette erst letztens anvertraut, dass man sie bereits für eine große Hollywoodproduktion in Betracht zog.

Margaux und sie durften einfach nicht zu spät kommen!

»Maman, *viens*!« Juliettes Stimme klang jetzt fordernd und trotzig. »Wir müssen los! *Ils nous attendent!* Wir dürfen sie nicht warten lassen!«

Als Margaux sich trotz aller Anstrengung nicht bewegte, legte Juliette ihre Wange auf die Hand mit dem Ring und kuschelte sich eng an ihre Mutter.

Später, wenn man sie danach fragen würde, würde sie sagen, es sei gewesen, als wäre ein Film gerissen. Sie versank in einer Welt, aus der sie nicht mehr auftauchen wollte.

Sie hatte jedes Gefühl für Zeit und Raum verloren und war gerade dabei einzuschlafen, als das Geräusch von Schritten sie aufschrecken ließ. Was war das?

Juliette starrte ihre tote Mutter an. Panik stieg in ihr auf. War sie in Gefahr? Sie spannte die Muskeln an, sprang auf und rannte einfach los.

Mit den Ellenbogen stieß sie die Flügeltür zum Flur auf, dann stellte sich ihr eine dunkle Gestalt in den Weg.

Schreiend stemmte sie sich mit aller Macht dagegen, und tatsächlich gelang es ihr, zierlich und wendig, wie sie war, den nach ihr greifenden Armen auszuweichen und zu entkommen.

Sie stolperte zur Haustür, riss sie auf, eilte die wenigen Travertinstufen hinunter, lief barfuß unter den weit ausladenden Ästen des Drachenbaums über den Kies der Auffahrt, der schmerzhaft in ihre Fußsohlen pikte, rannte durch das offen stehende Gartentor und schlug es hinter sich zu, ehe ihr Verfolger sie erreicht hatte.

Aber wohin jetzt?

Der Park!

Die Villa ihrer Mutter lag nahe dem Parc Matignon. Er war ihre Rettung. Im Park würde sie Ruhe finden, allein sein, sich ausruhen können.

Juliette lief weiter. Auf nackten Sohlen hastete sie die kurvige schmale Straße entlang.

Sie konnte das Zirpen der Zikaden im Park bereits hören und wollte gerade bei einem üppig blühenden Pfingstrosenstrauch auf das Parkgelände einbiegen, da passte sie einen winzigen Moment lang nicht auf und rutschte auf einem Palmenblatt aus.

Im Fallen hörte sie das Brummen eines sich nähernden Autos. Es schien um die letzte Kurve vor dem Park zu biegen. Schnell kroch sie zur nächsten Palme, um sich hinter ihrem Stamm zu verstecken.

Doch das Auto hielt, die Tür öffnete sich und fiel zu, und da waren sie wieder. Die Schritte. Sie kamen näher. Gleichmäßig und unausweichlich.

Diesmal flüchtete sie nicht.

Juliette verbarg das Gesicht in den Händen, als sich ihr eine männliche Hand schwer auf die Schulter legte. Eine andere verschloss ihr fest den Mund und dämpfte ihre Schreie, noch bevor sie verzweifelt und wild um sich zu treten und zu schlagen begann.

Eine Faust traf erst ihr Kinn, dann hart ihre Stirn. Trotzdem bekam sie noch mit, wie sie an den Füßen gepackt und über den Kies geschleift wurde, und spürte, wie das Fußkettchen an ihrer rechten Fessel riss.

4

Es war bereits achtzehn Uhr, als Conny vor ihrem Hotel in Nizza in ein Taxi stieg. Félix hatte ihr endlich eine Sprachnachricht geschickt und sie gebeten, sich direkt vor dem Palais des Festivals mit ihm zu treffen. Die Planänderung tue ihm leid, er werde ihr alles später erklären.

Natürlich konnte sie sich denken, dass seine Verspätung mit Lucien zusammenhing, seinem bald einjährigen Sohn. Sie hatte sich vorgenommen, jeden Gedanken an Félix zu verdrängen, bis er denn endlich vor ihr stand. Noch glaubte sie nicht, dass dies bald der Fall sein würde.

Soweit sie das bei ihren letzten Telefonaten mitbekommen hatte, war er immer gestresst. Es war eben nicht ganz so einfach, Beruf und Kind gerecht zu werden. Egal, ob als Mann oder Frau. Und daran, dass Félix höchste Ansprüche an sich stellte, zweifelte Conny keinen Moment.

Immer wieder spielte sie in Gedanken ihren Auftritt durch, während das Taxi in Nizza von der Promenade des Anglais die Küstenstraße am Flughafen entlang über Cagnes-sur-Mer fuhr, wo Conny die kleine charakteristische Kapelle mit dem Uhrturm bewunderte. Dann fuhren sie weiter bis Villeneuve-Loubet, an den Hochhäusern Le Baronnet vorbei, die wie mächtige Kreuzfahrtschiffe aussahen.

Als sie die Strände von Antibes und Juan-les-Pins passierten, wo die Straße besonders nah am Meer verlief, hörte Conny sein Rauschen und beobachtete die Strandbesucher, die das warme Licht des hereinbrechenden warmen Frühlingsabends am Wasser genossen. Wie gern hätte sie jetzt mit ihnen getauscht.

Wenig später öffnete sich der Blick auf die legendenumwobene Île Sainte-Marguerite, die wenige Kilometer vor der Küste lag und früher einmal das Gefängnis von Cannes beherbergt hatte. Sein berühmtester Gefangener, der Mann mit der eisernen Maske, gab wegen seiner ungeklärten Identität bis heute Anlass zu Spekulationen. Als Conny daran dachte, überkam sie wieder einmal eine Gänsehaut, obwohl die Insel heute ein Vogelparadies war.

Der Taxifahrer, ein Niçois Mitte sechzig mit faltigem, sonnengegerbtem Gesicht, ereiferte sich währenddessen über die Festspiele und die angereisten Stars, die die Strecke vom Cap d'Antibes, wo viele während dieser Tage wohnten, bis Cannes mittlerweile lieber im Hubschrauber zurücklegten, als wie früher die Dienste eines Taxis dafür zu nutzen.

Er beugte sich weit über das Lenkrad und beteuerte in einem fort: »Früher, da fuhr man wenigstens noch mit einer Jacht. Aber heute! Selbst dafür haben die Leute keine Zeit mehr. *C'est con ça!* Verrückt! Aber sehen Sie nur, da!« Er deutete auf die dunklen Wolken, die sich am Horizont der Bucht von Cannes aufzutürmen begannen. »Da braut sich etwas zusammen. Das will ich sehen, wer von den Helden heute Nacht mit einem Hubschrauber zurückfliegt.«

Er grinste vor diebischer Schadenfreude, und Conny musste ihm recht geben. Es sah wirklich nach einem nächtlichen Gewitter aus.

Aber als sie später am Alten Hafen von Cannes vorbeifuhren und die Croisette erreichten, strahlte der Himmel direkt über ihr in einem so frühabendlich tiefen Blau, dass es Conny fast die Sprache verschlug und jeder Gedanke an ein mögliches Gewitter in weite Ferne rückte.

Sie ließ sich auf dem Boulevard de la Croisette vor dem *Hôtel Martinelle* absetzen, wo eine Traube von Fans mit gezückten Handys geduldig darauf wartete, dass einer der Stars heraustreten würde.

Auf dem Boulevard tummelten sich Menschen unterschiedlichster Couleur. Von eleganter Abendgarderobe bis zu sexy und legeren Outfits – Shorts inklusive! – war alles vertreten. Dazwischen patrouillierten Sicherheitskräfte in Uniform mit Maschinengewehren.

Links lag der Stadtstrand von Cannes mit seinen feudalen Bars, Cafés und Restaurants, von denen einige von Sponsoren der Filmfestspiele für exklusive Abendgesellschaften gebucht waren. Conny träumte davon, nach ihrem Auftritt in einer der Bars einen Absacker mit Félix zu trinken und dann gemeinsam nach Nizza zurückzufahren.

Ach, wenn es doch nur schon so weit wäre, wünschte sie sich, hastete den von Palmen gesäumten Boulevard zum Palais des Festivals et des Congrès entlang und passierte dort, nachdem sie ihren Presseausweis gezeigt hatte, die erste Absperrung, die die normale Bevölkerung von den Medienvertretern trennte. Um weiter zu gelangen, benötigte sie allerdings die Einladung mit ihrer *accréditation,* die Simonette persönlich von Margaux erhalten und einfachheitshalber Félix geschickt hatte. Conny hatte zwar die digitale Version davon auf ihrem Handy, doch so strikt, wie die Zulassungskontrollen schienen, befürchtete sie, allein damit nicht eingelassen zu werden.

Also suchte sie sich seitlich des riesigen Gebäudes mit seinen kubischen Beton- und Glasflächen, in denen sich die Abendsonne spiegelte, ein geschütztes Plätzchen. Von dort beobachtete sie fasziniert, wie die Stars nach und nach in exzentrischen Designerklamotten und mit großer Geste über die exponierte Treppe mit rotem Teppich schritten. Eskortiert von Marineoffizieren in eleganten weißen Uniformen und begleitet von den Rufen der Zuschauer, Journalisten und Fotografen, die jede Ankunft zelebrierten.

Um sich zu beruhigen, atmete Conny tief durch. Die

Luft war erfüllt vom verführerischen, unverwechselbaren Duft der Côte d'Azur, und sie wollte keine trüben Gedanken zulassen. Selbst hier in der Stadt war neben dem salzigen Meeresgeruch der von Zitronen, Lavendel, Rosen, Jasmin und Rosmarin allgegenwärtig. Dazu wehte von der gegenüberliegenden Straßenseite ein Hauch von frischem *café crème* und von den Parfüms der eleganten Festivalgäste zu ihr hinüber.

Erwartungsvoll trat Conny von einem Fuß auf den anderen und hielt nach Félix Ausschau. Wenn er nicht bald kam, würde sie doch versuchen müssen, mit der digitalen Einladung hineinzugehen. Schöner wäre es jedoch, bevor sie sich in den Trubel des Festivals stürzen und schließlich vor die Kamera treten würde, noch ein paar persönliche Worte mit Félix zu wechseln. Sie hatten sich lange nicht gesehen, und sein Blick und sein Vertrauen in sie würden ihr Zuversicht und Sicherheit geben.

Sie blickte an sich hinunter. So schwer es ihr auch fiel, in den ungewohnten Stilettos die Balance zu halten, so sehr genoss sie deren Effekt. Es war, als ob sie sich mit dem roten Kleid und den sexy Schuhen eine neue Identität übergestreift hätte. Sie nahm sich fest vor, diesen Abend allen Widrigkeiten zum Trotz zu ihrem zu machen. Beruflich wie privat.

Interessiert beobachtete sie wieder das Treiben nahe dem roten Teppich. Der Hauptansturm war schon vorüber, und sie vermutete, dass auch Juliette und Margaux Calimard längst im Gebäude waren.

Zwischen den ankommenden Limousinen und Taxen

vergingen jetzt immer ein paar Momente, aber gerade fuhr wieder eine vor, und ein Blitzgewitter setzte ein. Kein Geringerer als Tom Cruise, der für sein Lebenswerk gewürdigt werden sollte, stieg aus und hob die Hand für die Fotografen.

»Tom! Hier!«, rief jemand, als er die Treppe erklomm.

Lächelnd drehte er sich in die Richtung, aus der der Schrei gekommen war, sodass das Bild des Fotografen es mit etwas Glück auf die Titelseite eines Glamour-Journals mit Höchstauflage schaffen könnte.

»Top Gun: Maverick!«, schrie ein anderer, als Tom Cruise sich oben auf der Treppe noch einmal umdrehte.

Der Star lächelte und hob einen Daumen.

Das Foto des Abends, dachte Conny und hoffte, sich den neuen Film von Tom Cruise während des Festivals anschauen zu können.

Während sie im Geiste erneut ihre Fragen durchging und der Versuchung widerstand, Félix anzurufen, beobachtete sie, wie ein zierlicher Motorradfahrer in roter Lederjacke, engen Jeans und Cowboy-Stiefeletten aus Wildleder auf einer weißen Honda an den Absperrgittern entlangfuhr und schließlich unweit von ihr eine offene Stelle fand. Gezielt trat die Gestalt jetzt gegen den Zaun, sodass sich die Lücke zwischen den zwei Gitterelementen vergrößerte.

Sofort war ein kräftiger Sicherheitsbeamter zur Stelle, der in seiner dunkelblauen Uniform mit der gleichfarbigen Cap und dem umgehängten Maschinengewehr bedrohlich wirkte.

Doch der Motorradfahrer war sichtlich unbeeindruckt. Er nahm den Helm ab, unter dem ein wilder rotbrauner Schopf zum Vorschein kam. Der Fahrer war eine Frau. Selbstbewusst schüttelte sie den Kopf, bevor sie sich die Haare aus dem stark geschminkten, maghrebinisch anmutenden Gesicht strich.

In ihrer Nasenscheidewand blitzte ein silberner Ring auf, und im Dekolleté kam ein großflächiges Tattoo zum Vorschein, als sie den Reißverschluss der Motorradjacke aufzog. Das Motiv konnte Conny aus der Ferne nicht erkennen.

Sie schätzte die Frau auf mindestens vierzig. Eine Schönheit, wären ihre Gesichtszüge nicht verlebt und dieser bittere Ausdruck um den Mund gewesen.

Neugierig, wie Conny war, schlenderte sie unauffällig näher zu den beiden, um die Unterhaltung mitzuhören.

Für den Sicherheitsbeamten schien die Motorradfahrerin keine Unbekannte zu sein.

»*Putain,* Inès!«, schimpfte er und stemmte beide Hände in die Hüften. »Ich hab dir letztes Jahr schon gesagt, dass du hier nicht einfach durchfahren kannst! Kannst du nicht ein einziges Mal auf mich hören? Du bringst mich noch in Teufels Küche! Ich brauch meinen Job genauso wie du deinen, *tu comprends?* Verstanden?«

Die Frau schimpfte mit rauchig tiefer Stimme zurück, während sie den Helm seelenruhig auf den Sitz legte und die schwere Maschine geschickt durch den Gitterspalt und an dem Mann vorbeimanövrierte.

»*Ne t'on fais pas, mon pote!* Keine Sorge, Kumpel! Ich

muss in die Maske, bin spät dran, und das hier ist der schnellste Weg. Keine nervigen Kontrollen«, sagte sie mürrisch. »Also stell dich nicht so an und lass mich durch. Mach lieber hinter mir wieder zu, damit mir niemand folgt.«

Unüberhörbar murrend, doch gutmütig wie ein Bär, tat der Mann wie ihm geheißen, wobei er sich ängstlich umblickte, um sicherzugehen, dass niemand bemerkt hatte, dass er die Sicherheitsvorschriften verletzt hatte.

Kaum war Inès an ihm vorbei, fuhr sie leise an und schlängelte sich durch die vereinzelten Menschengrüppchen zu einem Nebeneingang, der Conny erst jetzt auffiel. Sie stellte ihre weiße Honda daneben ab, verstaute den Helm in einer der Seitentaschen und verschwand in dem Gebäude.

Als dem Sicherheitsbeamten dämmerte, dass Conny ihn beobachtet hatte, musterte er sie scharf. Sie lächelte ihm beruhigend zu, um ihm zu verstehen zu geben, dass das kleine Geheimnis bei ihr sicher war.

Er nickte kurz und kam auf sie zu, als das Handy in ihrer Clutch vibrierte, da eine Nachricht eingegangen war. Sie zog es mit zitternden Fingern heraus.

Félix.

Endlich! Ihr Herz begann, vor Vorfreude wild zu klopfen. Gleich würde sie ihn sehen.

5

»Excuse-moi!«, hatte Félix gerade seinem *portable* diktiert. »Ich fahr jetzt los. Bis gleich. *Je t'aime.*«

Viertel vor sieben. Er hatte so ein schlechtes Gewissen! Wieder einmal ließ er Conny viel zu lange warten. Bis Cannes würde er von Saint-Paul-de-Vence eine gute halbe Stunde brauchen. In das malerische Dörfchen, in dem Marc Chagall begraben lag, war Emanuelle nach ihrer Scheidung mit ihrem gemeinsamen Sohn gezogen.

Seit einigen Wochen besuchte der kleine Lucien nun eine Krippe, die direkt auf Emanuelles Arbeitsweg lag. Wenn er außerhalb der Öffnungszeiten betreut werden musste, kamen Emanuelles Eltern aus dem rund eine Stunde entfernten Draguignan. Doch heute waren sie wegen einer schon lange ausgesprochenen Einladung verhindert gewesen, und so hatte Félix bis eben auf seinen Sohn aufgepasst. Und natürlich hatte sich Emanuelle ausgerechnet heute verspätet, weshalb er Conny mehrmals versetzt hatte. Aber jetzt war er auf dem Weg.

Gottergeben griff Félix in die Innentasche seiner Smokingjacke, um sicherzugehen, dass er in der Eile nicht die Eintrittskarten vergessen hatte. Ohne die würden Conny und er kaum ins Palais des Festivals et des Congrès kommen, das heute Abend vermutlich einer Festung glich. Er atmete auf. Die Tickets waren da.

Mit einem entschlossenen Ruck schob Felix den Schaltknüppel seines blauen Alpin A110 in den ersten Gang und beschleunigte, woraufhin der Wagen quietschend um die nächste Kurve schoss. Er konnte von Glück reden, dass ihm in dem Moment kein anderes Auto entgegenkam.

Natürlich hatte er Conny an diesem Nachmittag mal wieder weit mehr zugemutet, als ihrer Beziehung guttat. Aber hatte er eine Wahl gehabt? Man konnte ein Kleinkind doch nicht sich selbst überlassen.

Tant pis, egal, seufzte er. Er suchte in seiner bevorzugten Playlist der Klassik-App das Konzert *Arabesque Nr. 2* von Claude Debussy. Und als er auf den grünen Pfeil tippte und die verspielt fröhliche Musik den Innenraum erfüllte, lehnte sich Félix lächelnd im Fahrersitz zurück. Viel zu schnell fuhr er die enge Bergstraße hinab, bis er endlich die Mautstelle zur A8 in Richtung Cannes passierte.

Die Musik half ihm, den Streit mit Emanuelle zu vergessen, der unvermeidlich gewesen war, als sie endlich nach Hause gekommen war. Dreieinhalb Stunden später als abgemacht!

Eh bien, sie war eine Frau. Sie mochte es nicht, bei ihm die Nummer zwei zu sein, Scheidung hin oder her.

Es war ein Fehler gewesen, ihr von den Karten für die Eröffnungsveranstaltung des Filmfestivals zu erzählen. Sie hatte eine ihrer dichten Augenbrauen hochgezogen und vermutlich umgehend Conny damit in Verbindung gebracht.

Emanuelle hatte nicht vor, ihm zu verzeihen, dass er die Dreiecksbeziehung mit ein paar Änderungen in gleicher

Konstellation weiterführte. Elf Jahre waren es mittlerweile, die Félix mit und zwischen den beiden Frauen verbracht hatte.

Er drehte die Musik so laut auf, dass sie ihn überflutete wie die Woge aus Leidenschaft, die plötzlich von ihm Besitz ergriff.

Conny und er verstanden sich auf einer intuitiven Ebene, obwohl sie nicht immer einer Meinung waren und den Konflikt nicht scheuten. Ihre Seelen schienen verwandt zu sein, trotz der zehn Jahre Altersunterschied. Und das, seit er ihr vor langer Zeit die Nachricht vom Tod ihrer Eltern, Bekannte seines Vaters, hatte überbringen müssen.

Doch letztens hatte Emanuelle ihm die Pistole auf die Brust gesetzt und von ihm gefordert, Conny zu verlassen, wenn er seinem Sohn nahe sein wollte. Und natürlich wollte und konnte er jetzt nicht darauf verzichten, Lucien aufwachsen zu sehen. Aber genauso wenig konnte und wollte er die Beziehung zu Conny beenden.

Er befand sich in einer Zwickmühle.

Er hatte keine andere Wahl, als darauf zu vertrauen, dass Emanuelle sich über kurz oder lang damit zufriedengeben würde, mit ihrem gemeinsamen Sohn einen Trumpf gegen ihn in der Hand zu haben, den sie je nach Lust und Laune ausspielen konnte.

Félix passierte gerade die *gare de péage* in Le Cannet, als sein *portable* auf dem Beifahrersitz klingelte. Der Name von Commissaire Denise Vernaux leuchtete auf dem Display. Félix' Lieblingskollege, der gerne seinen Rat als Fallanalytiker suchte, wenn es um Prävention und Täterprofile ging. Und den er duzte, aber den er in Gedanken stets mit seinem Nachnamen ansprach, weil ihm Denise, obwohl in Frankreich ein Männername, irgendwie weiblich erschien.

Jedenfalls hatte Félix dem guten alten Vernaux sein kleines Büro im Commissariat Central de Police de Nice in der Avenue du Maréchal Foch zu verdanken, trotz permanentem Platzmangel. Und auch, dass er bei Härtefällen immer als einer der Ersten herbeigezogen wurde. Zum Beispiel, wenn sie es mit Serienmördern, Psychopathen, Attentätern und Erpressern zu tun hatten, die auch vor Menschenraub nicht zurückschreckten.

Aktuell plante Vernaux mal wieder seinen Ausstand, den er bereits zweimal verschoben hatte. Aber diesmal schien er tatsächlich im nächsten Monat in Rente gehen zu wollen.

Félix zögerte. Er hatte sich offiziell für die nächsten paar Tage abgemeldet. Conny und er wollten nach Saint-Tropez, die gemeinsame Zeit in Simonettes Hotel genießen.

Aber ein dringender Fall duldete keinen Aufschub, schalt er sich. Trotzdem. Dass er Conny wegen Lucien versetzt hatte, war vielleicht gerade noch im Rahmen des Zumutbaren. Aber noch mehr Zwischenfälle würde sie an diesem besonderen Tag wohl kaum hinnehmen.

Vielleicht wollte der liebe Vernaux ja auch lediglich die Gästeliste seiner Abschiedsfeier mit ihm durchgehen. Da war schließlich auch psychologisches Know-how gefragt, denn wenn man die falschen Leute nebeneinandersetzte, konnte der Abend leicht als Desaster enden.

Von diesem Gedanken beruhigt ignorierte Félix das erneute Klingeln und bahnte sich seinen Weg über den Boulevard du Rivage zum Boulevard du Midi Louise Moreau, der am Strand entlang direkt zum Palais des Festivals et des Congrès führte. Angesichts des Stop-and-go-Verkehrs, der sicher den Filmfestspielen geschuldet war, haderte Félix damit, dass er Vernaux' Angebot ausgeschlagen hatte, für dringende Fälle ein Blaulicht dabeizuhaben, und trommelte stattdessen ungeduldig mit den Fingern aufs Lenkrad. Dann kramte er in der Tasche seiner Smokinghose nach seinem Portemonnaie und dem Ausweis, der ihn als Fallanalytiker des Commissariats de Police de Nice auswies. Als er ihn gefunden hatte, warf er ihn im Fahren auf das Armaturenbrett, denn er würde kaum die Zeit haben, um nach einem Parkplatz zu suchen.

Nervös wechselte er immer wieder die Spur und näherte sich der hinteren Absperrung des Palais. Dort angekommen wies er vor dem Sicherheitsbeamten gewichtig auf den Ausweis hinter der Glasscheibe und genoss den Triumph, eilig durchgewinkt zu werden. Nachdem er geparkt hatte und ausgestiegen war, rückte er seine Fliege zurecht und trabte seitlich am Gebäude entlang in Richtung Haupteingang.

Es war neunzehn Uhr zwanzig. Obwohl er so schnell wie nie gewesen war, würde die Großzahl der Gäste vermutlich längst im Foyer des Palais sein. Jeden Moment würde die offizielle Ansprache beginnen, und eigentlich sollten sie längst auf ihren Plätzen sitzen. Ob Conny schon ohne ihn hineingegangen war? Sicher hatte sie das auch ohne die Einladungen geschafft. Sie würde ernsthaft sauer sein, sollte er den Beginn der Veranstaltung verpassen. Félix zwängte sich durch die Menschentrauben bis zur ersten Absperrung, die er mühelos passierte, während sein Blick entgegen aller Hoffnung nach Conny suchte.

Er entdeckte sie etwas abseits.

Sie hatte ihm den Rücken zugewandt, aber er erkannte sie sofort. In für sie ungewohnten High Heels trat sie ungeduldig von einem Fuß auf den anderen, im Gespräch mit einem gut gebauten Typen in dunkelblauer Uniform, der ein Maschinengewehr trug und ganz offensichtlich versuchte, sie zum Lachen zu bringen. Sofort stellten sich Félix die Härchen auf den Unterarmen auf. *Le mec* vom Sicherheitsdienst war sichtlich beeindruckt von ihr.

Lag es an der festlichen Stimmung und dem warmen Abendlicht, dass sie so hinreißend aussah und sich sein Pulsschlag unwillkürlich beschleunigte? Das rote Etuikleid brachte ihre blonden Haare zum Leuchten und gab durch ein tief geschnittenes V ihren Rücken fast bis zur Taille frei. Die honigfarbene Lederjacke, unter der eine großformatige warmgelbe Clutch hervorschaute, lag locker über ihrem Arm.

Sie musste seinen Blick gespürt haben, denn in dem Moment drehte sie sich um. Das Strahlen, das ihr Gesicht erhellte, als sie ihn erkannte, traf ihn tief in seiner Seele und ließ ihn alles andere, was an diesem Tag geschehen war, vergessen.

Sie nickte dem Sicherheitsbeamten nur kurz zu, wie Félix mit Genugtuung wahrnahm, dann kam sie ihm entgegen. Auch er lief los, und als sie aufeinandertrafen, schloss er sie in die Arme und schwang sie einmal im Kreis.

Ihr Lachen sagte ihm, dass er gerade noch einmal Glück gehabt und sie ihm seine Verspätung verziehen hatte.

6

Sie wurde von ihm herumgewirbelt, sodass ihr ganz schwindelig wurde.

Als sie sich voneinander trennten, musterte Conny Félix.

Sie hatte ihn noch nie im Smoking gesehen. Er, der sonst eher gewählt, aber leger gekleidet war, sah darin mehr als jeder andere aus wie ein Pinguin. Aber ein hübscher Pinguin! Ein Königspinguin. Wobei hübsch noch untertrieben war. Geradezu umwerfend sah er aus!

Die dunklen Locken hatte er aus seiner Denkerstirn gekämmt, was sie noch höher erscheinen ließ. Die goldenen Sprenkel in seiner eigentlich blauen Iris ließen seine Augen ins Grüne changieren, als sich sein Mund in dem markanten Gesicht mit der römischen Nase zu einem breiten Lächeln verzog.

»Conny!«

Ihre Blicke verschmolzen miteinander, bis er sie erneut in seine Arme schloss.

»Fragonard?«, fragte sie nach einem kleinen Moment.

Er sah sie verständnislos an.

»Dein neues Parfüm.« Sie lächelte.

»*Ähm, oui*, von Emanuelle …« Er hielt inne.

Natürlich, dachte Conny. Emanuelle hatte es ihm mitgebracht. Von ihrem neuen Arbeitgeber, dem Parfümhersteller. Wahrscheinlich ein kleiner Gruß an Conny. Und Félix, naiv wie immer, wenn es um sein Privatleben ging, hatte es auch noch arglos aufgetragen.

Sie schluckte den Anflug von Ärger tapfer hinunter. Warte nur, Emanuelle!, dachte sie. Warte nur, bis du mich gleich im Fernsehen siehst. Sie nahm sich vor, ihren Lippenstift in der Maske noch einmal nachzuziehen.

»*Excuse-moi!*« Félix ging nicht weiter darauf ein, aber das schlechte Gewissen stand ihm ins Gesicht geschrieben. »Emanuelle konnte nicht früher aus dem Meeting.« Er streichelte sanft über ihren Rücken.

Jaja, die arme Emanuelle, dachte Conny. War Félix wirklich so naiv, oder tat er nur so? Doch dann rief sie sich zur Vernunft. Sie hatte jetzt keine Zeit, nachtragend zu sein. Und keinesfalls wollte sie die gemeinsame Zeit mit ihm damit verbringen, an Emanuelle zu denken.

Sie musterte ihn unauffällig. Die Vaterschaft stand ihm ausgesprochen gut.

In den letzten zwei Monaten, in denen sie sich nicht gesehen hatten, schien er ein bis zwei Kilo zugenommen zu haben. Er wirkte erwachsener und reifer, verantwortungsbewusster und der neuen Aufgabe in seinem Leben souverän gewachsen.

Souverän und solide, so sah er aus. Obwohl er eher der schlaksige Typ war. Aber scheinbar musste das kein Widerspruch sein. Nicht, dass er nicht schon immer solide gewesen wäre, er war kein *filou* und kein Luftikus, aber jetzt drückte sich das auch in seinem Auftreten aus.

Ein Mann, wie man ihn sich wünscht. Den man nur ungern teilen will, dachte sie und wehrte sich erneut dagegen, dass Emanuelle sich in ihre Gedankenwelt drängelte.

»Alles gut«, lächelte sie. »Jetzt bist du ja da. So ist es halt, wenn man Vater ist.« Gut gelaunt nahm sie seine Hand und zog ihn in Richtung Treppe. »Wir sind schon spät dran. Ich würde mit Margaux und Juliette gerne noch ein paar persönliche Worte wechseln, bevor der offizielle Teil beginnt.«

Er hielt sie zurück. »Du willst doch nicht etwa über den roten Teppich gehen, oder?«

Sie warf die Haare nach hinten. »Ich will nicht, aber ich muss.«

Er deutete auf einen Seiteneingang. »Wir könnten bestimmt auch den nehmen.«

Energisch schüttelte Conny den Kopf. »Ich musste es Simonette versprechen.«

Sie wusste, dass Félix nicht gern im Rampenlicht stand. Vermutlich hatte Simonette genau das geahnt und durch das erzwungene Versprechen dafür sorgen wollen, dass ihrer *petite* dieses einzigartige Vergnügen nicht entging.

»Sie will ein Selfie von uns. Dort!« Sie deutete auf den roten Teppich, dann kramte sie lächelnd ihr Smartphone aus der Clutch.

Félix vergrub die Hände in den Hosentaschen und folgte ihr widerstrebend. »Die alte Dame wird aber auch immer anspruchsvoller.«

Conny suchte nach den beiden Grübchen, die sonst neben seinen Mundwinkeln erschienen, wenn er etwas nicht ganz ernst meinte. Vergeblich.

Er sah ihr wohl an, dass sie seine Reaktion unangemessen fand, denn im nächsten Moment hielt er ihr einlenkend den Arm hin. »Damit du mir in dem roten Kleid auf dem roten Teppich nicht verloren gehst.«

»Das soll aber nicht etwa ein Kompliment sein?«, zog sie ihn auf.

»Alors, on y va!« Er tat, als hätte er ihre Bemerkung nicht gehört, drehte sie dann aber mit einer Hand im Kreis, damit er sie von allen Seiten anschauen konnte. »Dein rotes Kleid passt nicht nur perfekt zum Teppich, es steht dir auch hervorragend! *C'est toi, la plus belle femme de la soirée, ma chérie!*«

Und einen Moment lang fühlte sie sich tatsächlich wie die schönste Frau des Abends. Lachend lief sie weiter. Als sie am Fuße der Treppe eintrafen, hielt keine vier Meter von ihnen entfernt eine Limousine mit verdunkelten Scheiben und der Aufschrift *Une année sans regrets*.

Die Menschenmenge begann zu klatschen und immer wieder zu skandieren: »Juliette! Margaux!«

Conny verharrte, erleichtert darüber, dass sie doch

nicht die Letzten zu sein schienen. Sie hoffte, den beiden Schauspielerinnen, die sie später interviewen würde, wenigstens ein warmes Lächeln zuwerfen zu können.

Doch es waren nicht Juliette und Margaux, die ausstiegen.

Ein sehr großer, gut aussehender Mann in den Fünfzigern mit breitem Kreuz, hellbraunem Haarschopf und einem triumphierenden Lächeln wand sich mit leicht eingezogenen Schultern mühsam vom Rücksitz, während eine etwa gleichaltrige schmale, fast schon hagere Frau wesentlich behänder zur anderen Seite des Fahrzeugs heraussprang und missbilligend auf ihn wartete.

Täuschte Conny sich, oder schwankte der Mann, den sie als den Produzenten René Delon erkannte, als er sich schließlich umständlich aufrichtete und das Auto umrundete? Oder lag der Eindruck daran, dass er wirkte wie aus seinem Smoking herausgewachsen? Seine Hose schob gut fünf Zentimeter Hochwasser, und die Ärmel reichten keineswegs bis zur Daumenwurzel, sondern bedeckten gerade einmal drei Viertel des Unterarms.

Conny drehte sich zu Félix um. »Trägt man den Smoking in Frankreich jetzt so?«

Félix zuckte mit den Schultern. Mode interessierte ihn eher hinsichtlich sozialer denn ästhetischer Aspekte.

»Das sind der Produzent René Delon und seine Frau Alice«, flüsterte Conny. »Sie ist die Erbin eines Energie-Imperiums. Die beiden sind seit fünfundzwanzig Jahren verheiratet.«

Félix legte seinen Arm um ihre Taille und streichelte

mit dem Daumen so sanft ihre nackte Haut am unteren Rücken, dass die Stelle zum Epizentrum eines Gänsehautbebens wurde.

»*Je sais bien*, ich weiß. Heißt es nicht, er sei ein *filou?*«, flüsterte Félix ihr so nah ins Ohr, dass sie seinen heißen Atem spürte. »Wer weiß, vielleicht musste er ja aus einem fremden Kleiderschrank fliehen und hat in der Eile den Smoking des kleineren Ehemanns erwischt …«

»Da kennt sich aber einer aus«, stellte Conny bissig fest, brachte es aber nicht fertig, seine Hand wegzuschieben. Gemeinsam verfolgten sie aufmerksam das weitere Geschehen.

René breitete jetzt beide Arme aus, um die Fotografen zu begrüßen. Trotz seines derangierten Zustandes gab er sich professionell. Alice dagegen hielt die Arme vor der Brust verschränkt und presste die Lippen so fest aufeinander, dass man den Eindruck hatte, als wollte sie am liebsten wieder in die Limousine mit den verdunkelten Scheiben steigen und so schnell wie möglich davonfahren.

Die Marineoffiziere in weißer Uniform, die die eintreffenden Stars zuvor die Treppe hinaufeskortiert hatten, waren inzwischen verschwunden. Als die Limousine davon fuhr, eilte Alice Delon allein die Treppen hinauf, während ihr Mann ihr schwankend in einigem Abstand folgte.

Conny und Félix standen direkt hinter zwei Fotografen, von denen einer gerade sein Stativ wechselte. »Wahrscheinlich sind Juliette und Margaux längst da, und wir haben sie verpasst, weil du mal wieder gebummelt hast«, pöbelte er seinen Kollegen an.

»Aber die anderen warten doch auch noch!«, verteidigte sich der Jüngere.

Während René und Alice, jeder für sich, in die ein oder andere Kamera lächelten, hielt am Fuß der Treppe eine weitere Limousine, ebenfalls mit der Aufschrift: *Une année sans regrets.*

Alle Köpfe wandten sich ihr zu, ein Fotograf hielt ein Schild mit der Aufschrift: *Juliette*, sein Nachbar eines mit: *Margaux*. Aber auch diesmal stiegen nicht wie erhofft die beiden Schauspielerinnen aus, sondern ein kleiner, zierlicher Mann mit dicker schwarzer Brille, großer Nase und dominantem Mund, der sich wie ein Bogen von einem Ohr zum anderen zog, als er grinste.

»Der Stadtneurotiker spielt auch mit?«, fragte Félix, während Conny in der Clutch nach ihrem Handy kramte, um François Marvis zu fotografieren.

»Er sieht Woody Allen tatsächlich zum Verwechseln ähnlich.« Conny legte die Stirn in Falten. »Aber das ist der Regisseur François Marvis.«

»François!«, rief ein Fotograf vor ihnen jetzt so laut, dass Conny zusammenzuckte, und die Nikon ratterte, als der Regisseur in ihre Richtung sah.

Er verbeugte sich theatralisch, bevor er seinen nicht vorhandenen Zylinder lupfte, was die Menge mit begeisterten Rufen quittierte. Zu dem obligatorischen Smoking trug François einen glänzenden roten Seidenschal, der ihm etwas von einem Magier verlieh.

»Er ist witzig«, meinte Conny lächelnd.

Doch etwas irritierte sie. Es war die Trauer in seinen

Augen, die auch die dicken Brillengläser und die schweren Lider nicht verbergen konnten. Er wirkte wie ein verwundetes Reh. Täuschte sie sich, oder lagen neben der Trauer auch noch Wut und Aggression in seinem Blick?

Anders als die meisten Gäste kam er ohne Begleitung, und seine Smokinghose mit den zahlreichen Falten war eindeutig nicht frisch gebügelt, was seinem Sympathiewert allerdings keinen Abbruch zu tun schien.

»Den würde ich auch gern interviewen.« Conny reckte sich in ihren High Heels, um sich noch größer zu machen.

Sie beobachtete, wie der Regisseur die roten Stufen hinauftänzelte, als liefe er über ein über den Boden gespanntes Seil, um auf halber Höhe zu stolpern.

Einige der Zuschauer schrien überrascht auf, andere lachten.

François schien die Aufmerksamkeit zu genießen und setzte seinen Weg mit wackelndem Hintern fort. Sicher hatte er diese Show schon zigmal abgezogen, aber Conny hatte den Eindruck, dass er es heute nicht für das Publikum tat, sondern für sich selbst. Er wirkte verloren, und diese Show war sein Statement. Ein Statement, das deutlich machen sollte, dass jeder Mensch einzigartig und letztlich alleine war.

Genau das schien François ausdrücken zu wollen. Ein kleiner, einsamer, komischer Mann auf einem roten Teppich und zugleich der Regisseur des am höchsten gehandelten Films der diesjährigen Filmfestspiele in Cannes.

Jetzt fixierte er den Produzenten René Delon, der sich breitbeinig wie ein Imperator am Ende der roten Treppe aufgebaut hatte, während seine schmale Frau mit herabhängenden Schultern und verkniffenem Mund fünf Meter abseitsstand.

Das Blitzlichtgewitter hatte für einen Moment ausgesetzt, um dann umso heftiger erneut aufzuflackern, als der kleine Regisseur seine rechte Hand hob und sie zu einer Faust ballte, aus der der Zeigefinger wie der Lauf einer Pistole hervorstach, mit der er vorgab, auf René zu schießen.

Der rührte sich erst, als alle Blicke auf ihn gerichtet waren. Dann hob er beide Arme zum Himmel und lächelte den Schuss einzig mit der Macht und Größe seiner Erscheinung weg.

»Das Interview lässt sich bestimmt organisieren, aber mich findest du währenddessen an der Bar«, flüsterte Félix. »Diese Filmwelt ist nicht so meins.«

»Dann warte mal ab, bis du irgend so einem Filmsternchen in einem Hauch von Nichts gegenüberstehst«, grinste Conny und nahm sich vor, Juliette und Margaux zu bitten, den Kontakt zu François herzustellen.

Er wirkte auf sie sonderbar. Sonderbar und geheimnisvoll. Und Geheimnisse zogen Conny an wie pralle Blüten Bienen.

In dem Moment streckte der große René schwankend seinen Arm nach dem kleinen Regisseur aus und rief ihm wie ein König seinem Untertan zu: »*C'est la fin des haricots avec toi*, François!«

Conny wunderte sich. Sollte das locker hingeworfene »Bei dir sind Hopfen und Malz verloren, François!« womöglich der Auftakt zu einem lustigen Geplänkel sein? Aber François antwortete nicht, was René unbeholfen dastehen ließ.

Als François die letzte Stufe erklommen hatte, musterte er den Produzenten mit zusammengekniffenen Augen und sagte etwas zu ihm, das nur für ihn bestimmt zu sein schien.

Daraufhin schwankte René so stark, dass Conny schon befürchtete, er würde gleich die Treppe hinabstürzen. Er fing sich im letzten Moment und wandte sich mit theatralisch ausgebreiteten Armen an die Zuschauer: »*Tant pis!* Was soll's. Lassen wir unserem Kleinen die Größe!«

François reagierte mit einem abfälligen Lächeln, das René so unverhohlen wütend erwiderte, dass Conny sich schon auf einen handgreiflichen Zwischenfall einstellte.

Doch stattdessen sprangen zur Überraschung aller die beiden am nächsten stehenden Fotografen, die ihre Kameras an ihre Begleiter weitergegeben hatten, über ein Gitter und François zur Seite. Sie hielten ihm die Hände als Räuberleiter hin und sahen ihn auffordernd an. Ohne zu zögern, trat der Regisseur mit einem Fuß in ihre verschränkten Hände, und sie hoben ihn hoch. Es gelang ihm, sich aufrecht zu halten, sodass sein Kopf nun einen halben Meter über dem von René war.

Renés verdutzter Gesichtsausdruck wurde mit einem erneut einsetzenden Blitzlichtgewitter und Gelächter belohnt. Einen Moment sah es so aus, als ob der Produzent die drei Akrobaten attackieren wollte wie ein bereits von einem Pfeil getroffener, wütender Stier den Torrero mit rotem Tuch, doch seine Frau packte ihn am Arm und flüsterte ihm etwas zu.

Daraufhin tippte der Produzent einem der beiden Fotografen auf die Schulter und hob nun seinerseits den Fuß, um anzudeuten, dass auch er hochgehoben werden wollte. Dabei gelang es ihm schon auf einem Bein stehend nur mit Mühe, die Balance zu halten.

Hatte er vor seinem großen und wichtigen Auftritt beim Filmfestival wirklich getrunken?

Tatsächlich setzten die beiden Fotografen François vorsichtig ab und wandten sich René zu.

Conny befürchtete, sich gleich fremdzuschämen. Ihr tat René plötzlich leid. So ging es ihr immer. Ein Teil von ihr schlug sich auf die Seite des Unterlegenen. Einzig um ein Gleichgewicht herzustellen.

Als René Anstalten machte, seinen Fuß in die Räuberleiter zu stellen, hätte sie ihn am liebsten gewarnt. Ihr war klar, dass es schlecht für ihn ausgehen würde.

Und wirklich gaben die beiden Träger unter dem Gelächter der Menge vor, unter Renés Gewicht zusammenzubrechen. Doch René, eindeutig ein Mann des Showbusiness, nahm es gelassen. Er zuckte lediglich mit den Schultern, klopfte beiden auf den Rücken und setzte ein strahlendes Lächeln auf.

Conny bezweifelte, dass es echt war.

Kopfschüttelnd eilte Renés Frau zu ihm, nahm ihn am Arm und führte ihn in Richtung Eingang, während François mit melancholisch wissendem Lächeln die Menge musterte. Conny hätte viel für seine Gedanken gegeben.

Als Beobachter hätte man meinen können, die vier Männer hätten kreativ, wie in der Branche üblich, einen Sketch einstudiert, wären da nicht die Zeichen von Aggression zwischen François und René und dessen eindeutig hoher Alkoholspiegel gewesen. Nein, das war kein lustiger Schwank eines Produzenten und eines Regisseurs gewesen, die sich auf die Premiere ihres hochgelobten Films freuten. Vielmehr hatte Conny das Gefühl, Zeugin eines Duells geworden zu sein. In den Blicken der beiden hatte tiefer Hass gelegen.

»Was meinst du, war das einstudiert?«, vergewisserte sie sich bei Félix.

Mit vor der Brust verschränkten Armen betrachtete er einige Gesichter der Umstehenden und wiegte den Kopf. »Zugegebenermaßen ist es in diesem Ambiente nicht einfach zu unterscheiden, was Show und was Ernst ist. Aber ich denke, wir können durchaus von dem – sagen wir – spielerischen Versuch des Aggressionsabbaus sprechen.«

Conny nickte. Die Spannung zwischen den beiden Männern war ihm also auch aufgefallen. Sie beobachtete, wie sich jetzt auch François dem Eingang zuwandte, vor dem sich eine Gruppe Sicherheitsleute aufbaute. Sie schienen René und Alice daran zu hindern, das Gebäude zu betreten.

Conny stutzte. Wieso wurden sie nicht eingelassen?

»Sag bloß, die machen jetzt einen auf geschlossene Gesellschaft!« Kurz entschlossen eilte sie an Félix vorbei die Stufen hinauf, hörte aber, dass er ihr folgte.

Im Gegensatz zu vorher erhellten nun nur wenige

Kamerablitze die jetzt einsetzende Dämmerung, da sie natürlich niemand kannte. Es war ihr nur recht. Sie war schon fast am Eingang, als ihr siedend heiß einfiel, dass sie das Simonette versprochene Selfie vergessen hatte.

Conny überlegte gerade, noch einmal wenige Stufen zurückzugehen, da brüllte ein von rechts kommender Sicherheitsbeamter: *»Arrêt!«* Als sie trotz seines Befehls auf den Eingang zulief, drückte er ihr den Lauf seines Gewehrs auf die Brust.

Félix, inzwischen neben ihr, streckte dem Mann hastig die Eintrittskarten hin. »*Tranquille!* Alles gut! Sehen Sie, hier. Unsere Karten.«

Der Mann, mit kahl geschorenem Kopf, verrutschter Mütze und beeindruckend tätowierten Unterarmen, stellte sich vor ihnen hin, nahm aber zumindest den Gewehrlauf von Connys Brust.

»Attention! Wir haben Anweisung, im Moment niemanden reinzulassen. *Personne!* Keinen, verstehen Sie? Selbst wenn Lady Gaga persönlich käme, dürfte sie hier nicht durch.«

Conny wollte sich trotzdem weiterdrängen. »Entschuldigen Sie, aber ich muss da wirklich rein. Ich habe gleich einen Termin mit Juliette und Margaux Calimard.« Dass der eigentlich erst etwas später während der Eröffnungsvorstellung war, verschwieg sie.

Der Sicherheitsbeamte verharrte regungslos wie in Beton gegossen. »*Putain merde!* Glauben Sie mir, gerade geht es um Wichtigeres als um SIE.«

Im gleichen Moment bogen mehrere Polizeiwagen vom

Boulevard de la Croisette auf die Zufahrt zum hinteren Parkplatz ein.

»Hast du nicht so einen Ausweis von der Polizei?« Conny sah Félix an, dessen Blick besorgt den Polizeiautos folgte.

»Qu'est-ce qui se passe?« Er zog die Augenbrauen hoch. »Liegt im Auto. Ich musste improvisieren.«

Hinter ihnen kamen nun der Schauspieler Ulrich Masur und seine Filmpartnerin Siggi Rieps die Treppe herauf. Conny hatte gelesen, dass ihr Film *Plus que jamais* nachgemeldet worden war.

»Was ist denn los?«, fragte Masur.

Der Sicherheitsbeamte hing an seinem Walkie-Talkie, aus dem ein für Conny unverständliches Krächzen drang.

Während sie fieberhaft überlegte, wie sie doch ins Palais gelangen könnten, hielt Félix sein *portable* ans Ohr.

Je länger er seinem Gesprächspartner zuhörte, desto mehr schien sich sein Körper anzuspannen. Und immer wieder warf er ihr alarmierende Blicke zu.

Ulrich Masur, eine Hand in der Smokinghosentasche, redete ruhig auf den Sicherheitsbeamten ein, der sich jetzt gesprächiger zeigte.

»Höchste Alarmbereitschaft, Monsieur. Ein Mord.« Wieder hielt der Mann das historisch anmutende Walkie-Talkie an sein Ohr.

»Hier?« Für Conny rückte das von Simonette eingefädelte Interview gerade in weite Ferne.

Der Sicherheitsbeamte steckte das Walkie-Talkie in die Halterung an seinem Gürtel zurück, schob sein Käppi aus der Stirn und schüttelte den Kopf, um deutlich zu machen, dass er nicht mehr sagen würde.

»Was wird jetzt geschehen?« Conny hob beide Arme.

»*Je ne sais pas*, Madame.« Allmählich wurde er richtig unfreundlich.

Bevor sie weiterfragen konnte, nahm Félix sie mit sorgenvoller Miene beiseite. »Vernaux – du weißt, der Commissaire aus Nice, mit dem ich häufig zusammenarbeite – hat versucht, mich zu erreichen. Das erste Mal kurz vor meinem Eintreffen hier. Ich bin nicht ran, um mich nicht noch mehr zu verspäten. Er selbst war beim Abendessen mit seiner Frau, als er einen Hinweis bekommen hat, der inzwischen bestätigt wurde. Er ist jetzt auf dem Weg nach Cannes.«

»Was für einen Hinweis?« Félix' Blick gefiel Conny nicht, spontan griff sie nach seinem Arm.

Er führte sie zu der niedrigen Mauer, die den Bereich vor dem Haupteingang umgab. Der Sicherheitsbeamte ließ sie gewähren. Mit einem flauen Gefühl im Magen und weichen Knien folgte sie ihm.

Er seufzte, als er ihr beide Hände auf die Schultern legte. »Conny, du musst jetzt stark sein.«

Die Worte hatte sie sinngemäß schon einmal von ihm gehört. Das Blut in ihren Adern gefror. »Ist etwas mit Simonette?«

Er schüttelte den Kopf. Sie ließ sich auf das Mäuerchen sinken, dachte nach. Er setzte sich neben sie.

»Mit Margaux oder Juliette?«, fragte sie schließlich ungläubig.

Er nickte traurig. »Details weiß ich noch nicht. Aber im Moment sieht es so aus, als ob Margaux in ihrer Villa ermordet wurde. Juliette wird vermisst.«

»Nein!« Conny schlug sich die Hände vors Gesicht. »Das ist ein schlechter Scherz, oder?«

Doch Félix' Miene machte mehr als deutlich, dass es bitterer Ernst war.

Eine Leere breitete sich in ihr aus, betäubte sie. Sie konnte die strahlende Schauspielerin vor sich sehen. Fassungslosigkeit überrollte sie. Das konnte und durfte einfach nicht wahr sein. Dass ein Leben von einem Moment auf den anderen ausgehaucht wurde. Funkstille. Nicht mehr da war. Conny schluckte. Dann wanderten ihre Gedanken zu Juliette.

Sie wurde vermisst. Ob sie in Gefahr war?

Conny spürte, wie ihre Knie noch weicher wurden. Der Moment, als sie die schreckliche Nachricht vom Tod ihrer Eltern erfahren hatte, stand ihr vor Augen. Auch von Félix und nicht weit von hier. Ein *déjà-vu.*

Sie bemühte sich, tief und ruhig zu atmen, brauchte jedoch einige Minuten, um sich zu sammeln.

Sie hatte sich so auf Félix gefreut, der nun sicher arbeiten musste. An den Fernsehauftritt und ihren Artikel, den sie darüber und über das Festival hatte schreiben wollen, wollte sie gar nicht erst denken. All das war nun verglüht wie eine Sternschnuppe an einem Sommerhimmel. Und natürlich war es auch gänzlich unwichtig vor der Tragödie, die anscheinend passiert war.

Alles, was zählte, waren jetzt Juliette und Margaux.

Juliette wohlbehalten wiederzufinden und den Mord an Margaux aufzuklären.

Doch selbst wenn Juliette körperlich unversehrt war, was man nur hoffen konnte, blieb noch, dass sie ganz unvorbereitet ihre Mutter verloren hatte. Einer der schlimmsten Momente im Leben wohl eines jeden Menschen. Einer, der einen zurückwarf auf die Erkenntnis der Endlichkeit allen irdischen Seins.

Noch dazu war Juliette kaum älter als Conny damals beim Tod ihrer Maman. Arme Juliette! Conny ahnte, was der jungen Frau noch alles bevorstand, würde sie wiederauftauchen.

»Conny!« Félix schüttelte ihren Arm.

»Ja?« Sie musste sich wieder ins Hier und Jetzt zurückzwingen.

»Alles gut?« Er sah sie besorgt an. »Du bist ganz blass.«

Sie atmete langsam aus und nickte. »Alles gut. Es ist nur … schwer zu begreifen.«

»Du denkst an damals, nicht wahr? Als ich dir die Nachricht vom Tod deiner Eltern überbracht habe.« Er schloss sie in die Arme, zog sie an sich.

Sie nickte, während sie den Kopf an seine Brust sinken ließ, seinem Herzschlag lauschte und darum kämpfte, sich von den Erinnerungen an damals nicht überwältigen zu lassen.

Dann blitzte ein anderer Gedanke auf. Sie musste Simonette benachrichtigen. Es würde einen Unterschied machen, ob sie vom Tod ihrer Freundin und dem Verschwinden von Juliette von ihr erfuhr oder aus den

Medien. Bestimmt würde die alte Dame genauso fassungslos sein wie sie. Conny würde ihr ihr Beileid aussprechen und ihr sagen, wie sehr sie es bedauerte, Margaux nicht kennengelernt zu haben.

»Conny?« Félix streichelte ihr sanft über die Haare. Seine Stimme klang so belegt, dass sie den Kopf hob.

Wieso sah er sie so mitleidig an? »Was ist?«

Er nahm ihr Gesicht in beide Hände. »Du weißt, dass ich jetzt wegmuss?«

Sie seufzte. Und nickte dann.

Ein Tatort verriet viel über den Täter, und Félix war gut darin, Hinweise zu erkennen. Seine Beobachtungen hatten bereits zu zeitnahen Festnahmen geführt.

Abrupt ließ Conny ihn los und sich von der Mauer gleiten. »Ich komme mit, was soll ich denn noch hier?«

Er drückte ihr einen zarten Kuss auf die Stirn, und als er sprach, war seine Stimme nur ein Flüstern. »Das geht nicht, *ma chérie!*«

»Und warum nicht?« Sie machte sich wieder frei.

Er rang seine Hände, um seinen Worten Nachdruck zu verleihen. »Ein Tatort ist ein Tatort. Außer dem Ermittlungsteam darf keiner dorthin. Die Öffentlichkeit hat da nichts zu suchen.«

»Bin ich vielleicht die Öffentlichkeit?« Conny war empört. Und außerdem: Seit wann nahm er Vorschriften so wörtlich?

Félix' Blick drückte Bedauern aus. »Tut mir leid, Conny, aber in dem Fall schon.«

»Und Juliette? Sie hat ihre Mutter verloren. Ich könnte

ihr beistehen, wenn ihr sie findet. Ich weiß, was sie durchmachen muss. Ich weiß, was sie braucht.« Plötzlich fror sie und nahm ihre Lederjacke vom Arm. Félix half ihr in die Ärmel. »Erst einmal müssen wir sie finden.« Er warf einen nervösen Blick auf sein *portable*. »Und da zählt jede Minute. Ich muss los. Was hältst du davon: Du fährst zurück ins Hotel, und ich komme sofort zu dir, wenn es denn irgendwie möglich ist?«

Wann das wohl sein würde? Conny schlang ihre Jacke enger um ihren Oberkörper. »Meinst du, die haben das Gebäude hier gesperrt, weil Anschlagsgefahr besteht?«

Er schüttelte den Kopf. »Kann ich mir nicht vorstellen, dann hätten sie es längst geräumt. Ich denke, man will Zeit gewinnen, um zu überlegen, wie es weitergehen soll. So eine Megaveranstaltung kann man nicht spontan absagen.«

Sie nickte.

»Okay!« Verständnisvoll strich sie Félix über die Wange und sagte dann das kleine Wörtchen, das er von ihr hören wollte, obwohl sich vieles in ihr dagegen sträubte: »Geh.« Sie wusste, er würde von jetzt an so gut wie rund um die Uhr im Einsatz sein, bis Margaux' Mörder gefasst war.

Félix küsste sie auf die Lippen und stand auf. »*Merci*, Conny! Danke für dein Verständnis. Ich mach das wieder gut.«

Sie nickte, dann beobachtete sie, wie er eilig die Stufen mit dem roten Teppich hinunterlief und sich mit jedem Schritt weiter von ihr entfernte.

Würde es ihnen jemals wieder vergönnt sein, auch nur

ein paar Tage am Stück gemeinsam zu verbringen?, dachte sie und kämpfte gegen die Traurigkeit an, die sie bereits im ersten Moment des Alleinseins überkam.

7

Sie winkte Félix nach, bis er um die Ecke des Palais in Richtung des Parkplatzes verschwunden war. Als er außer Sichtweite war, überlegte sie fieberhaft, was sie jetzt tun sollte.

Zurück ins Hotel wollte sie ganz bestimmt nicht. Der Gedanke an Juliette ließ sie nicht los. Wo sie sich jetzt wohl befand? Wie es ihr ging? Sie musste einfach etwas tun, um zu helfen. Wenn sie Félix schon nicht begleiten durfte, wollte Conny wenigstens vor Ort recherchieren. Als Journalistin. Sie wusste, wie man Fragen stellte, um Antworten zu erhalten, und ihre Beobachtungsgabe war schon oft gelobt worden.

Conny fühlte sich wie elektrisiert. Sie konnte die Tatsache, dass Margaux ermordet und Juliette verschwunden war, nicht einfach auf sich beruhen lassen. Jede Faser ihres Körpers war aufs Äußerste gespannt, und sie würde nicht in ihren Alltag zurückkehren können, bevor sie nicht herausgefunden hatte, was warum passiert war und wer welche Rolle dabei spielte. Aller Wahrscheinlichkeit nach befand sich hier ganz in der Nähe ein Mörder. Kam er nicht meist aus dem direkten Umfeld des Opfers? Diese Person galt es zu entlarven.

Außerdem schwebte Juliette in Gefahr, und Conny fühlte sich Margaux und ihrer Tochter durch die gemeinsame Freundschaft zu Simonette verbunden.

Das Verhalten des Regisseurs François Marvis und des Produzenten René Delon war mehr als suspekt gewesen. Je länger sie darüber nachdachte, desto überzeugter war Conny, dass die beiden bereits vor ihrem seltsamen Auftritt auf dem roten Teppich, also bevor etwas von Margaux' Tod an die Öffentlichkeit gedrungen war, davon gewusst hatten.

War das der Grund für ihr aggressives Verhalten gewesen, weil einer den anderen verdächtigte, etwas mit dem Tod des Stars zu tun zu haben?

Sie musste irgendwie in das Palais kommen und mit den Männern reden. So schnell wie möglich, denn je mehr Zeit verging, desto einfacher wäre es, das, was wirklich geschehen war, zu drehen und zu wenden, um sich elegant aus der Affäre zu ziehen. Oder Dinge zu verheimlichen.

Und was war überhaupt mit dem Interviewtermin? Vielleicht erwartete man sie, auch wenn im Moment im Palais Chaos herrschte. Vielleicht würde es ja ein Ersatzinterview mit anderen Schauspielern geben.

Sie hielt Ausschau nach dem gut gebauten Sicherheitsbeamten, mit dem sie sich so nett unterhalten hatte. Eventuell könnte er ihr helfen, ins Innere des Palais zu gelangen. Schließlich hatte er auch für diese Inès eine

Ausnahme gemacht. Der Regisseur François und der Produzent René mussten inzwischen trotz aller Vorsichtsmaßnahmen hineingelangt sein, jedenfalls standen sie nicht mehr bei den anderen vor dem gesicherten Eingang, im Gegensatz zu ein paar weiteren Nachzüglern und Fotografen.

Ein eleganter schlanker Mann im Smoking, vermutlich ein Mitglied des Festkomitees, erschien nun auf den Großleinwänden, von denen eine seitlich vom Palais-Eingang hing und eine weitere am Fuß der Treppe. Schon um neunzehn Uhr dreißig hätte die Eröffnungszeremonie auf der Croisette übertragen werden sollen, inzwischen war es kurz vor zwanzig Uhr.

Während die Menschen gebannt auf die Leinwände starrten und die Kamera das Gesicht des Mannes in den Fokus nahm, erblickte Conny den gesuchten Sicherheitsbeamten unweit des Nebeneingangs, durch den Inès zuvor das Gebäude betreten hatte. Ein Polizist untersuchte gerade die weiße Honda, und der Sicherheitsbeamte schien in Erklärungsnot zu sein, als er erklären sollte, wie das Fahrzeug dorthin gekommen war. Conny eilte die Stufen hinunter, ohne dass jemand Notiz von ihr nahm.

»*Mesdames et Messieurs*«, tönte die Stimme des Sprechers von der Leinwand, »es sind sehr traurige Nachrichten, die uns erreichen, die aber im Moment noch nicht bestätigt sind, weshalb ich nicht ins Detail gehen will. Das Gebäude wird aktuell gesichert, doch ich kann Sie beruhigen, bisher deutet nichts auf eine Gefahr hier vor Ort hin. Dennoch berät die Jury in diesem Moment, ob das Festival wie geplant stattfinden kann, und die Polizei untersucht das Gelände. Wir bitten um Ihr Verständnis. Ich gehe davon aus, Ihnen zeitnah weitere Informationen geben zu können, bitte haben Sie bis dahin weiter Geduld. *Merci à vous!*«

Ein Raunen ging durch die Menge.

Conny registrierte, dass man die Nachricht, dass ein Mord stattgefunden hatte, noch zurückhielt. Ebenso wie die Tatsache, dass es sich bei dem Opfer um Margaux Calimard handelte und deren Tochter vermisst wurde. Es grenzte an ein Wunder, dass noch nicht mehr durchgesickert war, doch dass dies geschehen würde, war nur noch eine Frage der Zeit. Und die Verantwortlichen wollten diese so weit wie möglich ausreizen.

Conny wandte sich um. Der Polizist war verschwunden. Aber als sie auf den netten Sicherheitsbeamten zueilte, ahnte dieser wohl, dass ein weiteres Problem auf ihn zukam, denn er drehte sich abrupt ab.

Sie stellte sich direkt vor ihn und lächelte ihn an. »*Pardon!*«

Es war ihr bewusst, dass sie ihn gleich um einen Gefallen bitten würde, der weit über das Normalmaß hinausging. Aber in solchen Situationen hatte sie meist ausgesprochenes Glück, und es gelang ihr, dass der Angesprochene ihre Bitte erfüllte. Félix schüttelte gern den Kopf darüber und meinte, es läge an ihrem unschuldigen Aussehen, dass man ihr einfach nichts abschlagen konnte. Schon als Teenager hatte sie es oft geschafft, doch noch eine Karte für ein Konzert zu ergattern, das offiziell ausverkauft war. Und meistens hatte sie dann direkt vor der Bühne gestanden.

Wie der Wärter einer fremden Welt blickte der Sicherheitsbeamte konsequent an ihr vorbei. »*Pas vrai!* Bitte nicht! Ich kann mir schon denken, was Sie wollen.« Er wies in Richtung des Boulevard de la Croisette. »Warum machen Sie sich nicht einfach einen netten Abend? Setzen sich in eine der Strandbars, schauen aufs Meer, genießen den Sonnenuntergang bei einem Aperol … *La vie, elle est belle*, man muss es nur zu leben wissen.«

Sie wollte ihm nicht erklären, dass sie einen Pastis einem Aperol vorzog, und deutete stattdessen auf die Tür. »Bitte helfen Sie mir, ich muss da rein.«

»*Merde!* Wieso wollen die Frauen immer nur das eine von mir?« Er rollte die Augen. »Was um alles in der Welt hat es mit diesem Gebäude nur auf sich?«

Sie trat einen Schritt näher an ihn heran. »Die Motorradfahrerin haben Sie vorhin auch reingelassen. Ich habe es gesehen.«

»*Les femmes!*« In völligem Unverständnis über die Frauen schüttelte er gutmütig den Kopf. »Mit Inès hab ich schon Kaugummis unter die Schulbank geklebt und daneben Herzen geritzt.«

Nachdem Conny seinem Blick fast eine Minute standgehalten hatte, blickte er schließlich um sich und hielt seine Zugangskarte ans Pad neben dem Eingang.

»*Je suis méchant!* Ich bin verrückt, aber wie soll man einer schönen Frau wie Ihnen etwas abschlagen?« Die schwere Stahltür sprang mit einem leisen Klick auf, und er trat einen Schritt zur Seite. »Das kann mich den Job kosten. Warum tue ich das nur?«

»Weil Sie ein Schatz sind und von mir eindeutig keine Gefahr ausgeht.« Conny schlüpfte durch den Spalt. »*Merci!* Sie haben etwas gut bei mir.«

Er musterte sie von oben bis unten und grinste. Sie hob den Zeigefinger und schüttelte den Kopf, bis sie schließlich beide grinsten und Conny das Gefühl hatte, in ihm einen Verbündeten gefunden zu haben.

»Wohin wollen Sie eigentlich?«, flüsterte er.

»Zum Fernsehstudio.«

»Okay, rund Hundert Meter den Gang entlang, dann kommen links drei Türen«, erklärte er. »Finger weg davon. Die mittlere führt zu den Toiletten, die anderen beiden in den Irrgarten der Technik. Nehmen Sie den schmalen Gang, der etwas später nach rechts abgeht. *Mais attention!* Sie müssen lange durch die Katakomben bis zu den Studios auf der anderen Seite des Gebäudes gehen.« Er schob sich grinsend seine Mütze aus der Stirn. »*Putain*, da hat sich schon so mancher verlaufen und ward nicht mehr gesehen. Nicht, dass wir das Labyrinth da unten nach Ihnen absuchen müssen und ich doch noch in die Bredouille komme.«

Conny war klar, dass er übertrieb. »Da machen Sie sich mal keine Sorgen.«

Er grinste wieder breit und fuhr fort. »Die Tür ganz am Ende des Ganges führt in die Maske, von da geht es weiter zum Studio. Aber wenn alle Türen zu sind, *oh là là …*« Er hob entschuldigend die Hände.

»Das bekomme ich schon hin«, versicherte sie ihm schnell.

Warnend wackelte er mit dem Zeigefinger. »Aber kein Wort darüber, wie Sie hineingekommen sind, *bien reçu!*«

»Ehrensache. Und noch mal: Danke.«

Conny klemmte sich die Clutch fester unter den Arm und lief, so schnell es die High Heels zuließen, den kahlen Betongang entlang, der zwar breit, aber sehr niedrig war. Menschen über eins siebzig wie sie mussten den Kopf einziehen.

Hoffentlich hatte Félix recht mit seiner Vermutung, dass kein Anschlag geplant war. Conny mochte sich nicht vorstellen, wie es wäre, wenn viele Menschen durch diesen Betonkorridor fliehen mussten.

Im spärlichen Licht der Notbeleuchtung betrachtete sie den Boden vor sich. Er war feucht, außerdem stank es nach Urin und Erbrochenem.

In jedem Fall dürften sich hier Nagetiere der größeren Art, vor denen sie eine Heidenangst hatte, pudelwohl fühlen. Angeekelt atmete sie flach durch den Mund, während sie weiterlief. In welchem Albtraum war sie da nur wieder gelandet? Und wieso, rügte sie sich, hatte sie eigentlich nicht abwarten können, bis alles seinen offiziellen Gang ging?

Wahrscheinlich hätte man sie inzwischen längst offiziell ins Gebäude gelassen. Jemand hätte sie zum Filmstudio begleitet, wo sie vollkommen in sich ruhend erschienen wäre, während sie jetzt, wenn überhaupt, dann verschwitzt und gestresst dort eintreffen würde.

Wütend auf sich selbst stolperte sie weiter, bedacht darauf, in nichts hineinzutreten.

Es war schon interessant, beides zu kennen, das Oben und Unten. Oben der Glanz, das Sich-Sonnen im Blitzlichtgewitter der Kameras, der Walk auf dem roten Teppich. Und unten die Enge, die Dunkelheit, der Dreck.

Doch was hatte sie erwartet? Immerhin eröffnete ihr der Kellergang eine andere Perspektive auf die Dinge.

Auch in dem Palais, wo man hätte meinen können, in der Welt des Glamours gelandet zu sein, wurde letztendlich nur mit Wasser gekocht. Zumindest erdeten Conny die Minuten in den Katakomben. Würde sie doch noch vor die Kamera müssen, so wäre sie wesentlich gelassener als zuvor.

Und wie hatte der berühmte Komiker Karl Valentin noch mal gesagt? Jedes Ding hatte drei Seiten, eine positive, eine negative und eine komische. Man musste nur den Mut haben, es von allen zu betrachten. Tat man es, so verlor das Ding, was auch immer es war, seine einschüchternde Wirkung.

Da ist wirklich etwas dran, dachte Conny.

Trotzdem fragte sie sich wenig später, als sie plötzlich ausrutschte und es ihr nur mit Mühe gelang, ihr Gleichgewicht wiederzufinden, wie bei ihrem aktuellen Tun die komische Seite aussehen sollte.

8

Félix quälte sich durch dichten Abendverkehr den Hügel hinauf bis zum Stadtteil Californie Pézou, wo laut Vernaux die Villa von Margaux Calimard lag.

Quälte deshalb, weil sich die kurvige Straße angesichts dessen, was ihn an seinem Ziel erwarten würde, unerträglich weit zog. Zudem wollte ihm einfach nicht Connys entsetztes Gesicht aus dem Kopf gehen, als er ihr die Nachricht vom Tod der Schauspielerin und dem Verschwinden von deren Tochter überbracht hatte.

Und wie sie ihm nachgeblickt hatte. Wohl wissend, unter welchem Druck er stand. Aber er hatte keine Wahl. Seine Privatpraxis als Psychologe hatte er seit der Geburt seines Sohnes zugegebenermaßen vernachlässigt. Aber seinen Job als Fallanalytiker im Commissariat de Police de Nice wollte er auf keinen Fall verlieren, denn dieser Job erdete ihn.

Wäre Vernaux erst in Rente, so würden die Karten neu gemischt werden. Dessen Nachfolger stand noch nicht fest, und Félix war sich mehr als bewusst, dass er nicht nur Freunde im Commissariat hatte. Es gab durchaus Kollegen, die hielten das, was er tat, für überflüssig oder sahen ihn gar als Konkurrenten und eine Gefahr für sie.

Je höher er den Hügel hinauffuhr, desto nobler wurden die Villen und desto höher die Hecken, die sie umgaben. Trotzdem blieb die Straße gleichbleibend schmal.

Inzwischen war es dunkel und die Frühsommernacht so lau, dass er beide Vorderfenster seines Alpin heruntergekurbelt hatte. Laut Navi musste er sich schon ganz in der Nähe von Margaux' Villa befinden, als er langsam an einer parkähnlichen Anlage vorbeirollte, um nicht zu weit zu fahren. Draußen in der einbrechenden Nacht zirpten die Grillen. Die Zedern, Zypressen und Drachenbäume warfen lange und skurrile Schatten auf die von den Laternen erleuchtete Straße mit den Schlaglöchern. Sie waren so tief, dass er immer wieder ausweichen musste, um keinen Achsenbruch zu riskieren. Der Duft von blühendem Jasmin drang süßlich ins Innere des Wagens. Am Parkeingang fiel ihm ein besonders üppig blühender Pfingstrosenstrauch neben einer hohen Palme auf, vor der der Boden mit grünbraunen Palmblättern übersät war.

Kurz darauf steuerte Félix durch eine Einfahrt in einer Lorbeerhecke, hinter der sich eine Villa verbarg, vor der Vernaux' geradezu ordinär orangener Citroën DS von 1975 parkte.

Eines der letzten Fahrzeuge der Modellreihe, in das der Commissaire zum Leidwesen seiner Ehefrau bereits den Großteil seines Vermögens investiert hatte. Mittlerweile hatte er so ziemlich alles ausgetauscht, was austauschbar war, damit das Gefährt zuverlässig fahrtüchtig blieb. Die Liebe zu französischen Oldtimern war auch etwas, das Félix und den alten Vernaux verband.

Neben dem Citroën standen ein Polizeiauto, der Leichenwagen der Rechtsmedizin und der Transporter der Spurensicherung. Keine Schaulustigen, aber es war auch nicht die Gegend dafür. Vermutlich hatten die Nachbarn hinter ihren hohen Hecken noch gar nichts mitbekommen, oder sie waren, da es sich bei vielen Villen in dieser Gegend bekanntermaßen um Zweitwohnsitze handelte, schlichtweg nicht da.

Dieser Tatsache war es wohl auch geschuldet, dass aktuell noch so gut wie nichts über Margaux' Tod und Juliettes Verschwinden durchgedrungen zu sein schien, wie ihm ein gelegentlicher unerlaubter Blick auf sein *portable* gezeigt hatte.

Félix scherte in die Lücke hinter Vernaux' Oldtimer ein, ließ Smokingjacke und Fliege im Auto und betrat den Garten der dreistöckigen Villa mit den im Parterre verschlossenen Fensterläden, durch deren Ritze Lichtstrahlen drangen. Es war ein hübsches Gebäude. Mit einem Erker über alle drei Etagen, der im obersten Geschoss zu einem kleinen Balkon wurde.

Félix hastete über den knirschenden Kies, bevor er die paar Treppenstufen aus Travertin hochsprang und im Erdgeschoss die Kollegen begrüßte, die zwischen Keller und den drei Etagen auf und ab liefen.

»*Bonjour*, Monsieur Weißenstein.« Einer der Beamten begrüßte ihn höflich und wies ihm den Weg zu Vernaux in Richtung des Salons, was Félix dankend zur Kenntnis nahm.

Er sah sich um. Die Schubladen der Kommode in der Garderobe standen offen und waren unübersehbar durchwühlt worden. Mäntel und Schuhe lagen auf dem Boden verstreut. Je weiter Félix kam, desto heilloser sah das

Durcheinander aus. Als ob jemand vor ihnen nach etwas anderem gesucht hätte als nach Spuren.

Vernaux empfing ihn in einem großzügigen Raum im Landhausstil. Warme Farbtöne dominierten, mit einigen exklusiven Möbelstücken à la Louis XV. waren Akzente gesetzt worden. Ein Kronleuchter verlieh dem Raum eine prunkvolle Note. Vor Vernaux auf dem Boden, halb auf einem runden beigefarbenen Webteppich, halb auf dem Parkett, lag die leblose Margaux Calimard. An ihrem Hinterkopf hatte sie eine blutige Wunde, sie musste mit einem schweren Gegenstand erschlagen worden sein.

»*Rien de bon*«, brummte Vernaux, als er sich neben Félix gesellte. »Auf den ersten Blick sieht alles nach Raubmord aus.«

Für den im Laufe der Jahre beim Anblick einer Leiche emotionslos gewordenen Vernaux war das »Nichts Gutes« bereits überdurchschnittlich viel Gefühl an einem Tatort. Der Commissaire, der seit einiger Zeit zunehmend in sich zusammensank, sodass er jetzt einen halben Kopf kleiner war als Félix, ließ lieber Fakten sprechen, als sie zu kommentieren. Hager und mit dem im Verhältnis zum Körper zu großen Kopf und den auseinanderstehenden Augen schien er bewegungslos zu warten, als könnte sich das Böse jeden Moment aus den Wänden lösen und zu erkennen geben.

Also ließ Félix seinen Blick ebenfalls durch das Zimmer und über die tote Schauspielerin schweifen, in der Hoffnung, etwas Auffälliges zu entdecken.

Das Sideboard an der Wand war leer, bemerkte er.

Doch ein Sideboard existierte nicht, um leer zu sein. Zumal davor auf dem Boden Spiegelscherben in mehreren Größen lagen.

Was außer den Spiegeln hatte darauf gestanden?

Denn davon, dass dies der ideale Platz für besondere Schätze oder lieb gewonnene Andenken gewesen war, ging Félix aus. Zumal keine Bilder an der Wand darüber hingen. Das Board wirkte leer und verwaist. Unpassend leer für die farbenfroh geschminkte Tote in ihrem zeltartigen schwarzen Samtkleid mit den seidenen Ornamenten.

Um das Schminktischchen daneben lagen Puderdosen, Kajal, Lippenstifte und Nagellackfläschchen wild verstreut. Einer der beiden stehenden Spiegel war umgekippt, doch unversehrt geblieben.

An der Stirnseite des Raums stand ein Sekretär. Um ihn herum auf dem Boden beschriebene weiße Blätter und Stifte aller Art. Davor ein ausgelaufenes Tintenfass.

Wer schreibt den heute noch mit Feder?, wunderte sich Félix. Die tiefblaue Flüssigkeit hatte sich auf das Parkett ergossen und war schon angetrocknet, soweit Félix das mit bloßem Auge einschätzen konnte. Der Trocknungsgrad entsprach in etwa dem des Blutes, in dem der Kopf der Schauspielerin lag. Sicher hatte die Spurensicherung bereits Proben genommen, um den Todeszeitpunkt zu bestimmen.

War Margaux erst getötet oder der Raum erst verwüstet worden?, fragte sich Félix.

Die Schauspielerin war ganz offensichtlich für den heutigen Abend bereit gewesen. Allerdings trug sie keinerlei Schmuck.

Félix stutzte.

Er meinte, sich erinnern zu können, von einem jedes Jahr für sie reservierten Collier gelesen zu haben. Ein besonders wertvolles Schmuckstück, das die Firma Chopard Margaux seit über zwanzig Jahren speziell für die Eröffnungszeremonie in Cannes zur Verfügung stellte.

»Kein Schmuck?«, warf er Vernaux ein Stichwort hin.

Der Commissaire nickte nachdenklich, seine Sorgenfalten wurde tiefer, doch er blieb stumm.

Félix erinnerte der Mord an seinen ersten als Fallanalytiker. Vor über fünf Jahren war ebenfalls eine Frau erschlagen worden. Damals hatten sie den Täter schnell gefunden. Obwohl der Ehemann seine Spuren verwischt und den Tod als Folge eines Überfalls getarnt hatte, hatte ihn sein cholerisches Temperament verraten. Er hatte sie im Streit erschlagen. Ob auch hier der Täter den Eindruck eines Raubmordes erwecken wollte?

»Hast du zufällig die Homestory über sie in der *Vogue* gelesen?« Félix näherte sich der Toten.

»Nicht gerade meine präferierte Lektüre«, gab Vernaux zurück.

Félix lachte. »Meine auch nicht. Das Magazin lag bei Emanuelle auf dem Couchtisch, ich habe darin geblättert, als Lucien mit Bauklötzen gespielt hat.«

»Und?«

Beide wandten sie ihre Blicke nicht von der toten Margaux ab.

Félix kratzte sich an der Stirn. »Sie wurde gefragt, ob sie wie in der Vergangenheit auch dieses Jahr wieder das Collier von Chopard tragen würde. Sie hat bejaht. Es gab sogar ein Bild davon. Gelbgold mit grünen Steinen in Tropfenform. Smaragde, würde ich sagen.«

»Jetzt trägt sie es jedenfalls nicht«, stellte Vernaux trocken fest.

Félix machte einen Schritt auf die Tote zu und beugte sich über ihre linke Hand. Er deutete auf den feinen weißen Strich auf ihrem Ringfinger: »Sieht so aus, als ob sie normalerweise auch einen Ring trug. War sie verheiratet?« Er konnte sich nicht erinnern, etwas in der Art gelesen zu haben.

Vernaux verneinte in Denkerpose, eine Hand am Kinn.

Ein Mitarbeiter der Spurensicherung erschien im Türrahmen. »Jemand hat sich an dem Safe im Keller zu schaffen gemacht. Muss überrascht worden sein. Der Tresor ist zwar geöffnet und weitgehend leer, aber interessanterweise nicht vollständig ausgeräumt.«

Während Vernaux in den Keller ging, um sich ein eigenes Bild zu machen, ließ Félix den Raum und den Gesichtsausdruck der Toten weiter auf sich wirken.

Auch wenn Margaux' Miene mit dem Einsetzen der Totenstarre schleichend friedvoller wurde, war der Schreck in ihren Augen, das blanke Entsetzen darüber, was jemand ihr antat, nicht zu leugnen.

Hatte sie die Person gekannt? Oder war es vielmehr die Erkenntnis des eigenen, kurz bevorstehenden Todes, die sie hatte erschrecken lassen?

Der gesamte Raum, obwohl riesig, wirkte erdrückend auf Félix, was nicht nur an der Leiche auf dem Teppich lag, sondern auch an den Fensterläden, die bis auf einen an der der Straße zugewandten Seite des Hauses verschlossen waren. Als wäre die Villa eine Festung, die gestürmt worden war.

Félix trat ein paar Schritte nach vorne, sodass er um die Ecke in den Essbereich und zum Fenster sehen konnte, durch das ein zitternder Lichtstrahl drang. Die Halterung des Ladens hatte sich gelöst. Vielleicht vom Wind, der vorhin aufgefrischt hatte. Die Scheibe war gesplittert. Erst jetzt spürte er den Luftzug.

Vor dem Fenster richtete sich nun ein Mitarbeiter der Spurensicherung, den Félix bisher nicht bemerkt hatte, in seinem weißen Ganzkörperanzug aus Tyvek auf und winkte ihm durch das kaputte Glas zu sich.

»Sieht so aus, als ob der Täter hier reingekommen ist«, meinte er und demonstrierte, dass sich das Fenster durch das Loch ganz leicht öffnen ließ. Um durch die Öffnung hindurchzukriechen, bedurfte es keiner besonderen Anstrengung.

Félix nickte zustimmend und fragte sich, ob die Halterung schon seit längerer Zeit beschädigt und damit eine Sicherheitslücke gewesen war, die durchaus für einen Raubmord sprechen könnte.

Er drehte sich um und musterte wieder den Schreibtisch mit den verstreuten Papieren, Stiften und dem Tintenfass an der Stirnseite des Salons. Diesmal zog der Papierkorb, ein messingfarbener Behälter, seinen Blick auf sich. Die Spurensicherung war wohl noch nicht dazu gekommen, ihn genauer zu untersuchen, denn er schien geradezu überzuquellen. Félix ging an der Toten vorbei darauf zu, als Vernaux aus dem Keller zurückkehrte.

»Ein Nullachtfünfzehn-Safe. Kein Kunststück, den zu knacken.« Vernaux' *portable* klingelte, er ging ran und gab Anweisungen.

»Irgendeine Spur von der Tochter?«, fragte Félix, als der Commissaire aufgelegt hatte.

Vernaux warf ihm Einmalhandschuhe hin. »*Pas beaucoup*. Außer ihren Sandalen im Garten haben wir nichts gefunden. Die Suche läuft auf Hochtouren.«

Félix seufzte. Das hatte er bereits vermutet. Er streifte sich die Handschuhe über und griff nach dem Papierkorb. »Du denkst, sie wurde entführt?«

Vernaux richtete seinen traurigen Blick auf Margaux, als er antwortete: »Sie könnte den oder die Täter überrascht haben. Oder hat ihre tote Mutter gefunden. So viele Möglichkeiten.«

Félix untersuchte den Blätterstapel im Papierkorb, der wie eine komplette Akte anmutete. »Du gehst von mehreren Tätern aus?«

Vernaux zuckte die Schultern. »Warten wir die Auswertung der Spurensicherung ab. Jedenfalls scheinen Profis am Werk gewesen zu sein. Sie haben so wenige Spuren hinterlassen, dass sie Handschuhe getragen haben müssen.«

Und trotzdem haben sie hier unten alles verwüstet, dachte Félix und sah sich den Papierpacken genauer an.

»Steuerunterlagen?«, fragte Vernaux.

»Sieht eher nach einem Drehbuch aus. *Une année sans regrets*«, las Félix den Titel auf der ersten Seite vor. »Ist es normal, ein Drehbuch wegzuwerfen, wenn der Film abgedreht ist? Würde man es nicht vielmehr als Erinnerung aufheben?«

Der Commissaire beantwortete die erste Frage. »Wenn bereits eine neue Rolle winkt, warum nicht? Vielleicht sind die abgedrehten Filme für Schauspieler das, was für uns geklärte Fälle sind. Gedanklich schließen wir dann auch die Akte.«

Vernaux liebte solche Vergleiche. Doch bevor er seine Gedanken noch länger ausführen konnte, klingelte sein *portable* erneut.

Zunächst hörte er dem Anrufer aufmerksam zu, hielt dann aber den Lautsprecher zu und sagte zu Félix: »Sie könnte am Schreibtisch gesessen und etwas geschrieben haben, als sie angegriffen wurde, was meinst du?«

Nun, ihre Lage sprach dafür. Ebenso wie das umgekippte Tintenfass. Félix blätterte durch das Drehbuch.

Das alles war vorstellbar. Trotzdem war da der Inhalt des Papierkorbs.

Zu auffällig, zu arrangiert bei dem Chaos, das sonst im Salon herrschte. Als hätte jemand etwas verbergen wollen, etwas, das ursprünglich im Papierkorb gewesen war.

Mit einem unwilligen *Oui* steckte der Commissaire sein *portable* in die Hosentasche zurück. Kurz sah Félix auf. Vernaux war wie immer korrekt gekleidet, obwohl man ihn doch vom Esstisch weggeholt hatte. Anzug mit Krawatte, die längst aus der Mode gekommen war. Aber nicht bei Vernaux, er hielt eisern an ihr fest. Die aktuelle war in den französischen Nationalfarben Blau, Weiß und Rot gehalten und quer gestreift. Félix wusste, dass er noch mehrere gleichfarbige Exemplare mit Punkten, Rauten, Diagonal- und Längsstreifen besaß.

Jetzt rückte Vernaux nervös den Knoten zurecht. »Das war *le Directeur*. Ich soll sofort eine Pressekonferenz geben. Hybrid, was immer das heißen soll«, sagte er und wirkte hilflos. Es war ihm anzusehen, dass er kein großer Fan der Technik von heute war. Er nahm die Hände von der Krawatte und fuhr sich über die Stirn. »Wird in Ausschnitten in den Nachrichten übertragen.«

Noch jemand mit Lampenfieber, dachte Félix und sah wieder Conny vor sich. Ob sie sich an seinen Rat gehalten hatte und zurück ins Hotel gefahren war?

»*Eh bien*, Vernaux, du bist ein alter Hase. Bestimmt wird dir einer der Techniker mit seinem Laptop behilflich sein. Und bislang habe ich vor Ort noch keinen Journalisten gesehen, der dich mit hartnäckigen Fragen in Verlegenheit bringen könnte«, versuchte er, den Commissaire aufzumuntern.

Doch vergeblich. Vernaux zog nur unwillig die Augenbrauen hoch, stöhnte kurz auf und verließ den Raum. Allerdings nicht, ohne sich vor der Tür noch einmal umzudrehen. »Die Spurensicherung wird ein besonderes Augenmerk auf den Schreibtisch haben.«

Als er allein im Salon war, entdeckte Félix einen Papierschnipsel auf dem Boden des Papierkorbs und nahm ihn mit seinen behandschuhten Fingern heraus. Strukturiertes gelbliches Briefpapier, das jemand, bevor es zerrissen worden war, beschrieben hatte. Mit blauer Tinte. Dem Farbton nach mit der aus dem Fass, das am Boden lag.

Er suchte den Sekretär ab, öffnete auch die zwei Schubladen unterhalb der Schreibfläche. Wo war die Feder, die derjenige verwendet hatte?

Sie fehlte.

Félix prüfte, ob sich im Papierkorb noch weitere Schnipsel befanden, aber er war leer. Natürlich könnte das Stückchen Papier ein Überrest von vor der letzten Leerung sein, aber das glaubte er nicht. Er betrachtete seinen Fund genauer.

Der Schnipsel stammte aus der Mitte eines Blattes, nicht vom Rand.

Cher R, las er, mehr nicht.

Auch die Rückseite war beschriftet, mit der gleichen gestochenen Schrift, die die Unter- und Überlängen betonte und in der auch die Bleistiftnotizen in dem Drehbuch geschrieben waren.

Margaux' Schrift, vermutete er und entzifferte das Wort auf der Rückseite. *Jamais.* Durchgestrichen. Niemals.

Die Streichung deutete darauf hin, dass es sich um einen Briefentwurf handelte. Aber wo war der Rest? Und hatte der finale Brief schließlich den Empfänger erreicht?

Félix' Hoffnung auf eine schnelle Aufklärung des Mordes schwand mit jeder Minute, ernüchtert sah er seine Zeit mit Conny dahinschmelzen wie eine Kugel Vanilleeis in der Sonne.

Er blickte an seinem ungewohnten weißen Hemd und

der noch ungewohnteren Smokinghose hinunter und hätte beides liebend gern gegen etwas Bequemes wie Jeans und Poloshirt getauscht.

Er seufzte. Warum nur war es immer so kompliziert?

Schließlich suchte er einen Kollegen der Spurensicherung und gab ihm den Papierschnipsel. Mit dem sicheren Gefühl, dass er von Bedeutung war.

9

Conny hatte schon befürchtet, sich in dem Kellerlabyrinth unter dem Palais des Festivals et des Congrès verlaufen zu haben. Sie war an zahlreichen Türen vorbeigekommen, die sich nicht hatten öffnen lassen. Ihre Situation erschien ihr schon aussichtslos, als sie sich entgegen aller Hoffnung endlich am Ziel wiederfand.

Vorsichtig drückte sie die Klinke der schmucklosen Stahltür am Ende des Ganges hinunter, schlüpfte erleichtert durch den Spalt und sah sich zu ihrer Überraschung der Motorradfahrerin gegenüber. Inès! Erschrocken fuhr diese zusammen, in einer Hand ihr Handy, in der anderen eine qualmende Zigarette. Würziger Tabakgeruch hing in der Luft.

»*Putain!*«, erklang Inès' tiefe Stimme, gefolgt von kurzem kratzendem Husten.

Conny brauchte einen Moment, um zu verstehen, dass

die Unmutsbekundung sowohl ihr als auch der Person am Telefon galt, die das Gespräch wohl gerade beendet hatte.

Die Frau mit den markanten Gesichtszügen, dem Nasenring und dem Tattoo auf dem Dekolleté, das Conny aus der Nähe als Dornenkrone erkannte, warf das Handy auf ein halbhohes Regal und fuhr sich mit der linken Hand durch die rotbraunen Haare. Die wilde schulterlange Mähne schien schon länger weder Kamm noch Bürste gesehen zu haben.

Unwirsch fauchte sie Conny an. »Was machen Sie hier?«

»Entschuldigung, ich suche das Studio 5.« Dort hätte sie sich vor ihrem Auftritt mit Margaux und Juliette Calimard einfinden sollen.

»Anscheinend haben Sie nicht den üblichen Weg genommen.« Inès musterte sie von oben bis unten, während sie einen kräftigen Zug von der Zigarette nahm und den Kopf schräg legte. In ihren dunklen Augen unter den nach oben gebogenen Wimpern lag Misstrauen. »Und was wollen Sie dort?«

Conny beobachtete, wie Inès ihre runtergerauchte Zigarette auf einem als Aschenbecher missbrauchten getöpferten gelben Unterteller ausdrückte. Sie wirkte nervös und genervt.

Vor ihr würde sie nicht kuschen, nahm sie sich vor. »Ich hab den gleichen Weg wie Sie genommen.«

Inès zog die breiten Augenbrauen zusammen, die in der Mitte fast zusammenwuchsen. »Der Unterschied ist, dass ich hier arbeite.«

Nur sich jetzt auf keine Diskussion einlassen, dachte

Conny. Mit Inès war eindeutig nicht gut Kirschen essen, obwohl ihr die raubeinige, sehr direkte Art der Frau durchaus gefiel. Sie war ehrlich und unverstellt. Und höchstwahrscheinlich verbarg sich hinter ihrer rauen Schale ein weicher Kern. »Oh, Sie arbeiten hier?«

Inès' Augen verengten sich zu Schlitzen. »Sie sind in der Maske gelandet«, erwiderte sie knapp und vorwurfsvoll, wobei sie aussah, als würde es sie nach einer neuen Zigarette verlangen.

Irgendetwas schien sie innerlich so zu beschäftigen, dass sie Conny und ihrem ungewöhnlichen Auftauchen keine große Aufmerksamkeit widmen wollte.

»Das heißt, Sie arbeiten beim Festival?« Conny lächelte sie interessiert an.

»Auch.« Inès öffnete die vollen Lippen provokant. Zwischen ihren oberen Schneidezähnen zeigte sich ein Spalt, der ihrem flächigen Gesicht eine sinnlich-erotische Note gab. Trotzdem wirkte sie immer noch, als wollte sie diesem Gespräch so schnell wie möglich entkommen.

Conny sah sich um. An den Wänden des Abstellraumes, in dem sie sich befanden, standen Regale, in denen vor allem Kisten lagerten. Über einem Stuhl hing die rote Motorradjacke, die Inès vorhin getragen hatte. Ein schmuckloses fensterloses Kämmerchen, das sie wahrscheinlich vor allem zum Rauchen nutzte, obwohl sich der Tabakqualm trotz Lüftung nur langsam auflöste.

Conny spürte ein Kratzen im Hals. »Soll heißen?«

»Eigentlich arbeite ich beim Film.« Inès öffnete jetzt die Tür auf der gegenüberliegenden Seite des Raums, bedeutete Conny mit einem Kopfnicken, ihr zu folgen, und schaltete das Licht aus, als Conny auf ihrer Höhe war.

Irgendwie war etwas Vertrautes zwischen ihnen, bemerkte Conny. Kam es daher, dass sie den gleichen Weg hierher durch die Katakomben gewählt hatten? Dass sie das Wissen über das Dunkel und den Dreck teilten, die sich unter dem Glitzer und Glamour verbargen? Und empfand Inès ähnlich wie sie?

Das Zimmer, das sie als Nächstes betraten, sah aus, wie Conny sich den typischen Backstagebereich beim Film oder Theater vorstellte.

Künstliches Tageslicht von Neonröhren, Techniker und Garderobieren, die hektisch durcheinanderliefen und sich etwas zuriefen. In Connys Ohren klang ihr Französisch wie aufgeregtes Vogelgezwitscher.

An einer Längswand standen Schminktische in einer Reihe, seitlich davon Ständer mit Blusen, Kleidern und Hosen in unterschiedlichen Größen und Farben. In der Ecke gegenüber steckten ein paar Frauen vor einem Kaffeeautomaten die Köpfe zusammen und tuschelten aufgeregt.

Inès warf ihnen einen argwöhnischen und zugleich wissenden Blick zu.

Conny hatte das Gefühl, auf ihre neue Bekanntschaft zugehen zu müssen, um die gerade entstandene Bindung nicht zu verlieren. »Übrigens, Conny von Klarg«, stellte sie sich vor.

Keine Reaktion.

Also sprudelte sie weiter, denn sie hatte die Erfahrung

gemacht, dass es in manchen Situationen durchaus von Vorteil war, mehr als nötig zu reden. »Ich soll um einundzwanzig Uhr fünfundvierzig im Studio 5 sein, um Margaux und Juliette Calimard im Anschluss auf der Bühne zu interviewen. Ich weiß, ich bin früh dran, aber ich dachte, lieber komme ich zu früh als zu spät. Ich bin ziemlich aufgeregt, wissen Sie, und jetzt noch dieser ominöse Todesfall …«

Während sie das sagte, versuchte sie, Inès' Mimik zu lesen. War die Öffentlichkeit inzwischen über den Tod der Schauspielerin und das Verschwinden ihrer Tochter informiert worden? Was war in der Viertelstunde geschehen, die Conny durch die dunklen Gänge geirrt war?

Was immer sie wusste, Inès ließ sich nichts anmerken.

»Inès Rajab. Ich bringe Sie jetzt ins Studio 5«, presste sie lediglich hervor, während sie Conny vorausging. »Aber das nächste Mal nehmen Sie den üblichen Weg durch den Haupteingang.«

Conny blieb stehen. »Der war zu.«

Inès schüttelte den Kopf mit ihrer wirren rotbraunen Mähne. »*Merde!* Und dann sucht man sich einfach einen Nebeneingang und geht rein?« Sie lachte sarkastisch. »Wissen Sie, dass es heute hier von Polizei nur so wimmelt und ich Sie eigentlich bei einem von denen abliefern müsste? Sie können mir viel erzählen.«

»Hören Sie, Inès«, setzte Conny an. »Wir wissen beide, dass heute nichts normal ist.«

Ihr entging der Ausdruck von Trauer und Schmerz nicht, der über die schönen, herben Gesichtszüge ihres

Gegenübers huschte. »Sie wissen doch, was passiert ist.« Sie griff nach Inès' Unterarm. »Sie wissen, wer die Tote ist, nicht wahr? Ist es schon öffentlich?«

Die Frau zuckte irritiert zusammen.

Doch als Conny, vermutlich wegen der trockenen und stickigen Luft im Raum, husten musste, schien sie eine Idee zu haben. »Wollen Sie ein Glas Wasser?«

Conny nickte und ließ sich zu einem Schminktisch in der linken Ecke des Raums dirigieren, der mit zwei Stellwänden so abgetrennt war, dass sie außerhalb der Sichtweite der anderen Frauen waren.

Links neben dem Schminktisch stand ein runder Messingklapptisch mit einer Karaffe Wasser und mehreren zu einem kleinen Turm gestapelten sauberen Gläsern.

»Was wissen Sie?«, flüsterte Inès, während sie ein Glas Wasser einschenkte und Conny forschend ansah.

Als diese keine Antwort gab, kam Inès wohl zu einem ähnlichen Schluss wie sie zuvor: Für mehr Informationen musste sie in Vorleistung gehen.

Also fuhr die Visagistin zögerlich fort. »Noah hat mich angerufen. Er ist fast wahnsinnig vor Sorge um Juliette. Sie ist verschwunden. Er hat mir erzählt, dass Margaux tot in ihrer Villa aufgefunden wurde. Ich vermute, die Polizei oder wer auch immer wird damit jeden Moment an die Öffentlichkeit gehen. Aber Sie wissen mehr, oder? Wer sind Sie, und was wollen Sie wirklich hier?«

In Connys Kopf überschlugen sich die Fragen. »Noah?«

»Juliettes Lebensgefährte.« Inès' Stimme klang nach erstauntem Misstrauen.

Jetzt erinnerte sich Conny wieder. Bei ihren Recherchen zur Vorbereitung auf das Interview hatte sie am Rande von ihm gelesen. Aber interessanterweise war er so nebensächlich erwähnt worden, dass sie seinen Namen vergessen hatte.

Inès starrte sie auffordernd an, doch Conny wollte ihr den Vortritt lassen. In festem Ton, der keinen Widerspruch duldete und wie eine Feststellung klang, sagte sie: »Sie kennen Margaux und Juliette.«

Die Visagistin lehnte sich an den Schminktisch, die Hände unter ihrem Po verschränkt, wie in die Enge getrieben. »Margaux seit über zwanzig Jahren. Da war Juliette noch nicht geboren.«

Sie seufzte, und ihr Blick veränderte sich. Er war in die Vergangenheit gerichtet, und neben Wehmut zeigte sich in ihm auch Bitterkeit. Bitterkeit und eine flüchtige Verletztheit, die ihre Augen tiefschwarz schimmern ließ und ihre Gesichtszüge für eine Sekunde feiner und weicher zeichnete.

Was wusste Inès?

»Sie kennen den Grund, warum Margaux umgebracht wurde?« Conny bewegte sich einen Schritt auf Inès zu.

Die Frage war ein Schuss ins Blaue, schnell und spontan abgefeuert. Ein Schuss, der danebenging.

Inès' Körper spannte sich an, dann stampfte sie mit dem Absatz einer ihrer Cowboy-Stiefeletten auf und beugte den Oberkörper so angriffslustig vor, als wollte sie Connys Schultern packen und sie schütteln. »*Pardon?* Wie um alles in der Welt kommen Sie dazu, mir das zu unterstellen?«

Conny starrte sie überrascht an. Sie musste zurückrudern, sie war zu vorschnell gewesen, und natürlich hatte Inès recht: Woher sollte sie das wissen? Plötzlich war Conny heiß. Sie zog ihre Lederjacke aus und hielt sie sich mit beiden Händen vor den Oberkörper.

In ihre nächsten Worte legte sie das Mitgefühl und die Wärme, die sie für diese wilde, ungestüme Frau tatsächlich empfand. »Betreuen Sie Margaux und Juliette als Stylistin?«

Das war bei ihrem Beruf wahrscheinlich. Und wenn man von jemandem jede Facette seines Gesichts kannte und verändern konnte, kam man ihm bestimmt auch anderweitig sehr nahe.

Inès rupfte sich ein Kosmetiktuch aus einer Pappbox und schnäuzte sich. »Margaux und ich, wir haben uns beim Casting von *Viens avec moi* kennengelernt«, begann sie deutlich ruhiger zu erzählen. »Margaux hat für ihre Rolle später den César bekommen. Ich war gerade mit der Lehre fertig. Damals meinte sie, sie hätte den César nur bekommen, weil ich ihr das passende Gesicht verliehen hätte.« Sie lächelte bitter. Als sie weiterredete, klang sie, als würde sie zu sich selbst sprechen. »Wahrscheinlich haben wir uns sofort so gut verstanden, weil wir beide etwas zu verbergen hatten. Auch wenn uns altersmäßig über zehn Jahre trennten.«

»Sie hatten beide etwas zu verbergen?«, echote Conny.

Inès erschrak, als hätte sie ihre Anwesenheit vergessen gehabt. »Ach, nichts.«

Doch Conny blieb hartnäckig und legte ihr ganzes Mitgefühl diesmal in ihren Blick. »War es schlimm?«

Inès strich sich eine Strähne ihrer Mähne, die ihr ins Gesicht gefallen war, als sie den Kopf gesenkt hatte, nach hinten. »Damals waren die Zeiten noch anders. Als Frau hatte man es nicht so leicht wie heute. Besonders wenn man schwanger war.«

Conny wartete, ob noch mehr käme.

Doch Inès, noch immer an den Schminktisch gelehnt, schwieg.

»Das heißt, Sie waren beide schwanger?«, nahm sie also selbst den Faden auf.

Inès reichte ihr endlich das Glas Wasser, was Conny mit einem dankbaren Nicken quittierte. »Nur Margaux. Aber wir wollten beide bei dieser Produktion unter Vertrag. Margaux als Hauptdarstellerin, ich als Visagistin und Maskenbildnerin.«

Conny nahm einen Schluck Wasser, erleichtert, damit den Hustenreiz herunterspülen zu können. »Und was hatten Sie zu verbergen?«

Inès hob den Kopf und blähte die Nasenflügel. Aus ihrem Blick sprach der Stolz, etwas überwunden zu haben. »Ich war gerade mit einem halben Kilo Shit gefasst worden. Unschuldig. Man hatte es mir untergeschoben.«

»Man?«

»Das ist eine lange Geschichte. Glauben Sie mir, wenn ich Ihnen sage, die wollen Sie nicht hören.« Inès atmete hörbar aus. »Ich erzähl Ihnen das nur, weil es mir heute nicht mehr schaden kann.«

»Mussten Sie ins Gefängnis?« Conny trank noch einen Schluck.

»Am Schluss hatte ich einen guten Anwalt.« Inès schenkte sich jetzt auch selbst ein Glas Wasser ein. »Er hat mich da rausgeholt. Aber als ich mich bewarb, liefen die Ermittlungen auf Hochtouren, und es war unklar, ob ich den Job überhaupt antreten kann oder ins Gefängnis muss. Ich habe gepokert.«

Conny unterdrückte ein Stöhnen. Man musste ihr aber auch jedes Wort aus der Nase ziehen. »Hatte Margaux Ihnen den besorgt? Den Anwalt?«

»Ich habe ihr von meinem Problem erzählt, als sie mir ihre Schwangerschaft gebeichtet hat. Sie hat mir seine Visitenkarte gegeben, und er hat dafür gesorgt, dass keine Anklage erhoben wurde.« Inès presste die Lippen aufeinander. »*Bon.* Sie sind ganz schön neugierig.«

»Weshalb hat Noah ausgerechnet Sie angerufen? Hatten Sie einen Termin mit Juliette?«

Schweigen.

War er es gewesen, mit dem Inès gesprochen hatte, als Conny überraschend aufgetaucht war?

Die andere richtete sich auf und antwortete fast zu schnell. »Nein, und ich weiß auch nicht, wo Juliette ist. Ich habe sie seit Tagen nicht gesehen.«

Das klang klar und entschieden, als duldete sie keine weitere Nachfrage.

Conny nahm sich vor, mehr über Inès' Beziehung zu Juliette und Margaux herauszufinden. »Wissen Sie, ob Juliette bei Margaux war, als sie ermordet wurde?«

Inès drehte ihr Wasserglas, wie um sich zu beruhigen. »Wahrscheinlich. Sie trafen immer zusammen am roten

Teppich ein.« Sie lachte auf, und der Nasenring blitzte, als sie den Kopf nach hinten warf. »Margaux und Juliette sind seit Langem geladene Gäste. Juliette war schon als Kleinkind dabei. Sie spielt in Filmen und steht auf der Bühne, seit sie auf der Welt ist. *Toujours la même chose.*«

Nun, auch wenn Inès der alljährliche Ablauf hier in Cannes klar war, Conny war er das nicht. »Und wie lief das nun jedes Jahr hier ab?«

Inès schwenkte ihr Glas mal nach rechts, mal nach links. Das Wasser schwappte. »Margaux und Juliette fuhren in der Limousine der Filmproduktionsfirma vor, für die sie gerade arbeiteten, gearbeitet hatten oder bald arbeiten würden, je nachdem. Jedes Jahr trafen sie später ein, deswegen hat sie vorhin auch noch niemand vermisst.«

Conny nickte. Dinge, die man gut kannte, verloren ihren Reiz und wurden zur Routine. Außerdem waren sich Margaux und Juliette sicher ihres Wertes bewusst gewesen. Sie hatten es nicht nötig gehabt, überpünktlich zu erscheinen, weil sie wussten, dass man auf sie warten würde.

Sie stellte ihr Glas auf das Messingtischchen. »Nur die beiden? Ohne Begleitung?«

»Natürlich hatten sie jemanden dabei.« Inès hielt inne und trank ihr Glas aus. »Das gehörte bei ihnen dazu.«

Conny überlegte laut. »Dann sollte Noah Juliette begleiten, oder?«

Inès nickte. *»Bien sûr. Il est son mac.«*

Okay, er war ihr Freund. Aber bedeutete das automatisch, dass er auch an einem Abend wie diesem ihr Begleiter war? Und was war mit Margaux? Wer hätte an ihrer Seite sein sollen?

Conny konnte sich nicht erinnern, von einem Mann in Margaux' Leben gelesen oder gehört zu haben. Auch Simonette hatte nie einen erwähnt. Und genauso seltsam: Nie schien sich die Öffentlichkeit gefragt zu haben, wer Juliettes Vater war. »Wer hätte Margaux heute Abend begleitet?«

Inès zog gespielt amüsiert die Augenbrauen hoch. »Dazu findet sich nichts im Netz, nicht wahr? War auch dieses Jahr wieder ein großes Geheimnis.«

Conny glaubte ihr nicht, dass sie nicht mehr wusste. »Kommen Sie, Inès. Sie waren doch so eng mit Margaux.«

Inès' Miene versteinerte. Sie wirkte unnahbar, bevor sie antwortete. »Ein No-Name halt, gebucht bei irgendeinem Service.« Sie drehte sich zum Tisch um, zog mehrere Schubladen heraus und legte ein bestimmtes Rouge, Make-up und Puder zurecht. »Hören Sie, ich habe jetzt keine Zeit mehr. Cathrine wird jeden Moment nach mir rufen. Irgendwann wird diese Eröffnung ja losgehen, und davor muss ich ihr Make-up auffrischen.«

Conny schluckte. Hatte sich für einen Event wie diesen niemand gefunden, der freiwillig Margaux Calimard begleitet hätte? Die Göttin des französischen Films?

»Da staunen Sie, was?« Inès schien ihre Gedanken zu erraten. »Sie mochte es lieber anonym, unsere liebe Margaux. Bloß niemanden zu nah an sich ranlassen.« Wieder das bittere Lachen, der Schmerz und die flüchtige Traurigkeit.

Hätte vielleicht Inès Margaux gern begleitet?, fragte Conny sich. Hatte die Schauspielerin selbst Inès nicht an sich herangelassen? Fühlte sie sich von ihr verraten? War das der Grund für ihre Bitterkeit? Zwanzig Jahre waren eine lange Zeit. Da konnten sich Beziehungen verändern. Nicht immer zum Besseren. Auch wenn man stets eng zusammenarbeitete. Manchmal kam einem jemand zu nahe, und dann wollte man als Reaktion Distanz zu diesem Jemand aufbauen, der zuvor ein Vertrauter gewesen war.

Sie schreckten beide auf, als Inès laut zugerufen wurde, sie solle schleunigst ins Studio 5 kommen. Die Visagistin raffte alles, was sie vorbereitet hatte, zusammen und griff noch nach Aloe-Vera-Feuchtigkeitsspray, Kosmetiktüchern und Mascara.

Conny folgte ihr nachdenklich, als sie den kleinen abgetrennten Bereich verließ. Sie fragte sich, welche Geheimnisse hinter der schönen Fassade von Margaux Calimard wohl geschlummert hatten, und plötzlich wurde ihr wieder heiß.

Ob Simonette mehr über Margaux als Mensch wusste? Simonette konnte ein Buch mit sieben Siegeln sein.

Conny wurde misstrauisch. Hatte Simonette diesen spontanen Termin auf dem Festival vielleicht nicht nur arrangiert, um Connys Karriere einen Schubs zu versetzen? Hatte die alte Dame noch etwas anderes im Schilde geführt? Etwas, das eine Eigendynamik entwickelt und schrecklich geendet hatte, nämlich mit Margaux' Tod?

Auf Connys Stirn bildeten sich Schweißperlen. Warum hatte Simonette sie gebeten, die Schauspielerin vorab anzurufen? Und hätte sie ihren Tod verhindern können, wenn sie der Aufforderung nachgekommen wäre? Wäre Juliette dann jetzt nicht in Gefahr?

Wenn, dann wäre das ein Grund mehr, um alles zu tun, um sie zu finden und mitzuhelfen, den Mord an Margaux aufzuklären.

10

Juliette döste. Sie war schweißgebadet, driftete immer wieder in einen Zustand, der einer Ohnmacht glich. High. Als ob sie zu viel Shit geraucht hätte. Nein, schlimmer noch. Aber da war noch etwas, das sie immer wieder aufschrecken ließ.

Etwas, an das sie sich nicht erinnern konnte, aber das geschehen war.

Filmriss. Verzweifelt suchte sie nach den richtigen Bildern. Auch wenn tausend bunte Lichter in ihrem Kopf tanzten und ein Schlagzeug dazu dumpf den Rhythmus wummerte. Sie musste den Anschluss finden, wissen, wie es weitergegangen war.

Maman. Sie hörte ein Schluchzen. Es kam von ihr. Sie versuchte zu schlucken. Da war ein riesiger Kloß in ihrer Kehle. Sie schluckte und schluckte. Doch der Kloß blieb an Ort und Stelle. Er steckte in ihrem Hals und bewegte sich keinen Millimeter.

Sie hatte das Gefühl zu ersticken, dennoch fielen ihr die Augen erneut zu. Sie rollte sich wie ein Baby zusammen, schwerelos im Niemandsland.

Dann ein Schlag. Ihr Körper wurde nach oben geschleudert. Wieder und wieder. Sie schien sich zu bewegen.

Wo war sie? In einem Auto? In einem Auto, das über eine Straße mit Schlaglöchern fuhr? Sie drehte sich auf den Rücken. Ihre Knie stießen an etwas Hartes. Metall? Es war dunkel. Sie hatte keine Angst, sie war nur müde. Als ihre Kraft schwand, glitt sie wieder in den Zustand hinüber, in dem Denken überflüssig war.

Irgendwann, Sekunden, Minuten oder Stunden später, erwachte sie erneut. Das Auto, in dem sie sich wahrscheinlich befand, war zum Stehen gekommen. In dem Moment, als sie sich ihrer rasenden Kopfschmerzen bewusst wurde, zuckte auch das Bild ihrer toten Mutter vor ihrem inneren Auge auf.

Dazwischen Schnappschüsse ihrer Erinnerung. Momentaufnahmen aus ihrer Kindheit.

Sie saß glücklich auf dem Schoß ihrer Mutter. Sie war so schön, dass Juliette nicht den Blick von ihr wenden konnte. Sie war eine Königin. Eine Göttin. Der beeindruckendste Mensch, den sie jemals gesehen und der jemals gelebt hatte.

Juliette hustete. Der Kloß in ihrer Kehle war noch da.

Neue Bilder tauchten auf. Bilder, die sie glücklich machten. Sie mit Margaux am Meer, das azurblau in der Sonne glitzerte. Auf einer Jacht. Der Wind ließ die Haarsträhnen flattern, die sich unter den um ihre Köpfe gebundenen Tüchern befreit hatten.

Ihre Mutter konnte so glücklich sein. So frei, so stark. So unbezwingbar. Wenn sie sie selbst war, war sie alle Rollen, die sie jemals gespielt hatte, zugleich.

Ein neues Bild, am Set, zwischen zwei Szenen. Margaux hatte ihr lachend und voller Eifer erklärt, was sie dabei fühlte, wenn sie in eine Rolle schlüpfte. Und wie froh sie sei, dass ihr Töchterchen in diesen Momenten bei ihr war.

Juliette erinnerte sich an die zarten Fingerkuppen, mit denen ihre Mutter ihr über die Wangen strich. An die Zärtlichkeit, mit der sie ihr das Haar bürstete. An die seltenen Abende, wenn sie zu zweit am Esstisch saßen, sie auf einem Stuhl für Erwachsene, sodass ihre Beine in der Luft baumelten.

Wie sie *fromage blanc* mit Aprikosen und Pfirsichen aßen, und Baguette, belegt mit Käse, Salat und Tomaten. Für ein mehrgängiges Menü, wie es vor allem Margaux liebte, blieb nur selten Zeit. Artischocken, von denen Juliette jedes Blatt einzeln in Aioli tunkte. Sie konnte nie genug davon bekommen, obwohl sich ihr Bauch danach blähte. Seezunge mit kleinen Karotten. Sie wusste noch, wie erschrocken sie beim ersten Mal gewesen war, weil sie dachte, sie esse die Zunge von einem riesigen Fisch. Und natürlich *crème brûlée,* wenn ihre Maman den Zucker mit einem kleinen Flammenwerfer flambierte, sodass der Pudding innen noch kalt, außen aber heiß und knusprig war.

Das Wasser lief Juliette im Mund zusammen. Sie schluckte. Da war er wieder, der Kloß. Eigentlich ein ausgewachsener Fels, der in ihrer Speiseröhre steckte. Sie hustete, würgte. Lichtblitze in ihrem Kopf, und das Schlagzeug dröhnte. *Maman, où es-tu?* Wo bist du?

Ihre Mutter hatte es nie leicht gehabt, obwohl das alle meinten.

Alle glaubten, die Schauspielkarriere sei ihr in die Wiege gelegt, geschenkt worden. Genauso wie Juliette. Doch so war es nicht gewesen. Dass man aus einer Schauspielerdynastie stammte, war kein Vorteil gewesen. Im Gegenteil. Alle waren davon ausgegangen, dass Juliette es konnte. Dass sie es einfach konnte …

Ihre Lider wurden schwer. Die Müdigkeit, die so anders als normale Müdigkeit war, war zurück. Sie wälzte sich von rechts nach links und wieder zurück, stieß sich die Knie an hartem Metall. Es störte sie nicht. Sie empfand keinen Schmerz.

Als sie wieder zu sich kam, sah sie die Kinderfotos ihrer Mutter, die Schwarz-Weiß-Aufnahmen aus dem Fotoalbum vor ihrem geistigen Auge.

Sie war immer schick und herausgeputzt gewesen. Schon als Baby. Immer etwas Besonderes. Schon ihre Mutter Schauspielerin. Und wie Juliette hatte auch Margaux ihren Vater nie gekannt. Vielleicht war es deshalb nie ein Thema zwischen ihnen gewesen. Es war einfach so, die Normalität. Die Frauen in ihrer Familie waren stark, sie brauchten keine Männer. Aber sie, Juliette, sie war anders als ihre Mutter. Sie war nicht stark. Sondern hilflos und schwach. Würde es immer sein. Wie würde es jetzt weitergehen? Sie hatte keine Ahnung und dachte an Noah.

Würde er ihr eine Hilfe sein?

Ihre Gedanken wanderten wieder zurück zu dem Fotoalbum, als sie erneut wegdämmerte. So einsam und allein, dass sie den Schlaf willkommen hieß.

11

Conny wurde noch immer von diesem unangenehmen Gefühl verfolgt, etwas verbockt zu haben, während sie Inès ins Studio 5 folgte. Sie wurden von Cathrine Joly empfangen, einer frankreichweit bekannten blonden Fernsehmoderatorin mit dominanter Präsenz. *»Une catastrophe, une catastrophe!«,* rief sie in einem fort.

Alle rotierten.

Dem Wortschwall von Cathrine war zu entnehmen, dass inzwischen bekannt gegeben worden war, dass es sich bei der Toten um den Schauspielstar Margaux Calimard handelte. Auch über Juliettes Verschwinden hatte man die Festivalgäste und die Angestellten informiert. Es herrschte helle Aufregung.

Doch die Gefahr eines Anschlags schien Gott sei Dank ausgeschlossen worden zu sein, der Großteil der Polizisten war abgezogen und die Entscheidung getroffen worden, dass die Eröffnungszeremonie stattfinden würde. Wenn auch mit geändertem Programm, den aktuellen Gegebenheiten angepasst.

Conny folgte Inès und Cathrine wie selbstverständlich in einen kleinen Raum, von dem aus man durch ein Fenster in einen Technikraum blicken konnte, wo Filmtechniker an großen Bildschirmen saßen oder aufgeregt durcheinanderliefen. Inès würde hier letzte Vorkehrungen treffen, bevor Cathrine gleich im großen Saal auftrat und die Eröffnung live ausgestrahlt werden würde. Niemand hielt Conny auf oder nahm Notiz von ihr. Aber sie bemühte sich auch, nicht aufzufallen.

Cathrine, die viel zu aufgeregt war, um sich auf den Drehstuhl zu setzen, blieb stehen, während Inès ihr Equipment auf eine Art Sims unter dem Fenster legte und sich anschließend strecken musste, um ihr das Gesicht zu pudern. Die Moderatorin redete ohne Pause. Sie war kaum zu verstehen, so schnell sprudelten die Worte aus ihr heraus. »*Mon Dieu!* Ausgerechnet Margaux! *Imagine!* Wir müssen alles umwerfen! Hörst du, Inès? *Tout!*«

Conny hoffte für sie, dass sie noch Luft übrig hatte, wenn sie gleich auf der Bühne stand.

Nach einigen Minuten, als Inès hoch konzentriert mit der mitgebrachten Mascara nacharbeiten wollte, um Cathrines grüne Augen noch größer erscheinen zu lassen, trat Conny aus dem Schatten der Visagistin heraus und schaltete sich ein.

»Conny von Klarg. Sie wissen, ich sollte das Interview …«

Cathrine drehte sich zu ihr.

»Cathrine! Halt still, bitte!«, fluchte Inès, weil sie die Mascara verschmiert hatte.

Die Moderatorin schien unbeeindruckt ob des Einwurfs. »*Ah, c'est vous! Alors!* Nun, unter den Umständen wird es natürlich nicht stattfinden. Die Kollegen schneiden gerade mehrere Bildbeiträge über Margaux, ich soll nun ihre Hommage auf der Bühne moderieren. Es ist einfach furchtbar … Ich weiß gar nicht, wie ich das schaffen soll.« Sie bekam feuchte Augen.

»Bitte, Cathrine!«, schimpfte Inès nun und tupfte die schwarzen Schlieren vorsichtig mit einem Kosmetiktuch ab. »Wenn du jetzt rumheulst, verläuft die Mascara noch mehr. Du weißt doch, dass du gegen die wasserfeste allergisch bist, also reiß dich zusammen.«

Cathrine setzte sich kerzengerade auf. »Ich kann das. Ich bin stark. Ich werde nicht weinen. Ich schaffe das …«

Conny fühlte mit ihr. Keine einfache Aufgabe. »Weiß man schon Näheres über Juliette?«, fragte sie.

»Das arme Mädchen!« Cathrine schlug sich die Hände vor den Mund, da sie die Gefühle anscheinend zu überwältigen drohten.

»Cathrine, die Lippen! Wenn du nicht stillhältst, lass ich dich so vor die Kamera.« Inès stemmte die Hände in die Hüften und zog erst die Lippenkontur neu nach, als Cathrine beteuert hatte, sich nun wieder unter Kontrolle zu haben.

»Ich hoffe, sie finden sie. Nach allem, was man hört, hat sie niemand gesehen. Sie kann nicht hier sein.« Sie wandte sich an Inès. »Du weißt, sie und ihre Mutter sind immer zusammen hier eingetroffen.«

Da sie anscheinend immer noch nicht begreifen konnte, was passiert war, schüttelte sie den Kopf in dem Moment, als Inès mit Schwung eine von ihren blonden Strähnen durch den Lockenstab zog. Cathrine schrie vor Schmerz auf. »Inès, *arrête! Ça fait mal.*«

Doch Inès hörte nicht auf und hatte kein Mitleid mit der Moderatorin. Conny vermutete, dass sie über ihr Einmischen nicht besonders erfreut war.

»Alle gehen von einer Entführung aus«, sagte Inès nun, da ein Techniker Cathrine zu sich winkte.

Die Moderatorin wandte sich Conny zu. »Tut mir wirklich leid, dass ich Sie nicht in den Abend einbauen kann, aber so ist es nun mal. Jetzt müssen wir alle improvisieren. Am besten, Sie machen das Beste draus und schauen sich den Eröffnungsfilm an. Es wird jetzt natürlich nicht *Une année sans regrets* sein, das wäre pietätlos. Das Festivalkomitee hat sich für *Coupez* entschieden, der ist auch gut. Aber danke, dass Sie sich die Mühe gemacht haben herzukommen.«

»Natürlich.« Conny hatte nichts anderes erwartet und verabschiedete sich.

»Begleite sie doch hinaus«, bat Cathrine ihre Visagistin noch leise.

Inès bedeutete Conny mit einem Kopfnicken, ihr zu folgen, und stürmte wortlos vor ihr einen Gang hinter dem Technikraum entlang und einige Treppen hinauf, sodass Conny ihr in den High Heels nur mit Mühe folgen konnte. Schließlich fanden sie sich inmitten der Festivalgäste einen Stock über dem Foyer wieder. Durch die verglaste Front hatte man einen wunderbaren Blick auf das Stadtviertel Le Suquet am Fuße des Mont Chevalier mit dem markanten Suquet-Turm, einem Überbleibsel der Befestigungsanlage aus dem elften Jahrhundert, und dem Vieux Port de Cannes. Das Viertel galt als Wiege der Stadt.

Conny zwang sich, sich von dem Anblick loszureißen.

»Was werden Sie jetzt tun?«, erkundigte sie sich, obwohl sie von Inès liebend gern noch mehr über Margaux und Juliette erfahren hätte.

»Arbeiten?!« Inès warf ihren Kopf zurück und ließ sie mit einem knappen *Salut* mitten im Trubel allein zurück.

Conny wollte sich gerade einen Champagnerkelch vom Tablett eines vorbeigehenden Kellners greifen und sich damit in den roten Samtsessel etwas abseits an der Wand sinken lassen, da spürte sie, wie ihr Handy in der Clutch vibrierte. Sie holte es raus und ging ran, obwohl sie hätte ahnen können, dass das ein Fehler war.

Marie Sommer. Die Ereignisse hatten sich also bereits bis zu *La Voyagette* in München herumgesprochen.

»Conny, was geht da bei dir vor?« Die Herausgeberin hatte die Angewohnheit, ohne Umschweife direkt zum Punkt zu kommen. »Ich weiß gar nicht, was ich sagen soll. Dass das Interview nicht stattfindet, ist eine Katastrophe, auch was die erhoffte Auflagensteigerung betrifft. Chopard wollte die Buchung stornieren, aber ich glaube, das habe ich vermeiden können.« Marie fuhr fort in ihrem Monolog, ohne dass Conny den Hauch einer Chance gehabt hätte, etwas einzuwerfen. »Ich habe eben mit dem Marketingleiter von Chopard gesprochen, und wir haben uns auf eine Alternative geeinigt. Wir bringen einfach einen Exklusivbeitrag über die Firma.«

»Und dafür muss ich hier in Cannes bleiben?«, kam Conny endlich zu Wort.

»Natürlich nicht. Du musst in die Schweiz zu deren Hauptsitz. Brigitta hat dir schon den Flug gebucht. Morgen Nachmittag fliegst du direkt nach Genf.«

Sie stöhnte innerlich auf. Das durfte doch nicht wahr sein! »Marie, das geht nicht. Ich bin hier noch nicht fertig.«

»Was soll das heißen?« Maries Stimme machte deutlich, dass Widerspruch zwecklos war.

»Bitte schick jemand anderen.« Sie konnte jetzt nicht weg.

»Ich schicke aber dich! Weil du meine Beste bist. In Cannes gibt es für dich nichts mehr zu tun.«

»Lass Emma fliegen. Sie wird begeistert sein.« Conny dachte an die Kollegin, die schon lange auf eine Chance wartete, sich zu beweisen. »Wenn du magst, schaue ich gern noch mal über den Artikel rüber, bevor er in Druck geht.«

Conny hörte ein Geräusch, als würde Marie mit der flachen Hand auf die Tischplatte schlagen. »Wie gesagt, dein Flug ist gebucht.«

In dem Moment entdeckte Conny ganz in ihrer Nähe Regisseur François Marvis im Gespräch mit zwei Männern.

Das Handy fiel ihr aus der Hand und auf die Sitzfläche des roten Samtsessels. »Conny, Conny!«, hörte sie ihre Chefin rufen.

Während sie das Handy wieder aufnahm, prostete François ihr zu. Dann verschwand er mit den beiden Männern hinter einer Tür mit der Aufschrift »Staff«, warf ihr aber vorher noch einen traurigen Blick über den Rand seiner dicken Brillengläser zu.

Conny holte tief Luft. »Sorry, Marie, ich kann jetzt nicht. Der Akku ist gleich leer. Aber ich habe hier wirklich noch eine Menge zu tun. Vertrau mir, und ich verspreche dir, dass du eine gute Story bekommen wirst.«

Sie nahm all ihren Mut zusammen und wischte das Gespräch weg.

Das hatte sie schon befürchtet. Marie machte das Auflagenproblem zu ihrem. Dabei war Conny weder für die Finanzen noch für Anzeigenkunden zuständig. Das waren Maries Baustellen, sie war die Herausgeberin, und Conny würde sich von ihr nicht instrumentalisieren lassen. Keinesfalls würde sie nach Genf fliegen, bevor Juliette gefunden und Margaux' Mörder gefasst war.

Einen Sonderurlaub würde sie sich allerdings abschminken müssen, wie sie ihre Chefin kannte. Ihr musste etwas anderes einfallen. Für den Moment hatte sie es sich mit Marie verdorben, und ihre Chefin war nicht zu unterschätzen.

Vermutlich bestand Connys einzige Chance darauf, weiter in Cannes bleiben zu können und sich mit Marie wieder gut zu stellen, darin, auf eine Story zu stoßen, die genauso viel hermachte wie das geplante Interview. Aber was für eine Story sollte das sein? Eine gute Geschichte fand sich nicht von heute auf morgen. Und ein Mord passte ganz und gar nicht ins Konzept von *La Voyagette*, einem Magazin, das für Themen wie Luxus, Reisen und Schönheit stand.

Sie seufzte frustriert.

Auch Félix hatte sie noch so gut wie nicht gesehen, obwohl sie so viel zu besprechen hatten. Ganz zu schweigen davon, dass sie endlich Lucien hatte kennenlernen wollen. Sie war nun bald einunddreißig Jahre alt. Höchste Zeit, ihrem Privatleben die ihm zustehende Wichtigkeit einzuräumen.

Schnell rief sie sich zur Räson. Nur jetzt nicht in Selbstmitleid und Melancholie versinken. Dafür war keine Zeit. Stattdessen musste sie herausfinden, warum es Simonette so wichtig gewesen war, dass sie Margaux und Juliette traf. Hatte sie sich etwas davon versprochen, und wenn ja, was? Sie musste mit ihr reden.

Eigentlich waren sie am nächsten Tag auf der Dachterrasse von ihrem *Hôtel Royal Plage* in Nizza verabredet. Doch so lange wollte Conny nicht warten, sie musste so schnell wie möglich mit Simonette telefonieren. Aber erst wollte sie wissen, wohin der Regisseur François verschwunden war. Conny schlich bis zu der Seitentür, öffnete sie und spähte durch den Spalt. Ihr Blick fiel in den großen Saal, in dem auch ein Platz für Félix und sie reserviert sein musste.

Sie schlüpfte hinein, und eine junge Frau im schwarzen

Kostüm wies ihr einen Platz seitlich in einer mittleren Reihe zu.

Cathrine moderierte gerade mit großer Geste die eingeblendete Hommage vor einer riesigen Leinwand und voll besetzten Reihen, strahlend und schön. Sie wirkte überraschend beherrscht.

Sie würdigte Margaux mit einer Rede, dazu wurden Bildstrecken und kurze Einspieler aus dem Leben der Schauspielerin gezeigt, und nach einer Schweigeminute nahmen die Dinge ihren gewohnten Lauf.

Die Festivaljury wurde auf die Bühne gerufen und unter tosendem Beifall zu einem roten Sofa geführt, während sich auf einer Großleinwand das dreidimensionale Signet der Palme d'Or drehte und die orchestrale Filmmusik von *Gladiator* von Hans Zimmer erscholl.

Der König ist tot, es lebe der König, dachte Conny.

Nichts im Leben und in der Filmwelt stand jemals still.

Vergaß man wirklich so schnell?

Margaux' Leben hatte in dieser Welt stattgefunden. Sie hatte eine Rolle in einem Film gespielt, der Wirklichkeit hieß und der für sie jetzt zu Ende war.

Zentral in der vordersten Reihe erkannte Conny den Regisseur François Marvis und den Produzenten René Delon. Die beiden saßen nebeneinander und starrten geradeaus. Es war, als würde eine Wand sie trennen, als sähen sie beide einen anderen Film als den, der auf der Bühne lief, als Cathrine nun ein Mitglied der Jury nach dem anderen vorstellte.

Ob es der Film von Margaux' wahrem Leben war, der

René blankes Entsetzen und pure Angst ins Gesicht getrieben hatte? Seine Miene wirkte wie versteinert, als er sich plötzlich zu Conny umdrehte, als hätte er ihren Blick gespürt. Augenbrauen hochgezogen, der Kiefer angespannt. Seine Hand schien zu zittern, als er sie kurz hob, um jemanden zu grüßen.

Und François? War das wirklich Trauer, die aus seiner gebeugten Haltung sprach? Jetzt drehte der Regisseur sich ebenfalls dem Saal zu, und Conny sah seinen stechenden Blick, als er kurz etwas zu René sagte. Lagen in ihm nicht Wut und Zorn?

Doch warum?

Die beiden hatten soeben die Hauptdarstellerin ihres Films verloren, der eine gute Chance auf die Goldene Palme hatte. Sie hatten monate-, wenn nicht jahrelang hart an diesem Projekt gearbeitet und waren sich in der Zeit sicherlich nahegekommen. Wäre da nicht tiefe Trauer angesagt gewesen, der man vielleicht sogar gemeinsam Ausdruck verlieh? Oder standen sie noch unter Schock und brauchten einfach Zeit, bis sie ihre wahren Gefühle zeigen konnten?

Conny musste mit beiden Männern sprechen. Einzeln.

Fragte sich nur, wie ihr das gelingen sollte. Aber vielleicht konnte sie sie ja mit einem Artikel in *La Voyagette* ködern.

12

Wie so oft stellte sich bei Félix ein Gefühl der Leere ein, nachdem er den neuen Tatort in Augenschein genommen hatte. Die Fakten türmten sich wie ein riesiger Berg vor ihm auf, dessen Gipfel er noch nicht sehen konnte.

Eine kleine Gruppe von Journalisten war live erschienen und hatte sich um Vernaux herum geschart, der unter dem Drachenbaum stand. Seine knorrigen Äste breiteten sich wie ein Schirm über dem Commissaire aus, direkt darüber ging der Vollmond hell und rund auf.

Margaux' Leiche war bereits in die Rechtsmedizin gebracht worden, die Spurensicherung war noch immer in der Villa zugange, und vor der Hecke hatten sich jetzt auch einige Schaulustige versammelt. Natürlich nahm die Öffentlichkeit großen Anteil an dem Geschehen, und Félix konnte sich nur zu gut vorstellen, unter welchem Druck das Festivalkomitee stand.

Er beobachtete die Szenerie von einem ruhigen Plätzchen aus, lehnte sich neben der Eingangstür an die Hauswand. Um sich zu sammeln, hatte er einen Moment Ruhe und Abstand gebraucht. Erst jetzt wurde ihm bewusst, wie anders als geplant der Abend verlaufen war. So wenig begeistert er zuvor auch vom Besuch des Festivals gewesen war, so gern hätte er jetzt seine Anwesenheit an einem Tatort gegen die im Palais eingetauscht.

Conny fehlte ihm. Er hatte sich so auf ihr Wiedersehen

gefreut. Auch darauf, ihr endlich Lucien vorzustellen und eine Vision für eine gemeinsame Zukunft zu entwickeln.

Seit Wochen hatte er, der sowieso nur Gelegenheitsraucher war, keine Zigarette mehr in der Hand gehabt. Doch nun, als ein Kollege der Spurensicherung aus der Tür trat, um sich eine Gauloises anzustecken, war der Geruch so verlockend, dass er ihn um eine Zigarette bat.

Nachdem der Mann ihm auch Feuer gegeben hatte, inhalierte Félix einmal tief und bedankte sich, bevor er sich wieder an seinen Platz an der Wand zurückzog. Er wusste genau, warum er sich die Zigarette angesteckt hatte. Weil er gerade jetzt diesen Moment der Illusion brauchte, der Unabhängigkeit und Freiheit, der Jugend und der Zuversicht. Der Tabakrauch füllte seine Lunge und tat ihm entgegen allen gesundheitlichen Bedenken gut, während er die Pressekonferenz beobachtete.

Vor Vernaux standen zwei Laptops auf einem improvisierten Tisch. Während er geduldig die Fragen des Nachrichtensprechers auf dem einen Bildschirm beantwortete, zeichnete ihn der zweite Laptop auf. Plötzlich löste sich ein Mann aus der kleinen Gruppe der Journalisten und stürmte auf Vernaux zu. Ein Beamter war gerade noch rechtzeitig zur Stelle und stoppte ihn.

Der junge Mann, ebenfalls im Smoking, verhielt sich, als hätte er ein Recht darauf, Vernaux zu unterbrechen. Félix, der in der Zwischenzeit zu Juliette und Margaux recherchiert und eine Randnotiz von einer geplanten Hochzeit gelesen hatte, erkannte den Mittzwanziger als Noah Petit, Juliettes Lebensgefährten.

Félix zog noch einmal an der Gauloises, bevor er sie auf einer Travertinplatte austrat, den Zigarettenstummel aufhob, ihn in einem Blumentopf mit duftendem Lavendel vergrub und auf den aufgebrachten Mann zuging.

Noah Petit war etwas kleiner als Félix, von athletischer Statur, hatte feines aschblondes, aus der Stirn gegeltes Haar und den Schatten eines Dreitagebarts. In seiner Smokinghose mit dem weißen Hemd – Jackett und Fliege hatte er wohl wie Félix abgelegt – wirkte er wie ein Schauspieler, den man für die Nebenrolle eines Finanzbeamten in Erwägung ziehen würde. Was auch an der runden Brille mit dem dünnen silberfarbenen Gestell liegen mochte, die ihm den Anschein eines überheblichen Intellektuellen gab.

Félix legte ihm beruhigend seine Hand auf den Unterarm und stellte sich vor. »Félix Weißenstein. Fallanalytiker. Kann ich behilflich sein?«

Noah starrte ihn an und schüttelte dann vehement den Kopf. Er wirkte entsetzt. »Ein Psychologe? *Non, merci!* Ich brauche keinen Seelenklempner, sondern den Commissaire. Wieso sagt er kein Wort über Juliette? Wieso spricht er nicht darüber, dass sie vermisst wird und sich womöglich in Lebensgefahr befindet, wenn sie nicht schon längst tot ist?«

»Monsieur Petit, beruhigen Sie sich. Ich verstehe sehr gut, wie Sie sich fühlen.« Félix stellte sich so vor Noah, dass er ihm die Sicht auf Vernaux nahm und der junge Mann sich notgedrungen auf ihn konzentrieren musste. »Aber glauben Sie mir, wir tun alles, um Juliette zu finden. Die Suche nach ihr läuft auf Hochtouren. Und als Fallanalytiker bin ich in die Ermittlungen eingebunden, Sie können also auch mit mir sprechen. Sie sind doch Noah Petit? Juliettes Lebensgefährte.«

Der Mann nickte.

Félix überlegte, wo er sich mit ihm bei all dem Durcheinander in Ruhe unterhalten könnte, und führte ihn schließlich in die Küche der Villa, die die Spurensicherung gerade freigegeben hatte. Zum Glück gelangte man durch den Flur dorthin, musste den Salon mit dem riesigen Blutfleck also nicht durchqueren.

Wie schon in den übrigen Räumen der Villa glaubte man sich auch in der großen Küche mit Essecke dem Mobiliar nach in einem rustikalen Landhaus. Allerdings kannte Félix sonst Küchen dieser Art, in denen Trockenblumen von der Decke hingen und in jeder Ecke Dosen und Gläser mit liebevoll beschrifteten Etiketten herumstanden. Dort gab es überall etwas zu entdecken. Hier stand rein gar nichts herum, was kaum an der Arbeit der Spurensicherung lag.

Entweder hatte Margaux geplant auszuziehen und in der Küche mit dem Ausräumen begonnen, oder sie war eine große Freundin von Ordnung gewesen. Vermutlich war Letzteres der Fall.

Félix, der im Laufe seiner Berufsjahre herausgefunden hatte, dass man durchaus Parallelen von der Küche eines Menschen auf seinen Charakter ziehen konnte, mutmaßte, dass die Schauspielerin ein extrem disziplinierter Mensch gewesen war. Unter Umständen sogar so diszipliniert, dass dabei manche menschliche Regung auf der Strecke geblieben war.

Er bat Noah, sich auf die Eckbank zu setzen. Um eine angenehmere Atmosphäre zu schaffen, wollte er ihm etwas zum Trinken anbieten und öffnete den Kühlschrank. Darin befand sich neben einem Becher *fromage blanc* lediglich eine vertrocknete *quiche* sowie ein Glas eingelegte Artischocken, eine halb volle Flasche Champagner und eine Literflasche Mineralwasser. Trotz der bereits erfolgten Freigabe entschied er, nichts davon anzufassen.

Während Noah unaufgefordert zu reden begann, suchte Félix in den Oberschränken nach Gläsern. Da er nur langstielige Champagnerkelche aus Kristall fand, füllte er zwei davon schließlich mit Leitungswasser. Einen stellte er vor Noah ab, bevor er ihm gegenüber am weiß lasierten Holztisch Platz nahm.

»Ich habe mit allen telefoniert, bei denen sie sein könnte.« Noah legte die Brille vor sich ab und fuhr sich mit beiden Händen verzweifelt durchs Gesicht. *»Rien du tout …«*

Tatsächlich hatte Vernaux Félix bereits von dem jungen Mann erzählt, den der Commissaire bei seinem Eintreffen am Tatort vorgefunden hatte und der nach seiner Freundin suchte. Durch ihn wussten sie überhaupt nur von der vermissten Juliette. Vernaux hatte Noah den Auftrag erteilt, zunächst alle Bekannten und Freunde abzutelefonieren. Bislang hatte er also keinen Erfolg damit gehabt.

»Jetzt erzählen Sie mal der Reihe nach«, bat Félix.

»Mon Dieu! Encore une fois?! Noch einmal? Ich habe

Ihrem Kollegen doch schon alles erklärt. Wir mussten wie schon in den letzten Jahren zu dieser Opening Ceremony. Juliette wollte vorher noch zu Margaux. Sie wissen schon, sich auf den Abend einstimmen und so.«

Félix hatte noch den ungewohnten Gauloises-Geschmack im Mund und nahm einen Schluck Wasser, um ihn runterzuspülen. »Juliette und Sie leben zusammen?«

Noah nickte.

»Wo?«

»Keine zehn Minuten von hier, in der Avenue Renoir.« Noah nahm sein Glas, setzte es aber wieder ab, bevor er getrunken hatte. »Sie werden es sowieso von den Nachbarn erfahren, es war nicht zu überhören, unser Apartment ist ziemlich hellhörig: Wir hatten vorhin Streit.«

»Wieso?«

Noah hob die Augenbrauen. »Ich hatte keine Lust. Jedes Jahr das gleiche Theater mit dem Festival. Ich wollte einfach nicht mehr dahin.« Seine Miene wurde hart.

Félix konnte sich vorstellen, was er meinte. Für Insider war das Festival das Event des Jahres, doch als Außenstehender kam man sich leicht überflüssig vor. »Sie sind nicht in der Filmbranche?«

Jetzt trank Noah doch. »Ich bin Lehrer. Für Mathematik, Biologie und Chemie.«

Also kein Finanzbeamter. Félix schmunzelte. Aber immerhin etwas mit Zahlen. In jedem Fall ein komplett anderer Beruf als der seiner Lebensgefährtin. »Wie lange sind Sie beide schon zusammen?«

»Offiziell seit Juliette achtzehn ist, die Nachhilfe hat

aber schon zwei Jahre früher begonnen«, meinte Noah. »Aber was tut das jetzt zur Sache?«

Félix überlegte. Inoffiziell hatten sie also vermutlich schon länger eine Beziehung, aber das war ein brisantes Thema, deswegen verschwieg Noah es. Auch der Lehrer war noch jung, er konnte nach seinem Studium noch nicht viel länger als zwei Jahre im Schuldienst sein und hatte Juliette damit kaum in der Oberstufe unterrichtet. »Sie waren Ihr Nachhilfelehrer?«, schlussfolgerte er.

Noah ging zum Angriff über. »Mathe. Ist es etwa verboten, sich in seine Nachhilfeschülerin zu verlieben? Ich bin fünf, keine fünfzig Jahre älter als sie.«

Félix ließ sich nicht darauf ein. »Juliette wollte also vor dem Festival zu ihrer Mutter. Und dann?«

Noah lehnte sich zurück. Seine Miene wurde traurig. »Die Limousine sollte uns um neunzehn Uhr hier abholen. Aber ich war unpünktlich. Zu Hause hatte ich noch mit mir gerungen, ob ich die Veranstaltung diesmal nicht wirklich einfach ausfallen lassen soll. *Bon*, offen gestanden hatte ich auf Juliettes Anruf gewartet. Dass sie mich bittet, doch mitzukommen.« Seine Traurigkeit schlug in Hoffnungslosigkeit um, als er unvermittelt sagte: »Der Fahrer hat Margaux gefunden und den Notruf gewählt …«

Félix nickte. Das deckte sich mit dem Kurzbericht von Vernaux am Telefon, als der ihm die Adresse des Tatorts durchgegeben hatte.

Als die beiden Frauen weder auf sein Klingeln noch seine Anrufe reagiert hatten, hatte der Chauffeur den Garten betreten und war um die Villa herumgeschlichen, um durch das Esszimmerfenster zu schauen. Dabei hatte er die zerschlagene Scheibe und Margaux am Boden des Salons entdeckt und den Notruf gewählt.

Die Zentrale wiederum hatte sofort den Notarzt und die Police nationale in Nizza kontaktiert, da die Police municipale in Cannes mit dem Festival mehr als gut beschäftigt war.

Der Anruf war bei Vernaux gelandet, der zwar Bereitschaft gehabt hatte, aber trotzdem gerade bei einer Flasche Château de Crémat mit Madame Vernaux am Abendbrottisch gesessen hatte, in der Annahme, dass er nicht benötigt wurde. In letzter Zeit war es so ruhig zugegangen.

Geistesgegenwärtig hatte Vernaux, da es sich bei der Toten um eine Person des öffentlichen Interesses handelte und Félix ihm außerdem von seinem geplanten Besuch bei den Filmfestspielen erzählt hatte, sofort danach bei ihm angerufen. Und war erst einmal weggedrückt worden.

»Und wo waren Sie zu der Zeit?«, fragte Félix.

»Noch zu Hause. Ich habe mich in meinen Smoking gequält und mit mir gekämpft, ob ich doch zu Margaux' Villa gehen soll. Kurz vor neunzehn Uhr wunderte ich mich immer stärker, warum sie mich nicht vermissten und Juliette nicht anrief. Ehrlich gesagt habe ich befürchtet, dass sie ohne mich fahren würden, was in einem weiteren Streit geendet hätte.« Er rieb sich die Augen. Sie waren rot, als er seine Hände sinken ließ. »*Mon Dieu!* Wenn ich geahnt hätte, was passiert war.«

Der junge Mann, den Félix als einen eher gefühlsbeherrschten Menschen einschätzte, schien am Ende seiner Kräfte zu sein.

Noah öffnete die obersten Knöpfe seines weißen Hemdes. »Ich mache mir Sorgen um Juliette. Verstehen Sie das? Warum geschieht nicht mehr? Ich habe den Eindruck, es kümmert niemanden außer mir, dass sie verschwunden ist. Einfach verschwunden!«

Seine Stimme war schrill geworden, und er fuhr sich mit der rechten Hand immer wieder über den rechten Oberschenkel.

Félix registrierte die Geste. »*Bien sûr*. Ich kann nachvollziehen, dass Sie sich Sorgen machen. Aber glauben Sie mir, es wird wirklich alles Menschenmögliche getan, um Ihre Freundin zu finden.«

Zum aktuellen Zeitpunkt wollte Félix ihn beruhigen, aber keine falschen Hoffnungen wecken.

Noah fixierte Félix. »Ich kann mir nicht erklären, wie Juliettes Sandalen in den Garten gekommen sind. Und eben hat mir die Spurensicherung auch noch ein Taschentuch mit hellrosa Lippenstift gezeigt. Es ist genau die Farbe, die Juliette normalerweise trägt.«

Félix machte eine beruhigende Geste, auch wenn die Vermutung nahelag, dass Juliette in die Fänge des Täters oder der Täter geraten war. »Wie kam es, dass Sie schlussendlich doch hierherkamen?«

»Ich hatte mich entschlossen mitzugehen und mich zu Fuß auf den Weg gemacht. Es ist ja nicht mal ein Kilometer. Irgendwie hatte ich ein komisches Gefühl. Ich war kurz nach sieben hier. Der Fahrer kam mir aufgelöst entgegen und hat mir erzählt, was er gesehen hat und dass er gerade den Notruf gewählt hat. Dann hat er mir das kaputte Esszimmerfenster gezeigt.« Noah schüttelte den Kopf, als könnte er immer noch nicht glauben, was passiert war. »Wir standen da, haben ungläubig die am Boden liegende Margaux angestarrt, und plötzlich hatten wir beide den Eindruck, dass sie sich noch bewegt. Ich bin durch das Fenster reingeklettert. Ich war fast wahnsinnig vor Angst um Juliette. Ich dachte, sie liegt auch irgendwo. Ich konnte einfach nicht warten, bis der Notarzt da ist.« Wieder fuhr er sich mit einer Hand über den Oberschenkel.

Als er schniefte, reichte Félix ihm ein Papiertaschentuch, wovon er seit Luciens Geburt immer einen Vorrat bei sich trug.

»Wie war das eigentlich mit Margaux?«, erkundigte er sich. »Wollte sie allein zum Festival oder in Begleitung?«

Noah schenkte ihm einen überraschten Blick. »Sie ging nie allein.«

Félix nickte. So hatte er es von den Berichterstattungen der letzten Jahre in Erinnerung. Margaux Calimard war immer in männlicher Begleitung erschienen. Allerdings niemals mit demselben Mann. Félix entsann sich, einmal gedacht zu haben, dass sie einen enormen Männerverschleiß hatte.

»Es war abgemacht, dass Albert an der Kreuzung Avenue de Vallauris, Rue Renoir zusteigen sollte.« Noah kniff die Augen zu schmalen Schlitzen zusammen. Etwas schien ihn zu beunruhigen.

»Albert?«, fragte Félix.

»Albert Lefèvre.« Noah sprang wie elektrisiert von der Eckbank auf und stieß dabei das Kristallglas um. Er war so aufgeregt, dass er es gar nicht zu bemerken schien. »Ein ehemaliger Schauspieler, der heute keinen Fuß mehr in die Tür bekommt und jetzt bei einem Begleitservice arbeitet, wenn er nicht gerade betrunken ist.«

Félix rettete das Glas, bevor es vom Tisch fallen konnte. »Woher wissen Sie das?«, hakte er nach, nahm noch mehr Papiertaschentücher aus der Packung und wischte mit ihnen das verschüttete Wasser auf. Wenn sie diesen Mann bei einem Begleitservice gebucht hatte, war Margaux damit sicher nicht hausieren gegangen.

»Juliette war ihr wie jedes Jahr bei der Auswahl ihres Begleiters behilflich gewesen. Sie machten sich einen Spaß daraus. Juliette hat mir danach haarklein erzählt, wie sie gemeinsam diese Sedcards durchgegangen sind. Als sie zu der von Albert kamen, hat Margaux sich an ihn erinnert.« Noah machte eine kleine Pause, bevor er fortfuhr. »Er war vor Ewigkeiten ihr Filmpartner. Bei dem Film, für den Margaux damals den César bekommen hat, *Viens avec moi*. Kurz nach Juliettes Geburt. War wohl ein sehr aufwendiges Projekt, soll extrem lange gedauert haben, bis er in die Kinos kam. Eineinhalb Jahre. Albert war wohl einer der vielen Männer, die nach dem ersten Blick in Margaux verliebt waren. Sie besaß diesen Zauber. Genau wie Juliette.« Noah führte die Faust zum Mund und biss sich auf die Finger, wohl um irgendwie die Beherrschung nicht zu verlieren.

Unwillkürlich dachte Félix an seinen kleinen Sohn Lucien. Neun Monate dauerte es, bis ein Kind auf die Welt kam. Bis der Film gedreht, geschnitten und fertig für die Kinos gewesen war, hatte es eineinhalb Jahre gedauert. Doppelt so lange.

Konnte das hier eine Bedeutung für ihren Mordfall haben? Hatten sich Margaux und Albert erst beim Dreh kennengelernt oder schon früher? Letzteres wäre möglich, denn schließlich kannte man sich in Schauspielerkreisen. Und wenn sie sich doch beim Filmdreh begegnet waren: Verliebten sich Schauspieler nicht häufig gerade in die Person, die im Drehbuch als große Liebe für sie vorgesehen war?

Noah schien keine Ahnung von seinen Überlegungen zu haben, er hatte sich wieder gefangen und redete weiter. »Margaux hat Juliette von Albert erzählt, und daraufhin wollte Juliette, dass sie ihn nimmt und keinen anderen. Vielleicht würde es ihm helfen, sein Leben wieder auf die Reihe zu bekommen, hat sie gemeint … Er ist nicht gerade sonderlich erfolgreich.« Noahs Augen glänzten jetzt verdächtig.

»Und Margaux hat bei dieser Entscheidung auf Juliette gehört?«, fragte Félix. Eigentlich hätte die Situation doch sehr unangenehm für sie sein müssen. Ein ehemaliger Kollege an ihrer Seite, der früher in sie verliebt gewesen war und im Gegensatz zu ihr keine Karriere gemacht hatte, sondern gescheitert war. Es sei denn … Schnell schob er eine weitere Frage hinterher: »Wer ist eigentlich Juliettes Vater?«

Noah hob die Schultern und riss die Augen auf. Jetzt hatte er verstanden, worauf Félix hinauswollte. »*Bon! Je sais pas …!*« Er verschluckte das *ne*, wie es gang und gäbe war. »Keine Ahnung. Meinen Sie wirklich, dass …?«

»Weiß Juliette denn, wer ihr Vater ist?«

Noah schüttelte heftig den Kopf. »Margaux hat es ihr nie gesagt, obwohl Juliette alles versucht hat, um es herauszufinden. Natürlich war das auch ein Grund …« Er schwieg abrupt.

»Ein Grund wofür?«

»Nun, ein Grund dafür, dass sie so …« Es fiel ihm sichtlich schwer, das richtige Wort zu finden. »So labil ist.«

»Labil?« Félix horchte auf.

»Aber was tut das hier zur Sache, *merde!*« Noah schlug mit der Faust auf den Tisch und schrie ihn geradezu an. »Sie sollen sie nicht therapieren, Sie sollen sie finden! Verstehen Sie? *Comprenez?*«

Félix legte ihm wieder seine Hand auf den Unterarm. »Bitte, Noah, beruhigen Sie sich doch und beantworten Sie meine Frage. Wie hat Margaux auf Juliettes Wunsch reagiert, dass Albert sie begleitet?«

Noah atmete schwer aus. »Sie hat sich erst dagegen gesträubt. Sie haben gestritten, aber dann …« Er lachte bitter auf: »Wissen Sie, irgendwann gibt man nach, wenn Juliette etwas will.« Sein Blick schweifte wieder ab.

Tatsächlich? In der Homestory war Félix die junge Frau wesentlich verletzlicher und zerbrechlicher erschienen als Margaux, die äußerst resolut gewirkt hatte. »Sie sprachen von labil.« Er verlieh seiner Stimme einen herausfordernden Unterton. »Aber Ihrer letzten Bemerkung nach muss Juliette doch sehr durchsetzungsstark sein, wenn sie ihre Mutter derart in der Hand hatte.«

Noah presste die Lippen zusammen, rieb sich wieder mit der rechten Hand über den Oberschenkel und seufzte dann. »Sie werden es ja sowieso erfahren. Juliette ist in ärztlicher Behandlung.«

Félix horchte auf. »Warum?«

Noah drehte den Champagnerkelch, der nun wieder vor ihm stand, hin und her. »Die Dreharbeiten zu *Une année sans regrets* gingen an ihre Substanz. Es ist eine Tragikomödie. Juliette …« Er sah Félix an. »Nun, es fiel ihr schwer, lustig zu sein. Die Tragik liegt ihr eher. Die Rolle hat sie an ihre Grenzen gebracht. Etwa nach der Hälfte der Dreharbeiten wurde der Plot wirklich tragisch. Einerseits war sie damals voll in ihrem Element, andererseits hat es sie noch weiter heruntergezogen.«

Noah war jetzt leichenblass. Der Mann brauchte eindeutig Ruhe.

Félix musste ihn gehen lassen. »Wir finden sie, Noah. Vertrauen Sie uns. Und jetzt gehen Sie erst einmal nach Hause. Legen Sie sich hin und versuchen Sie, etwas zu schlafen. Die letzten Stunden waren sehr aufregend. Und danke, dass Sie mir das alles noch einmal erzählt haben. Sie haben mir sehr geholfen.«

Er begleitete den jungen Mann nach draußen und verabschiedete ihn. Dann wartete er, bis Vernaux dem Bürgermeister von Cannes, dessen Kopf nun auf dem Bildschirm des einen Laptops zu sehen war, Bericht über die Ermittlungen erstattet hatte, um den Commissaire über das Gespräch mit dem Freund der Vermissten zu informieren.

Sofort lief Vernaux zurück zum Couchtisch im Salon. Während er die gestapelten Magazine durchwühlte, murmelte er vor sich hin: »*Un moment.* Mir ist da was aufgefallen, als ich vorhin die Zeitschriften durchgesehen habe.« Schließlich förderte er eine Sedcard zutage. »Albert Lefèvre! *Le voilà!*« Er reichte Félix den Ausdruck.

Von dem Foto starrte ihm ein stattlich gebauter Mann mit kantigem Gesicht und Dreitagebart entgegen. Trotz des Make-ups waren die Spuren des Alkoholismus unübersehbar. Zudem prangte über der rechten Augenbraue eine Narbe, die noch frisch aussah.

Félix konnte sich den Mann auf dem roten Teppich der Filmfestspiele vorstellen – aber noch eher in den Spelunken von Cannes und Nizza.

Vernaux hatte bereits sein Telefon gezückt und gab Albert Lefèvres Namen und das Geburtsdatum, das auf der Sedcard vermerkt war, einem Kollegen im Backoffice in Nizza durch.

Er und Félix warteten gemeinsam, während der Kollege eine Online-Suche im Vorstrafenregister laufen ließ. Der Commissaire tippte ungeduldig mit der Fußspitze auf den Boden, Félix griff nach seinem *portable.* Vielleicht hatte sich Conny ja gemeldet.

Doch da war nichts.

Er überlegte gerade, ihr seinerseits zu schreiben, als

Vernaux, während er dem Kollegen zuhörte, die Augen aufriss und schließlich, als das Gespräch beendet war, laut aufstöhnte.

»*Dit donc!* Hab ich's doch geahnt! Albert Lefèvre ist vorbestraft. Schwere Körperverletzung in alkoholisiertem Zustand. Außerdem ist da ein Vermerk über eine laufende Ermittlung. Der Kollege macht sich kundig, was genau dahintersteckt, und informiert uns, sobald er mehr weiß.«

Vernaux tippte Alberts Nummer, die der Kollege aus Nizza ihm gegeben hatte, in sein *portable*. Nach einer Weile schaltete er den Lautsprecher an und hielt das Telefon vor sich, sodass Félix das Klingeln hörte.

»Er nimmt nicht ab.« Vernaux gab auf.

Félix konnte es dem ehemaligen Schauspieler nicht verdenken, sollte der sich aus dem Staub gemacht haben. Ohne dass das zwangsläufig etwas über seine Schuld oder Unschuld aussagen musste.

Dann klingelte Vernaux' Telefon erneut, und sofort stellte der Commissaire auf laut. Der Kollege aus Nizza hatte Neuigkeiten zu den laufenden Ermittlungen und klang besorgt.

Albert Lefèvre hatte sich in schlechter Gesellschaft herumgetrieben. Er hatte Geldprobleme, und es lief eine Räumungsklage gegen ihn. Außerdem gab es Hinweise, dass er mit Männern, die für ihre Brutalität bekannt waren, in einen Raubüberfall verwickelt war.

Vernaux entschied, ohne zu zögern. »Schreibt eine Fahndung nach ihm aus«, wies er den Kollegen an.

Félix betrachtete die Sedcard erneut und fragte sich,

wie es der laut Noah labilen Juliette wohl erging, sollte sie tatsächlich in die Fänge dieses Mannes und seiner mutmaßlichen Komplizen geraten sein, nachdem sie Zeugin am Mord ihrer Mutter geworden war.

Hatte er Noah zu viel versprochen, als er beteuert hatte, sie würden sie finden? Und selbst wenn ihnen das gelänge, in welchem Zustand würde Juliette dann sein?

13

Conny stand am Nebeneingang neben Inès' weißer Honda und wartete ungeduldig auf die Maskenbildnerin. Wenn ihr jetzt jemand weiterhelfen konnte, dann sie. Das war ihr bewusst geworden, nachdem sie den Produzenten René Delon und den Regisseur François Marvis von ihrem reservierten Platz aus während der Eröffnungszeremonie beobachtet hatte.

Eine unsichtbare meterhohe Mauer schien zwischen ihnen zu stehen. Noch während der Veranstaltung waren die beiden aufgestanden und verschwunden, und Conny hatte von ihrer Sitznachbarin aufgeschnappt, dass sie sich wohl für die Party im Backstagebereich vorbereiten wollten. Sie hatte ihr erklärt, dass, sobald die offizielle Eröffnung beendet war, das wirkliche Fest begann.

In den für diesen Abend gemieteten Bars am Strand an der Croisette und in den Suiten der Stars in den Luxushotels würden Schauspieler, Regisseure und Produzenten bis zum Morgengrauen feiern.

Geschafft hatte es, wer in eine private Suite eingeladen war. Dann gehörte man zum inneren Kreis, und der zukünftige Erfolg war vorprogrammiert, denn dort wurden die wichtigen Entscheidungen getroffen. Es wurden die Investitionen für die nächsten Filme besprochen und darüber diskutiert, wer für die nächste Produktion als Drehbuchautor und Regisseur infrage kam. Und natürlich, welche Rolle mit welchem Schauspieler besetzt wurde.

Nur auf einer solchen Feier würde es Conny gelingen, an René und François oder zumindest einen von beiden heranzukommen. Und ihre Eintrittskarte dazu war Inès.

Als sie sich jetzt auf einen Steinquader neben dem Motorrad setzte, die milde, salzige Nachtluft einatmete und dem Rauschen der Wellen lauschte, war sie sich sicher, dass Inès zur Party von *Une année sans regrets* eingeladen war. Schließlich hatte sie für die Produktion als Stylistin und Maskenbildnerin gearbeitet. Nachdem die Filmfestspiele abgesehen von der Hommage und der Schweigestunde weitgehend unberührt von den Geschehnissen begonnen hatten, nahm Conny an, dass auch die Partys der einzelnen Produktionen stattfanden. Und sie konnte sich vorstellen, dass ein Zusammenkommen in kleinem Rahmen gerade dem Team um Margaux eine Möglichkeit geben würde, gemeinsam von ihr Abschied zu nehmen.

Mit Simonette hatte sie gerade eben telefoniert. Natürlich war sie genauso schockiert gewesen wie Conny über das, was geschehen war. Bei aller Betroffenheit war da aber auch ein Zögern, eine Zurückhaltung in Simonettes Stimme gewesen, die Conny stutzig gemacht hatte. Sie kannte ihre mütterliche Freundin lange und gut genug, um zu wissen, wenn sie etwas verbarg. Wusste Simonette mehr über Margaux und ihre Tochter als das, was Conny in den Zeitungen und im Netz gelesen hatte?

Simonette, in deren Hotel noch am gleichen Abend ein großer Hochzeitsempfang stattfinden sollte, hatte nicht lange sprechen können, und Conny hatte nichts dergleichen herausfinden können. Immerhin hatte die alte Dame versichert, sie wie vereinbart am nächsten Tag in Nizza auf der Dachterrasse des *Royal Plage* zum frühen Mittagessen zu treffen. Dann würden sie Zeit haben, über alles zu reden. Da Simonettes Lebensgefährte Jacques sie nicht begleiten konnte, weil seine Tochter aus erster Ehe einen Unfall gehabt hatte und er nach Paris musste, würde sie nicht mit dessen Helikopter kommen, sondern die Fähre von Saint-Tropez nehmen, die am Quai Lunel vom Port de Nice anlegte, unweit der historischen Altstadt.

Sie freue sich auf ein paar Stunden zu zweit, hatte Simonette betont, trotz der tragischen Ereignisse. Und noch mehr Zeit hätten sie ja dann, wenn Conny und Félix zu ihr nach Saint-Tropez kämen.

Conny hatte vermieden, ihr anzuvertrauen, dass sie, wenn es nach ihrer Chefin ging, eigentlich schon am nächsten Morgen in aller Früh den Flieger nach Genf nehmen sollte. Was Simonette wohl dazu gesagt hätte?

Ein tiefer Seufzer entwich Conny ob der ihr aussichtslos erscheinenden beruflichen Situation. Sie stellte sich auf einen Rausschmiss ein und überschlug schnell, wie lange sie sich mit ihren Ersparnissen über Wasser halten könnte. Bis sie einen neuen adäquaten Job gefunden hatte, dürfte es einige Zeit dauern. Aber sie wollte nicht jammern.

Ihre Gedanken wanderten zu Juliette. Ob sie noch am Leben war? Inzwischen ging es auf halb elf zu, und es schien immer noch keine neuen Informationen zu ihr zu geben. Da sprang die Tür vom Nebeneingang auf. Inès hatte also tatsächlich auch für das Verlassen des Gebäudes wieder den Weg durch die dunklen Katakomben gewählt.

Die Visagistin runzelte die Stirn, als sie Conny bemerkte. Sie schien abzuwägen, wie sie reagieren sollte, während sie ihre rotbraune Mähne nach hinten band. Sie nahm den Helm aus der Seitentasche, setzte ihn auf und schlüpfte in die rote Motorradjacke, die auf dem Vordersitz lag.

»Was kann ich noch für Sie tun?«, fragte sie schließlich in einem für sie ungewöhnlich höflichen Ton.

Conny rutschte von ihrem Steinquader hinunter und ging ruhig auf sie zu. »Um ehrlich zu sein, Inès, mache ich mir große Sorgen um Juliette. Ich kenne sie noch nicht persönlich, aber ich habe meine Mutter in einem ähnlichen Alter verloren wie sie.«

Conny erzählte von Simonette, die ihr zu einer Art Ersatzmutter geworden war, und dass diese eine enge Freundin von Margaux gewesen war.

Inès setzte sich währenddessen auf das Motorrad, klappte den Ständer hoch und hörte schweigend zu.

Conny befürchtete schon, dass sie ohne ein weiteres Wort davonbrausen würde, und fragte: »Wohin fahren Sie jetzt?«

Inès drehte den Kopf zu ihr. »Ich werde nach Juliette suchen.«

»Nehmen Sie mich mit?« Conny hatte instinktiv reagiert.

Zu ihrer Überraschung griff Inès tatsächlich hinter sich in die zweite Seitentasche, nahm einen weiteren Helm heraus, presste ihn Conny gegen die Brust und ging direkt zum Du über. »*D'accord*, aber setz den auf. Ich hab keine Lust, wegen dir von einem *flic* gestoppt zu werden.«

Auch Conny wollte keinen Ärger mit der Polizei. Und da es wohl üblich war, sich zu duzen, wenn man gemeinsam Motorrad fuhr, erwiderte sie nur: »Danke, Inès!«

Mit laut schlagendem Herz stülpte sie sich den Helm über und schwang sich hinter Inès auf den Sitz. Die Clutch schob sie sich unter den Po und schlang beide Arme fest um Inès' Taille, als die Visagistin Gas gab. Der Sicherheitsbeamte, der Conny zuvor ins Gebäude gelassen hatte, rief ihnen laut hinterher, sie sollten das Motorrad schieben, als sie in weitem Bogen an ihm vorbeizogen.

Conny winkte ihm übermütig zu und musste über das tiefe kratzige Lachen, das aus Inès' Kehle drang, selbst lachen.

14

Noah hatte das Auto, den fast nagelneuen nachtgrauen Citroën DS 7 Crossback, in einer ruhigen Seitenstraße geparkt, keine Hundert Meter entfernt von ihrem Apartment. Eigentlich gehörte er Juliette, aber die hatte ihn bisher noch nicht benutzt, weil das Fahren sie überforderte. Er dagegen schätzte den SUV, der so viel bequemer war als sein Renault Twingo.

Er eilte zu dem Wagen, nachdem er sich von Félix verabschiedet hatte. Jetzt war er froh, dass Juliette darauf bestanden hatte, keine zehn Minuten entfernt von ihrer Mutter zu leben, als sie nach einer gemeinsamen Wohnung gesucht hatten. Die Avenue Cézanne war genauso ruhig wie die Avenue Renoir, in der Margaux' Villa stand.

Noah war sich zu hundert Prozent sicher, dass ihn niemand beobachtet hatte. Er hatte aufgepasst. Weder dieser Félix Weißenstein noch sonst jemand von der Polizei oder den Journalisten war ihm gefolgt, als er Margaux' Grundstück verlassen hatte.

Der Parkplatz des Autos war uneinsehbar. Deswegen war er vorhin auch nicht in die Tiefgarage ihrer Wohnanlage gefahren, wo ihm womöglich jemand begegnet wäre. Trotzdem blickte er sich nervös um, bevor er den Kofferraum öffnete.

Natürlich tat sie ihm leid, wie sie dort lag. Seine kleine Juliette, sein Ein und Alles. Sein Herz schlug wild, weil ihre Brust sich kaum hob und senkte. So flacher Atem. Hoffentlich hatte sie genug Luft bekommen. Selbst im Kofferraum roch es noch nach neuem Auto, die Mischung aus Lack und Klebstoff reizte die Atemwege. Immerhin hatte er das Rückfenster einen Spalt weit geöffnet und den Rücksitz gelöst, damit eine Luftzufuhr im Kofferraum entstand. Er war sicher gewesen, dass sie nicht schreien würde, so erschöpft und vollgepumpt mit Tabletten, wie sie gewesen war. Es hatte keine Gefahr bestanden, dass sie sich bemerkbar machte.

Er beugte sich über sie und fühlte ihren Puls.

Schwach, aber vorhanden.

Er hatte die zusätzliche Tablettendosis, die er ihr verabreicht hatte, bevor er sie in den Kofferraum gepackt hatte, genau berechnet. Wie gut, dass er so klug gewesen war, ihre tägliche Ration schon seit Wochen zu erhöhen, um dem Gewöhnungseffekt entgegenzuwirken, der manchmal bei gleichbleibender Dosierung eintrat. Zwar war der Grund dafür ein anderer gewesen, aber das war jetzt egal.

Außerdem kam ihm zugute, dass Juliette ausgesprochen stark auf Antidepressiva reagierte und Nebenwirkungen wie Müdigkeit bei ihr verstärkt auftraten.

Noah hatte sie seit ihrem Kennenlernen genau beobachtet. Und er war nicht dumm. Naturwissenschaften lagen ihm. Statt Mathematik, Chemie und Biologie auf Lehramt hätte er auch Pharmazie studieren können. Nicht von ungefähr konnte er mit seinen aus Schlafmitteln und Antihistaminika gemixten Cocktails den Grad ihrer Benommenheit steuern.

Er tat es nicht aus Bosheit. O nein, er folgte damit einem physikalischen Gesetz: Auf eine Aktion folgte immer eine Reaktion. Er war der Reagierende gewesen, deshalb traf ihn keine Schuld. Es war nur zu ihrem Besten. Sie hatten ja alle keine Ahnung, in welcher Gefahr Juliette schwebte.

Ja, sie hatte ihn verletzt, aber immerhin hatte sie geschwiegen. So viel Takt hatte sie bewiesen. Dennoch hatte er gut daran getan, sie außer Gefecht zu setzen, bevor sie es sich doch noch anders überlegt und ihn konfrontiert hätte. Bis heute hatte er nicht verstanden, warum sie sich nicht früher von ihm getrennt und zu ihren neuen Gefühlen bekannt hatte. Lag es vielleicht an ihrer Unfähigkeit, sich zu entscheiden?

Er verdrängte den Gedanken an die Demütigung, die er trotz ihrer Diskretion erlitten hatte. Denn es tat immer weh, weggestoßen und ersetzt zu werden. Wenn er seinen Gefühlen freien Lauf lassen würde, würde er sich kaum beherrschen können und sie in ihrem wehrlosen Zustand womöglich noch erwürgen, was er im Anschluss bereuen würde.

Sicher, sie hatte sich gewehrt, als er sie gezwungen hatte, weitere Tabletten zu nehmen, bevor er den Kofferraumdeckel geschlossen hatte. Das hatte ihn dazu verleitet, ihr schließlich eine halbe Tablette mehr zu verabreichen als geplant. Jetzt würde es nicht einfach werden, sie so wach zu bekommen, dass sie sich auf den Beinen halten konnte, bis sie zu Hause waren. Noch dazu mussten sie sich beeilen, um nicht doch noch entdeckt zu werden. Selbst in dieser nachts eigentlich gottverlassenen Gegend waren einige Herrchen mit ihren Vierbeinern unterwegs.

Eilig nahm er die Wasserflasche vom Beifahrersitz und das Pillendöschen aus dem Handschuhfach und steckte beides in einen dunkelgrünen Jutebeutel. Zu dem kostbaren Collier und dem Ring von Chopard, dem Bargeld und dem Schmuck aus dem Safe, den er halb ausgeräumt hatte.

Die Plastiktüte vom Supermarkt mit den Auszeichnungen ließ er hinten auf dem Rücksitz und warf eine Decke darüber. Um sie musste er sich zu gegebener Zeit kümmern. Vor allem um den schweren bronzenen César.

Margaux' Schreibfeder nahm er hingegen mit, denn er wusste, wie Juliette daran hing. Anders als er hatte sie sich nie über Margaux' altmodische Art zu schreiben lustig gemacht. Die Schreibfeder würde Juliette trösten.

Einen Moment lang betrachtete Noah die beschriebenen Papierschnipsel aus Margaux' Mülleimer, die er in einen Frischhaltebeutel gekippt hatte. Er hatte nichts anderes zur Hand gehabt. Ja, sie würde er auch mitnehmen, zusammensetzen und so den Briefentwurf rekonstruieren. Mit Sicherheit war es von Bedeutung, was Margaux so kurz vor ihrem Tod geschrieben hatte. Denn so konservativ sie auch gewesen war, so hatte sie doch meistens per Mail oder *portable* kommuniziert und immer seltener die Feder verwendet. Dieser Entwurf musste etwas Besonderes sein.

In der Dunkelheit gelang es ihm, einige zusammenhängende Worte auf einem größeren Schnipsel zu entziffern, die seine Annahme bestätigten.

ER war es also.

Es war genau so, wie Noah es vermutet hatte. Von Anfang an.

Wie gut, dass er gerade noch rechtzeitig vor Ort gewesen war. Sicher, er war zu spät gewesen, als dass er mit eigenen Augen etwas beobachtet hatte, aber mit diesen Papierschnipseln lag das Motiv für den Mord an Margaux vor ihm. Und ein Beweis, der zum Mörder führen würde. Jetzt, da der Empfänger des Briefes die Wahrheit kannte, traute Noah IHM alles zu. Wie gut, dass er Juliette in Sicherheit gebracht hatte. Und jetzt würde er sein Wissen nutzen.

Denn sie würden sofort Geld brauchen. Juliettes Therapie würde teuer werden, sie würde viele Monate nicht vor der Kamera stehen können, und es würde einige Zeit dauern, bis sie auf das Erbe von Margaux zugreifen konnte. Und obwohl Juliette immer gut verdient hatte, hatte sie in den Jahren seit ihrer Volljährigkeit nicht viel zurückgelegt, und er verfügte über kein finanzielles Polster.

Diese Papierschnipsel, das wurde Noah in der Dunkelheit klar, als er den Frischhaltebeutel mit ihnen in den Jutebeutel zu dem Collier stopfte, würden die Lösung sein. Er musste den ganzen Brief nur so bald wie möglich rekonstruieren.

Und wenn sich dann die größte Aufregung gelegt hatte, würde er IHN damit konfrontieren. Wenn die Ermittlungen zurückgefahren wurden, weil die ersten Tage und Wochen keine Ergebnisse gebracht hatten. Denn, auch dessen war er sich sicher, sie würden noch lange im Dunkeln tappen. Sogar dieser neugierige Fallanalytiker, dieser Félix Weißenstein.

Der Mann hatte ihm ganz schön auf den Zahn gefühlt. Er schüchterte Noah ein. Nicht auszudenken, wäre er ihm bis hierher gefolgt. In der Zukunft musste er sich vor ihm in Acht nehmen. Kein falsches Wort durfte in dessen Anwesenheit über seine Lippen kommen.

Die Reinigungslappen aus Margaux' Putzschrank, mit denen er die Spuren verwischt hatte und die er vorsichtshalber mitgenommen hatte, weil er nicht sicher wusste, ob die Spurensicherung etwas damit anfangen konnte, ließ er in der anderen Tüte zurück, die wie immer für den nächsten Einkauf im Auto lag. Er schob sie hinter den Fahrersitz unter die Decke, direkt neben die Filmpreise, und schlug die hintere Wagentür zu.

Dann ging er zurück zum Kofferraum, rollte Juliette vorsichtig auf die Seite und flößte ihr etwas Wasser aus der Flasche ein, bis sie schließlich die Augen aufschlug.

Weder lächelte sie, noch zeigte sie Furcht, als sie ihn erkannte. Vielleicht war es das, was ihm am meisten Angst machte. Früher hatten ihre Augen geleuchtet, sobald sie ihn sah. Jetzt war er ihr schlichtweg egal.

Es war ihm ein Rätsel, wie Juliette vor der Kamera so überzeugend in andere Rollen schlüpfen konnte. Denn trotz ihrer schönen gemeinsamen Anfangszeit hatte er oft vermutet, dass sie zu wahren Gefühlen nicht fähig war. Doch sein Verstand, der sonst so zuverlässig funktionierte, hatte nichts mehr zu melden gehabt, sobald sie zusammen waren. Er liebte sie und durfte sie auf keinen Fall verlieren. Das würde er nicht ertragen. Nicht auch noch sie.

Selbst jetzt noch, nachdem sie sich vor drei Monaten in einem Anfall aus Trotz, als er sie ins Badezimmer eingesperrt hatte, ihr wunderschönes hellbraunes Haar raspelkurz geschnitten hatte. Früher hatte man Huren und Hexen zu so etwas gezwungen. Letztendlich hatte sie damit nur sich selbst bestraft, denn ganz objektiv betrachtet war sie jetzt nur noch halb so schön. Und trotzdem hatte sie, kaum war ihr Haar nur wenige Zentimeter nachgewachsen, erneut den Rasierapparat angesetzt. Als ob sie ihn mit ihrer neuen Frisur bestrafen wollte. Doch ihre kurzen Haare konnte er ertragen. Wenn sie nur bei ihm war und blieb.

»Komm, mein Schatz.« Er zog sie sanft in die Höhe und hielt dabei eine Hand schützend über ihren Kopf, damit sie ihn sich nicht am Kofferraumdeckel stieß.

Behutsam half er ihr auszusteigen, griff dann nach der alten schwarzen Mütze, die er in der seitlichen Netztasche des Kofferraums aufbewahrte, und setzte sie auf, damit ihn niemand erkannte.

Während er Juliette aufrecht hielt, fragte er sich, wann das Drama eigentlich seinen Anfang genommen hatte. Und würde es irgendwann einmal zu Ende sein? Sie trug noch immer das schwarze Glitzertop und den Ballonrock, war aber barfuß. Die Beamten hatten ihre Sandalen gefunden, bevor er sie verstecken hatte können, aber letztendlich stützten sie nur seine Aussage.

Als er jetzt jedoch seinen Blick über Juliettes schmale

Fesseln gleiten ließ, zuckte er vor Schreck zusammen. Sie hatte das goldene Fußkettchen verloren, das er ihr gleich zu Anfang ihrer Beziehung geschenkt hatte und das sie zu seiner Überraschung nicht abgelegt hatte, obwohl ihre Gefühle für ihn abgekühlt waren. Aber das war typisch für Juliette. Sie war nostalgisch veranlagt.

Eigentlich konnte das nur bei dem Pfingstrosenstrauch am Eingang des Parks passiert sein, als er sie ins Auto gezerrt hatte. Nun, es war unwahrscheinlich, dass man es dort finden würde, beruhigte er sich. Trotzdem würde er danach suchen, sobald sich die Gelegenheit bot.

Leise ließ er den Kofferraumdeckel zuschnappen, während sie sich an ihn lehnte. Sie war benommen, ihre Augenlider hingen auf Halbmast, Speichel lief aus ihrem Mund, ihre Lippen trugen noch Spuren des hellrosa Lippenstifts. Sie hatte geschwitzt, das kurze Haar erinnerte an das feuchte Federkleid eines frisch geschlüpften Vogels. Vermutlich nahm sie wegen der Wirkung der Tabletten nur Schemen um sich herum wahr. Dazu musste sie unter Schock stehen, nach allem, was sie erlebt hatte.

Noah hängte sich den dunkelgrünen Jutebeutel über eine Schulter und schlang seinen Arm um ihre Taille, was sie ohne Gegenwehr geschehen ließ. Dann führte er sie so nah am Gebüsch neben der Straße entlang, dass er sie jederzeit ins Dunkel schubsen konnte wie eine Puppe, sollte ihnen jemand entgegenkommen.

Tapfer setzte sie einen Fuß vor den anderen.

Noah war sich sicher: Ein Beobachter aus der Distanz würde denken, dass sie sturzbetrunken war.

15

Sie hatten die Croisette hinter sich gelassen, und Conny genoss es, von Inès auf der Honda durch die Nacht chauffiert zu werden, den Fahrtwind auf der nackten Haut zu spüren und sich frei zu fühlen.

Inès fuhr sportlich, aber sicher. Immer wieder gab sie Gas, und die Maschine schoss unter ihnen nach vorne. Sie überholte wendig und knapp und bewies gutes Augenmaß, wenn sie sich zwischen zwei Fahrzeugen hindurchmanövrierte.

Conny war schon oft in Cannes gewesen, meist auf der Croisette oder zum Shoppen in der Rue d'Antibes und der Altstadt Le Suquet mit ihrem Gassenlabyrinth. Auch den Marché Forville mit seiner weitläufigen Markthalle, in der Köstlichkeiten aus der ganzen Provence zum Verkauf angeboten wurden, hatte Conny mit Simonette besucht, aber die abgelegeneren Stadtviertel kannte sie nicht. Sie hatte also keine Ahnung, wohin Inès fuhr, doch so zielstrebig, wie die Visagistin ihre Honda jetzt eine kurvige Straße bergauf lenkte, schien sie einen Plan zu haben.

Eine Kehre war so eng und steil, dass sie fast stehen blieben, die Honda zu kippen drohte und Conny sich schon auf dem Asphalt liegen sah. Doch Inès bekam die Situation wieder in den Griff und beschleunigte noch einmal, bevor sie an einem kleinen Park hielt. Direkt neben einem üppig blühenden Pfingstrosenstrauch, der einen betörend süßen Duft verströmte, stand ein Messingschild, auf dem in geschwungenen Buchstaben stand: Parc Matignon.

Eine Palmengruppe zeichnete sich als schwarze Silhouette deutlich vor dem Nachthimmel mit Vollmond ab.

Conny stieg vom Motorrad, griff nach ihrer Clutch, zog sich den Helm vom Kopf und drehte sich zu Inès, die die Honda aufgebockt hatte und abschloss. Was wollten sie hier?

Endlich nahm auch Inès den Helm ab und warf ihre rotbraune Mähne nach hinten. »Juliette könnte hier sein.«

»Du glaubst nicht, dass sie entführt wurde?«, fragte Conny ungläubig und reichte Inès nach einem auffordernden Blick ihre Clutch, um beide Hände frei zu haben.

Während Inès auch die Helme in den Seitentaschen verstaute, schüttelte sie den Kopf. »Ich glaube, Juliette hat etwas beobachtet und ist dann geflüchtet.«

Sie sagte es mit einer solchen Überzeugung, dass Conny gewillt war, ihr zu glauben. Dennoch fragte sie sich, wie die Visagistin zu dieser Annahme kam. »Wenn sie den Mord beobachtet hat und den Mörder kennt, ist sie in größter Gefahr.«

Inès wiegte den Kopf hin und her, als ob sie das für unwahrscheinlich hielt, und ging den Schotterweg entlang.

Conny folgte ihr in den Park. »Warum ausgerechnet hier?«

Inès spähte hinter einen Strelitzienstrauch, dessen orange-lilafarbene Blüten sie anstarrten wie Paradiesvögel. »Bon, Juliette liebt diesen Park. Wir sind ganz in der Nähe von Margaux' Villa. Ich kenne Juliette seit ihrer Geburt. Wenn sie in den letzten Jahren etwas bedrückte, hat Margaux sie immer hier gesucht und gefunden.«

»Und wie ist Juliette sonst so?«, fragte Conny. »Ich meine, was für ein Mensch ist sie?«

Sie stolperte hinter Inès her, die ein solches Tempo vorlegte, dass Conny kurz entschlossen die High Heels abstreifte und auf die Rasenfläche wechselte.

Auch Inès verließ den Weg. »*Que dire*, was soll ich sagen? Auf jeden Fall ist sie anders, als die Öffentlichkeit denkt.«

»Wie meinst du das?« Conny wischte im Gehen schnell ein kleines Steinchen von ihrer Sohle.

Inès zuckte mit den Schultern, während sie zu einer Oleanderhecke lief. »*Mon Dieu!* Sie durfte nie Kind, nie Jugendliche sein. Sie spielte immer Rollen. Manchmal frage ich mich, ob sie jemals gelernt hat, auf das zu hören, was sie fühlt und selber will. Eigentlich spiegelt sie nur die Gefühle anderer. Aber was ist mit ihr? Die Dreharbeiten zu *Une année sans regrets* waren nicht einfach. Irgendwann ist Juliette durchgedreht. Eines Morgens kam sie zum Set und hatte sich die Haare abgeschnitten.«

»Aber auf sämtlichen Fotos aus dem Film sind sie lang.« Conny hatte die hellbraunen Locken deutlich vor Augen.

Ines stöhnte. »*Tout à fait!* Es hat mich einiges an Zeit und Nerven gekostet, mehrere Perücken anfertigen zu lassen. Und René seine ganze Überzeugungskraft, Juliette dazu zu bringen, sie zu tragen.«

Conny runzelte die Stirn. Was wollte Inès ihr damit sagen?

Hinter der Oleanderhecke stand eine Parkbank, die, anders als von Inès erhofft, leer war. Sie fluchte.

Conny ließ nicht locker. »Juliette hat mit knapp zwanzig Jahren erreicht, was die meisten Menschen in ihrem gesamten Leben nie erreichen werden. Sie ist berühmt, reich und wird von vielen geliebt. Ihre Schönheit mal außen vor. Nach allem, was man liest, hat sie noch dazu einen netten Freund und eine liebevolle Mutter. Klar, sie musste hart für ihren Erfolg arbeiten, aber trotzdem. Jetzt ist sie jemand, der von vielen beneidet wird.«

»Ob ihr das wichtig ist?« Inès sah hinter die Bank.

Conny verstand die Andeutung. Irgendwo musste es trotz oder gerade wegen all dem Glamour und Erfolg einen dunklen Fleck im Leben von Mutter und Tochter geben. Irgendetwas musste auf der Strecke geblieben sein. Oder wie ließe es sich sonst erklären, dass Margaux ermordet worden war?

Wobei Conny im selben Moment die Les Cigales einfielen. Die Zikaden waren ein kriminelles Netzwerk, mit dem sie im letzten Jahr in Berührung gekommen war und das sich darauf spezialisiert hatte, in unbewohnte Villen einzubrechen. Auch eine Möglichkeit, die man in Betracht ziehen musste, obwohl Margaux in ihrem Haus gewohnt hatte.

»Ist Juliette denn glücklich?« Conny dachte an die schöne junge Frau, die ihr von Filmplakaten am Flughafen und am Palais entgegengestrahlt hatte. Vielleicht war das Lächeln so unecht wie ihre langen Haare.

»*Comment?* Glücklich?« Inès spuckte das Wort verächtlich aus. »Juliette kann perfekt spielen, glücklich zu sein. Vielleicht ist sie es in dem Moment sogar. Aber danach fällt sie in ein umso tieferes Loch. Sie ist – wie soll ich sagen? – flüchtig. Oder verletzlich. In den letzten Drehmonaten von *Une année sans regrets* war sie in Behandlung und hat Tabletten genommen.«

»Tabletten?«, echote Conny und musste Inès recht geben. Juliette hatte auf den Fotos, die sie von ihr gesehen hatte, einen verletzlichen Eindruck gemacht, allerdings so, dass sie anziehend wirkte, nicht krank. Zumindest hatte Conny das gedacht.

Inès stemmte jetzt die Hände in die Hüften und schaute sich ratlos um. »*Rien du tout!* Hier ist sie nicht. Sonst hätten wir sie mit Sicherheit gefunden.«

Der Park war nicht groß. Sie hatten ihn einmal durchquert, waren hier und da auf Nebenwege abgebogen, hatten hinter blühende Bougainvillea, Oleanderhecken, Strelitzien und Schwarzkiefern gespäht, doch vergeblich.

Niedergeschlagen schlug Inès den Rückweg zum Motorrad ein. Keine Spur von Juliette. »*Tu sais*, Margaux war eine wirklich starke Persönlichkeit. Juliette ist das genaue Gegenteil.«

Conny konnte sich vorstellen, dass dies das Leben für Juliette kaum einfacher gemacht hatte. Und wenn sie so schwach war, wie hätte sie sich dann gegen ihre Entführer wehren sollen? »Dann ist sie wahrscheinlich ein leichtes Opfer gewesen«, stellte sie fest.

Inès presste die Lippen fest zusammen, während sie durch die Dunkelheit stapften. »*On dirait.* Könnte man so sagen. Trotzdem scheint es das Schicksal generell gut mit unserem Sorgenkind zu meinen.«

Conny horchte auf. Schwang da ein Anflug von Neid mit? »Wieso?« Sie beschleunigte, um Inès ins Gesicht sehen zu können. Haderte sie mit ihrem eigenen Schicksal? Der bittere Zug um ihren Mund, aber vor allem die Falten, die sich trotz ihres ansonsten jugendlichen Auftretens tief um Nase, Lippen und auf der Stirn eingegraben hatten, sprachen davon, dass ihr in ihrem bisherigen Leben nicht viel geschenkt worden war.

Grimmig schritt Inès aus und sagte dann in einem Tonfall, in dem wenig Mitgefühl mitschwang. »*Bon*, Juliette hat vor einem Jahr versucht, sich das Leben zu nehmen. Pulsadern. War kurz vor dem Verbluten, als Noah sie fand.«

Conny erschrak. »Aber davon war nirgendwo auch nur eine Andeutung zu lesen oder zu hören!« Wie war das möglich? Normalerweise sickerte doch immer etwas an die Medien durch.

»Margaux hat alles getan, um den Selbstmordversuch geheim zu halten«, nickte Inès, als sie wieder am Motorrad nahe dem Pfingstrosenstrauch standen.

Conny wollte sich ihre High Heels wieder anziehen, da sah sie neben ihren Füßen etwas golden schimmern. Sie bückte sich danach. Ein Fußkettchen mit mehreren Anhängern: ein Vogel, eine Blume, ein Herz und ein goldener Namenszug, den sie zu entziffern versuchte, als Inès ihr den Schmuck aus der Hand riss.

»Das gehört Juliette!«

Conny blickte sich um. Der Kies unter dem Motorrad sah aus, als hätte jemand etwas oder eine andere Person darübergeschleift. Allerdings konnten die Spuren auch von der Honda stammen. Inès hatte noch einen schwungvollen Halbkreis mit dem Hinterrad gedreht, bevor sie zum Stehen gekommen waren.

Conny bat Inès, ihre Clutch aus der Seitentasche der Maschine zu holen. Darin fand sie ein Päckchen mit Papiertaschentüchern, nahm diese heraus und ließ stattdessen das Fußkettchen in die Verpackung gleiten.

Dann rief sie Félix an. Das musste er erfahren.

16

Ungesehen passierten sie das schmiedeeiserne Tor zu ihrer Wohnanlage, die zum Glück nicht so vornehm war, als dass überall Sicherheitskameras angebracht gewesen wären.

Noah atmete erleichtert auf. Das Schwierigste hatte er geschafft. Juliette machte keine Schwierigkeiten, wie in Trance ließ sie sich von ihm führen. Es schien sie noch nicht mal zu stören, dass sie barfuß war. Dabei waren ihre Füße schmutzig und sahen wund aus, aber das spielte ihm nur in die Karten. Sie waren jetzt so nahe am Haus, dass er behaupten könnte, sie wäre ihm direkt hier in die Arme gelaufen. In dem Zustand, in dem sie jetzt war. Dreckig, verschwitzt und verwirrt.

Ihr Kampf vorhin im Park hatte Verletzungen hinterlassen, die erklärbar wären. Blutige Kratzer auf Gesicht und Armen, ein blauer Fleck auf ihrer rechten Wange.

Er riskierte einen Blick auf seine Fingernägel. Er würde sie gründlich säubern müssen, sonst könnte man Spuren ihrer DNA darunter entdecken. Aber mit einer solchen Untersuchung wäre wohl kaum zu rechnen. Gab es ein besseres Alibi als seins? Seit dem Eintreffen des Chauffeurs war er fast durchgehend am Tatort gewesen.

Wie gut, dass Margaux ihm vertraut hatte, dass Juliette nichts passieren würde, wenn er bei ihr war. Deshalb hatte sie nicht darauf bestanden, dass ihre Tochter mit ihm in ein besser gesichertes Haus mit Concierge oder gar in eine Gated Community zog.

Wichtig war ihr nur gewesen, Juliette in ihrer Nähe zu haben. Und als diese immer unberechenbarer geworden war, waren sie im Stillen übereingekommen, dass ein Stück Normalität, wie etwa in einem Wohnhaus wie diesem zu leben, hilfreich für Juliette sein könnte.

Er führte sie in der Dunkelheit zwischen Mauer und Hibiskushecke entlang, etwas neben dem Schotterweg, der auf das Eingangsportal zulief. Unentwegt wanderte Noahs Blick über die Hausfassade. Aber auf den Balkonen war niemand, der sie beobachtete.

Ein Mann stand mit einer Zigarette an einem Fenster in der fünften Etage, blickte aber in die entgegengesetzte Richtung. Noch auf dem Weg von Margaux' Villa zum Auto hatte Noah die schwarze Smokingjacke über das weiße Hemd gezogen, sodass er nun ebenso wie Juliette in ihrer schwarzen Kleidung und mit ihrer gebräunten Haut mit der Dunkelheit verschmolz.

Sie waren vielleicht noch fünfzig Meter von der Haustür entfernt, als es trotz aller Vorsicht zu einem Zwischenfall kam.

Monsieur Claude, ihr direkter Nachbar aus der vierten Etage, ein gut situierter älterer Herr, trat mit seiner Basset-Hündin Mimi aus dem Eingang.

Herrchen und Hund schlappten langsam den Kiesweg entlang.

Die langen Ohren der Hündin schleiften über den Boden, die Rute wedelte eifrig von rechts nach links, während das Tier hoch motiviert die besten Pipistellen erschnüffelte und Monsieur Claude Selbstgespräche führte.

Schnell schob Noah Juliette, die wie eine Marionette in seinen Armen hing, hinter einen gelb blühenden Hibiskusstrauch. Als sie überraschenderweise wieder Anstalten machte, sich zu wehren, versetzte er ihr kurz entschlossen einen Schlag gegen die Schläfe und schob ihr, als sie benommen am Boden lag, eine weitere Tablette aus seiner Jackentasche in den Mund, die sie instinktiv schluckte.

Der Schlag war kräftiger ausgefallen als geplant. Schon schwoll rechts auf ihrer Stirn eine Beule an, und darüber war die Haut aufgeplatzt.

Wie auf Kommando begann Mimi zu bellen.

Noah wollte schnell davonschleichen, als Juliette ihren Oberkörper aufrichtete und sich ihre Fingernägel tief durch den Ärmel seiner Smokingjacke in seinen Oberarm bohrten. Sie versuchte, ihn aufzuhalten.

»Maman«, flüsterte sie mit weit aufgerissenen Augen und wollte noch mehr sagen.

Er streichelte sanft über ihre Wange: »*Chouchou*, alles wird gut, *mon petit bébé!*« Mein kleines Baby, das war einer seiner Kosenamen für sie.

Dann schlug er ihre Hand hart weg, sie fiel zu Boden, und ihr Hinterkopf schlug auf einen Stein.

Er fluchte, weil er wieder zu hart zugeschlagen hatte, drehte sich dann aber um und lief davon.

Während Mimi laut bellend in Richtung des Hibiskusstrauchs zog, huschte Noah im Zickzack, den Jutebeutel an seine Brust gepresst, von einem Busch zum nächsten, in der Hoffnung, dass Monsieur Claude mit seiner Kurzsichtigkeit ihn nicht sah.

Der hatte jetzt Juliettes Beine entdeckt. »*Putain! À l'aide!*«, ertönte gleich darauf sein Hilferuf, als Noah hektisch die Hintertür des Wohnhauses aufschloss und im Treppenaufgang verschwand.

Er hatte gerade Zeit gehabt, in ihr Apartment zu schlüpfen, sich im Dunkeln die Fingernägel zu schrubben, Wasser in sein schweißnasses Gesicht zu spritzen und Smoking und Hemd gegen Shorts und T-Shirt zu tauschen, als es Sturm läutete.

Er ließ ein paar Sekunden vergehen, dann drückte er den Knopf der Sprechanlage, um mit verschlafener Stimme zu fragen: »*Oui?*«

»*Monsieur Petit! Vite! Venez!* Schnell! Kommen Sie! Ich habe Ihre Verlobte gefunden. Sie ist verletzt. Ich habe schon den Notarzt gerufen.« Die Stimme von Monsieur

Claude überschlug sich, im Hintergrund war Mimis aufgeregtes Gebell zu hören.

»Ich komme!«, schrie Noah ebenso aufgeregt zurück und beglückwünschte sich, während er die Treppe hinuntersprang. Besser hätte es für ihn nicht laufen können.

Er würde Juliette so schnell wie möglich baden und ihr die Fingernägel schneiden. Sollte er vielleicht noch das Auto umparken? Doch wer würde im Kofferraum von Juliettes eigenem Wagen nach ihren Spuren suchen wollen? Besser noch, wer wusste denn überhaupt, dass es dieses Auto gab? Sie hatten es erst vor wenigen Tagen beim Händler abgeholt. In der Tiefgarage stand noch Juliettes alter Wagen, den sie bald verkaufen wollten.

In der nächsten Woche würde er die Dosis der Tabletten weiter erhöhen, bevor er sie im Monat darauf langsam ausschlich. Er würde stundenlang mit ihr reden. Sie wären endlich wieder allein, nur sie beide. Wie früher. Schon bald würde sie sich nur noch an das erinnern, was er ihr erzählte. Alles andere würde er aus ihrem Gedächtnis tilgen.

Juliette war gut darin, Realität und Vorstellung zu vermischen. Wenn sie in ihrer Vergangenheit etwas gelernt hatte, dann das. Und wer hätte wohl nach dem Tod ihrer Mutter kein Verständnis dafür, dass sie sich erst einmal aus der Öffentlichkeit zurückzog?

Selbst der übereifrige François, dieser verrückte Regisseur, der große Pläne mit ihr hatte, würde das verstehen müssen. Jetzt gab es wichtigere Dinge als ihre Karriere. Noah musste nur dafür sorgen, dass niemand mit ihr sprechen würde.

Kein Regisseur, kein Commissaire und kein Psychologe, dachte er, wobei ihm das Gesicht von Félix Weißenstein deutlich vor Augen stand. Vor allem kein Psychologe!

René, der Produzent, würde allerdings noch wichtig werden. Zu ihm würde er sogar selbst Kontakt aufnehmen. Und anders als bisher würde der ihn endlich erhören.

Und damit hätte er, Noah Petit, Lehrer und Naturwissenschaftler von Gottes Gnaden, den berühmten René Delon in der Hand. Ein Grinsen stahl sich auf sein Gesicht.

17

»*Merci*, Conny, ich spreche mit Vernaux. Er wird sofort die Spurensicherung hinschicken. Wo genau bist du?«

Erleichtert, Félix gleich erreicht zu haben, teilte Conny über einen Messengerdienst mit ihm ihren Standort am Parkeingang. »Das Fußkettchen lag direkt neben dem Pfingstrosenstrauch.«

»Wie kommst du darauf, dass es Juliette gehört?«

»Unter anderem wegen eines Anhängers: Juliette.«

»*Bon*. Tu mir einen Gefallen und warte, bis die Kollegen eintreffen, dann kannst du ihnen die genaue Stelle zeigen. Was machst du eigentlich da? Wolltest du nicht ins Hotel zurück?«, fragte er, als ein anderer Anruf bei ihm einging. »*Un moment*, da muss ich rangehen.«

Conny nutzte die Wartezeit, um sich eine Antwort zurechtzulegen. Sicher wäre Félix wenig begeistert, wenn er von ihrer Suche nach Juliette erfuhr und würde ihr vorwerfen, sich freiwillig in Gefahr begeben zu haben. Wenn, dann musste sie ihm in Ruhe alles erklären. Sie dachte gerade darüber nach, wie sie das tun sollte, als Félix' Stimme erneut erklang.

»*Imagine*, Conny, stell dir vor!« Er überschlug sich fast vor Freude. »Sie haben sie gefunden! Juliette ist außer Gefahr. Der Notarzt hat sie gerade versorgt. Sie ist verwirrt, hat ein paar Schrammen und eine Beule, aber sie lebt.«

»Das sind gute Nachrichten.« Heilfroh atmete Conny auf. »Gott sei Dank.« Als sie Inès' fragenden Blick auffing, streckte sie den Daumen nach oben. »Sie haben Juliette gefunden.«

»Mit wem sprichst du?«, fragte Félix.

»Erklär ich dir später.« Das war wirklich nicht der Augenblick dafür. »Wo ist sie jetzt?«

»Die Nachricht ist taufrisch, Conny. Bitte versprich mir, dass du mit niemandem darüber redest. Noah Petit hat uns gerade angerufen, und Vernaux gibt mir in diesem Moment zu verstehen, dass er die Neuigkeit noch zurück halten will.« Félix hörte sich sehr ernst an.

»Klar«, sagte sie etwas gekränkt. Dachte er etwa, sie ginge damit hausieren? »Noah Petit, ihr Lebensgefährte?«

»*Oui. Excuse-moi, chérie*, ich muss jetzt aufhören. Vernaux drängt zum Aufbruch. Ich melde mich. *Plein de bisous!* Vielleicht können wir uns ja später doch noch sehen.«

»Das wäre schön.« Sie konnte gerade noch viele Küsse zurückschicken, dann riss die Verbindung ab.

»Ist sie bei Noah?« Inès saß bereits auf der Honda und schien ein Talent dafür zu haben, den Sinn von Telefongesprächen zu erschließen, von denen sie nur die Hälfte mitgehört hatte.

»Ich denke schon«, meinte Conny, denn das folgerte sie aus dem Telefonat.

»Steig auf!« Inès ließ ihre Maschine ungeduldig aufheulen.

Conny saß kaum, da schoss das Motorrad auch schon davon. Sie hatte ein schlechtes Gewissen, weil sie Félix' Bitte nicht nachkam, aber sie wusste, dass Inès nicht zu stoppen wäre. Es schien ihr aussichtsreicher, ihr auf den Versen zu bleiben, als auf die Spurensicherung zu warten.

Die Fahrt ging weiter den Berg hinauf. Straßenschilder flogen an Conny vorbei. Die Straßen hier trugen alle die Namen von Künstlern, von Impressionisten wie Renoir und Cézanne. Hinter dichten Hecken, in Gärten mit Palmen, ausladenden Pinien und schlanken Zypressen, verbargen sich vermutlich Villen mit und ohne Swimmingpool.

»Wir fahren kurz zu Margaux' Villa«, sagte Inès, die sich zu ihr umdrehte. »Ich will sehen, was da los ist.«

Conny ersparte es sich, gegen den Lärm der Honda anzuschreien, denn wieder schien die Visagistin genau zu wissen, was sie tat. Conny war nur froh, dass Félix nicht gerade aus der Villa kam, als sie durch das geöffnete Gartentor einen Blick auf das von Strahlern beleuchtete Haus werfen konnte, in dem Margaux gelebt haben musste. Im Garten huschten Gestalten in weißen Schutzanzügen herum, und andere normal gekleidete Personen standen zusammen.

Die weiß verputzte dreistöckige Villa hatte pastellgrüne Fensterläden, die im Erdgeschoss geschlossen waren, und einen kleinen Balkon im obersten Geschoss. Bevor Conny jedoch mehr erkennen konnte, waren sie auch schon vorbei. Sie bogen ab, fuhren wieder in die Richtung, aus der sie gekommen waren, und stoppten nur wenige Straßen weiter schließlich vor einem Gebäude, das von einer Mauer mit schmiedeeisernem offen stehendem Eingangsportal und einem parkähnlichen Garten umgeben war.

Ein fünfstöckiges Mietshaus mit Mansarde, ganz im Stil von François Mansart, der diese Art des Dachgeschossbaus im 18. Jahrhundert erfunden hatte, weil die Steuern damals nach der Anzahl der Geschosse berechnet wurden, zu denen das Dach nicht zählte. Damit hatte der Architekt seinen Bauherren riesige Geldsummen erspart. Conny hatte mal einen Artikel darüber geschrieben und musste bis heute jedes Mal daran denken, wenn sie eines dieser in Frankreich nach wie vor beliebten Mansardengebäude sah.

In diesem Fall handelte es sich um eine schickere Ausführung. Die pastellgelbe Fassade wurde nur gelegentlich durch geschmiedete Balkongitter unterbrochen. Die Mansarden verfügten über Erker, und die schmalen hellblauen Fensterläden verliehen dem Gebäude Charakter und Eleganz, auch wenn der Putz an der einen oder anderen Stelle einen neuen Anstrich vertragen hätte.

Ein Hauch von Vergänglichkeit umwehte das Gebäude.

Vor dem Haus parkte neben einer imposanten Palme ein Krankenwagen. Gerade stiegen die Sanitäter zurück ins Fahrzeug, das wenige Sekunden später an ihnen vorbeifuhr, während Inès die Honda aufbockte.

Conny ahnte inzwischen, wo sie waren, und ein mulmiges Gefühl beschlich sie. Was würde Félix sagen, wenn er sie hier anträfe? Sicher wäre er nicht erfreut darüber, dass sie hier in Begleitung und wahrscheinlich auch noch vor ihm aufgetaucht war. Denn es sah nicht danach aus, als ob er oder der Commissaire schon eingetroffen wäre.

Sie musterte Inès unauffällig. Jemand, der für Ärger sorgen konnte. Und ihr Blick verriet, dass sie genau das gerade wollte.

Je nachdem, wie Commissaire Vernaux, den Conny bisher nur von Erzählungen kannte, reagieren würde, konnte ihre Anwesenheit vor Ort Félix gehörige Probleme bereiten. Doch es blieb ihr nichts anderes übrig, als Inès zu folgen, die auf den Hauseingang zustürmte, während der Kies des Wegs unter ihren Cowboystiefeln knirschte.

In dem wackeligen Fahrstuhl, in dem sie wenig später nach oben ruckelten, roch es nach alten Socken und Frittiertem. Und wie erwartet reagierte Noah Petit wenig begeistert, als Inès kurz darauf ihren Zeigefinger nicht vom Klingelknopf unter dem Schildchen mit *Juliette & Noah* nahm.

Der schrille Ton war so laut, dass ein älterer Herr aus der Nachbarwohnung trat und sie bat, Rücksicht zu nehmen, schließlich gäbe es dort eine Kranke, die Ruhe bräuchte.

Währenddessen trabte sein Basset neugierig auf sie zu, bellte allerdings nicht. Conny hielt ihm die Hand hin und kraulte dem Tier den Nacken, nachdem es geschnuppert hatte. Als der Alte den Hund zurückrief, befürchtete Conny schon, dass er beobachten wollte, was nun passierte, doch er wirkte müde und schloss seine Wohnungstür wieder.

Dafür öffnete sich jetzt die Tür vor ihnen zögerlich einen Spalt.

»Inès! Was willst du hier?« Der eher unauffällige, wenn auch intelligent wirkende junge Mann mit den blassblauen Augen hinter der runden Brille und dem nach hinten gegelten mittelblonden Haar machte keine Anstalten, sie hereinzulassen.

»Ich will zu Juliette. Mach schon auf, Noah!« Inès, wohl an seinen rauen Umgangston gewöhnt, schob die Spitze ihres rechten Cowboystiefels in den Spalt, damit Noah die Tür nicht zuschlagen konnte.

»*Que fais tu?* Was soll das? Juliette ist nicht hier, sie ist im Krankenhaus.« Noah versuchte erst gar nicht, den Stiefel wegzuschieben, da er barfuß und damit chancenlos war. »*Écoute!* Es ist spät, ich muss schlafen.«

»Du lügst, das sehe ich dir an.« Inès schnaubte wütend. »*Ne te fiche pas de moi!* Verarsch mich nicht. Ich weiß, dass Juliette hier ist. Ich will mit ihr reden. Jetzt!« Sie zog ihren Fuß schnell aus der Tür und versetzte ihr einen Tritt.

»Wieso musst ausgerechnet du mit ihr reden?« Noah sprang zur Seite, um seine Zehen zu retten, als die Tür aufflog.

»Das geht dich verdammt noch mal gar nichts an«, zischte Inès.

Auch Conny fragte sich, was Inès eigentlich von Juliette wollte.

»Lass sie in Ruhe«, zischte Noah. »Sie muss sich erholen und kann sich an nichts erinnern.«

Doch Inès tat, als würde sie ihn nicht hören, und betrat die Wohnung.

Als Conny ihr folgte, betrachtete Noah sie misstrauisch. »Wer ist sie?«

Sie räusperte sich und beeilte sich, sich vorzustellen, bevor Inès das übernahm. »*Bonjour*, Conny von Klarg, ich bin eine gute Freundin von Simonette Bandelieu, die wiederum gut mit Margaux und …«

Bevor sie den Satz beenden konnte, wurde sie von Noah unterbrochen. »Ich weiß, wer Simonette ist. Wir werden im August unsere Hochzeit im *La Maison* feiern.«

»Das freut mich sehr.« Conny reichte ihm die Hand, während Inès die nächstliegende Zimmertür aufriss.

»Wo ist sie?«

Conny konnte einen Blick in den Salon mit seinem Balkon erhaschen, vor dem sich die beleuchtete Bucht von Cannes ausbreitete.

Über den Dächern von Cannes, dachte sie, das Nest zweier Verliebter. Und einen Moment lang erlaubte sie sich, sich vorzustellen, wie es wäre, wenn Félix und sie in einem ähnlichen Apartment leben würden, über den Dächern von Nizza. Der Gedanke war so schön, dass er schmerzte.

Inès war derweil hinter der zweiten Tür verschwunden. Das musste das Schlafzimmer sein.

Noah ließ Conny stehen und eilte der Visagistin nach. »*Putain! Arrêt!* Sie schläft! Sie braucht Ruhe! Lass sie!«

Doch Inès war bereits am Kopfende des zwei mal zwei Meter großen Boxspringbettes, das mit hellgelben Laken bezogen war.

Ein modernes Schlafzimmer, hinter dem Bett eine hellgrau gestrichene Wand, Stuck und bodentiefe Fenster. Die geschlossenen Läden verdunkelten den Raum, doch die Fenster waren sperrangelweit geöffnet, sodass frische Nachtluft hereinströmte. Das Nachttischlämpchen auf der leeren Bettseite verbreitete warmes Schlaflicht, und eine Spieluhr spielte leise die letzten Noten von *Für Elise*. Normalerweise liebte Conny das Stück, aber in dem Moment fand sie es einfach nur kitschig.

Ohne zu zögern, riss Inès die Bettdecke zurück, und ein schmaler Kopf mit kurzem hellbraunem Haar kam zum Vorschein. Kein Zweifel, das war Juliette, und sie schlief.

Auf ihrer linken Stirnseite klebte ein riesiges Pflaster, darunter prangte eine dicke Beule, und ihre rechte Wange hatte sich blau verfärbt.

Trotzdem löste ihr Anblick tiefe Erleichterung bei Conny aus. Ja, Margaux war tot, doch Juliette lebte.

Noah drängte sich an ihr vorbei und packte Inès am Oberarm.

Er wollte sie wegziehen, doch die Visagistin stieß ihn grob beiseite und rüttelte an Juliettes schmalen Schultern. »Juliette! Wach auf!«

Tatsächlich öffnete Juliette, deren Augäpfel sich in unruhigem Schlaf hin und her bewegt hatten, benommen die Augen und begann sofort zu sprechen. »Maman, Maman …«

Inès, die zu erkennen schien, dass Juliette noch halb träumte, schlug ihr unsanft auf die unversehrte linke Wange, beugte sich zu ihr und flüsterte ihr etwas zu.

Conny lauschte angestrengt, konnte aber nur wenige Worte verstehen: »Hast du … gesehen?«

Entgeistert riss die junge Frau die Augen auf. Erst nach einer gefühlten Ewigkeit schüttelte sie langsam den Kopf.

Inès glaubte ihr offensichtlich nicht, denn sie beugte sich wieder zu ihr und sagte erneut etwas Unverständliches.

Conny beschloss, sie später danach zu fragen.

Juliette schloss wieder die Augen, und Conny befürchtete schon, dass sie wieder eingeschlafen war, doch dann bewegte sie den Kopf wie in Zeitlupe von rechts nach links und wieder zurück. Dabei tastete sie mit einer Hand nach Inès' Arm, und ihre Lippen formten Worte.

Aber sosehr sich Conny auch bemühte zu hören, was sie sagte, es war unmöglich. Inès dagegen, die sich tiefer und tiefer zu Juliette beugte, schien durchaus zu verstehen.

Sie wollte gerade zu einer weiteren Frage ansetzen, als Noah aus seiner Schockstarre erwachte. Mit einem lauten kehligen Schrei stürzte er sich auf Inès und rammte ihr mit einer solchen Wucht den Ellbogen in die Seite, dass sie gegen die Wand prallte.

»Es reicht!« Der junge Mann packte die rund fünfzehn

Jahre ältere Frau am Arm und stieß sie heftig in Richtung Zimmertür. Sie landete neben Conny auf dem Boden, während Juliette sich mit halb geschlossenen Lidern aufzurichten versuchte.

Gespannt wartete Conny darauf, dass sie etwas sagen würde, das Klarheit brachte. Schließlich musste sie etwas gesehen haben, wenn sie zur Tatzeit am Tatort gewesen war.

Doch Noah fuhr herum, drückte ihre Schultern auf das Kissen zurück und gab ihr einen Kuss auf die unversehrte Wange. »Schlaf jetzt wieder, *mon bébé!* Alles wird gut.«

Conny blieb nichts anderes übrig, als Inès die Hand zu reichen und ihr beim Aufstehen zu helfen. Dabei fiel ihr Blick auf Juliettes Nachttisch, auf dem neben einer Leselampe und einem Glas Wasser zahlreiche Tablettenschachteln lagen. Es gelang ihr, den Namen auf einer Packung zu entziffern. Doxylamin. Ein starkes Schlafmittel, das sie kurz nach dem Tod ihrer Eltern auch genommen hatte.

Noah baute sich vor ihnen auf und schob sie aus dem Zimmer. »Der Notarzt hat Juliette ausdrücklich Ruhe verordnet. Sie steht unter Schock. Du weißt selbst, Inès, wie labil sie ist. Ein falsches Wort kann bei ihr zu einem Drama führen.«

Während er Inès am Ellbogen packte und zur Wohnungstür zog, schlug er einen versöhnlichen und Verständnis heischenden Ton an. »Wir haben schon Margaux verloren. Wir wollen doch nicht auch noch Juliette verlieren.«

Inès leistete keinen Widerstand. Sie hatte entweder erfahren, was sie wissen wollte, oder eingesehen, dass es unmöglich war, in Noahs Anwesenheit näher an Juliette heranzukommen. Er war wie ein Wachhund.

War seine Reaktion verdächtig?, fragte Conny sich. Oder lag seine Brutalität daran, dass auch Inès sich zugegebenermaßen weder sonderlich sensibel noch mitfühlend oder gar zurückhaltend verhalten hatte?

»Was hat sie dir erzählt?«, wollte Inès missmutig wissen.

Noahs Miene verschloss sich. »Ich glaube kaum, dass du hier die Ermittlungen führst.«

Die Stimmung war immer noch aufgeladen. Inès und Noah musterten sich wie zwei Raubkatzen, kurz bevor sie aufeinander losgehen.

In dem Moment klingelte es an der Tür, und Conny hätte sich am liebsten in Luft aufgelöst.

»Weißt du eigentlich, wo Juliettes Fußkettchen ist?«, zischte Inès jetzt.

»Danke auch für den Besuch.« Noah war plötzlich die Ruhe und Höflichkeit in Person. »Aber ihr geht jetzt besser.«

Den Sympathievorsprung, den Conny ihre Verbindung zu Simonette vielleicht eingebracht hatte, hatte Inès mit ihrem Verhalten wohl verspielt.

Noah riss die Wohnungstür auf, und Connys Befürchtungen bewahrheiteten sich. Vor ihr stand Félix, und hinter ihm ein etwas kleinerer Mann im Anzug mit dreifarbiger Krawatte in den französischen Nationalfarben und auffallend buschigen Augenbrauen. Das musste Commissaire Vernaux sein.

Félix hätte kaum erstaunter sein können, ihr hier zu begegnen. Conny sah Wut in seinen Augen aufflackern und hob hilflos die Schultern.

Noah setzte zu einer Erklärung an, während er Félix und den Commissaire hereinbat. »Freundinnen von Juliette. Ich habe sie angerufen, um ihnen zu sagen, dass sie wieder da ist. Sie wollten nur kurz nach ihr schauen.«

Mit einem kurzen *Bonjour* drängte sich Inès an den beiden Männern vorbei und stürmte in Richtung Fahrstuhl.

Conny, die verheimlichen wollte, in welcher Beziehung sie zu Félix stand, lächelte ihm nur freundlich zu, während sie unauffällig in ihrer Clutch nach dem Tütchen mit dem Fußkettchen kramte.

Als sie Inès folgte und auf seiner Höhe war, flüsterte Félix ihr zu: »Das war nicht fair.«

»Es war auch nicht fair, mich nicht mitzunehmen«, gab sie zurück und steckte ihm das Tütchen zu.

Der weiche Ausdruck, der daraufhin kurz in seinen Augen aufblitzte, beschleunigte ihren Herzschlag, bevor die Wohnungstür hinter ihm und Vernaux zufiel.

18

Sie befürchtete schon, dass Inès sie zurücklassen würde, als der Aufzug vor ihrer Nase davonfuhr. Doch zu Connys

Überraschung erwartete sie die Visagistin vor dem Hauseingang, und gemeinsam liefen sie schweigend den Kiesweg entlang zurück zur Honda.

Der Nachthimmel spannte sich über ihnen wie ein geblähtes dunkelblaues Segel, das zum Vollmond hin heller wurde. Die Sterne standen so klar am Firmament, als wären sie zum Greifen nahe.

Man war dem Himmel hier einfach näher als anderswo auf der Welt, dachte Conny, und das Hier und Jetzt wurde ihr jäh bewusst.

Kurz bevor sie die Honda erreichten, spürte sie einen Blick wie einen Laserstrahl auf ihrem Rücken und drehte sich um. Félix stand auf dem Balkon von Noahs Apartment und sah ihr nach. In dem Moment spürte sie die tiefe Verbundenheit zwischen ihnen und die große Sehnsucht, obwohl schon wieder so viel zwischen ihnen zu stehen schien.

»Du wolltest von Juliette wissen, wen sie am Tatort gesehen hat, oder?«, fragte Conny, bevor sie den Helm wieder aufsetzte.

»Unwichtig.« Inès schwang sich auf den Sitz.

Es war klar, dass sie ihr auswich. Sie war näher am Geschehen, als sie zugeben wollte. Conny war sich sicher, dass sie etwas verbarg. Aber sie ahnte auch, dass Inès umso verstockter werden würde, je mehr sie versuchen würde, in sie zu dringen. Inès war niemand, den man unter Druck setzen konnte. Sie musste sich also gedulden, bis ihre neue Bekanntschaft ihr von sich aus mehr anvertraute.

Schon seltsam, wunderte sich Conny. Obwohl Juliette

wiederaufgetaucht war, war nach wie vor jede Faser ihres Körpers angespannt. Als wüsste er, dass noch etwas passieren würde.

Inès drehte sich zu ihr nach hinten, bevor sie Gas gab. »Ich bin noch eingeladen. Beruflich. Wo soll ich dich absetzen? An der Croisette?«

Conny legte ihr eine Hand auf die Schulter. »Nimmst du mich mit?«

»Warum sollte ich? Hast du etwa vor, beim Film einzusteigen?« Sie klang eher grimmig als belustigt.

Conny lachte trotzdem und dachte an ihr Telefonat mit Marie Sommer. »Da ich vermutlich ab morgen arbeitslos bin, wäre das vielleicht gar keine so schlechte Idee.«

Inès drosselte das Tempo. »Wieso arbeitslos?«

Conny fasste ihre Misere kurz zusammen und weihte Inès auch in ihre Beziehung mit Félix ein. Natürlich, ohne zu erwähnen, dass sie ihm gerade begegnet waren. Zum Glück war Inès zu schnell aus der Wohnung gestürmt, um die Spannung zwischen ihm und Conny zu spüren. Wenn sie eins und eins zusammenzählte, dürfte sie allerdings trotzdem Bescheid wissen. Schließlich hatte sie das Telefongespräch zuvor mitbekommen. Doch Conny gestand ihr nur, dass es einen Mann in Nizza gab, mit dem sie seit Jahren eine Fernbeziehung führte und mit dem sie endlich mehr Zeit verbringen wollte.

Ihr Bericht weckte tatsächlich Inès' Mitgefühl. Was Conny umso deutlicher machte, in welch misslicher Lage sie sich befand.

Doch noch hatte sie die Wahl. Noch konnte sie am

nächsten Morgen in den Flieger nach Genf steigen. Wieder spürte sie, wie ihr Herzschlag sich beschleunigte. Sie würde sich entscheiden müssen. Und das, obwohl sie Entscheidungen mit solch weitreichenden Folgen ganz und gar nicht mochte.

Und überhaupt: Juliette war doch wieder da. Was also hielt sie davon ab, ihr Leben weiterzuführen wie zuvor?

Während sie durch die Nacht fuhren, wünschte sich der Teil von ihr, der Veränderungen hasste, dass alles in ihrem Leben so blieb, wie es war. Sie liebte ihren Job, mochte ihre Kollegen. Bislang hatte sie viel Lob geerntet, und Marie Sommer hatte ihr sogar die altersbedingt frei werdende Leitung des Reiseressorts in Aussicht gestellt. Wollte sie darauf wirklich verzichten?

Félix und Commissaire Vernaux würden ihren Job schon machen und Margaux' Mörder finden. Sie könnte einfach den Artikel über Chopards Hauptsitz in Genf schreiben und damit Marie Sommer zu der gewünschten Anzeigenstrecke verhelfen. Marie würde sich bestimmt erkenntlich zeigen und Conny mit ein paar freien Tagen belohnen. Félix und sie müssten ihren Urlaub also nur verschieben.

Vielleicht, dachte Conny jetzt, könnte sie die Herausgeberin aber auch bitten, den Termin in Genf zu verschieben, sodass sie Simonette wie geplant morgen treffen konnte. Sie wünschte sich sehnlich, die alte Dame zu sehen, und war sich sicher, dass das Gespräch mit ihr erhellende Details über Margaux, Juliette und ihr Leben offenbaren würde. Darauf wollte sie nicht verzichten. Sie könnte Marie sogar anbieten, die möglichen Kosten für eine Umbuchung zu übernehmen.

Der Plan versöhnte Conny halbwegs mit ihren aktuellen Lebensumständen. Als Inès vor dem *Hôtel Martinelle* an der Croisette hielt, stieg Conny hinter der Visagistin vom Motorrad und zog vor dem lächelnden Portier ihr Kleid zurecht. Sie war so in Gedanken versunken gewesen, dass sie gar nicht mitbekommen hatte, wie Inès sich mit der Maschine durch die Menschen geschlängelt hatte, die immer noch darauf warteten, einen Blick auf die Stars und Sternchen des Festivals zu werfen.

Der Portier schien Inès zu kennen, denn er wies ihnen anstandslos einen Parkplatz seitlich des Eingangs zu und versprach, ein Auge auf die Honda zu haben.

Die Lobby glich dem opulenten Foyer eines Opernhauses. Doch Conny blieb kaum Zeit, den Marmor, das exklusive Mobiliar und den überdimensionalen Kronleuchter zu bewundern, wenn sie Inès nicht aus den Augen verlieren wollte.

»Dann wird also trotz Margaux' Tod gefeiert?«, fragte Conny, als sie im Fahrstuhl standen und sich Inès – ihr Spiegelbild prüfend betrachtend – mit den Fingern durchs Haar fuhr.

»So traurig es auch ist, die Welt dreht sich weiter. Manchmal hilft es auch, gemeinsam zu trauern.« Die Visagistin schien einen Moment ihre raue Fassade abgelegt zu haben, dann war sie wieder ganz die Alte und kniff Conny mit beiden Zeigefingern und Daumen in die Wangen. »Besser als jedes Rouge«, meinte sie und straffte die Schultern. »Du hast ein bisschen blass ausgesehen, *ma chère.*«

Kaum hatten sie die Suite betreten, in der die Feier stattfand, als sich ein junges Mädchen an Inès' Hals schmiss und aufgeregt auf sie einredete.

Eine Diskokugel drehte sich zu eher langsamer Musik und schickte Lichtreflexe durch den Raum. Sie befanden sich in einem Penthouse, an das sich eine Dachterrasse anschloss. Schauspieler und Berühmtheiten der Filmbranche standen mit langstieligen Champagnergläsern hoch über der Croisette beisammen. Viele trugen Schwarz, und Conny kam sich in ihrem roten Kleid deplaziert vor.

Immer wieder hörte man Margaux' und Juliettes Namen, Köpfe wurden in ungläubiger Trauer geschüttelt, hier und da flossen Tränen, aber auch verhaltenes Lachen perlte durch die Nacht. Die erste französische Schauspielriege war vertreten, unter anderem Christian Clavier, Chantal Lauby, Medi Sadoun und Élodie Fontan, die neben Margaux und Juliette Calimard in *Une année sans regrets* mitgewirkt hatten.

Hatte Conny sich eben noch gefragt, ob dieses Fest nicht pietätlos war, so spürte sie jetzt die Verbundenheit und Anteilnahme der Anwesenden. Als Zeichen der Trauer standen ein schwarz gerahmtes Schwarz-Weiß-Porträt von Margaux und ein Strauß Lilien auf einer Kommode.

Als das Mädchen, eine hübsche Brünette in einem kleinen Schwarzen, das auch als Negligé durchgegangen wäre, weiter aufgeregt auf Inès einredete, glaubte Conny zunächst, sie würde sich darüber freuen, dass man Juliette gefunden hatte. Doch dann musste sie erkennen, dass das Mädchen nicht mehr nüchtern war und eine bestimmte Absicht verfolgte. Von Juliettes Auffinden hatte man hier anscheinend noch nichts gehört.

»Stellst du mich ihm vor?« Bettelnd hob die Brünette beide Hände wie zum Gebet und schmachtete Inès an. »Bitte! Jetzt, wo Juliette verschwunden ist … Da muss die Rolle doch neu besetzt werden, und es wäre sogar eine Serie!«

»*Bon*, ich kann dir nichts versprechen, aber komm …«

Conny staunte darüber, dass Inès sich tatsächlich breitschlagen ließ.

Die Visagistin griff nach der Hand des Mädchens und zog sie zu dem Produzenten. René Delon saß in einem Sessel und hielt Hof. Er trug einen schwarzen Leinenanzug und eine getönte Brille und gab sich so charmant, als hätte er nicht gerade den Star seines Films, wenn nicht sogar zwei, verloren.

Conny platzierte sich so, dass sie ihn im Profil betrachten konnte. Das Auge, das sie sah, war rot gerändert. Er war also keineswegs so abgebrüht, wie er sich gab.

Umringt von schönen Frauen steckte er gerade sein Handy in seine Jackentasche und nahm vom Tablett eines vorbeilaufenden Kellners einen leeren Champagnerkelch und einen silbernen Cocktailspieß. Seine Hand zitterte, als er mit dem Spieß gegen das Glas schlug und mit sonorer Stimme rief: »*Mes amis, écoutez!* Freunde, hört mal alle her! Erst einmal möchte ich euch danken. Viele von euch sind nach unserer Trauerminute zu mir gekommen und haben ihre Anteilnahme zum Ausdruck gebracht.«

Ein Kellner, dem er ein Zeichen gab, begann, unter den Umstehenden schwarze Armbänder aus Satin zu verteilen. Auch Conny und Inès streiften sich je eins über.

»Wir sind alle tief erschüttert«, fuhr René fort. »Es ist unfassbar, und dieses Gefühl der Hilflosigkeit wird uns noch die nächsten Tage und Wochen begleiten. Doch umso froher bin ich, euch gute Neuigkeiten verkünden zu können. Juliette wurde gefunden. Sie lebt, unser *petit ange*. Unserem kleinen Engel geht es gut.«

Ein erleichtertes Raunen ging durch die Menge.

Die Brünette im kleinen Schwarzen allerdings sah sich völlig aus dem Konzept gebracht um. »*Comment?* Wie jetzt? Juliette ist nicht tot?«

Auch einige andere wirkten enttäuscht, wie Conny registrierte. Sie alle hatten sich wohl nach Juliettes Verschwinden Chancen darauf ausgerechnet, die Karriereleiter eine Stufe emporzuklettern.

René hatte die Bemerkung gehört und reagierte professionell. »Zum Glück nicht. Lasst uns anstoßen! Auf unser tapferes kleines Mädchen und darauf, dass sie bald wieder unter uns ist. Auf Juliette!«

Er hob sein Glas, und alle taten es ihm nach und riefen: »Auf Juliette!«

Conny beobachtete, wie François, der etwas abseitsgestanden hatte, seine Begleitung mit zusammengekniffenen Augen stehen ließ, auf René zueilte. Er flüsterte ihm etwas zu, woraufhin der Produzent puterrot anlief.

Vermutlich wäre ein handfester Streit entbrannt, hätte Inès nicht in diesem Moment René abgelenkt, indem sie ihm die Brünette vorstellte, wobei sie den Regisseur zur Seite drängte.

Conny nahm entschlossen zwei Champagnerkelche vom Glastisch im Salon und ging zu François, der jetzt neben der Gruppe stand. Sie reichte ihm mit einem Zwinkern eins der Gläser, und er nahm es lächelnd entgegen.

»Weißt du, dass ich Champagner eigentlich hasse?« Er betrachtete die perlende Flüssigkeit und hob den Kelch. »À la tienne! Und auf Juliette!«

»Auf Juliette!« Conny lächelte zurück. Es war wohl selbstverständlich, sich zu duzen, wenn man es bis in die Suite geschafft hatte. »Und auf dich!« Sie prostete ihm zu. »Warum trinkst du ihn dann?«

Er zog die Augenbrauen bis über seine Hornbrille. Die Gläser waren so dick, dass seine Augen wie bernsteinfarbene stecknadelkopfgroße Sakkoknöpfe aussahen. »Weil ich heute Nacht alles hasse. In so einer Stimmung kann es nicht genug Champagner sein.«

»Und warum der Hass?« Conny nahm einen Schluck. Ihr jedenfalls tat der Champagner gut. Perlend kühl und trocken kam er ihr so vor, als könnte er die schrecklichen Erlebnisse der letzten Stunden wegspülen.

»Margaux ist tot.« Er schob sich die Brille auf die Stirn, und zwei Augen, wohlgeformt und weich wie die eines jungen Labradors, sahen sie an. Er wischte mit dem Handrücken darüber. »Ich frage mich, wen außer mir das wirklich interessiert.«

Conny blickte sich unter den sich unterhaltenden Gästen um, schnappte Satzfetzen auf. Es stimmte, inzwischen spielte Margaux nur noch vereinzelt eine Rolle, wo man doch hätte meinen können, dass sie das Gesprächsthema Nummer eins des Abends bleiben würde.

Sie nickte. »Manchmal ist es tragisch, wie schnell die Welt sich nach einem schrecklichen Ereignis weiterdreht.«

Dann schwiegen sie beide. Länger, als man es sonst in Gesellschaft tat.

Es war Conny, die schließlich die Stille brach. »Immerhin hat man Juliette lebend gefunden.«

»Aber in welchem Zustand?« François setzte die Brille wieder auf, und Conny bemerkte, wie anders der Regisseur damit aussah. »Noch weiß man nicht, ob sie jemals wieder so sein wird wie zuvor.« Seine Augenbrauen zogen sich zusammen und wanderten in die Höhe. Er sah aus wie ein trauriger Pierrot.

Conny wollte ihn trösten. »Nun schläft sie sich erst einmal aus, alles Weitere wird sich schon finden.«

»Sie hat ihr halbes Leben verschlafen«, erwiderte der Regisseur überraschend heftig. »Und ich wette darauf, dass sie jetzt, kaum dass sie endlich aufgewacht ist, wieder in diesen Dämmerzustand zurückfallen wird. Sie würde ein perfektes Dornröschen abgeben.« Es klang so, als ob er tatsächlich gerade darüber nachdachte, diese Rolle mit ihr zu besetzen. Er musste sie gut kennen.

Conny sah die Tablettenschachteln auf dem Nachttisch in Juliettes Schlafzimmer vor sich, während François, die Melancholie in Person, weitersprach. »Eine begnadete Schauspielerin. Ich hätte sie nach Hollywood gebracht.«

»Wieso hätte?«, warf Conny ein. »Sie ist erst zwanzig Jahre alt. Trotz allem, was passiert ist, hat sie ihr Leben noch vor sich. Und mit Sicherheit eine noch größere Karriere.«

Er seufzte. »Das sollte man meinen. Aber es wird lange dauern, bis sie über alles hinweg ist. Er hinterlässt immer gebrochene Herzen, glaub mir.« Mit dem Champagnerkelch deutete er auf René. Dann legte er den Kopf schief und sah sie fragend an. »Wer bist du eigentlich, dass ich dir mein Innerstes anvertraue? Du bist mir schon bei der Opening Ceremony im Palais des Festivals aufgefallen. Bist du wie so viele hier auf der Suche nach einer Rolle? Da ließe sich schon etwas machen.«

Als er sie von oben bis unten musterte, musste Conny an die Wochenmärkte in der Provence denken, auf denen auch Hühner und Hasen verkauft wurden und man zuvor deren Schlachtgewicht diskutierte.

Sie lachte. »Ich bin Journalistin und sollte heute Abend das offizielle Interview mit Margaux und Juliette führen.«

Ein weiterer tiefer Seufzer. »Ja, manchmal kommt es anders, als man denkt. Täusche ich mich, oder bist du jemand, der tief in die Seele der Menschen blicken kann? Und das ganz ohne Brille.«

Er berührte seine dicken Gläser, und wieder entfuhr Conny ein Lachen. »Wen hast du gerade gemeint? Wer hinterlässt gebrochene Herzen?« Seine Bemerkung ließ sie nicht los. »René Delon?«

Diesmal schnaubte er abschätzig. »Schau ihn dir doch an!«

Sie drehten beide ihre Köpfe in dessen Richtung.

René, von Natur aus von imposanter Statur, überstrahlte in seinem schwarzen Leinenanzug alle. Das Licht schmeichelte seinem Teint, die vollen hellbraunen Haare mit den vereinzelten weißen Strähnen verliehen ihm Charakter. Die getönte Brille hatte er inzwischen abgelegt. Seine Augen, die eben noch traurig geblickt hatten, blitzten jetzt mit seinen Zähnen um die Wette. Der geborene Gewinner. Seine Zuhörerinnen hingen an seinen Lippen, die sich immer wieder zu einem breiten Lächeln verzogen. Von seiner Frau Alice keine Spur.

»Sei vorsichtig in seiner Gegenwart.« François hob den Zeigefinger, als wollte er sie warnen. »Er weiß genau, wie er es mit den Frauen anstellen muss. Und das Tragische dabei ist, dass er nicht so oberflächlich ist, wie er auf den ersten Blick wirkt.«

Conny wunderte sich, warum er ihr das erzählte. »Wieso ist da diese Spannung zwischen euch? Ich meine, ihr habt einen außergewöhnlichen Film geschaffen. Da würde man doch meinen, dass sich das Team versteht. Wie sonst wäre eine solche Leistung möglich gewesen?«

François' Blick folgte einem jungen Mann in enger schwarzer Latexhose und mit gewelltem schwarzem Haar, der gekonnt auf High Heels vorbeistolzierte. Ein Lächeln umspielte seine Lippen. »Wie lange wird es wohl noch dauern, bis wir solche Schönheiten problemlos besetzen können? Wenn es nach René geht, wohl nie.«

Conny verstand. François war schwul. Ihr Blick fiel wieder auf René. War François' Neigung der Grund für die Spannungen zwischen den beiden Männern?

Renés Verhalten ließ keinen Zweifel daran, dass er hetero war, wobei er es auf bewundernswerte Weise verstand, den Gentleman mit dem Casanova zu vereinen.

»Warum die Spannung zwischen euch?«, beharrte sie.

»*Encore*, noch einmal: Wer bist du, dass ich in Verlegenheit kommen könnte, dir ein Geheimnis anzuvertrauen?«

Conny überlegte. »Eine Gleichgesinnte.«

Diesmal lachte er. »Das sagt sich so leicht.«

Aber sie blieb dabei. »Wie sonst kann es sein, dass sich zwei Menschen vom ersten Moment an verstehen. Obwohl wir sicherlich ganz unterschiedlich sind, habe ich das Gefühl, dass wir uns schon ewig kennen. Mit deiner Frage willst du Zeit gewinnen, während du zu entscheiden versuchst, ob du mir vertrauen kannst, stimmt's?«

Es war auch der französischen Sprache geschuldet, dass ihr die persönlichen Worte so einfach über die Lippen kamen. Sie flossen wie von selbst, folgten einer Melodie.

François musterte René, der eine Magnumflasche Champagner geköpft hatte und jetzt die Kelche der umstehenden Frauen füllte. Spielte er ihnen etwas vor, oder war er tatsächlich so gut gelaunt?

Conny zog eher Ersteres in Betracht.

François kniff die Augen zusammen. »Ich kann ihm nicht vertrauen, und vielleicht sollte das auch niemand anders tun.«

Sie nippte an ihrem Champagner. »Warum? Was ist geschehen?«

François schob mit einem Schuh einen imaginären Krümel über den Boden. Er war barfuß in seinen wildledernen schwarzen Jacht-Loafers. »*Il est un filou*«, sagte er und schien es vermeiden zu wollen, Renés Namen auszusprechen. »Ein Playboy par excellence. Er wusste, wie sensibel Juliette ist. Er hat gesehen, dass sie beim Dreh alles gegeben und dabei fast wahnsinnig geworden ist. Und trotzdem hat er nicht von ihr gelassen. Aber weißt du was? Mit ihr war es anders als mit den Mädchen davor. Das hat sogar Alice, seine Frau, bemerkt. Er hat nicht damit geprahlt, dass er sie erobert hat.«

François blickte Conny mit noch immer zusammengekniffenen Augen an. »Er hing an ihren Lippen, wenn sie etwas sagte. Er hat sich um sie gesorgt. Er war ihr verfallen und konnte nicht anders, obwohl sie ihn hat zappeln lassen. Er war dauernd am Set, hat ihr jeden Wunsch von den Augen abgelesen. Bis zu einem gewissen Punkt war das okay, schließlich weiß ich, wie es ist, wenn die Hormone verrücktspielen. Aber er hätte sich doch denken können, was für ein Chaos entsteht, wenn er sich in Juliette verliebt.«

Conny erinnerte sich, dass Margaux schon einmal bei einem Film mitgespielt hatte, den Renés Firma Paraloid produziert hatte. Aber Juliette? »Kannten sich Juliette und René schon vor den Dreharbeiten zu *Une année sans regrets?*«

François schien ihre Frage nicht gehört zu haben. »Dabei hatte er wirklich vor, Alice nicht mehr zu betrügen«, fuhr er fort. »Sie hatte *ras le bol...*« Er machte eine Geste, als würde er sich den Hals durchschneiden. »*Absolument ras le bol!* Sie hat mit der Scheidung gedroht, wollte seine Affären nicht mehr tolerieren.«

Er rieb sich das glatt rasierte Kinn. »Ich weiß es nicht, aber vielleicht hatte Juliette Angst vor der eigenen Courage. Vor mehreren Wochen hat sie mir zwar gesagt, dass sie Noah im August heiraten wird, aber sie klang nicht wirklich überzeugt davon. Es war nicht zu übersehen, dass ihr Renés Avancen gefielen. Seitdem hatte ich keine Gelegenheit mehr, in Ruhe mit ihr zu reden.«

Die Gedanken in Connys Kopf überschlugen sich. »Ist es denn üblich, dass ein Produzent beim Dreh dabei ist?«

»Nach Juliettes Zusammenbruch kam er immer öfter. Und wenn er da war, war sie wie verwandelt. Er spornte sie an, gab ihr Halt. Aber ein, zwei Monate vor der letzten Klappe war sie plötzlich nur noch ein Wrack. Sie hat sich ihr schönes Haar abgeschnitten. Superkurz. Ich meine, nicht dass es ihr nicht steht, im Gegenteil. Aber Inès ist im Dreieck gesprungen. Sie musste auf die Schnelle eine Perücke organisieren. René sah Juliettes Aktion positiv, aber Margaux hat sich um ihre Tochter gesorgt.«

»Und du?«

»Nun, das Abschneiden der Haare passte zu Juliettes Interpretation der Rolle. Es hätte der Handlung eine spannende Richtung geben können. Ich hätte es gern als dramatisches Element in den Film eingebaut, aber René war dagegen.«

Es hatte also künstlerische Unstimmigkeiten gegeben, aber war das der einzige Grund für die seltsame Beziehung zwischen den beiden Männern?

Und was war mit dem Dritten in diesem Spiel? »Gab es Probleme mit Noah?«

Naheliegend wäre das auf jeden Fall gewesen, dachte Conny. Bestimmt hatte er die Veränderung bemerkt, die mit fortschreitendem Dreh mit Juliette vor sich gegangen war.

François zuckte die Schultern. »Was geht uns Noah an? Es gibt ständig Probleme mit Ehemännern oder Partnern generell, die nicht aus der Branche sind. Ich habe Juliettes Wahl nie verstanden. Was wollte sie mit ihm? Ein Lehrer, der so langweilig ist, dass ihm die Schüler auf der Nase herumtanzen. Das hat sie mir mal erzählt. Kein Mann für eine Frau wie sie, die eine starke Schulter braucht.«

Nun ja, das war von außen schwierig zu beurteilen, relativierte Conny. Aber bevor sie weiter über Noah nachdenken konnte, lenkte sie ein anderer Gedanke ab. War René heute vor dem Festival vielleicht deshalb so betrunken gewesen, weil er sich Sorgen um Juliette gemacht hatte? Weil er ganz verrückt vor Angst um sie gewesen war? War das seine Art gewesen, mit seinen Gefühlen umzugehen? Sich zu betrinken?

»Und René?«, fragte sie. »Hat er sich um Juliette gesorgt?«

»Gesorgt?« François lachte. »Kennst du das Zitat: *Die Sorge ist des Menschen Untergang?* Glaub mir, Untergang darf es in seinem Leben nicht geben. Nur Triumph. Komme, was wolle. Das Zitat stammt übrigens von einem berühmten Mann.«

Conny prostete ihm erneut zu. »Von dir?«

»Könnte sein.« Er beugte sich ihr entgegen. »Bis eben hatte ich wirklich befürchtet, er hätte ihr etwas angetan.«

»Juliette?« Conny dachte erst, er mache einen Scherz. Doch François' Miene war ernst. »Wieso sollte er ihr etwas antun?«

»Das, *ma belle*, ist das Rätsel. Aber er hat sein Problem anders gelöst.« Damit ließ er sich von dem jungen Mann in den High Heels auf die Tanzfläche ziehen, die in der Suite durch weggeschobene Möbel geschaffen worden war. Auf ihr drehten sich bereits einige angetrunkene Schönheiten zu deutlich schnellerer Musik als noch vor einer halben Stunde.

Conny brummte der Kopf. Was hatte der Regisseur ihr mit seinen Andeutungen sagen wollen? Dass René etwas mit Margaux' Tod zu tun hatte? Oder war das Anschwärzen des Produzenten nur seine Art, mit dem Disput mit ihm umzugehen? Und welche Rolle in diesem Spiel nahm François selbst ein?

19

Félix ärgerte sich noch immer darüber, dass Conny mit dieser wild aussehenden Frau in der roten Motorradjacke vor Vernaux und ihm bei Noah aufgetaucht war, während der junge Mann sie in den Salon führte.

Er berichtete, wie und in welchem Zustand sein Nachbar Juliette im Vorgarten gefunden hatte, dann fasste sich Félix ein Herz und fragte ihn nach den Namen der beiden Frauen, die ihn gerade besucht hatten. So erfuhren er und der Commissaire von Inès Rajab, die seit vielen Jahren als Visagistin und Stylistin für Margaux und Juliette arbeitete.

Der Salon wirkte auf den ersten Blick ganz normal, aber auf den zweiten erkannte Félix hauptsächlich Details, die auf einen männlichen Bewohner hindeuteten. So lagen vor allem Comics, Mathematik-, Chemie- und Biologiezeitschriften und -bücher herum. Durch das bodentiefe Fenster, das auf einen kleinen Balkon mit schmiedeeisernem Geländer führte, hatte man einen atemberaubenden Blick auf die Croisette mit ihren zahlreichen Lichtern. Sogar die Strandbühne war zu erahnen, auf der dieses Jahr zum ersten Mal während der Festspiele ein Public Viewing stattfand. Bunte Laserpointer zuckten in den Himmel und über das Meer.

Er sah sich noch einmal in dem Raum um. Trotz oder gerade wegen der hochwertigen Designermöbel wirkte er kalt. Vielleicht lag es auch daran, dass er ganz in Schwarz und Weiß gehalten war, selbst die wenigen Accessoires wie zwei Vasen, ein Obstkorb und ein großformatiges Bild: das Scherenschnittprofil einer Frau auf weißem Grund in schwarzem Rahmen, vermutlich Juliette. Alles war streng geometrisch angeordnet.

Eine Frau, die sich hier verwirklichen wollte und durfte,

davon war Félix überzeugt, hätte für mehr Gemütlichkeit und Persönlichkeit in der Einrichtung gesorgt.

»Sie leben gemeinsam mit Juliette hier?« Félix nahm die Wasserflasche entgegen, die Noah gerade auf den Tisch stellen wollte, während Vernaux auf die Toilette verschwand.

Dann verteilte er die drei Gläser, die Noah ebenfalls geholt hatte, denn dieser war ganz offensichtlich am Ende seiner Kräfte. Auch wenn Juliette jetzt wieder da war, musste dieser Tag für ihn eine Achterbahn der Gefühle gewesen sein.

Noah rang sich ein Lächeln ab. »Seit ziemlich genau zwei Jahren.«

»Stimmt«, nickte Félix. »Darüber hatten wir ja schon gesprochen. Also seit Sie offiziell ein Paar sind.«

Dann schwieg er, bis Vernaux zurückkam und das Wort ergriff. Bei Gemeinschaftsbesuchen überließ er dem Commissaire gern die Gesprächsführung, solange sein psychologisch geschulter Instinkt nicht dagegensprach. Schließlich leitete Vernaux die Ermittlungen.

»Monsieur Petit, wir möchten mit Madame Calimard sprechen«, übernahm der Commissaire also.

Bedauernd hob der junge Mann die Schultern. »Das wird leider nicht möglich sein. Juliette schläft. Der Notarzt hat ihr ein Beruhigungsmittel gespritzt.«

Vernaux setzte das Glas, aus dem er eben noch getrunken hatte, eine Spur zu laut ab. »Nun, ich möchte Sie bitten, uns trotzdem einen Blick auf sie werfen zu lassen, damit wir uns einen Eindruck von ihr verschaffen können.«

Félix war froh, dass Vernaux auf seine umständliche Art hartnäckig blieb.

Noah stand auf. »Gut, aber warten Sie. Ich möchte erst allein nach ihr schauen.«

Damit verließ er das Zimmer, und Félix und Vernaux blickten sich mit hochgezogenen Augenbrauen an. Für Félix ein Zeichen, dass auch der Commissaire die seltsame Stimmung wahrgenommen hatte. Nach wenigen Minuten kehrte der junge Lehrer zurück, um sie ins Schlafzimmer zu führen.

Das Erste, was Félix auffiel, war der leere Nachttisch auf Juliettes Bettseite. Normalerweise, dachte er, würde hier die Packung des Beruhigungsmittels liegen, das der Notarzt ihr verabreicht hatte. Auf dem anderen Nachttisch brannte ein Nachtlicht in der Art von Aladins Wunderlampe, daneben stand eine Spieluhr. Insgesamt erinnerte das Ambiente mehr an ein Kinderzimmer als an das Nest zweier Liebender.

»*Voilà*, da ist sie.« Noah schlug die Bettdecke etwas zurück.

Die junge Frau im Nachthemd mit den kurzen Haaren, der blauen Wange und dem Pflaster auf der Stirn sah reichlich mitgenommen und zerbrechlich aus. Als sie die Blicke auf sich gerichtet spürte, hob sie vorsichtig die Lider. Panik schimmerte in ihren dunklen Augen.

Félix wollte sich schon zu ihr auf die Bettkante setzen, doch Noah stieß ihn unsanft beiseite. »*Je vous en prie*, Messieurs. Ich bitte Sie. So nehmen Sie doch Rücksicht. Sehen Sie denn nicht, dass sie Ruhe braucht?«

Ohne auf eine Antwort zu warten, schob Noah Félix und damit auch Vernaux, der hinter ihm stand, resolut zur Zimmertür.

Félix, dem der panische Blick in Juliettes Augen nicht gefallen hatte, hätte gerne ein paar Worte mit ihr gewechselt, aber Vernaux signalisierte ihm, sich zurückzuhalten.

»*Bien sûr,* Monsieur Petit«, beschwichtigte der Commissaire Noah. »Dann kommen wir eben morgen wieder. Wenn Ihre Freundin etwas gesehen hat, wird sie sich auch morgen noch daran erinnern.«

Doch bevor sie alle drei das Zimmer verlassen hatten, begann Juliette zu schreien.

Einen Schrei wie diesen hatte Félix nur einmal zuvor in seinem Leben gehört. Damals, als er Conny die Nachricht vom Tod ihrer Eltern überbracht und sie eine halbe Stunde später aus dem Meer gerettet hatte, in das sie sich gestürzt hatte. Ein hoher, durchdringender Schrei, der immer wieder abbrach, als Juliette hyperventilierte, um schließlich in einem Stöhnen, das aus tiefster Seele kam, zu verklingen.

Er lief zurück ans Bett und versuchte, die Arme der jungen Frau festzuhalten, die begonnen hatte, sich die Fingernägel über die Innenseite der Unterarme zu ziehen. Sie hinterließen blutige Striemen.

»Hab ich es nicht gesagt?« Noah warf sich über Juliette, umschloss sie fest mit beiden Armen und bat Félix, aus dem Bad ein mit kaltem Wasser getränktes Handtuch zu holen, das er Juliette auf die Stirn legte, sobald Félix mit ihm zurück war.

»Was hat ihr der Notarzt gegeben?« Félix war erstaunt, dass das Mittel nicht besser wirkte. »Hat er noch Tabletten dagelassen?« Das wäre das übliche Vorgehen gewesen.

»Sie hat schon so viele Medikamente genommen.« Noah streichelte Juliette über den Kopf, die jetzt erschöpft in seinen Armen hing. »Wie gesagt, sie braucht Ruhe. Ich werde morgen früh als Erstes ihren behandelnden Arzt kontaktieren. Dann lasse ich Sie wissen, wann Sie mit ihr sprechen können. Und jetzt verlassen Sie bitte das Schlafzimmer.«

Félix hoffte, dass Vernaux darauf bestehen würde zu bleiben. Und tatsächlich kniff der Commissaire die Augen zusammen, bevor er sagte: »Wir warten dann im Salon auf Sie.«

20

Auch Conny landete irgendwann auf der Tanzfläche. Sie tanzte mit Inès, François, seinem jungen Verehrer und der Brünetten im kleinen Schwarzen. Sogar mit René, allerdings war die Musik da bereits so laut und der Alkohol in solch rauen Menge geflossen, dass sie ihn in keine Unterhaltung verwickeln konnte. Über ein paar scherzende Bemerkungen waren sie nicht hinausgekommen.

Conny hatte sich schon lange nicht mehr so lebendig gefühlt. Zwar war die Bestürzung über Margaux' Tod immer wieder präsent, doch sie hatte sich von der entrückten Stimmung anstecken lassen. Dabei spürte sie immer wieder François' Blick auf sich gerichtet. Als hätte er ihr mit seinen Bemerkungen Misstrauen injizieren wollen und wäre nun neugierig, ob er damit erfolgreich gewesen war.

Ähnlich musste sich ein Versuchskaninchen in einem Labor fühlen. War das Teil seines künstlerischen Genies? Weckten Aktionen wie diese seine Kreativität? Aber selbst wenn, konnte sie ihm einfach nicht böse sein. Stattdessen fühlte sie sich als Teil eines größeren Experiments, dessen Ausgang auch sie interessierte.

Conny bewegte sich zur Musik, ließ ihren Blick über die Bucht mit den flimmernden Lichtern gleiten, warf die Arme in die Höhe, schüttelte den Kopf im Takt und hatte längst ihre schmerzenden Füße vergessen. Und dennoch arbeitete ihr Kopf weiter.

Margaux war tot. Juliette Gott sei Dank wiederaufgetaucht. Sie war nicht unverletzt, doch hätte ihr Zustand deutlich schlimmer sein können. Conny mochte sich nicht ausmalen, was alles hätte passieren können.

Félix steckte mitten in einem neuen Fall und war vermutlich immer noch ein bisschen sauer auf sie, weil sie Inès erzählt hatte, dass Juliette wieder da war, bevor das offiziell bekannt gegeben worden war. Damit hatte sie gegen seine Bitte verstoßen, vertrauliche Informationen weitergegeben. Und weil sie mit ihr vor ihm bei Noah aufgetaucht war.

Als die ersten Takte vom Sommerhit *Ici et maintenant*

von Leonie erklangen, schmiss Conny ihre Arme erneut nach oben. Ihr war, als müsste ihr Herz zerspringen. Es tat weh, sich einen Fehler einzugestehen.

Zwar, tröstete sie sich, hatte sie Félix mit dem Finden des Fußkettchens geholfen, aber was war das gegen ihren Vertrauensbruch?

Als *Pourquoi on s'aime* von Lola Dubini begann, bildeten die anderen Tänzer einen Kreis um sie und sangen mit. Die meisten trugen wie Conny ein schwarzes Satinarmband, und es war, als ob die Trauer sie verband. Die Luft war erfüllt vom Geruch nach Zigaretten, Hasch, Schweiß und schwerem Parfüm. Sie lächelten sich reihum an. Nicht ausgelassen und glücklich, sondern voller Schmerz und im Bewusstsein der Vergänglichkeit des Lebens. Alle spürten die Einzigartigkeit dieses Augenblicks.

Ja, Conny wusste, wie oberflächlich diese Party einerseits war. Natürlich ging es auch darum, zu sehen und gesehen zu werden, und um Erfolg, Macht und Geld. Trotzdem fühlte sie sich wohl im Kreis dieser Fremden. Denn andererseits spürte sie die ehrliche Trauer der Menschen, die mit ihr tanzten. Sie hatten keine Scheu, sich ihrem Gefühl hinzugeben, und dadurch entstand eine tröstende Nähe. Sie alle besaßen das Talent, den Moment in seiner Intensität zu leben und alles andere nebensächlich werden zu lassen. *Savoir vivre!* Mit allen Höhen und Tiefen. Vielleicht war es ja das, was das Leben überhaupt lebenswert machte.

Conny hatte sich in den Kreis eingereiht, als Inès, die die meiste Zeit mit René zusammengestanden und ihn regelrecht angehimmelt hatte, sie am Arm berührte und brüsk aus ihrer Stimmung riss. »Zu viel getrunken?«

Conny erschrak. Nein, sie glaubte nicht, dass die Gefühle, die sie soeben schier überwältigt hatten, mit dem Champagner zusammenhingen, den sie gläserweise getrunken hatte. Sie schüttelte den Kopf, wobei sie selbst merkte, dass sie leicht schwankte.

»Ich pack's jetzt. *J'en ai marre.*« Etwas schien Inès also wieder die Laune verdorben zu haben, dass sie die Party verlassen wollte, die sicher noch bis zum Morgen in vollem Gange sein würde.

Doch dann blickte Inès geradezu verlegen zu Boden, was gar nicht zu ihr passte. »Ich wollte dich fragen, ob ich dich irgendwohin mitnehmen soll.«

»Wohnst du vielleicht in Nizza?«, fragte Conny, plötzlich hellwach.

»In Juan-les-Pins, aber ich kann dich gern die paar Kilometer nach Nizza bringen.«

Sie war unsicher, ob sie das Angebot annehmen konnte. »Ich kann mir auch ein Taxi oder ein Uber rufen.«

»Noch einmal frage ich nicht.« Inès wirkte beleidigt.

Also beeilte sich Conny zuzusagen. Und warum auch nicht. Es gab Schlimmeres als eine Motorradfahrt durch eine laue Frühlingsnacht an der französischen Mittelmeerküste entlang. »Du bist ein Schatz«, sagte sie und deutete eine Umarmung an. Jedem anderen wäre sie bei der Gelegenheit um den Hals gefallen, aber bei Inès traute sie sich das nicht.

Die Visagistin hielt ihr nur brummend ihren Arm hin.

»Bist du dir denn sicher, dass du dich auf dem Rücksitz halten kannst?«

»Aber klar, wo denkst du hin!« Conny hörte selbst, dass ihre Aussprache nicht mehr die klarste war.

Sie drehte sich um, suchte nach François und nickte ihm zu, der ihr daraufhin winkte.

Als Conny sich zurückwandte, sah sie, wie René und Inès vertrauliche Blicke wechselten. Der Produzent hatte offensichtlich ihre Verabschiedung von François bemerkt, und sie schien ihm nicht zu gefallen.

Kurz beschlich sie der Verdacht, dass Inès um Renés willen so nett zu ihr war. Hatte er sie gebeten, sich um Conny zu kümmern? Sicher hatte Inès ihm erzählt, dass sie die Journalistin war, die Margaux und Juliette hätte interviewen sollen, und vielleicht war ihm an einem guten Draht zur Presse gelegen. Doch sie verwarf den Gedanken wieder, als Inès sie in ihrer schon bekannt herben Art aufforderte, sich zu beeilen.

»Bei Juan-les-Pins gibt es doch diesen herrlichen Sandstrand«, glaubte Conny sich zu erinnern, als sie im Lift standen.

»Praktisch direkt vor meiner Haustür«, gab Inès kurz angebunden zurück.

»Wow!« Conny verlor fast das Gleichgewicht, als der Lift mit einem Ruck zum Stehen kam, und stellte sich vor, wie schön es wäre, gleich bei Vollmond im Meer schwimmen zu gehen.

»Ich wohne auf der anderen Straßenseite, fünfte Etage. Schon seit vielen Jahren. Hatte Glück. Meist bin ich schon morgens vor dem Frühstück im Meer.« Inès nickte dem Portier am Ausgang zu. Dann holte sie aus der Tasche ihrer Jeans einen Fünfeuroschein und drückte ihn dem Mann in die Hand. »Danke fürs Aufpassen.«

Erst jetzt an der frischen Luft bemerkte Conny, wie schwummrig ihr war. Außerdem hatte das Wetter umgeschlagen. Die dunklen Wolken, auf die der Taxifahrer sie während ihrer Fahrt nach Cannes aufmerksam gemacht hatte, hatten jetzt die Küste erreicht. Kein Stern war am Himmel zu sehen. Ein warmes frühsommerliches Gewitter drohte loszubrechen.

Die Stämme der Palmen bogen sich, und ihre Blätter rauschten im Wind. Am Strand überschlugen sich die Wellen, und in den Strandbars flüchteten sich die Nachtschwärmer in die überdachten Bereiche oder sprangen eilig in Taxen. Erste Regentropfen schlugen Conny ins Gesicht, als ein Donner über den Himmel rollte.

Kurz überlegte sie, ob es bei dem Wetter nicht besser wäre, doch ein Taxi zu nehmen, aber Inès reichte ihr schon den Helm aus der Seitentasche.

»Das beruhigt sich gleich wieder«, sagte die Visagistin.

Also konzentrierte Conny sich darauf, ohne Inès' Hilfe auf den Sitz der Honda zu klettern. Es gelang ihr, was sie ausgesprochen stolz registrierte.

Inès drehte sich zu ihr um. »Wenn du willst, kannst du bei mir übernachten. Dann springen wir morgen noch vor dem Frühstück ins Meer.«

Die Vorstellung war äußerst verlockend. Zumal wohl kaum noch damit zu rechnen war, dass Félix noch ins

Hotel kommen würde. Wenn er nachtragend war, zog er gerne die Arbeit vor, und heute hatte sie ihm dafür einen guten Grund geliefert. »Warum nicht.«

Inès lachte und fuhr los.

21

Es dauerte länger als eine halbe Stunde, bis Noah sich wieder zu ihnen gesellte, und sie waren längst ungeduldig geworden. Sie hatten gerade beraten, wie es weitergehen sollte, denn Vernaux hatte die Nachricht erhalten, dass man den flüchtigen Albert Lefèvre nicht in seiner Wohnung angetroffen hatte und es auch sonst keine Spur von ihm gab.

»Sie schläft jetzt.« Noah ließ sich erschöpft auf einen Stuhl fallen, den Blick aus den blassblauen Augen ins Nirgendwo gerichtet.

Jetzt, da sie sicher waren, dass Juliette sich wieder beruhigt hatte, kam Vernaux dazu, Noah seine Visitenkarte in die Hand zu drücken. »Bitte rufen Sie mich morgen früh an, sobald Madame Calimard wach ist. Dann werde ich in wenigen Minuten hier sein.«

Noah versprach es und erhob sich, um sie zur Tür zu begleiten.

Im Flur drehte Félix sich noch einmal um. »Eine Frage habe ich noch an Sie: Trägt Juliette ein Fußkettchen?«

Der junge Mann hob gleichzeitig Augenbrauen und Schultern. Die Frage schien ihn zu überraschen, nicht aber die Tatsache, dass Félix von dem Kettchen wusste.

Er antwortete mit einem ironischen Unterton. »Ich bitte um Entschuldigung, aber ob sie es heute trägt, darauf habe ich nun wirklich nicht geachtet.«

»Könnten Sie bitte nachschauen?«, bat Félix.

Noah tat kopfschüttelnd wie ihm geheißen. »Sie muss es verloren haben«, sagte er, als er zurückkam.

Félix zog das durchsichtige Tütchen mit dem goldenen Fußkettchen, das Conny ihm gegeben hatte, aus der Tasche seiner Smokinghose. »Ist es das?«

Noah und Vernaux starrten ihn verdutzt an.

Noah wollte danach greifen. »Woher haben Sie das?«

Félix ließ das Tütchen wieder zurück in seine Tasche gleiten. »Es wurde am Eingang des Parc Matignon ganz in der Nähe von Margaux Calimards Villa entdeckt.«

Während der junge Mann die Tür öffnete, nickte er Félix müde zu. »Das gehört tatsächlich Juliette. Vielleicht ist das ja eine erste Spur. Es würde ihr sicher helfen, wenn wer immer ihre Mutter getötet hat zeitnah geschnappt wird. Ich drücke die Daumen, Messieurs, dass Ihnen das gelingt. *Au revoir.*«

Sie erwiderten die Verabschiedung, dann nahmen Félix und Vernaux die Treppe nach unten, statt mit dem Aufzug zu fahren.

Wie erwartet fragte der Commissaire nach wenigen Stufen, als sie außer Hörweite waren: »Den Tipp mit dem Parc Matignon, zu dem wir die Spurensicherung geschickt haben, hast du von den beiden Frauen, die Noah Petit vorhin verabschiedet hat, stimmt's?«

Félix nickte.

Doch Vernaux war noch nicht fertig. »Die Hübsche im roten Kleid, das war Conny, *n'est-ce pas?*«

Wieder beantwortete Félix die Frage mit einem Nicken.

Der Commissaire stoppte mitten auf der Stufe. »Dann habe ich sie ja jetzt auch endlich mal kennengelernt. Sieht nett aus, scheint aber ziemlich neugierig zu sein.«

Gut, dass Vernaux wieder einmal Großmut bewies, auch wenn er sofort den Finger auf den Schwachpunkt von seiner und Connys beruflichen Konstellation gelegt hatte. Conny war Journalistin, er unterlag als Fallanalytiker des Commissariats der Schweigepflicht.

Félix klopfte Vernaux, der natürlich ahnte, dass sie Informationen austauschten, auf die Schulter und sprach ihn ausnahmsweise beim Vornamen an. »*Merci* für dein Verständnis, Denise.« Mehr Worte brauchte es nicht. »Du übernachtest in Cannes?«, wechselte Félix das Thema.

Vernaux ging plötzlich schneller, er schien es eilig zu haben. »Es gibt da so ein hübsches kleines Familienhotel, da steige ich gerne ab. Gerade so teuer, dass das Commissariat es zahlt, ohne zu murren.«

»Dann fahr ich dich jetzt dahin.« Félix hielt dem Älteren die Haustür auf und zuckte sofort zurück, denn eine Windbö riss ihm die Tür fast aus der Hand. Draußen regnete es in Strömen, und in der Ferne zuckte über dem Meer ein Blitz. »*Quelle merde!* Was für ein Mist! Das hätte es jetzt wirklich nicht gebraucht.«

Vernaux widersprach nicht, als er hinter Félix in den Regen trat und sich sein Jackett über den Kopf zog. Er hatte seinen Oldtimer, den er – wenn er ehrlich war – so wenig bewegte wie möglich, bei Margaux' Villa stehen lassen. Fluchend rannten sie gemeinsam durch das Frühlingsgewitter zu Félix' Alpin.

Während sie wenig später durch das nächtliche Cannes fuhren, die Scheibenwischer auf Höchststufe liefen und die Lichter der entgegenkommenden Autos Félix blendeten, meldete sich die Rechtsmedizin bei Vernaux.

»*Oui?*«, fragte der Commissaire und stellte das Handy auf laut.

»Wir haben bis eben durchgearbeitet«, meinte Pierre, ein junger Rechtsmediziner aus Grenoble. »Todesursache war definitiv ein Schlag mit einem dumpfen Gegenstand. Dessen Form lässt sich anhand der Kopfwunde mit unserem neuen Verfahren ganz gut rekonstruieren. Ich schicke Ihnen einen bildlichen Entwurf der Tatwaffe, sobald das Programm fertig mit seinen Berechnungen ist.«

»*Eh bien*«, meinte Vernaux, nachdem er aufgelegt hatte. »Das war abzusehen.«

»Die Homestory in der *Vogue* …«, begann Félix zögernd, als er den Alpin durch die Unterführung des Boulevard de la 1ère Division Française Libre lenkte.

»Was ist damit?« Vernaux wandte sich ihm zu.

»Auf dem Aufmacherfoto sind Margaux und ihre Tochter vor diesem gemauerten Sideboard im Salon zu sehen. Zahlreiche Auszeichnungen standen dort drauf, sie wurden von Spiegeln mehrfach reflektiert. Die Preise fehlen jetzt«, stellte Félix fest. »Was, wenn einer davon die Mordwaffe ist?«

Vernaux zückte sein *portable*, tippte etwas auf dem Display und las dann vor. »Laut Wikipedia hat Margaux Calimard neben einigen weniger bedeutenden folgende Auszeichnungen bekommen: den Prix d'interprétation féminine, die Palme d'Or und den César.«

»Der César!« Félix bremste scharf, um dann weit auszuscheren, da sich die Fahrertür eines vor ihnen am Straßenrand parkenden Autos abrupt geöffnet hatte. Die Räder schwammen für den Bruchteil einer Sekunde in einer Pfütze, bevor sie wieder griffen. Félix erinnerte sich, dass er ein Exemplar dieses begehrten Preises mal bei einer Führung im Kinomuseum Institut Lumière in Lyon in den Händen gehalten hatte. Man hatte die Besucher nachempfinden lassen wollen, wie es sich anfühlte, mit der Trophäe ausgezeichnet zu werden. Er wusste noch, dass er sich über das hohe Gewicht der Bronzeskulptur gewundert hatte. »Das könnte die Tatwaffe sein«, erklärte er dem Commissaire, der sich bei dem Überholmanöver ängstlich an die Halterung über der Beifahrertür festgeklammert hatte.

Vernaux nickte zustimmend. »Das könnte es, aber fahr bitte vorsichtig!«

Kurz darauf setzte Félix den Commissaire unweit des Marché Gambetta vor der Villa Pruly ab, einem romantischen Herrenhaus mit zauberhaft angelegtem Palmengarten und roten Bistrostühlen und -tischen auf einer Rasenfläche, von denen jetzt der Regen tropfte. Als er ihm das

Tütchen mit dem Fußkettchen gab, kam ihm kurz der Gedanke, auch hier zu übernachten, doch dann wendete er den Wagen kurz entschlossen und fuhr Richtung Nizza.

Zu Conny, dachte er, lauschte dem Takt der Scheibenwischer und starrte angestrengt durch die Windschutzscheibe durch den Regen, um die Fahrbahn zu erkennen. Auch wenn er sich heute mal wieder über sie geärgert hatte, wollte er nur noch zu ihr.

22

Blieb zu hoffen, dass bereits weitere Leute am Parkeingang vorbeigekommen und seine Spuren verwischt hatten. Und wenn nicht, dachte Noah, wäre es auch keine Katastrophe.

Es war kein Geheimnis, dass Juliette den Parc Matignon liebte, sogar Inès konnte das bezeugen. Also wäre es kaum verwunderlich, dass sie dort gemeinsam spazieren gingen, zumal der Park ja auch in Laufweite ihrer Wohnung lag.

Andererseits stellte Inès, die laut Juliettes Erzählungen schon immer wie eine Klette an Mutter und Tochter gehangen hatte, mit ihrem Wissen über die beiden langsam eine ernsthafte Gefahr dar. Natürlich hatte sie längst mitbekommen, dass Juliettes Gefühle für ihn deutlich abgekühlt waren. Auch hatte sie bereits einige Anspielungen in seine Richtung hinsichtlich ihres Tablettenkonsums fallen lassen, denn ihr war aufgefallen, dass es Juliette stetig schlechter ging. Die Blicke, die sie ihm zuwarf, wenn sie sich begegneten, machten mehr als deutlich, dass sie einen Verdacht gegen ihn hegte. Es war nur noch eine Frage der Zeit, bis sie ihn ausposaunte.

Noah drückte der sich unruhig hin und her wälzenden Juliette eine weitere Schlaftablette in den Mund und wartete, bis sie sich aufgelöst haben musste. Dann kramte er im Schrank nach einer schwarzen Jeans und einem schwarzen T-Shirt und durchwühlte die Perücken, die Inès für Juliette anfertigen hatte lassen, nachdem sie sich die Haare abgeschnitten hatte. Es hatte einiger Modelle und großer Überzeugungskraft bedurft, um sie dazu zu bringen, eine davon aufzusetzen. Sie hatten unterschiedliche Frisuren ausprobiert, bis sie schließlich bei Juliettes ursprünglicher gelandet waren.

Noah entschied sich jetzt für den braunen Bubikopf à la Mireille Mathieu, der exakt die gleiche Farbe hatte wie die Haare von Albert Lefèvre auf dessen Sedcard. Mit einer Haushaltsschere versuchte er, die Frisur der des ehemaligen Schauspielers anzugleichen. Es gelang ihm überraschend gut, nachdem er einen Seitenscheitel gekämmt hatte. Im Anschluss schnitt er zwei Augenlöcher in die schwarze Strickmütze, die sich bis zum Kinn herunterziehen ließ und die er nur im Notfall überziehen wollte. Dann verstaute er die runden Wollreste und die abgeschnittenen Haare in einer Plastiktüte, die er mitnehmen würde, um sie in den nächsten Mülleimer auf der Straße zu werfen. Sicher war sicher.

Schließlich stülpte er sich das Haarteil über, stopfte sich die Schultern mit kleinen Gästehandtüchern aus und griff unter die Schmutzwäsche im Wäschekorb, wo er den Jutebeutel mit dem Diebesgut aus Margaux' Villa verstaut hatte.

Nach einem letzten Blick auf Juliette verließ er das Haus mit dem Jutebeutel, Handschuhen und einer Schaufel. Er huschte die Treppe hinunter, durch den Hinterausgang und an der Parkmauer entlang.

Inzwischen war es weit nach Mitternacht und die Straße noch verlassener als zwei Stunden zuvor. Ungesehen erreichte er Juliettes nachtgrauen Citroën Crossback und stieg ein, als Regen einsetzte.

Zuerst fuhr er zum Park. Die Reste eines Absperrbandes deuteten darauf hin, dass die Spurensicherung hier gewesen war, aber ihre Arbeit bereits beendet hatte. Das bedeutete, dass er hier nichts mehr ändern konnte und etwaige Spuren einem gemeinsamen Spaziergang zuschreiben musste. Vielleicht gelang es ihm ja, seinen Nachbarn Monsieur Claude, der seit Kurzem immer häufiger Zeit und Ort durcheinanderbrachte, als Zeugen einzuspannen.

Für seine zweite Idee beglückwünschte Noah sich, zumal Idee drei auf gleicher Strecke lag. Nie hätte er gedacht, dass ihm seine mathematische Begabung einmal so von Nutzen sein würde wie jetzt. Damit war es für ihn kein Problem, seine Wege und Aktionen strukturiert zu planen.

Erst würde er Albert Lefèvre und im Anschluss Inès

einen Besuch abstatten. Wie gut, dass er die Sedcard von Albert mit der Adresse darauf auf Margaux' Couchtisch gefunden hatte, während der Chauffeur dem Notarzt die Tür geöffnet hatte. Noah hatte sie fotografiert und danach in den Zeitschriftenstapel gesteckt.

Juliette hatte ihm natürlich brühwarm von dem Mann erzählt, der ihre Mutter zur Eröffnung des Filmfestivals begleiten sollte. Sie fand es komisch, dass Margaux Albert Lefèvre nie erwähnt hatte, obwohl sie vor Juliettes Geburt sogar mit ihm zusammen gewesen war; wenn auch nur ein halbes Jahr lang.

Margaux hätte ihn nie als ihre Begleitung ausgesucht, aber Juliette fand, dass er auf der Sedcard immer noch gut aussah. Auch wenn er wohl auf eine »rutschbahnschiefe« Bahn geraten war, wie ihre Mutter sich ausgedrückt hatte.

Dass Juliette ihn als ihren leiblichen Vater in Betracht gezogen hatte, hatte anscheinend zu einem handfesten Streit geführt. Aber sie konnte es ihrer Mutter einfach nicht verzeihen, dass sie ein solches Geheimnis um ihren Erzeuger machte, und in dem Punkt konnte Noah Juliette absolut verstehen.

Es war wichtig zu wissen, wer und wie die eigenen Eltern waren. Sonst blieb eine Leerstelle im Leben, die man immer füllen wollte und nicht konnte. Wenn dieses Wissen fehlte, fehlte ein wichtiger Bestandteil der Persönlichkeit. Das wusste er selbst.

Zwar hatte er ein Elternhaus, aber seine Mutter war gestorben, als er gerade einmal acht Jahre alt gewesen war, zu einer Zeit, als er sie dringend gebraucht hätte. Jawohl, sie war gestorben, was auch immer sein Vater damals behauptet hatte. Nein, sie hatte ihn nicht alleingelassen.

Verzweifelt bemühte er sich, sich die Gesichtszüge seiner Mutter in Erinnerung zu rufen. Denn wenn sie nicht gestorben wäre, dann wäre sie doch gekommen, als diese Katastrophe passiert war. Er dachte an seine vier Jahre jüngere Schwester Claire und daran, was mit ihr passiert war, und fühlte, wie sich seine Augen mit Tränen füllten. Er hatte sie so geliebt.

Sein Vater hatte wieder geheiratet, da war Noah elf Jahre alt gewesen. Drei weitere Kinder hatte er mit seiner zweiten Frau bekommen. Sie war nett gewesen, aber sie hatte keine Zeit für ihn gehabt, was sogar verständlich war, mit drei kleinen Kindern. Und sein Vater? Er hatte Noah gehasst, denn er hatte ihm die Schuld an allem gegeben. Statt Trost hatte es von ihm nur Schläge für ihn gehagelt.

Von seiner Mutter existierten weder Fotos noch sonstige Erinnerungsstücke. Er wusste nicht, welche Teile von ihm zu ihr gehörten. Nur dass er anders war als sein Vater. Bis heute suchte er bei sich nach ihren Eigenschaften. Und ein paar schwache Erinnerungen gab es schließlich noch. So viele, wie einem Achtjährigen eben blieben.

Anders Juliette. Sie hatte nicht mal den blassesten Schimmer, wer und wie ihr Vater war. Und je mehr sie Margaux gedrängt hatte, desto mehr hatte die geblockt. Warum? Was wäre so schlimm daran gewesen, ihrer Tochter von ihm zu erzählen?

Hatte Margaux sich geschämt, sich mit einem Mann eingelassen zu haben, der unter ihrem Niveau war? So sehr, dass sie mit ihrer Tochter nicht darüber sprechen wollte, obwohl sie doch sehen musste, dass Juliette unter diesem Nichtwissen litt? Dass in ihr mit den Jahren die Überzeugung gewachsen war, dass ihr Vater ein Ungeheuer war. Ein Ungeheuer, das auch in ihr steckte.

Er drehte die Lüftung auf Höchststufe, da die Scheiben des Crossback beschlugen, und nahm, bedacht darauf, sich an die Geschwindigkeitsbegrenzung zu halten, die kleinen Sträßchen des Hinterlands in Richtung Cagnes-sur-Mer. Er musste seinem Plan folgen.

Natürlich war Juliette komplett anders als Margaux. Nicht willensstark, selbstbewusst und machtbesessen. Eher wie ein Blatt an einem Zweig, das der Wind jeden Moment fortblasen konnte. Bei dem Gedanken spürte er schon wieder, wie seine Augen feucht wurden.

Feucht vor Mitleid wegen ihrer Hilflosigkeit. Vielleicht täuschte er sich ja, und dieser Albert Lefèvre war doch ihr Vater. Nach allem, was Noah recherchiert hatte, war er ein gebrochener Mann. Weder hatte er Margaux noch Produzenten oder Regisseure von sich überzeugen können. Kein erfolgreicher Star, sondern ein alkoholsüchtiger Verlierer mit Hang zur Kriminalität. Ein Verlierer, wie auch Juliette in den Augen ihrer Mutter letztendlich eine Verliererin gewesen war, wenn er Margaux' Anspielungen und ihre ewige Kritik richtig gedeutet hatte.

Von daher würde seine Vaterschaft also passen.

Vielleicht hatte Margaux vor lauter Scham diesen Brief mit einer Lüge aufgesetzt. Um der Welt etwas vorzuspielen. Die Wahrheit würde erst ein Vaterschaftstest ans

Licht bringen. Und dieser Test, dachte Noah, wäre absolut notwendig, um zu vermeiden, dass er seinen Plänen eine falsche Basis zugrunde legte. Eine Gelegenheit dafür würde sich schon finden.

Gedankenverloren wich er einem entgegenkommenden Auto aus und wäre mit dem SUV fast im Straßengraben gelandet. Insgeheim war er wütend auf sich, weil er in Kategorien dachte wie Gewinner und Verlierer, was nicht zu seinem Selbstbild passte. Er war doch ein Freigeist, Naturwissenschaftler. Er sah den Mensch als Wesen, nicht definiert durch seinen Erfolg. Er versuchte stets, sich auf die Essenz der Dinge und der Menschen zu konzentrieren, doch in diesem speziellen Fall wollte ihm das nicht so recht gelingen.

Warum nur hatte Margaux zugeschaut, wie Juliette sich quälte? Warum hatte sie ihr nicht geholfen, indem sie das Geheimnis um ihren Vater lüftete?

Wenn Albert wirklich Juliettes Vater war, dann würde Noahs Plan Juliettes Situation wohl kaum verbessern. Doch wer wenn nicht Albert war der ideale Täter?

So richtig klar geworden war Noah das erst, als dieser Félix Weißenstein ihn nach Margaux' Begleiter gefragt hatte. Er lachte auf, während er bergauf um eine Stecknadelkurve lenkte. Warum auch war Albert so blöd gewesen, direkt zu Margaux' Villa statt zum vereinbarten Treffpunkt zu kommen? Hatte er zu hohe Erwartungen an die Verabredung geknüpft? Gedacht, dass Margaux ihm wieder näherkommen wollte? Oder hatte er etwas anderes mit ihr zu bereden gehabt?

Dass man durch seinen Besuch in der Villa dort seine Fingerabdrücke festgestellt haben musste, dürfte die Sache für Noah erleichtern.

In Cagnes-sur-Mer, wo Albert lebte, angekommen nahm Noah den erstbesten Parkplatz, klemmte sich die Mütze in den Hosenbund, überprüfte die Schulterpolster und griff nach dem Jutebeutel und der Schaufel.

Derart ausgestattet stand er wenige Minuten später vor dem heruntergekommenen Haus. Im Erdgeschoss brannten die Lichter, von außen war zu sehen, dass die Spurensicherung vor Ort war. Vermutlich hofften sie, Hinweise zu finden, die Albert in Verbindung mit dem Mord an Margaux brachten. Er grinste. Seine ausgelegte Fährte hatte sie wie geplant zu seinem Opfer geführt. Nun musste er nur noch dafür sorgen, dass die Spur heiß blieb und die Beamten auf weitere Indizien stießen.

Alberts Apartment lag direkt neben dem Müllhäuschen des Mietshauses. Zwischen ihm und dem Zaun entdeckte Noah eine Lücke. Gerade so breit, dass es ihm mit seiner schlanken Figur gelingen würde, sich hindurchzuzwängen. Und wäre er erst einmal im Garten, konnte er den Jutebeutel mit dem Collier und dem anderen Schmuck aus Margaux' Safe dort vergraben. Damit würde alles für Albert als Täter sprechen.

Noah beschloss, sein Vorhaben auf den Rückweg zu verschieben. Die Wohnung sah nach einem Ein-Zimmer-Apartment aus, da wäre die Spurensicherung sicher bald fertig. Er würde direkt zu Punkt zwei auf seiner To-do-Liste für diesen Abend übergehen.

Wo Inès wohnte, wusste er. Er hatte sie einmal nach einer Party, als sie stockbesoffen gewesen war, nach Hause gebracht, in die Avenue Guy de Maupassant direkt beim Strand von Juan-les-Pins. Er nahm die Küstenstraße nach Cannes, während er sich einen Schlachtplan zurechtlegte.

Vielleicht war Inès noch auf der Filmparty von *Une année sans regrets*, die bestimmt trotz Margaux' Tod stattfand. Er lachte auf. Ein Jahr ohne Reue. Wer von der Filmcrew würde das jetzt noch guten Gewissens behaupten können? René und François jedenfalls kaum.

Sollte in Inès' Wohnung kein Licht brennen und die Honda nicht in der Nähe stehen, müsste er sich entscheiden, wie er weiterverfuhr. Keinesfalls würde er zulassen, dass Inès sein und Juliettes gemeinsames Leben zerstörte. Wie sie Juliette vorhin angegangen hatte. Und wie sie das Fußkettchen erwähnt hatte. Sie wusste einfach zu viel.

Sie wäre die Erste, die hinter die Wahrheit kommen würde. Und sie war penetrant. Inès würde niemals lockerlassen, bevor sie nicht wusste, wer Margaux' Mörder war. Sie hatte sich als Familienmitglied gefühlt, obwohl Margaux fest vorgehabt hatte, sie zu feuern. Im Grunde genommen hätte auch Inès ein Mordmotiv gehabt, dachte er jetzt.

Noah hatte den Boulevard des Italiens unweit des Plage Villeneuve-Loubet passiert und malte sich gerade aus, was er mit Inès anstellen würde, ohne dass ein Verdacht auf ihn fiel, da stockte ihm plötzlich der Atem. Kam sie ihm nicht auf der weißen Honda entgegen? Die rote Motorradjacke war eigentlich unverwechselbar.

Jetzt blinkte sie und nahm die Ausfahrt in Richtung Juan-les-Pins. Hinter ihr saß eine Frau auf dem Rücksitz. Wieder Conny von Klarg. Mit vom Regen glänzender honigfarbener Lederjacke und klatschnassem Kleid.

Noah verlangsamte sein Tempo und setzte ebenfalls den Blinker, um die Ausfahrt zu nehmen, doch ein blauer Alpin, der dem Motorrad in vielleicht zwanzig Meter Distanz gefolgt war, bog vor ihm ab.

Ein Blitz flammte auf, und er erkannte Félix Weißenstein. Was wollte der Fallanalytiker hier? Verfolgte er Inès?

Noah riss das Lenkrad herum und fuhr weiter geradeaus. Doch am nächsten Kreisverkehr entschied er umzudrehen und nahm schließlich auch die Abzweigung nach Juan-les-Pins.

Er hatte knapp einen Kilometer zurückgelegt, da kam der blaue Alpin ihm entgegen. Diesmal allerdings mit zwei Personen. Diese Conny von Klarg hatte die Pferde gewechselt.

Hatte er sich also nicht getäuscht, als er den Fallanalytiker und die Journalistin vor seiner Wohnungstür beobachtet hatte. Sie kannten sich, dachte Noah grimmig. Und wenn sie nachts um drei zu ihm ins Auto stieg, wohl durchaus besser. Eine unheilige Allianz, die seine Situation nicht vereinfachte, zumal diese Conny über Simonette sehr schnell an Informationen kommen konnte, die sie eigentlich nichts angingen. Auf Noah hatte sie mehr als neugierig gewirkt, geradezu gefährlich naseweis.

Vor Schreck musste Noah eine Sekunde zu lang auf den Alpin zugehalten haben, jedenfalls betätigte Félix Weißenstein die Lichthupe. Wie gut, dass er noch die Perücke trug. Mit etwas Glück hatten sie beim Vorbeifahren nicht ihn, sondern Albert Lefèvre gesehen.

Er beobachtete im Rückspiegel, wie der blaue Alpin nach der Kreuzung in Richtung Nizza beschleunigte. Damit war der Weg für ihn frei, und er konnte jetzt sein dringlicheres Problem angehen. Inès.

23

»*Putain!*«, schimpfte Inès vor sich hin. Sie hatte das Motorrad an seinem Stammplatz unter einer Platane abgestellt, wollte abschließen, verfehlte aber zum x-ten Mal das Schlüsselloch. Zumindest ließ der Regen ein wenig nach.

Kurz schaute sie aufs Meer. Mit dem morgendlichen gemeinsamen Schwimmen würde es wohl nichts werden, nachdem plötzlich dieser Félix aufgetaucht war.

Erst hatte sie ihn für einen der *dragueurs* gehalten, deren nächtliche Anmachen sie hasste. »*Va te faire foutre!* Verpiss dich!«, hatte sie ihn angeherrscht, als er sie aus dem offenen Fenster des blauen Alpin heraus anlächelte.

Doch Conny war freudig vom Motorrad und in den Wagen gesprungen. »Inès, hör auf! Das ist Félix. *Excuse-moi,* bis bald!«

Sie hatte einen Moment gebraucht, um zu verstehen, dass der Lover, von dem Conny ihr erzählt hatte, und der

Fallanalytiker, dem sie an der Tür von Noahs und Juliettes Wohnung begegnet waren, ein und dieselbe Person waren.

Endlich hatte sie das Schloss gefunden. Sie überquerte schon die Straße, als ihr ein nachtgrauer SUV auffiel, der in Schrittgeschwindigkeit unweit ihres Hauseingangs einparkte. Ein Citroën DS 7, ein neues Modell. Dazu würde sie auch nicht Nein sagen.

Aber solche Träume konnte sie sich wohl für die Zukunft abschminken. Sie war jetzt arbeitslos. Margaux tot, Juliette auf unabsehbare Zeit außer Gefecht gesetzt. Wenn sie heute Abend auch nicht das von ihr erfahren hatte, was sie eigentlich interessiert hatte, einen Eindruck von ihrem Zustand hatte sie sich immerhin verschaffen können. Und der war miserabel. Es würde schwer genug werden, die Wohnung zu halten. *Merde!* Sie hatte aber auch wirklich ein Pech.

Reichte es denn nicht, dass sie seit über zwanzig Jahren in den falschen Mann verliebt war, der sie bis heute kaum beachtet hatte? Bis sie ihm geholfen hatte?

Wegen ihm hatte sie unbedingt mit Juliette reden wollen. Sie musste wissen, dass er die Wahrheit sagte. Und dann musste sie ihn davon überzeugen, dass sie die einzig Richtige für ihn war.

Kurz vor der Haustür drehte sie sich um. Sie fühlte sich beobachtet. Und waren da nicht gerade Schritte gewesen? Doch da war nichts. Hatte sie vielleicht doch zu viel getrunken? Oder lauerte ihr ein Herumtreiber auf? Vor Nervosität fiel ihr auch noch der Hausschlüssel aus der Hand.

Oder gar der Alte aus dem ersten Stock? Sie wusste, dass er sie beobachtete und danach gierte, einen Blick zu erhaschen, wenn sie in der Morgendämmerung nackt in die Fluten sprang. Dafür hatte er sogar in ein Fernglas investiert und stand in aller Früh mit ihr auf. *Tant pis*, sei's drum, hatte sie gedacht, als sie das gemerkt hatte. Sollte er doch seinen Spaß haben, solange er sie sonst in Ruhe ließ. Aber genügte ihm das jetzt etwa nicht mehr?

Sie bückte sich nach dem Schlüssel und wollte sich gerade wieder aufrichten, als sie ein Schlag am Hinterkopf traf. Bevor Inès der Länge nach hinfiel, mit der Stirn aufschlug und das Bewusstsein verlor, sah sie noch, wie im Eingangsbereich das Licht anging.

24

Conny hatte ihr Glück kaum fassen können, als Félix plötzlich vor Inès' Wohnung aufgetaucht war. Sie war bis auf die Haut durchnässt gewesen, und es hatte keiner großen Überzeugungskraft seinerseits bedurft, sie zu überreden, mit ihm kommen.

Allerdings bestand sie nun darauf, dass sie nicht zu ihm, sondern zu ihr ins Hotel fuhren, wo der Nachtportier sie selbst morgens um halb vier freundlich begrüßte und sie ihm Bescheid gaben, dass Félix zum Frühstück bleiben würde.

Er bewunderte kurz ihre großzügige Suite, dann schlüpften sie in das große Bett. Als sie sich an ihn kuschelte, zog er sie noch näher an sich heran, und sie schliefen eng umschlungen ein.

Und genauso wachte Conny Stunden später auf, auf der Seite liegend in Löffelchenstellung, den Blick Richtung Meer hinter dem Fenster gerichtet, Félix eng an sich geschmiegt, seine Hand auf ihrem Bauch.

Sie fühlte sich so sicher und glücklich wie schon lange nicht mehr, trotz allem, was am vergangenen Abend und in der Nacht passiert war. Sie war nur froh, dass Félix ihr ihren Besuch bei Noah nicht nachzutragen schien. Zufrieden streckte sie sich, als sie hinter sich eine Bewegung wahrnahm.

»Bonjour, mon amour«, hauchte er ihr ins Ohr, und dann begannen seine Hände, ihren Körper an all den empfindsamen Stellen zu liebkosen.

Als sie später in inniger Zweisamkeit nebeneinanderlagen, warf Félix einen Blick auf die Uhr. »Zwanzig vor zehn. Bis wann gibt's eigentlich Frühstück, *chérie?*«

»Welcher Tag ist heute noch mal?« Sie fühlte sich so zeitlos und entspannt, dass sie sich nicht erinnern konnte.

»Mittwoch.«

Mit einem Sprung stand sie vor dem Bett. »Unter der Woche nur bis zehn.«

Nach einer schnellen Dusche waren sie wenige Minuten später im Frühstücksraum, einem verglasten Wintergarten neben dem Palmengarten, den Conny von ihrem Balkon aus sah. Zahlreiche Gäste saßen noch an den runden Bistrotischchen, genossen ein opulentes Frühstück, planten ihren Tag oder lasen Zeitung, während sich auf der Promenade des Anglais die Autos stauten und schon Spaziergänger und Jogger am Meer unterwegs waren.

Das Büfett war riesig. Sie entschieden sich jeder für zwei Croissants, etwas frisch aufgeschnittenes Obst, einen *café au lait* und einen Orangensaft. Félix bestellte außerdem ein Omelette mit Tomaten, Pilzen, Schinken und Kräutern der Provence, während Conny sich einen Schüsselchen mit *fromage blanc* füllte, in das sie einen gehäuften Esslöffel Blaubeeren gab.

»Lecker!« Sie löffelte den *fromage blanc*, der herrlich cremig auf der Zunge zerging. »So könnte jeder Tag beginnen.«

Félix hatte bereits sein Handy neben seinen Teller gelegt und schien Nachrichten zu überprüfen. »Albert Lefèvre ist immer noch flüchtig. Die Spurensicherung war gestern noch bei ihm«, sagte er. »Er scheint überraschend ausgeflogen zu sein.«

»Albert Lefèvre?« Sie hatte keine Ahnung, von wem er sprach.

Félix seufzte. »Wieso muss ich dir eigentlich immer alles erzählen?«

»Vielleicht weil ich sowieso schon einiges weiß? Und weil du hoffst, mit meinem Wissen deins zu erweitern?« Sie musterte ihn mit einer kokett hochgezogenen Augenbraue von der Seite. »Die Info über das Fußkettchen im Parc Matignon hast du gestern von mir bekommen. Ich denke, die ist einiges wert.«

Er beugte sich über das Bistrotischchen und küsste sie grinsend. »Habe ich dafür nicht schon bezahlt?«

»Du überschätzt den Wert deiner Währung.« Sie schob schmollend die Unterlippe vor.

Félix seufzte, dann erzählte er von Albert Lefèvre, einem ehemaligen Schauspieler und Ex-Freund von Margaux, der auf die schiefe Bahn geraten war. Und dass Margaux ihn auf Juliettes Initiative hin über eine Agentur als Begleiter für die Eröffnung der Filmfestspiele gebucht hatte.

Conny überlegte, ob Inès ihn kennen oder gar näher mit ihm zu tun haben könnte. »Kann ein Plan dahinterstecken? Ich meine, dass man ihn eingeschleust hat, um die Villa auszurauben?«

»Nun ja, letztendlich hat wohl Juliette auf ihn als Begleitung bestanden. Laut Noah wollte sie unbedingt wissen, wer ihr leiblicher Vater ist, und die Bekanntschaft von Albert und Margaux fällt in die entsprechende Zeit, er käme also theoretisch infrage. Ich denke, sie wollte ihre Mutter mit ihm konfrontieren.« Auch Félix hatte nun aufgegessen und streckte seine langen Beine unter dem Tischchen aus.

»Margaux hat ihrer Tochter nicht erzählt, wer ihr Vater ist?« Conny wollte sich nicht vorstellen, wie es war, wenn man darüber im Unklaren gelassen wurde. Was das wohl mit einem machte? Sie nahm einen Schluck *café au lait* aus dem *bol*, um diese Information zu verdauen. War das vielleicht das Puzzleteilchen, das für Juliettes fragiles Wesen verantwortlich war? Sie musste dazu unbedingt Inès befragen. Und Simonette, die bald eintreffen würde! Die

Zeit raste. Und die Baustelle mit Marie Sommer, der Chefredakteurin von *La Voyagette,* gab es ja auch noch.

Vor allem der letzte Gedanke lähmte sie. Hatte sie gerade noch voller Energie aufspringen wollen, so fiel sie jetzt mit einem Seufzen in ihren Stuhl zurück. Es war doch viel schöner, mit Félix hier zu sitzen.

Als er fortfuhr, seine E-Mails zu lesen, unterbrach sie ihn. Sie wollte mehr erfahren. »Haben denn die Indizien für eine Durchsuchung bei diesem Albert ausgereicht?«

»Gerade habe ich dazu eine Mail gelesen.« Félix fasste den Inhalt knapp zusammen. »Vernaux hat noch in der Nacht einen Schnellcheck der Fingerabdrücke von Albert angeordnet. Die sind in der Datenbank, weil er schon mal auffällig geworden ist. Es gab Treffer. Er muss also in Margaux' Villa gewesen sein.«

In Connys Kopf begann es schon wieder zu rattern. Um Klarheit in ihre Gedanken zu bringen, bestellte sie einen weiteren *café au lait.*

»Inès hat gestern schon angedeutet, dass Margaux ihren Begleiter über eine Vermittlungsagentur ausgesucht hat«, begann sie dann wieder. »Findest du das nicht komisch?«

Félix legte sein Handy beiseite und blickte sie an. »Der Ordnung in ihrer Küche nach war sie eine strikte, sehr nüchterne Frau. Ich könnte mir vorstellen, dass sie nicht viel Nähe zugelassen hat. Vielleicht erschien ihr ein bezahlter Begleiter am unverfänglichsten. In ihn musste sie keine Gefühle investieren. Und wer einmal diesen ungewöhnlichen Schritt gegangen ist, wird ihn beim nächsten Mal schon leichter tun.«

»Meinst du, sie war auch ihrer Tochter nicht besonders nah? Gerade in der Pubertät kann sich viel verändern.« Conny dachte an Juliettes Selbstmordversuch, von dem Inès ihr erzählt hatte.

»Noah hat angedeutet, dass Juliette labil ist.«

Interessante Antwort, dachte Conny. »Ich glaube, das ist noch zu euphemistisch gesagt. Laut Inès hat Juliette einen Selbstmordversuch hinter sich. Hat sich die Pulsadern aufgeschnitten. Noah muss sie im letzten Moment gerettet haben.«

Félix' Blick verdüsterte sich. »Sieh mal einer an. Das hat er mir verschwiegen.«

Conny fühlte einen Anflug von Triumph, hatte sie doch schon wieder etwas zu seinen Ermittlungen beigetragen. »Habt ihr eigentlich gestern noch mit ihr gesprochen?«

»Noah hat alles getan, um das zu verhindern. Und dann hatte sie einen hysterischen Anfall.« Félix verschränkte die Arme vor der Brust. Ein deutliches Zeichen dafür, dass er nicht mehr lange so auskunftsfreudig sein würde.

»Er ist schon überaus bemüht um sie, findest du nicht?« Conny dachte an das Schlafzimmer, das einem Kinderzimmer glich.

»Er war ihr Nachhilfelehrer. Außerdem hat er ihr, wie du mir gerade erzählt hast, das Leben gerettet. Er fühlt sich bestimmt für sie verantwortlich. Und bis zu einem gewissen Grad ist das wohl eine natürliche Reaktion, den Umständen geschuldet.« Der direkte Blick, den er ihr zuwarf, signalisierte, dass es ihm mit ihr ähnlich ging. Auch er hatte sie vor langer Zeit vor dem Tod bewahrt. So etwas hinterließ Spuren. Nicht nur beim Geretteten, auch beim Retter.

Conny nickte, während sie im Park nebenan zwei Männer beobachtete, die in einem Gespräch vertieft ihre Boulekugeln auspackten. Es musste schön sein, so sorglos in den Tag zu starten.

»Und dieser Albert? Was weiß man noch über ihn?« Dass sie Félix von Juliettes Selbstmordversuch erzählt hatte, sollte doch weitere Informationen wert sein.

Er schien den Deal wie selbstverständlich zu akzeptieren. »Er ist vorbestraft und gerade Teil von Ermittlungen, bei denen es um Bandenkriminalität und Körperverletzung geht. Außerdem hat er ein Alkoholproblem und ist pleite.«

Conny war überrascht. »Und trotzdem hätte er bei so einem Event wie dieser Eröffnungszeremonie dabei sein können?«

»Er hat wohl immer noch ein paar wenige Verbindungen zur Filmbranche. Denkbar wäre, dass Juliette ihre Mutter dazu überredet hat, ihn als Begleitung zu akzeptieren, da damit eine gewisse Publicity einhergegangen wäre. Albert war vor Jahrzehnten wie Margaux für den César nominiert.«

»Eine Art Phönix, den Margaux aus der Asche auferstehen lässt.« Conny verstand. »Waren sie in der Villa verabredet?«

Jetzt zog Félix doch die Stirn in Falten. »Wird das ein Kreuzverhör?«

»Sag schon.« Sie beobachtete, wie die Frühstücksgäste an den Tischen um sie herum aufbrachen.

Auch Félix erhob sich. »Er sollte an der Kreuzung Avenue de Vallauris, Rue Renoir in die Limousine steigen.«

Conny dachte nach. »Trotzdem wurden seine Fingerabdrücke im Haus gefunden, hast du gesagt. Könnten sie sich nicht vorher schon mal dort getroffen haben, vielleicht um den Abend zu besprechen?«

Félix schob den Stuhl an den Tisch. »*Bien sûr*, natürlich. Die Fingerabdrücke können Zufall und er unschuldig sein, aber aktuell ist er der Hauptverdächtige.«

Conny, die ein Faible dafür hatte, hypothetische Situationen durchzuspielen, stellte eine andere Theorie in den Raum: »Vielleicht hat er sich auch gewundert, dass die Limousine nicht am Treffpunkt auftauchte, und wollte deshalb selbst nachschauen. Dabei hat er die tote Margaux entdeckt, ist panisch geflohen …«

Félix hob die Schultern und legte den Arm um Conny, als sie sich ebenfalls erhoben hatte. »Die Großfahndung nach ihm läuft. Vernaux hat auch geschrieben, dass ich so schnell wie möglich nach Cagnes-sur-Mer zu Alberts Apartment kommen soll. Die Nachbarin über ihm konnte heute Nacht nicht schlafen, weil die Spurensicherung so einen Lärm veranstaltet hat. Kurz nach drei hat sie aus dem Fenster geschaut und beobachtet, wie die Spusi abzog.« Félix ging mit ihr Richtung Ausgang. »Und sie ist sich ziemlich sicher, dass unser Gesuchter nur etwas später aus einem nachtgrauen SUV gestiegen ist und das Grundstück betreten hat.«

Sie waren noch im Frühstücksraum, als Conny stehen

blieb. Der nachtgraue SUV erinnerte sie an etwas. Aber ihr fiel nicht ein, woran, und etwas anderes schien ihr wichtiger. »Vielleicht kennt Inès diesen Albert ja noch von früher. Dann könnte sie mehr über ihn wissen.«

Félix drängte zum Weitergehen. »Vielleicht, aber jetzt komm. Ich muss los.«

»Inès hat über zwanzig Jahre für Margaux gearbeitet«, erzählte Conny. »Sie war schwanger mit Juliette, als sie sich kennenlernten.«

»Dann sollten wir sie über Margaux' Vergangenheit und zu Albert befragen. Vielleicht kennt sie ihn tatsächlich.« Jetzt blieb Félix stehen und tippte eine kurze Nachricht in sein Handy. »Und vielleicht hat sie sogar eine Idee, wo oder bei wem er sich aufhalten könnte.«

»Hast du ein Foto von ihm?«

Félix hielt ihr sein *portable* mit dem Foto von Albert Lefèvre auf der Sedcard hin.

Sie betrachtete es lange. »Kannst du dich an den SUV erinnern, der uns heute Nacht auf dem Rückweg von Juan-les-Pins entgegengekommen ist? Er war nachtgrau, oder? Als er auf unsere Fahrbahn gezogen ist, hast du aufgeblendet. Ganz sicher bin ich mir nicht, aber ich glaube, der Fahrer hatte eine ähnliche Frisur wie der Mann hier auf dem Foto.«

»Ich habe ihn leider nicht gesehen, ich war aufs Fahren konzentriert. Aber das wäre schon ein seltsamer Zufall, *chérie*.« Er umarmte sie, als sie in der Lobby waren. »Und jetzt muss ich wirklich los. *À bientôt!*«

Er beugte sich zu ihr und drückte ihr einen zärtlichen

Kuss auf die Stirn. »Das war schön heute Morgen, *mon amour.*«

Sie hob den Kopf und sah, dass er die Augen geschlossen hatte. »Das fand ich auch.«

Als sein *portable* klingelte, ging er nicht ran. »Magst du heute bei mir übernachten?«, fragte er stattdessen.

Sie dachte daran, dass *La Voyagette* in der aktuellen Situation wohl kaum die Kosten für eine weitere Nacht in der Suite übernehmen würde. Auf der anderen Seite täte ihr ein bisschen Abstand weiterhin gut. Sie war noch nicht bereit, sich in Félix' Welt zu begeben. Sein Elternhaus in Nizza war mit so vielen Erinnerungen für sie verbunden. Außerdem wollte sie sich stark und innerlich gefestigt fühlen, wenn sie Lucien das erste Mal begegnete. Und so fühlte sie sich nach dieser Nacht mit all den Gedanken, die in ihrem Kopf kreisten, keinesfalls.

»Lass uns noch eine Nacht hier verbringen«, bat sie, auch wenn sie die Rechnung dafür selbst begleichen müsste.

»Gut, wie du willst.« Seine Lippen berührten sanft ihren Scheitel. »Dann komme ich bald zurück. Bis später, *mon amour.*«

Conny lächelte. Nach all den Jahren war es neu, dass er sie so nannte, und heute Morgen hatte er es gleich zweimal getan.

Sie winkte ihm nach, während er durch die Glasdrehtür und über die Promenade des Anglais zu seinem Auto hastete. Er warf ihr noch eine Kusshand zu, dann verschwand er hinter den Palmen um die Ecke.

Als ihr Handy klingelte, zog sie es nichts Gutes ahnend aus der Hosentasche. Marie Sommer. Die schon wieder aufgelegt hatte.

Genau so hatte sie sich das vorgestellt. Sie fasste sich ein Herz, zögerte nicht lange und rief augenblicklich zurück. Während sie dem Klingelton lauschte, fühlte sie sich mit einem Mal zur richtigen Zeit am richtigen Ort. Doch hatte sie Zweifel, dass ihre Chefin das ebenfalls so sehen würde.

25

Zurück in ihrer Suite, ließ Conny sich sogleich an dem kleinen Schreibtisch im Salon nieder und klappte ihr Laptop auf. Es war nach elf Uhr, hätte sie den gebuchten Flug genommen – die Bordkarte war in ihrem Mail-Eingang –, wäre sie in circa einer Stunde in Genf gewesen. Da ihr Rückruf zuvor unbeantwortet geblieben war, versuchte sie erneut, Marie Sommer zu erreichen, und hatte diesmal Glück.

Es wurde kein einfaches Telefonat, um nicht zu sagen, ihre Chefin lehnte ihren Vorschlag zuerst komplett ab. Erst nach langem Hin und Her gelang es Conny, sie davon zu überzeugen, dass sie die einmalige Chance hätte, ein exklusives Interview mit Juliette zu führen, wenn sie noch in Nizza bliebe. In Wirklichkeit hatte sie keine

Ahnung, wie ihr das gelingen sollte, und ein schlechtes Gewissen Juliette gegenüber, die jetzt sicher anderes im Kopf hatte, als Fragen einer Journalistin zu beantworten. Außerdem kamen Marie und sie überein, dass Emma das Porträt von Chopard in Genf übernehmen würde. Conny könnte also noch ein paar Tage vor Ort bleiben.

»Am Freitag ist Redaktionsschluss«, sagte Marie abschließend. »Bis dahin brauche ich dein Interview, dann bringen wir es zusammen mit dem Porträt über Chopard. Ihre Anzeigenstrecke wird wie geplant im übernächsten Heft erscheinen. Und ruf Emma an und brief sie, wie sie ihren Artikel aufziehen soll. Und Conny«, sie machte eine kurze Pause, »ich muss mich voll auf dich verlassen können. Solche Eigenmächtigkeiten dürfen nicht zur Normalität werden.«

Conny, für den Moment erleichtert, sagte zu allem Ja und Amen.

Im Anschluss rief sie ihre Kollegin Emma an, und als sie dieses Gespräch beendete, hatte sie eine WhatsApp von Simonette bekommen.

Bin da und warte auf dich. B S.

Conny konnte nicht anders. Sie musste einfach ihren Bikini und ein Handtuch mitnehmen. Bei all dem Chaos um sie herum würde es ihr guttun, im Pool auf der Dachterrasse ein paar Bahnen zu schwimmen. Und Simonette hatte ihr vorgeschwärmt, dass der Ausblick von dort über die Dächer von Nizza traumhaft war.

Kaum war sie durch die Tür getreten, fiel ihr Blick auf Simonette. Kerzengerade, wenn auch mit traurigem Blick, saß die alte, zierliche Dame auf einem Barhocker an einem Tisch. In ihrem schwarzen Leinenkostüm mit weißem Saum fügte sie sich perfekt in die elegante Kulisse ein. Dazu trug sie einen extravaganten weißen Sonnenhut mit schwarzer Schleife. Normalerweise liebte Simonette, ein Kind der Côte d'Azur, helle Farben. Heute war ihre Kleiderwahl sicher Margaux' Tod geschuldet, schließlich hatte sie eine liebe Freundin verloren. Während Simonette gedankenverloren mit ihrer langen Goldkette spielte, wanderte ihr Blick in die Unendlichkeit, wo Horizont und Meer verschmolzen.

Conny fühlte mit ihr. Wurde einem nicht gerade angesichts der Schönheit dieses Ausblicks die Kürze des Lebens bewusst? Simonette hatte schon viele Freunde gehen lassen müssen, sie selbst war nicht mehr die Jüngste. Die Einschläge kamen näher. Abgesehen davon hatte sie einen lieben Menschen verloren.

Scheinbar unbeeindruckt davon strahlte der Himmel nach dem Gewitter am Vorabend azurblau, und das Meer glitzerte genauso türkis in der Sonne wie der Pool, den weiße Sonnenliegen und -schirme säumten. An den Tischen, die weiß eingedeckt und mit Lavendelsträußen dekoriert waren, trafen sich die ersten Gäste bereits zum Déjeuner.

Jetzt hatte auch Simonette sie entdeckt. Sie lächelte ihr warmherzig zu und breitete die Arme aus, als Conny auf sie zulief. Sie drückten sich gegenseitig drei Küsschen rechts und links auf die Wangen, bevor sie einander fest in die Arme schlossen.

»Tut mir leid, *chérie*, dass ich sitzen bleibe«, entschuldigte sich Simonette, nachdem sie sich voneinander gelöst hatten. »Die Hocker sind zwar einigermaßen bequem, aber ich fürchte, es gelingt mir kein zweites Mal hinaufzuklettern.«

Conny lachte, und Simonette nahm ihre beiden Hände. »Lass dich anschauen, *ma petite*. Gut siehst du aus, obwohl das sicher kein einfacher Abend für dich war.«

»Danke.« Conny freute sich aufrichtig, Simonette zu sehen. Jedes Mal, wenn sie in deren mandelförmige dunkelblaue Augen blickte, die nüchtern und ruhig bis auf den Grund ihrer Seele zu sehen schienen, kam es ihr vor, als würde eine große Last von ihr abfallen.

»Mein Beileid, Simonette. Du hast eine liebe Freundin verloren.«

»*Merci, chérie.*« Simonette seufzte tief. »Es tut mir so leid für Margaux. Sie hätte bestimmt noch viele Jahre vor sich gehabt. Es ist ein Jammer. Und dann musste sie auch noch auf so schreckliche Weise sterben.«

Conny legte der alten Dame tröstend die Hand auf die Schulter. Es gab nichts Fremdes zwischen ihnen. Simonettes Anwesenheit war wie eine wärmende Quelle. Conny roch ihr diskretes Parfüm, das mit ihrem zarten Eigengeruch harmonierte, und fühlte sich sofort zu Hause. Bei Simonette musste sie in keine Rolle schlüpfen, sondern konnte sie selbst sein.

Sie nahm auf dem Barstuhl gegenüber von Simonette Platz, mit Blick in Richtung des Flughafens, legte Bikini und Handtuch auf den Hocker neben Simonettes Crossbody-Bag und drückte dann die rechte Hand der alten Dame, die auf dem runden Tisch ruhte. »Danke, dass du gekommen bist.«

»Aber das ist doch selbstverständlich.« Fast strafend sah Simonette sie an. »Und die Bootsfahrt war ein kleines Abenteuer.« Sie zwinkerte Conny zu. »Etwas zu trinken, *chérie?*« Bevor Conny antworten konnte, rief sie dem Kellner bereits zu: »Bringen Sie uns zwei Pastis, eine Flasche *l'eau naturelle* und etwas zum Knabbern, *s'il vous plaît.*« Schnell wandte sie sich an Conny: »*C'est bien?*«

»Perfekt.« Es war zwar gerade erst *midi*, aber ein Pastis mit Simonette ging zu jeder Tageszeit.

Die alte Dame hielt ihren Hut fest, als eine Windbö danach griff. »Aber jetzt sag: Was ist passiert?«

Conny holte tief Luft. Wo sollte sie anfangen? Dann erzählte sie von ihrer Ankunft in Nizza, wie Félix und sie sich schließlich vor dem Palais des Festivals et des Congrès getroffen hatten und wie sie wie die anderen Nachzügler nicht hineingelassen worden waren, weil man das Gebäude durchsucht hatte. Wie Félix schließlich, noch bevor Gerüchte die Runde machten, den Anruf erhalten hatte, dass Margaux tot und Juliette verschwunden war. Wie sie Inès kennengelernt und mit ihr zum Parc Matignon gefahren war, wo sie Juliettes Fußkettchen gefunden hatten, und wie sie schließlich sogar Noah einen Besuch abgestattet hatten und Juliette, die wieder da war, in einem nicht ansprechbaren Zustand angetroffen hatten. Sie endete damit, dass Félix aufgetaucht war, der daraufhin die Nacht bei ihr verbracht hatte.

Letztere Bemerkung zauberte Simonette ein Schmunzeln ins Gesicht.

Auch ihren Konflikt mit Marie Sommer erwähnte Conny, worüber sich die alte Dame sofort echauffierte. Sie konnte nicht verstehen, dass Marie Sommer wollte, dass Conny hier alles stehen und liegen ließ.

»Du bist ein freier Mensch, *ma chérie.*« Simonette spießte mit einem Holzstäbchen eine der dicken grünen Oliven auf, die ihnen der Kellner mit einem Schüsselchen Rosmarincrackern, dem Pastis, Zitronenzesten und Eiswasser serviert hatte. »Du weißt, dass du, wann immer du willst, im *La Maison* wohnen kannst. Du könntest die Pressearbeit für mich übernehmen.«

Conny lächelte ihre mütterliche Freundin liebevoll an. »Danke für dein Angebot, Simonette, das ist lieb. Aber im Moment würde es mir noch schwerfallen, aus München fortzugehen.«

Die alte Dame nickte verständnisvoll und nahm, da die Sonne gewandert war und sie jetzt im Schatten des nächststehenden Schirms saß, ihren Hut ab. Ihr zu feinen Wellen gelegtes weißes Haar leuchtete.

»Weißt du, dass Juliette die Hochzeit mit Noah, die für den einundzwanzigsten August geplant war, vor zwei Wochen abgesagt hat?«

Conny schüttelte den Kopf. »Warum?« Sie goss den Wermut mit Eiswasser aus der Karaffe auf und streute mit einem Löffelchen etwas von der separat servierten geriebenen Zitronenschale hinein. Als sie mit dem langstieligen Löffel umrührte, färbte sich das Getränk sofort weiß.

Simonette zuckte mit den Schultern. »Ich weiß es nicht. Aber Margaux war darüber ziemlich verzweifelt.«

»Wie stand sie zu Noah?«, fragte Conny, da sie sich immer noch nicht sicher war, was sie von dem jungen Mann halten sollte.

Nachdem auch Simonette ihren Pastis umgerührt hatte, prostete sie Conny zu. Sie tranken auf Margaux und darauf, dass sie in Frieden ruhen möge.

»Ça fait du bien!«, sagte Simonette, bevor sie erneut an ihrem Glas nippte. »Das tut gut. Sie meinte, die Hochzeit wäre das Beste, was Juliette passieren könnte.«

»Kann eine Mutter das denn beurteilen?«, fragte Conny entrüstet.

»Weißt du«, Simonette hatte ihren nachdenklichen Blick aufgesetzt, »Margaux hatte zwei Seiten. Einerseits war sie sehr überzeugt von sich. War ehrgeizig und erfolgreich. Andererseits so verschlossen wie eine Auster. Ich glaube, sie hatte Schwierigkeiten, Menschen an sich ranzulassen.«

Das konnte sich Conny vorstellen, wenn sie sich die Fotos der Schauspielerin, sowohl die Porträts im *Maison des Pêcheurs* als auch die der Homestory in der *Vogue*, in Erinnerung rief. Außerdem passte die Beschreibung zu Félix' Einschätzung. »Sie wirkte ziemlich dominant.«

Simonette wiegte den Kopf. »Ich mochte sie wirklich gern. Sie war eine echte Persönlichkeit, und wir waren uns nah. Aber sie hat sich ihren Erfolg hart erkämpft, und das hat sie unerbittlich anderen gegenüber gemacht. Sie kam aus einer Schauspielerfamilie, wo es immer darum ging, die Beste zu sein. Schwächen oder Probleme wurden gnadenlos ignoriert. Diese Strategie hat in ihrer Familie über mehrere Generationen hinweg funktioniert.«

»Bis jetzt«, meinte Conny. »Aber drängen nicht gerade Dinge, die im Verborgenen bleiben sollen, doch irgendwann an die Oberfläche?«

»*Eh bien*, so könnte man das sehen.«

»Und Juliette?« Conny nahm einen weiteren Schluck Pastis. Wie sie diesen erfrischenden Anisgeschmack liebte!

»Juliette war von Anfang an anders.« Simonette goss ihnen beiden Eiswasser nach. »Sie hat unter dem Takt gelitten, den Margaux vorgab. Vor allem in der Pubertät. Mit sechzehn hat sie das erste Mal rebelliert, kurz darauf war sie, wenn auch inoffiziell, mit Noah zusammen, und hat sich wieder etwas beruhigt. Ich denke, Margaux hielt so große Stücke auf ihn, weil er damals einen positiven Einfluss auf sie hatte. Während der Dreharbeiten zu *Une année sans regrets* muss es dann erneut Probleme gegeben haben. Margaux hat mich einmal angerufen. Sie war ganz aufgelöst und hat geweint, was untypisch für sie war. Allerdings hat sie nicht direkt gesagt, was passiert war. Aber sie hatte panische Angst, dass ihr Ansehen in der Öffentlichkeit leiden könnte.« Leises Bedauern schwang in ihrer Stimme mit, als Simonette fortfuhr: »Ich habe sie weinen lassen und bin nicht weiter in sie gedrungen. Ich dachte, so wäre es einfacher für sie.«

»Wie würdest du die Beziehung von Mutter und Tochter beschreiben?«

»Zeitweise waren sie ein Herz und eine Seele. Aber es

gab Tage, da sind sie aneinander verzweifelt. Margaux hatte an Juliette oft etwas auszusetzen, vor allem im beruflichen Bereich. Selbst wenn alle anderen wie etwa der Regisseur begeistert von ihr waren, fand Margaux, sie hätte es besser machen können. Hier ein weicheres Lächeln, da mehr Leidenschaft oder mehr Ernsthaftigkeit.«

Simonette schwieg, da sie sich an eine solche Situation zu erinnern schien. »Aber es gab auch Dinge«, sagte sie dann, »die Juliette an Margaux nicht verstand und die sie nie verarbeitet hat. Sie kochten immer wieder hoch. Doch Margaux wollte sich damit nicht auseinandersetzen, sie hat Juliette dann einfach nicht ernst genommen.«

»Zum Beispiel, wenn es um deren Vater ging?«, warf Conny ein.

Simonette nickte, während ihr Blick über die Dächer von Nizza glitt und an den sanften Hügeln am Horizont in Richtung Villefranche-sur-Mer, Monaco und Italien hängen blieb. »Zum Beispiel.«

»Weißt du, wer Juliettes Vater ist, Simonette?«

Die alte Dame griff nach ihrem Sonnenhut und spielte mit der schwarzen Schleife. »Ich habe in den letzten zwei Wochen viel darüber nachgedacht, zumal Juliette mich auch nach ihm gefragt hat. In demselben Telefonat, in dem sie die Hochzeit abgesagt hat. Übrigens ohne Margaux' Wissen. Sie hat mich damit ganz schön in Verlegenheit gebracht, weil sie mich anflehte, ihrer Mutter noch nichts davon zu erzählen. Ich bin mir nicht einmal sicher, dass Noah zu dem Zeitpunkt Bescheid wusste.«

»Und? Hast du Wort gehalten?«

Simonette nickte und richtete sich noch gerader auf. »*Naturellement*. Einmal versprochen, immer gehalten. Du weißt, dass ich in der Beziehung sehr eigen bin.«

Conny schmunzelte. Sie erinnerte sich nur zu gut, wie Simonette im letzten Jahr, als sie selbst unter Mordverdacht gestanden hatte, eisern geschwiegen hatte und sogar Félix sie nicht zum Reden hatte bringen können. Und das, obwohl ihr eine lange Gefängnisstrafe gedroht hatte.

Nachdenklich legte Simonette nun den Finger an den Mund. »Juliette hat sogar mal einen potenziellen Kandidaten erwähnt.«

»Albert Lefèvre?«, fiel Conny ihr fast ins Wort.

Simonette kniff die Augen zusammen. »*Oui*, woher weißt du das?«

Conny erzählte, dass Félix in diesem Moment zu dessen Apartment unterwegs war, dass eine Großfahndung nach ihm lief und er Margaux von früher kannte, da sie beide in *Viens avec moi* mitgespielt hatten. Sie erwähnte auch, dass Margaux für ihre Rolle in dem Film den César erhalten hatte, was Simonette sicherlich wusste, während ihr ebenfalls nominierter Filmpartner Albert leer ausgegangen war. »Kennst du ihn?«, fragte Conny.

Nach einer kleinen Pause schlug Simonette mit dem Stiel ihres Löffels an das Glas, sodass ein Klirren erklang. »Es gab tatsächlich einen Sommer vor etwas über zwanzig Jahren, als Margaux mit zwei Männern im *La Maison* war. Ich müsste mal die alten Fotos durchsehen, die nicht im Foyer hängen.«

Conny zückte ihr Handy, suchte ein Filmstill von Albert

Lefèvre aus *Viens avec moi* und zeigte es Simonette. »War er einer davon?«

Die alte Dame kniff die Augen zusammen. »Könnte sein.«

»Und der zweite Mann?«

»Ich muss mir die alten Fotos angucken, *chérie*. Das ist über zwanzig Jahre her, und ich möchte nichts Falsches sagen. Wobei ich Kisten voller Fotos habe, alle unsortiert. Wenn du willst, schauen wir sie gemeinsam durch.«

Conny legte wieder ihre Hand auf Simonettes. »Könntest du das allein tun? Ich kann hier im Moment nicht weg.«

Simonette nahm einen Schluck Pastis und nickte.

Etwas musste Conny noch wissen. »Warum wolltest du, dass ich das Interview mit Margaux und Juliette übernehme?«

»Weißt du, dass ich auf die Frage gewartet habe?« Simonette seufzte. »Sie ist auch ein Grund, warum ich jetzt hier bin. Ich wollte dir alles erklären, jetzt, da ich dich mit diesem Interview irgendwie in die Sache hineingezogen habe.«

Conny zuckte zusammen. Hatte sie sich also nicht getäuscht? Hatte Simonette mit dem Interview eine Absicht verfolgt?

Sie hatte den Eindruck, dass sie beide ein schlechtes Gewissen hatten. Sie, weil sie Margaux nicht vor der Veranstaltung angerufen hatte, wodurch sie ihren Tod vielleicht hätte verhindern können. Und Simonette wahrscheinlich, weil sie Conny in die komplizierte Beziehung von Mutter und Tochter verwickelt hatte und ihre Zeit an der Côte d'Azur nun so ganz anders verlief als geplant.

Simonette griff nach einem Rosmarincracker. Ein Ablenkungsmanöver? »Überaus köstlich, diese Cracker. Probier mal einen.«

Erst als auch Conny sich einen Cracker in den Mund gesteckt hatte und sich dem Geschmack von Salz, Rosmarin und Olivenöl hingab, fuhr Simonette fort. »Margaux war ziemlich wütend, weil Juliette wieder eine rebellische Phase hatte. Der Film war abgedreht, und die Festspiele standen kurz bevor. Juliette wollte nicht hingehen. Margaux hat mich um Hilfe gebeten und gefragt, ob ich eine Idee hätte, wie man Juliette wieder zur Vernunft bringen könnte. Regelrecht angefleht hat sie mich.«

»Und? Hattest du?«

»Nun ja, ich dachte, es täte Juliette gut, dich persönlich kennenzulernen. Ich hatte ihr bei ihren Aufenthalten im *La Maison* schon Fotos von dir gezeigt und ihr deine Geschichte erzählt. Sie hat jedes Mal nach dir gefragt. Ich hoffte, du könntest ihr – aber auch Margaux – helfen, einen anderen Blickwinkel auf das Leben zu bekommen. Den beiden klarmachen, was sie an einander haben – und, *eh bien*, die Filmfestspiele waren die ideale Gelegenheit, damit einen Anfang zu machen. Du hattest mir gegenüber oft genug erwähnt, wie gerne du einmal Teil davon wärst.«

Conny horchte auf. »Du hast ihnen erzählt, dass ich meine Eltern bei einem Unfall verloren habe?«

Jetzt war es Simonette, die ihre Hand auf Connys legte.

Sie war warm und weich. »Ich hoffe, *ma petite*, das war okay?«

Nach einer Pause, die einen leicht bitteren Beigeschmack hatte, nickte Conny, obwohl sie sich nicht sicher war, ob es das wirklich war.

Simonette spürte, dass plötzlich etwas zwischen ihnen stand. »Es tut mir leid, *chérie*, wenn ich damit deine Gefühle verletzt habe. Ich dachte, du bist inzwischen darüber hinweg. Ich wollte dich nicht instrumentalisieren, ich dachte einfach, dass du Juliette helfen könntest und dir wiederum die beiden für deine Karriere bei *La Voyagette* von Vorteil sein könnten. Margaux habe ich wie dich schon als Kind gekannt, Juliette kenne ich seit ihrer Geburt. Margaux war für mich nicht irgendjemand. Ich habe mich ihr sehr verbunden gefühlt, natürlich anders als dir.«

Ihre blauen Augen schimmerten feucht und eine Spur dunkler als sonst. Erst jetzt wurde Conny bewusst, dass Simonette wegen Margaux' Tod litt.

»Ist schon gut, *mémé*. Mein herzliches Beileid für deinen Verlust. Es ist ganz furchtbar, dass du sie auf diese Weise verloren hast.«

Simonette griff nach ihrer Crossbody-Bag und holte ein Taschentuch daraus hervor. Nachdem sie sich die Augen betupft hatte, hatte sie ihre Beherrschung wiedergewonnen. »Danke, *chérie*. Es tut mir so leid für Margaux. Die Arbeit an diesem Film hat sie über alle Maßen angestrengt. Sie war so sonderbar, so hatte ich sie zuvor nie erlebt. Direkt nach Drehschluss kam sie für ein paar Tage ins *La*

Maison, lag aber die meiste Zeit in ihrem Zimmer im Bett und wollte, dass die Fensterläden geschlossen blieben. Ihr, die sie die Sonne immer so geliebt hatte, war sie plötzlich zu hell.«

»Mhm.« Unwillkürlich musste Conny an Juliettes Selbstmordversuch denken. Hing Margaux' Verhalten damit zusammen? War ihre Angst, dass die Öffentlichkeit davon Wind bekam, so groß gewesen, dass sie sich nur noch hatte verstecken wollen? Conny kam das berührende Schicksal von Hannelore Kohl in den Sinn. Die Frau des ehemaligen Bundeskanzlers hatte an einer außergewöhnlich schmerzhaften Lichtallergie gelitten, Lichturtikaria. Am Ende ihres Lebens hatte sie ihren Bungalow nicht mehr verlassen und sich schließlich das Leben genommen.

Conny nahm sich vor, bei nächster Gelegenheit Félix zu raten, Einsicht in Margaux' Krankenakte zu nehmen.

Oder war ihr Tod gar ein getarnter Selbstmord gewesen? Diese Möglichkeit hatten sie noch gar nicht in Erwägung gezogen, und der Obduktionsbericht lag natürlich noch nicht vor. War nicht nur Juliette, sondern auch Margaux labil gewesen? Wie hatte es in ihrem Inneren ausgesehen? Waren ihr all das Rampenlicht und der Glamour vielleicht zu viel geworden? Wollte sie gar nicht mehr in der Öffentlichkeit stehen? Hatte sie sich nach Dunkelheit und Anonymität gesehnt? War sie deshalb so bemüht gewesen, nichts Persönliches von sich preiszugeben, und hatte sich eine Art Panzer zugelegt?

Simonette unterbrach Conny in ihren Grübeleien: »Natürlich habe ich mich gefragt, ob es in Juliettes Leben einen anderen Mann gibt und sie die Hochzeit deshalb abgesagt hat.«

»Und, gibt es?« Conny beobachtete ein startendes Flugzeug. In einem weiten Bogen flog es fast lautlos von der Küste aufs Meer hinaus, drehte dann ab und verschwand in Richtung Nordosten hinter dem Hügel vom Cap de Nice. Sie dachte daran, was François angedeutet hatte. Dass René vernarrt in Juliette gewesen war.

»Ich habe versucht, bei Margaux etwas darüber in Erfahrung zu bringen, ohne die abgesagte Hochzeit zu erwähnen. Aber sie hat sehr abweisend reagiert. Ich habe es bei einem Versuch belassen, weil ich befürchtete, Juliette sonst unabsichtlich zu verraten.« Simonette nahm die Speisekarte zur Hand. »Wollen wir etwas essen, *chérie?* Ich habe offen gestanden Hunger und leider nicht viel Zeit. Ich nehme die Fähre um vierzehn Uhr zurück. Wir richten heute einen runden Geburtstag aus, und vor dem *dîner* möchte ich das Geburtstagskind und die Gäste persönlich begrüßen.«

Conny nickte, während sie den Rest Pastis noch kurz auf der Zunge beließ, bevor sie ihn hinunterschluckte. Simonette frühstückte kaum, dafür hatte sie zur Mittagszeit stets Hunger.

Sie gönnten sich ein kleines Mittagsmenü, während sie weiter über Margaux, ihr Leben und ihren plötzlichen Tod sprachen. Es schmeckte köstlich. Als Vorspeise gab es Artischocken auf zweierlei Art zubereitet, einmal herrlich cremig mit dem edlen Blauschimmelkäse Saint Agur, einmal serviert mit einer Vinaigrette mit gegrillter Paprika,

Knoblauch und Kräutern der Provence. Es folgte ein Risotto mit Langusten und Muscheln, und zum Dessert teilten sie sich ein Stück Apfeltarte und tranken jede einen *petit café*.

Ihre Unterhaltung wandte sich nun anderen Dingen zu. Simonette erzählte von Jacques, ihrer Angestellten Anaïs und deren *bébé*, und Conny berichtete von ihren letzten Reisen.

Beim Abschied bestand Simonette darauf, dass Conny sie nicht bis zum Hoteleingang begleitete, und versprach, in einer ruhigen Minute die alten Fotos durchzusehen und sich dann bei ihr zu melden.

Conny döste noch eine halbe Stunde in einem Liegestuhl, dann endlich zog sie sich um und schwamm ein paar Bahnen. Nach ihrer letzten fühlte sie sich wie neugeboren und in der Lage, Kontakt zu René Delon aufzunehmen. Sie wollte ihm ein Interview vorschlagen und hoffte, dass er ihr Angebot annehmen würde.

26

Noah betrachtete die schlafende Juliette. Er wurde das Bild der am Boden liegenden Inès nicht los. Es war ihm nichts anderes übrig geblieben, als wegzulaufen, als im Hausflur das Licht angegangen war. Er hatte keine Ahnung, wie es Inès ging, war sich aber ziemlich sicher, dass sie nicht erkannt hatte, wem sie den Schlag auf den Kopf zu verdanken hatte. Er tat ihm so leid, was geschehen war. Aber er hatte keine Wahl gehabt.

Nie wieder würde es so werden, wie Juliette und er es sich gewünscht hatten, als sie noch verliebt gewesen waren. *Merde!*

Er hatte völlig unterschätzt, was es hieß, mit einer berühmten Schauspielerin liiert zu sein. Es bedeutete, die Dinge stetig am Laufen zu halten und dabei – egal, wie – den Schein zu wahren. Er dachte an Juliettes viele Posts, wie sie ihr Leben in den letzten Jahren nach den Fotos ausgerichtet hatten, die er von ihr schoss. Zumindest bis zu ihrem Selbstmordversuch. Scheinbar war es nie genug gewesen.

Noah strich sich die feinen Haare zurück. Das jedenfalls war Margaux' Meinung gewesen.

Sie, die selbst über keinen einzigen Social Media Account verfügte, hatte Juliettes Aktivitäten mit Argusaugen überwacht. Hatte Juliette einmal ein, zwei Tage nichts gepostet, hatte sie ihr einen Vortrag darüber gehalten, wie wichtig es wäre, auf allen Plattformen präsent zu sein. Welchen Vorteil ihre Generation hätte, dadurch mit den Fans zu kommunizieren. Ganz anders als zu ihrer Zeit.

Erst nach Juliettes Krise, nach ihrem Selbstmordversuch und nachdem sie ihr Haar abgeschnitten hatte, hatte sich tatsächlich etwas geändert. Gemeinsam mit ihrem Manager hatte sie die Accounts einer professionellen Agentur anvertraut und dafür gesorgt, dass vor den Medien verborgen blieb, wie es in ihrem Leben wirklich aussah.

Wir sind es unseren Fans schuldig, dass sie weiter an uns glauben können, hatte Margaux erklärt. Mutter und Tochter, ein Traumduo.

Es gab sogar einen Fanclub, der T-Shirts, Tassen und Schals mit ihren Konterfeis vertrieb. Mit dem fast schon vorprogrammierten Erfolg von *Une année sans regrets* in Cannes hätten sie als Ikonen der französischen Schauspielbranche gegolten.

Der Platz für ihre Handabdrücke auf der Allée des Lumières, dem Pendant zum Walk of Fame in Hollywood, war bereits reserviert. Natürlich in der ersten Reihe, direkt vor dem Palais des Festivals et des Congrès auf der Esplanade Pompidou, unweit von den Handabdrücken von Angelina Jolie. Margaux hätte nie zugelassen, dass sie weniger als das Beste bekamen. Und dass ein Schatten auf ihren Ruf fiel. Obwohl es durchaus Stimmen gegeben hatte, die anderer Meinung waren. Sogar die Presseagentur hatte gemeint, heutzutage wolle die Welt hinter die Kulissen sehen. Man könne alles zu ihrem Nutzen ausschlachten, sogar einen Selbstmordversuch.

Doch Margaux hatte an ihrer Überzeugung festgehalten, dass auch Skandale inszeniert sein sollten und niemals einen Bezug zur Realität haben durften.

So hatten sie weiter am Image der Schauspielgöttinnen gefeilt, deren größte Probleme es waren, das richtige Kleid zum richtigen Anlass auszuwählen, während Juliette versuchte, sich nach ihrem Krankenhausaufenthalt Schritt für Schritt ihr Leben zurückzuerobern. Kein Wort davon war an die Öffentlichkeit gedrungen.

Und jetzt das!

Er hatte Juliette zum Frühstück füttern müssen und ihr mit dem Müsli ihre Tabletten eingeflößt. Gleich würde Prof. Dr. Bernard vorbeikommen, der Chefarzt der Clinique Cannes Oxford, in die Juliette vor knapp einem Jahr mit aufgeschnittenen Pulsadern eingeliefert worden war.

Noah griff nach Juliettes Hand und streichelte darüber. Sie hing warm und schlaff in seiner. Juliette hob nur leicht die Augenlider, bevor sie sie wieder schloss. Kein Wunder bei der Schlafmitteldosis, die sie intus hatte.

Er hatte das Schlafzimmer so liebevoll dekoriert, dass kein Zweifel daran bestand, dass er alles im Griff hatte. Er lachte auf. Schließlich hatte auch er von den Calimard-Frauen gelernt, den Schein zu wahren.

Auf dem Nachttisch stand der bescheidene Rest ihres Joghurts mit Nüssen, Aprikosen und Chiasamen. Daneben ein *thé à la menthe*, frische aufgegossene Minzblätter. Das Bett war neu mit seidener Bettwäsche und Laken bezogen, und Juliettes mädchenhaften Körper hatte er mit duftender Rosenseife gewaschen und ihr ein weißes Nachthemd angezogen.

Es wäre ein Leichtes, Prof. Dr. Bernard davon zu überzeugen, dass sie bei ihm in den besten Händen war. Seit ihren letzten Begegnungen sah der Arzt in Noah so etwas wie einen Sohn, weil er sich so aufopferungsvoll um seine Patientin gekümmert hatte. Er würde ihm von ihren Fortschritten erzählen, davon, wie gefestigt sie inzwischen war, sodass selbst ein Schicksalsschlag wie der Mord an ihrer Mutter keine neue lebensbedrohliche Krise auslösen würde. Wenn sie weiterhin ihre Medikamente nähme. Die Medikation war abgesprochen, der Arzt hatte ihn sozusagen angelernt. Und er hatte keine Ahnung, dass Noah eine weitere heimliche Quelle aufgetan hatte, indem er unauffällig einem Schüler mit entsprechendem Ruf gefolgt war. In den Banlieues von Cannes bekam man alles, wenn nur die Kohle stimmte.

Für heute hatte sich Noah in der Schule entschuldigt und schon sein bestes Hemd übergestreift, nur noch ein letzter Kontrollgang durch die Wohnung stand an. Der *café* für seinen Gast und ihn war bereits fertig, der Esstisch mit dem guten Geschirr von Juliettes Großmutter gedeckt.

Sein Blick fiel auf den dunkelgrünen Jutebeutel. Noch befanden sich das Collier und der Ring von Chopard darin, der letzte Schmuck, den Margaux getragen hatte. Er hatte es nicht übers Herz gebracht, sich davon zu trennen. Immer wieder hatte er sich Juliette damit vorgestellt. Hatte davon geträumt, wie sich das edle Collier um ihren zarten Hals schmiegen würde. Sobald Prof. Dr. Bernard verschwunden war, würde er ihr das Nachthemd ausziehen und das Collier anlegen – und sich endlich holen, was sie ihm so lange verweigert hatte. Bei dem Gedanken wurde ihm heiß und kalt zugleich, und er zwang sich, sich auf seine nächsten Schritte zu konzentrieren.

Sosehr ihm heute Nacht vor dem Wohnhaus von Inès auch die Knie gezittert hatten, als das Licht im Hausflur plötzlich angegangen war, nachdem er sie mit der Schaufel niedergeschlagen hatte, er war anschließend doch zu Alberts Apartment zurückgekehrt und hatte die Ringe,

Armbänder und Goldketten aus Margaux' Safe in dessen schmalem Gartenanteil vergraben. Ein kleiner Schatz, vielleicht zwanzigtausend Euro wert. Nichts im Vergleich zu dem Collier von Chopard, dessen Wert er auf das Fünffache schätzte und von dessen Verschwinden in der Presse interessanterweise noch nichts stand.

Der kleine Garten war perfekt für seine Zwecke gewesen. Auf vielleicht dreißig Quadratmetern hatte Albert hinter einer wild wuchernden Hecke aus Bambus und Ginster alles Mögliche gehortet. Von alten Motorrädern über Luftmatratzen bis hin zu einer dreckigen gelben Plastikwippe in Entenform, die neben einem abgestorbenen Baum stand.

Vor Ort hatte Noah den Rest einer Plastikplane gefunden, in den er den Schmuck hineingewickelt hatte, bevor er alles mit Hilfe der Schaufel unter der gelben Wippe verscharrte. Nicht tief, dafür war der Boden zu hart. Dabei hatte er hinter einem Fenster in der ersten Etage eine Silhouette ausgemacht. Eine Nachbarin. Sie hatte ihn beobachtet und sicher längst die Polizei informiert. Er grinste. Es hätte nicht besser laufen können.

Er hoffte nur, dass sie sein Auto nicht gesehen hatte. Der nagelneue DS 7 Crossback fiel schon auf. Er würde sich sobald wie möglich um ihn kümmern müssen.

Albert Lefèvre. Fast tat der Mann ihm leid. Mit seiner Vergangenheit und all den Indizien würde es schwer für ihn werden, den Kopf noch aus der Schlinge zu ziehen.

Kurz entschlossen legte Noah das Collier und den Ring unter die Schmutzwäsche im Badezimmer. Das musste genügen, schließlich gab es keinerlei Grund für eine Hausdurchsuchung.

Und sobald er die Zeit fand, würde er die Schnipsel von Margaux' Briefentwurf zusammensetzen und dann entscheiden, ob ein Vaterschaftstest notwendig sein würde. Er hatte gerade noch einmal einen prüfenden Blick auf den Wäschesack geworfen, als es klingelte.

Noah öffnete die Tür und deutete eine Verbeugung an, als Prof. Dr. Bernard, ein schlanker, feinsinniger Mann mit gewichtigem Gesichtsausdruck in Begleitung einer Assistentin eintrat.

Dass sie zu zweit kamen, überraschte ihn nicht. Was ihn irritierte, war, dass auch Commissaire Vernaux hinter der Frau, einer zupackend wirkenden Mittdreißigerin mit kurzen roten Haaren, auftauchte.

Der Fallanalytiker, dieser Félix Weißenstein, war diesmal immerhin nicht dabei, was Noah mit höchster Erleichterung wahrnahm. Wenn einer ihm gefährlich werden konnte, dann dieser Weißenstein, das spürte er. Während er freundlichen Small Talk machte, führte er die drei Besucher zu Juliette ins Schlafzimmer.

27

Félix fluchte leise vor sich hin. Vernaux hatte ihn gerade über seinen und Prof. Dr. Bernards Besuch bei Noah informiert. Juliette würde weiterhin in Noahs Obhut bleiben.

Der Commissaire hatte den Arzt, dessen Kontaktdaten er wohl noch in der Nacht recherchiert hatte, bereits in aller Früh kontaktiert, da er bei dem Besuch zugegen sein wollte. Dem Professor war das natürlich nicht recht gewesen, er hatte sämtliche Hebel in Bewegung gesetzt, um Vernaux' Begleitung abzuwenden, doch letztlich hatte er sich den Gegebenheiten der Ermittlungen beugen müssen.

Vernaux hätte begrüßt, wenn auch Félix dabei gewesen wäre, und dieser war sich der Tatsache bewusst, dass er dem schönen Morgen mit Conny nun Tribut zollte. Hätte er wie Vernaux in Cannes übernachtet, wäre das alles mit Sicherheit anders gelaufen. Zwar war er am Nachmittag mit dem Commissaire verabredet, der ihm dann noch detailreicher von seinem Besuch erzählen würde, aber das wäre dennoch etwas anderes, als persönlich dabei gewesen zu sein. Stattdessen war er jetzt in Cagnes-sur-Mer, wo eine Nachbarin von Albert Lefèvre diesen heute Nacht angeblich im Garten beim Graben beobachtet hatte.

Ségulène Ruer von der Spurensicherung erwartete Félix bereits, gemeinsam mit einer Frau in einem geblümten Hängerchen in Connys Alter. Als sie ihn sah, strich sie sich sofort die blauschwarz gefärbten Haare mit ihren langen roten Fingernägeln hinters Ohr und drückte den Busen so weit vor, dass der Stoff ihres Kleides zu reißen drohte. Ihre Stimme klang rau, aber sie bemühte sich um einen koketten Ton, als sie Félix begrüßte. »*Bonjour,* Monsieur le Commissaire.«

Félix klärte sie knapp darüber auf, dass er Fallanalytiker war. »*Eh bien*, Madame …?« Sie hatte sich nicht vorgestellt.

»Jade Grand«, sagte sie schnell.

»*Eh bien*, Madame Grand, bitte erzählen Sie mir, was Sie gesehen haben.« Der Name passte wirklich wie die Faust aufs Auge zu ihr.

Sie reichte ihm bis knapp an die Schulter, wobei ihre Oberweite seinen Brustumfang bei Weitem übertraf.

Madame Grand sprudelte los, damit beginnend, dass sie nicht mehr viel Zeit hätte, da sie gleich im Carrefour an der Kasse sein musste, aber sie sei sich ziemlich sicher, dass Albert Lefèvre heute Nacht hier im Garten etwas vergraben hatte.

Sie habe alles beobachtet, er sei aus einem neu aussehenden nachtgrauen SUV gestiegen, Marke und Kennzeichen habe sie sich leider nicht gemerkt, aber sie denke, dass er allein im Auto war. Dann habe er sich am Müllhäuschen vorbeigeschoben, was erstaunlich sei, denn auch sie habe das schon versucht, sei aber nicht durchgekommen, dabei sei sie doch viel schlanker als er. Sie hielt inne, aber nur, um Luft für die Fortsetzung ihres Monologs zu holen.

Sie redete wie ein Wasserfall, und Félix ließ sie zunächst gewähren. Gemeinsam mit Ségulène folgte er ihr in ihr Apartment, ein Zimmer mit Schlafsofa, Einbauschrank und Küchenzeile. Ein Minibad, zu dem die Tür offen stand und dem der penetrant süßliche Geruch eines billigen Parfüms entströmte. Die Wohnung maß gerade einmal fünfundzwanzig Quadratmeter. Davor ein angegrauter Betonbalkon, so klein, dass ein einziger Plastikstuhl darauf Platz fand.

Madame Grand stellte sich an das Fenster neben dem Balkon und zeigte in den Garten.

»Sehen Sie die gelbe Wippe?« Sie deutete auf ein dreckiges Plastikungetüm zwischen Kadavern von Fahrrädern und Luftmatratzen.

Erst auf den zweiten Blick erkannte Félix, dass es sich dabei um eine ehemals gelbe Schaukelente handelte.

»Genau darunter hat er etwas vergraben«, beteuerte die Nachbarin.

»Haben Sie gesehen, was?«, fragte er.

Ségulène forderte schon telefonisch Verstärkung an, während Jade Grand den Kopf schüttelte. »Der Mann ist mir schon immer unheimlich gewesen. Ich bin zu Tode erschrocken, als er sich plötzlich umgedreht und in meine Richtung geschaut hat. Was, wenn er mich gesehen hat?« Sie starrte Félix hilfesuchend an. »Meinen Sie, er ist gefährlich?«

Das war nicht ausgeschlossen, aber so deutlich wollte er nicht werden. »Haben Sie die Möglichkeit, die nächsten Tage woanders zu übernachten? Nur so lange, bis wir Albert Lefèvre gefunden und vernommen haben.«

Sie sah ihn so entgeistert an, dass Félix schon fürchtete, sie würde ihn bitten, bei ihm zu übernachten, doch da er beharrlich schwieg, brummte sie schließlich: »Bei meinem Alten, aber ob das sicherer ist? Er ist Alkoholiker. Ich weiß nicht, ob Sie sich vorstellen können, wie das ist.« Instinktiv zog sie den Busen so weit ein wie möglich.

Félix konnte sich das sehr gut vorstellen, und sie tat ihm leid. »Warten Sie.«

Statt im Commissariat anzurufen, wählte er die Nummer eines Jugendfreundes, der sich in Nizza um obdachlose Jugendliche kümmerte. Wie erhofft hatte er eine Bleibe für die junge Frau. Félix stellte den Kontakt her, dann tauschten sie Telefonnummern aus.

»Nehmen Sie nur das Nötigste mit und versprechen Sie mir, dass Sie nach der Arbeit zu der Adresse gehen, die mein Freund Ihnen nennen wird«, bat er.

Sie tat es, und Ségulène und er gingen in Alberts Apartment im Erdgeschoss. Von dort aus wollten sie den Garten in Augenschein nehmen.

Alberts Reich war analog zu dem seiner Nachbarin geschnitten. Doch statt der Schlafcouch lag lediglich eine fleckige Matratze mit Decke und unbezogenem Kissen auf dem Boden. Félix entdeckte zwei Plastikstühle, viele Kartons, dreckige Wäsche, schmutziges Geschirr und Kataloge, aber keine Bücher.

Ungewöhnlich für einen ehemaligen Schauspieler, fand Félix und blätterte durch die Bestellkataloge. Es waren ausschließlich welche für Schrauben. Hatte sich Albert für nichts anderes interessiert? Immerhin ein Drehbuch lag verloren auf der Matratze. Félix zeigte fragend darauf.

Ségulène nickte. »Wir haben das extra so hingelegt, dass es auffällt. Falls du es dir anschauen möchtest.«

»Später«, meinte Félix.

Die Kollegin reichte ihm eine Notausstattung aus Tyvekanzug und Latexhandschuhen, die er anzog. Dann gingen sie in den Garten, zogen die Plastikwippe etwas zur Seite und begannen schon einmal ohne den Rest der Mannschaft, der auf dem Weg war, zu graben.

»Fallen Grabungsarbeiten jetzt auch in den Aufgabenbereich eines Fallanalytikers?«, scherzte Ségulène, eine jung gebliebene Fünfzigjährige, der man ansah, dass sie außerhalb der Arbeit viel Zeit in der freien Natur verbrachte.

In einer ruhigen Minute hatte sie Félix mal erzählt, dass sie Rennrad fuhr, am liebsten die Küste entlang, wo sie zwischendurch immer wieder in den kleinen Buchten ins Wasser sprang. Früher hatte sie Triathlon gemacht und sogar am Ironman in Vichy in der Auvergne teilgenommen.

»Der Fachkräftemangel zwingt mich dazu«, erwiderte er mit einem Augenzwinkern und legte die Ecke einer Plastikplane frei.

Neugierig wickelte er das Päckchen auf, das rund ein knappes Kilo wog. Ringe in Gelbgold, Silber, Weißgold und Platin, Armbänder mit und ohne Steinbesatz und feine Goldketten in unterschiedlichen Längen und mit und ohne Anhänger kamen zum Vorschein. Sie glänzten im Licht des Strahlers, den Ségulène aufgebaut hatte.

»Diebesgut«, stellte Félix fest. Vielleicht sogar aus Margaux' Safe. Doch weder die fehlenden Auszeichnungen vom Sideboard noch das Collier von Chopard war darunter.

28

Conny hatte über die Hotelrezeption das gleiche schneeweiße Peugeot-Cabrio gemietet wie das, mit dem sie bei ihrem Besuch im letzten Jahr vom Flughafen zu Simonette nach Saint-Tropez gefahren war.

Während sie auf den Anruf wartete, dass das Auto bereit war, zog sie Shorts, T-Shirt und ihre Chucks an. Ein deutlich bequemeres Outfit als das am Vorabend. Dann suchte sie noch eine Wasserflasche, ein frisches Handtuch und ihren schon wieder getrockneten Bikini zusammen. Vielleicht ergab sich ja endlich eine Gelegenheit, im Meer schwimmen zu gehen.

Gerade stopfte sie alles in ihren Rucksack, da fiel ihr ein, dass sie vergessen hatte, Simonette nach Inès zu fragen. Kurzerhand rief sie sie an.

Im Hintergrund war ein tiefes Brummen zu hören, als abgenommen wurde. »Hallo, Simonette, bist du noch auf der Fähre?«

»*Oui*, aber wir legen gleich an.«

»Okay, dann fasse ich mich kurz. Ich wollte dich im Zusammenhang mit dem Mord an Margaux noch etwas fragen: Kennst du Inès Rajab?«

Stille folgte.

Conny dachte schon, dass die Verbindung abgerissen war, doch dann war Simonette klar und deutlich zu hören. *»La visagiste?«*

»Genau die.«

»Nun, Margaux wollte sich beruflich von ihr trennen. Sie war nicht mehr zufrieden mit ihr, sie war ihr wohl zu forsch geworden. Mischte sich ungefragt in ihr Leben ein. Ich habe das nicht verstanden. Sie waren wie Freundinnen, kannten sich seit über zwanzig Jahren. Da ist es doch normal, dass man sich einmischt. *Bien sûr*, Inès ist ein bisschen speziell, aber sie hat ein gutes Herz. Und gute Freundinnen hatte Margaux nicht viele. Ehrlich gesagt hat mich das zum Nachdenken darüber gebracht, wann sie mich wohl abserviert.«

»Du hast ihr bestimmt keinen Grund gegeben«, tröstete Conny die alte Dame.

»Ich bin mir nicht sicher, ob Margaux dafür wirklich einen Grund gebraucht hätte. Sie war in letzter Zeit wirklich eigenartig.«

Das konnte Conny nicht beurteilen, aber sie hatte Inès durchaus als ziemlich ruppig und impulsiv erlebt. Félix hatte ihr nicht viel über den Mord verraten, doch das wenige hatte sich nach einer spontanen Tat angehört. Wäre Inès dazu in der Lage gewesen?

»Aber sonst fällt dir kein Grund ein, warum Margaux Inès entlassen wollte?«

»Leider nicht, *chérie*.«

Nachdem sie aufgelegt hatten, versuchte Conny, Inès zu erreichen, doch vergeblich. Also rief sie spontan François an, der ihr am vergangenen Abend seine Karte gegeben hatte und der sofort abnahm.

»Quelle chance!«, rief er, als er ihre Stimme erkannte.

»Ich bin gerade aus dem Kinosaal raus, vorher hättest du mich nicht erreicht.«

»Dann habe ich ja Glück, François. Aber eigentlich wollte ich Inès sprechen, weißt du, wo sie ist?«

»Nun, sie hätte eigentlich Cathrine schminken sollen wie immer. Ich habe sie gerade getroffen. Sie macht heute die Nachmittagsmoderation und hat sich beschwert, dass Inès bislang noch nicht aufgetaucht ist. Das sieht ihr gar nicht ähnlich. Sicher, es war spät gestern Abend, aber *mon Dieu!* Ein alter Hase wie Inès kann das ab. Sie hat sich nicht einmal krankgemeldet. Cathrine ist ziemlich sauer auf sie, das kannst du mir glauben.« Sie wechselten noch ein paar Floskeln, dann legten sie auf.

Das Gespräch hatte Conny beunruhigt. Was, wenn es dieser Albert gestern Nacht wirklich auf Inès abgesehen gehabt hatte? Was, wenn er tatsächlich in dem SUV gesessen hatte, der Félix und ihr entgegengekommen war. Gut möglich, dass er ihre Adresse kannte. Und was, wenn Inès tatsächlich etwas wusste, das ihm, dem vermeintlichen Mörder, gefährlich werden konnte?

Sie versuchte, Félix zu erreichen, landete aber nur auf der Mailbox. Also sprach sie ihre Befürchtung auf Band und bat Félix, sie so schnell wie möglich zurückzurufen. Es war eine grobe Unsitte von ihm, sein Handy regelmäßig auszuschalten. Überhaupt wunderte es sie, dass er deswegen noch keine Schwierigkeiten bekommen hatte. Sogar sie musste in ihrem Job immer erreichbar sein, oder bildete sie sich das nur ein?

Jedenfalls ärgerte sie sich gewaltig, dass sie ihm von

ihrem Verdacht nicht erzählen konnte. Sicher, sie hätte im Commissariat anrufen können. Doch was, wenn sie mit ihrer Vermutung völlig danebenlag? Wenn Inès sich einfach nur ausschlief?

Ihre langjährige Kundin, mit der sie außerdem befreundet gewesen war, war gerade umgebracht worden. So etwas konnte durchaus einen Zusammenbruch auslösen. Sicher, gestern hatte sie Inès ihre Betroffenheit nicht allzu sehr angemerkt, aber es war durchaus möglich, dass es hinter ihrer harten Fassade anders aussah.

Als Conny in die Lobby kam, hob der Concierge bedauernd die Schultern. »Noch einen Augenblick, *s'il vous plaît,* Madame. Der Wagen wird jeden Moment hier sein.«

Sie ließ sich von ihm, der den Gästen für Auskünfte aller Art zur Verfügung stand, eine Straßenkarte für das Gebiet von Nizza bis Cannes geben und markierte darauf die Lage von Margaux' Villa, von Juliettes und Noahs Apartment sowie die von Inès' Wohnung.

Als sie damit fertig war, wurde das weiße Cabrio vorgefahren, sie leistete die erforderlichen Unterschriften, stieg ein, ließ das Dach herunter und nahm bei strahlendem Sonnenschein die Promenade des Anglais stadtauswärts Richtung Cannes.

Wäre sie nicht so besorgt um Inès gewesen, hätte sie die Fahrt genießen können. Doch unter den aktuellen Umständen konnte es ihr nicht schnell genug gehen. Es war kurz nach drei Uhr nachmittags, die *sieste* gerade vorbei und der Verkehr auf der Küstenstraße dicht. Es schien, als hätte mit den Filmfestspielen auch die Saison begonnen. Noch dazu standen alle Ampeln auf Rot, und Conny erwischte sich dabei, wie sie unnötig dicht auffuhr und an unübersichtlichen Stellen überholte, was mehr als einmal zu einem Hupkonzert führte.

Bald passierte sie den Plage Villeneuve-Loubet. Der Strand, der sich kilometerlang an dem Boulevard entlangzog, war gut besucht. Dicke, dünne, große und kleine Menschen machten einen Strandspaziergang, lagen auf Badetüchern und auf Sonnenliegen oder gönnten sich eine Erfrischung im Meer. Die Temperatur war ideal dafür.

Vor Inès' Apartment in Juan-les-Pins sah es kaum anders aus. Der kleine Sandstrand an der Avenue Guy de Maupassant war voll, auf der Uferpromenade flanierten Spaziergänger mit und ohne Eis oder genossen im Café die Sonne. Grüppchen von Jugendlichen maßen sich mit abschätzenden Blicken, bevor sie sich wie balzende Kraniche einander näherten.

Die Lage der Wohnung hätte kaum zentraler sein können, und während Conny wieder und wieder durch die engen Gässchen kurvte, um einen Parkplatz zu finden, wurde ihr klar, warum Inès sich für ein Motorrad entschieden hatte.

Endlich war sie erfolgreich und eilte wenig später zu Inès' Wohnhaus. Die weiße Honda stand noch auf dem breiten Bürgersteig *en bord de la mer*, wo Inès sie in der Nacht abgestellt hatte. Das sprach dafür, dass die Visagistin zu Hause war. Fraglich war nur, in welchem Zustand.

Auf Connys Klingeln hin tat sich jedenfalls nichts. In der ersten Etage nahm ein älterer Herr gerade seinen *petit café* auf dem Balkon ein. Praktischerweise direkt neben dem Eingang.

»Monsieur?«, sprach Conny ihn an. »Ich möchte zu Inès Rajab in die fünfte Etage. Kennen Sie sie?« Sie entschied sich für die Wahrheit. »Ich mache mir Sorgen. Wir haben gestern lange zusammen gefeiert, und jetzt erreiche ich sie nicht. Wären Sie so nett, mich hineinzulassen?«

Nach kurzer Bedenkzeit und der laut vorgebrachten Beschwerde, dass man nicht mal seinen *petit café* in Ruhe einnehmen könne, schlurfte der Alte vom Balkon und anscheinend zur Tür, denn kurz darauf surrte der Öffner.

Conny drückte die Haustür auf und gelangte in den angenehm kühlen Hausflur, wo der Senior sie erwartete und ihr in den Lift folgte. Seine Anwesenheit missfiel ihr, doch sie lächelte ihn freundlich an.

»Kennen Sie Madame Rajab?«, wiederholte sie ihre Frage.

Seine Antwort fiel weniger höflich aus. »Die Verrückte mit dem Motorrad? Kommt zu allen möglichen und unmöglichen Zeiten heim und knallt die Haustür so laut zu, dass ich im Bett stehe. Und manchmal geht sie nachts im Meer schwimmen. Ich könnte schwören: splitterfasernackt.«

Conny tat ihm den Gefallen und setzte eine schockierte Miene auf. Sie bereute es sofort, als er, kaum hielt der Lift, ihren Hinweis ignorierte, dass sie von nun an allein zurechtkäme.

Sie war heilfroh, als sich nach langem lautem Klopfen

an der Wohnungstür endlich Inès' Kopf durch einen schmalen Spalt schob.

»Merde!«, brummte sie mit kratziger Stimme. »Was soll das?«

Doch immerhin ließ sie Conny ein, und der Alte schlurfte missbilligend vor sich hin murmelnd zum Aufzug zurück.

Inès roch unausgeschlafen und nach Alkohol und wirkte mehr als überrumpelt von ihrem Erscheinen. Abgesehen davon war sie kreidebleich, und es schien ihr wirklich schlecht zu gehen. Conny wollte sie schon stützen, doch Inès stieß ihren Arm weg.

Conny sah sich um. Die Tür zu einem Zimmer links stand halb offen, und gerade hatte sie ein Geräusch gehört, wie wenn sich jemand vom Bett erhob.

Während sie sich noch fragte, wer wohl der Besucher war, zog Inès sie eilig hinter sich den Flur entlang. Conny sog scharf den Atem ein.

Inès' Haare am Hinterkopf waren blutverklebt.

29

»Ich habe mir Sorgen gemacht.« Conny fühlte sich als etwas zwischen Eindringling und Samariter, als sie spürte, dass Inès hauptsächlich genervt, aber auch ein ganz kleines bisschen gerührt von ihrem Besuch war. Dennoch hielt sie es für besser, Inès erst später nach der Wunde am Hinterkopf zu fragen, sollte sie nicht von selbst darauf zu sprechen kommen.

Conny spähte ans Flurende, wo die Tür nur angelehnt war. Eindeutig die des Schlafzimmers. Schließlich lief Inès hin und schloss sie mit Nachdruck.

Connys Blick fiel auf ein kleines weiß lackiertes Holzschild mit dunkelblauer Serifenschrift neben der Badezimmertür: *Salle de Bains*. Sie schmunzelte, es besaß Charme. Als ob man sich in vierzig Quadratmetern verlaufen könnte. Rechts ging die Küche ab, ebenfalls mit einem Schild gekennzeichnet: *Cuisine*. Ein Raum, in dem man sich gerade um sich selbst drehen konnte, vollgestopft mit leeren Flaschen. Wein, Bier, Sprite, Cola, wenig Wasser.

»Die muss ich alle mal wegbringen«, brummte Inès und führte Conny durch einen Durchgang mit Rundbogen ins Wohnzimmer, wo sie die Rollläden vor der Fensterfront hochzog.

Entlang des Rundbogens verlief ein knalltürkisfarbener breiter Streifen, der kitschig gewesen wäre, hätte er nicht Bezug auf diesen Ausblick genommen, der seinesgleichen suchte. Vor dem breiten Balkon mit blau-weiß gestreifter, jetzt aufgerollter Markise erstreckte sich das Meer bis zum Horizont. Rechts davon lag die Bucht von Cannes, links die von Antibes.

»An manchen Tagen kann man bis nach Saint-Tropez sehen«, bemerkte Inès. Im Sonnenlicht wirkte sie mit den dunklen Ringen unter den Augen krank oder völlig verkatert.

»Warum bist du nicht bei der Arbeit, Inès? Ich habe mit François gesprochen, du hättest Cathrine schminken sollen. Sie scheint ziemlich sauer zu sein.«

Inès zeigte auf ihr verwaschenes Trägerhemdchen und die knappe Baumwollshorts, in der sie anscheinend geschlafen hatte. »So vielleicht?« Sie zündete sich eine Gauloises an. »Auch eine?«

Conny schüttelte den Kopf, und Inès wies ihr einen Platz auf einem kleinen Sofa zu, von wo aus sie nicht in den Flur blicken konnte.

»Willst du was trinken?«, fragte Inès mit gespielter Gastlichkeit. »Wasser?« Sie verschwand in der kleinen Küche, bevor Conny nicken konnte.

Auf dem Beistelltisch, der dem Aussehen nach von einem schwedischen Einrichtungshaus stammte, standen zwei Unterteller mit halb gerauchten Kippen, drei leere Rotweinflaschen, dem Etikett nach die Eigenmarke von Monoprix, und zwei Wassergläser mit Rotweinspuren. Conny berührte ein Glas.

Der Rotwein war noch nicht gänzlich getrocknet. Inès hatte also gestern Nacht weitergefeiert, und zwar nicht allein. Ziemlich sicher war der Besuch noch hier. Zumal Conny jetzt, als sie lauschte, ein Flüstern hörte. Hatte der Gast etwas mit Inès' Verletzung zu tun? Sie sprang auf, doch als sie einen Blick in den Flur werfen konnte, war er leer, und Inès hantierte in der Küche.

Conny wollte sich gerade auf die Toilette entschuldigen, wobei sie plante, kurz ins Schlafzimmer zu sehen, da drückte Inès ihr eine Karaffe mit Leitungswasser und zwei Gläser in die Hände. »Bring das mal raus auf den Balkon.«

»Ich muss eigentlich …« Hilflos deutete Conny zum Badezimmer.

»Nichts da! Erst bringst du das hier raus.« Inès wollte wohl scherzhaft klingen, doch die beiden Sätze hörten sich an wie ein Befehl.

Und mit der Karaffe und den Gläsern in den Händen hatte Conny keine andere Wahl. Um sie durchzulassen, zog Inès die Schiebetür zum Balkon auf.

Als ein Klicken wie von einer ins Schloss gezogenen Wohnungstür erklang, fuhr Conny herum, noch immer Gläser und Karaffe in den Händen. Aber sie sah nur Inès lächelnd im Durchgang stehen, und sie hätte sie beiseiteschieben müssen, um dem Besucher zu folgen. Na warte, dachte sie.

Auf dem Balkon stellte sie alles auf den weißen Plastiktisch, goss ihnen beiden ein und lehnte sich dann so mit ihrem Glas an die Brüstung, dass sie den Hauseingang im Blick hatte. Inès' Besuch würde nicht ungesehen entkommen.

Mann oder Frau?, fragte Conny sich gespannt, während sie souverän den Gesprächsfaden wiederaufnahm. »Also, warum bist du nicht auf den Filmfestspielen?«

»*Alors*, kannst du dir nicht vorstellen, dass ich gerade andere Probleme habe?« Inès hatte schon wieder eine Kippe im Mund.

»Deine Beule am Hinterkopf?«

»*Comment?* Was? Ach so, das. Das war irgend so ein

Idiot gestern Nacht. Frag mich nicht, was der wollte. Als ich die Haustür aufschließen wollte, hat er mir eins übergezogen. Aber dann ging das Licht im Hausflur an, und er ist abgehauen. Ich war kurz weg, aber es ist nicht weiter schlimm. Hab ich wohl meinem Nachbarn, dem alten Spanner, zu verdanken, dass nicht mehr passiert ist. Er war derjenige, der das Licht angemacht hat.«

Conny dachte wieder an den SUV. »Könnte das nicht etwas mit dem Mord an Margaux zu tun haben?«

Inès machte eine wegwerfende Bewegung und verzog das Gesicht vor Schmerz. »*Non, pas du tout.* So etwas kommt hier häufiger vor. Lass uns die Dinge nicht verkomplizieren. Mein Kopf brummt schon genug. Es ist nun einmal meistens so: Wenn man schon in der Scheiße steckt, kommt es nur noch schlimmer.«

Und bevor Conny dazu kam, Albert Lefèvre zu erwähnen, fuhr Inès fort. »Meine Hauptauftraggeberin ist tot. Nach allem, was passiert ist, wird Juliette kaum sofort in Margaux' Fußstapfen treten. Sie wird erst einmal Zeit brauchen, wenn sie denn überhaupt jemals wieder vor der Kamera stehen wird. Seit gestern bin ich sozusagen ohne Job. Ich bin selbstständig. Ich bekomme kein Arbeitslosengeld.« Sie klang nicht so, als wäre sie auf Mitleid aus.

»Muss man als Selbstständige normalerweise denn nicht mehrere Kunden haben?«, fragte Conny überrascht.

»Was ist schon normal?«, blaffte Inès. »Margaux hat mich seit Jahren exklusiv für sich und Juliette gebucht. Damit bin ich ganz gut gefahren. Hier und da mal was wie das mit Cathrine bei den Filmfestspielen. Aber allein davon kann ich nicht leben, geschweige denn Miete zahlen.« Sie breitete die Arme aus und zog unschön die Nase hoch. Aufs Abschminken hatte sie verzichtet, stellte Conny fest. Die Mascara hatte sich in den Lidfalten abgesetzt. »Ich werde das Apartment kaum halten können. Und so etwas finde ich nie wieder.«

Jetzt glänzten ihre Augen feucht, und sie lief rot an. Inès hatte leidenschaftlich und eindringlich gesprochen, vielleicht auch, um Conny zu fesseln und so davon abzuhalten, weiter den Eingang zu beobachten. Doch dann hatte sie sie unterschätzt.

Sosehr Conny auch Anteil an Inès' Schicksal nahm, sie ließ die Haustür nicht aus den Augen.

Seufzend drückte Inès ihre Zigarette auf dem Betonboden aus. »Und das mit Margaux«, fuhr sie fort, bevor sie kurz innehielt. »Weißt du, man sieht es mir vielleicht nicht an, aber es ist nicht so, dass mich ihr Tod kaltlässt.«

Fast hätte Conny sich nun doch ablenken lassen und tröstend ihren Arm um Inès' Schultern gelegt.

Doch in dem Moment hörte sie, wie sich die Haustür öffnete, und blickte nach unten. Ein Mann trat heraus, ganz in Schwarz und mit einem Kleiderbündel über dem Arm. Sie hatte mit jedem gerechnet, nur nicht mit ihm.

30

Nachdem Ségulène zusammen mit ihren eingetroffenen Kollegen weitere Spuren gesichert hatte, fuhr Félix zurück in sein kleines Büro bei der Police nationale in der Avenue Maréchal Foch in Nizza.

Da die Polizeistation am Fuße des Hügels lag, auf dem nicht nur das Observatoire de Nice, sondern auch sein eigenes Haus stand, parkte er den Alpin wie gewöhnlich in dessen Einfahrt. Schnell ging er in die Küche und schob sich ein großes Stück *socca* in den Mund. Er liebte den fladenbrotartigen Pfannkuchen aus Kichererbsenteig, der als *spécialité niçoise* galt, kalt mit viel Pfeffer und zusammengerollt. Obwohl es hieß, dass er warm noch besser schmeckte. Seine Großmutter, die ihm ihre Stadtvilla mit dem bezeichnenden Namen *Les Vikings* überlassen hatte, nachdem seine Mutter, ihre Tochter, an Krebs gestorben und sie selbst in eine betreute Wohnanlage gezogen war, kam oft unangekündigt vorbei, um nach dem Rechten zu sehen und etwas Essbares für ihn zurückzulassen.

Schließlich ging er am Parc du Vinaigrier entlang zu Fuß wieder bergab. Der kleine Verdauungsspaziergang tat ihm gut.

Wie immer wurde er mit Stolz erfüllt, als er das Polizeigebäude betrat, obwohl es einiges von seinem ehemaligen Gründerzeitcharme eingebüßt hatte. Die Fassade hatte dringend einen Anstrich nötig, und die vergitterten Fenster im Erdgeschoss sowie die Ventilatoren an der Außenseite waren in die Jahre gekommen und wirkten wenig einladend. Doch über dem Eingang war stets die Trikolore gehisst, und auch wenn Félix durchaus die kritischen Seiten von Nationalstolz sah, überlief ihn jedes Mal bei ihrem Anblick eine Gänsehaut.

Sein Büro war eher bescheiden, aber er konnte sich glücklich schätzen, überhaupt eines zu haben. Ein kleines Kämmerchen, lang und schmal, gerade so groß, dass es ihm mit Mühe gelang, sich hinter den Schreibtisch zu zwängen. Saß er einmal und drehte den Kopf nach rechts, so fiel sein Blick durch das einzige Fenster direkt auf das kleine Bistro *La Giselle*, eins der zahlreichen Lokale von Vieux Nice, wo er und Vernaux gern zu Mittag aßen, wenn es sich ergab.

Drehte Félix den Kopf dagegen nach rechts, so blickte er in die gestrengen Augen von Président Macron. Ein aktuelles Bild des amtierenden französischen Staatsoberhauptes durfte in keinem Zimmer fehlen.

Jetzt hatte Félix ein *grand bol café au lait* vor sich, den ihm Roger Blanc, der neue Sekretär der Abteilung, vorbeigebracht hatte, und wollte Emanuelle anrufen. Sie hatten es sich zur Gewohnheit gemacht, dass sie täglich miteinander telefonierten, um sich über Lucien auszutauschen.

Doch als er nach seinem *portable* griff und es einschaltete, sah er, dass Conny versucht hatte, ihn zu erreichen. Alarmiert hörte er ihre Nachricht ab, dass sie sich um Inès sorgte, und wollte schon zurückrufen, als er ihre später geschickte WhatsApp las: *Fehlalarm. Es geht ihr gut.*

Bon. Ein Blick zu Macron, dann aus dem Fenster, bevor Félix begann, die Akten auf seinem Schreibtisch zu sortieren. Verhörprotokolle, die ihm aus dem ganzen *département* geschickt wurden. Denn nur in Nizza gab es einen Fallanalytiker.

Eigentlich hätte er zufrieden sein können. Sie hatten in Alberts Garten die Schmuckstücke aus dem Safe der Ermordeten sichergestellt, was die Hoffnung zuließ, dass der Fall schon bald gelöst sein würde. Nämlich in dem Moment, in dem die Fahndung nach Albert erfolgreich war und er in dem von Félix geleiteten Verhör alles gestehen würde. Immerhin sprachen schwerwiegende Indizien gegen den Mann. Die Nachbarin als Zeugin, die ihn beim Vergraben beobachtet hatte, und natürlich die Beute selbst. Es war schon ziemlich kaltschnäuzig von Albert gewesen, das Diebesgut in seinem Garten zu verstecken, nachdem die Spurensicherung abgerückt war. Eine solche Chuzpe hätte Félix dem ehemaligen Schauspieler den Fotos auf seiner Sedcard nach nicht zugetraut. Auf ihnen hatte er weniger berechnend als vielmehr versoffen gewirkt. Das mochte ein Grund dafür sein, warum ihn – genau wie Vernaux – die allzu offensichtlichen Zusammenhänge irritierten.

Die Fahndung nach Albert Lefèvre lief auf Hochtouren und war auf Italien, Spanien und die Schweiz ausgeweitet worden. Ebenso nach seinem nachtgrauen SUV, von dem sie weder Kennzeichen noch Marke kannten, denn auf ihn war kein Auto zugelassen. Félix hatte Vernaux gebeten, eine Liste möglicher Modelle erstellen zu lassen, um sie der Nachbarin sobald wie möglich vorzulegen und die infrage kommenden Fahrzeuge weiter einzugrenzen.

Er war sich bewusst, dass er gerade weit mehr ermittelte als seiner Rolle als Fallanalytiker angemessen, doch Vernaux hatte ihm am Morgen stöhnend erzählt, dass der Kollege, der ihn eigentlich unterstützen sollte, bis auf Weiteres krankgeschrieben war. Datum der Rückkehr in den Dienst unbekannt.

Vernaux' dezidierte Nachfolgerin, eine strafversetzte Madame le Commissaire aus Paris, war zudem auch noch nicht eingetroffen, und das Gerücht ging, dass die Frau gerade alles daransetzte, doch irgendwie in der Hauptstadt zu bleiben. Der arme Vernaux, der sich nichts sehnlicher herbeiwünschte als seine Pension, befürchtete, dass er auf seinen Ruhestand noch länger warten musste.

Als der alternde Commissaire ihm das anvertraut hatte, hatte er verzweifelt geklungen, und Félix wusste auch, warum. Das bedeutete nachhaltige Schwierigkeiten mit Madame Vernaux, die vom Reisen träumte. Sie wollte endlich die Welt sehen und zählte seit Jahren die Tage, bis sie ihre Flüge nach Neuseeland buchen konnte. Für sie und ihren Mann. Das Land hatte sie schon als Teenager besuchen wollen.

Dass Vernaux sich seine *retraite* ganz anders vorstellte und die Garage des Nachbarn anmieten wollte, um sich seiner orangenen Oldtimer-Göttin zu widmen, zählte bei ihr nichts. Sie sah sich als bisher verhinderte Weltenbummlerin und er sich als bisher verhinderter *garagiste*, der nach seinem Arbeitsleben endlich stundenlang an seinem

Gefährt herumschrauben konnte. Denn lieber noch als Commissaire wäre er Mechaniker geworden.

Vielleicht, hatte Félix ihn getröstet, sei es gar nicht das Schlechteste, länger im Dienst zu bleiben. Die Garage könne er trotzdem schon anmieten. Vernaux hatte zustimmend in seinen nicht vorhandenen Bart gebrummt, und und die Aussicht, seinen Freund weiterhin zu unterstützen, hatte Félix freudig gestimmt.

Er atmete tief durch und ließ sein *portable* endlich Emanuelles Nummer wählen, als der Protagonist seiner letzten Gedanken in sein Büro stürzte.

»Sie haben ihn!« Vernaux blickte mit Genugtuung das Präsidentenporträt an. »Die Schleierfahndung hat soeben Albert Lefèvre verhaftet. Er wollte nach Ventimiglia und dann weiter nach Kalabrien. Mach dich für das Verhör bereit. In zwanzig Minuten ist er da.«

»*Tu dit! Compliment!*« Félix sprang vom Stuhl auf. Das war nun wirklich schneller gegangen als gedacht.

Die Eigendynamik, die dieser Fall entfaltete, ließ zweifelsohne hoffen. Erst wurde Juliette, die man in brutalen Entführerhänden glaubte, innerhalb weniger Stunden gefunden und schon am nächsten Tag der mutmaßliche Mörder ihrer Mutter gefasst. Vielleicht wurde es ja doch noch etwas mit seinem Urlaub mit Conny.

Statt das Zimmer wieder zu verlassen, zog Vernaux den schlichten Besucherstuhl aus Holz in die Mitte des Raums, ließ sich darauf nieder, streckte die Beine aus und verschränkte die Hände auf seinem Bauch. »Jetzt muss er nur noch gestehen.«

Auch Félix nahm wieder Platz. »Bisher haben wir noch keinen Täter verloren, der erst einmal in unseren Fängen war«, gab er sich betont zuversichtlich.

Vernaux strich sich mit beiden Händen durch das graue Haar. »Wenn das so ist, sag mir, warum es mir einfach nicht gelingen will, die zeitnahe Lösung des Falls vor mir zu sehen?«

»Ich habe keine Ahnung. Wie war eigentlich dein Besuch vorhin bei Juliette?«, wechselte Félix das Thema. »Darüber haben wir bis jetzt nur kurz gesprochen.«

Vernaux warf ihm einen unwilligen Blick zu. »Dieser Professor Bernard hat ihr weiterhin Ruhe verordnet.«

Nun, das war vorauszusehen gewesen. »Zu Hause, nicht wahr?«, hakte Félix nach.

Vernaux warf beide Hände in die Höhe. »Er hat Noah Petit in den höchsten Tönen gelobt und mir unter vier Augen noch mal versichert, dass sie bei ihm in den besten Händen ist. Besser als in einer Klinik als eine Patientin unter vielen, davon ist er überzeugt. Immerhin hat er versprochen, einmal am Tag nach ihr zu sehen.«

»Weißt du von ihrem Selbstmordversuch?«

Der Commissaire nickte stirnrunzelnd. »Den hat Professor Bernard erwähnt. Was hältst du von diesem Noah Petit?«

Félix ignorierte sein *portable*, das brummte. Wahrscheinlich Emanuelle. Er würde später zurückrufen. »Ich denke, wir sollten ihm genau auf die Finger schauen. War Juliette wach und ansprechbar?«

Vernaux schüttelte mit hochgezogenen Schultern den Kopf.

Félix' Finger begannen, auf die hölzerne Schreibtischplatte zu trommeln. »Wir brauchen genaue Angaben zur Medikation. Ich finde es alles andere als normal, dass wir immer noch nicht mit ihr reden können. Könnte an einer Überdosierung liegen.«

Vernaux erhob sich wieder. »Bernard meinte, das Beste für sie sei jetzt, so viel wie möglich zu schlafen. Das Unterbewusstsein würde ihr helfen, den Tod ihrer Mutter zu verarbeiten. Er kenne sie schon länger als Patientin, sie sei sehr sensibel. Ich habe trotzdem schon einen Termin beim Staatsanwalt gemacht, um rauszufinden, was rechtlich für uns möglich ist.«

Félix rieb sich sein Kinn. »Ich weiß nicht, irgendwann wird sie sich so oder so der Tatsache stellen müssen, dass ihre Mutter tot ist. Die Wahrheit kann auch heilsam sein. Wenn Juliette etwas gesehen hat, dann sollten wir es wissen, bevor sich ihr Unterbewusstsein dazu seine eigene Geschichte zusammenspinnt. Als Schauspielerin ist sie mit Sicherheit fantasiebegabt, was in diesem Fall leider kontraproduktiv sein kann.«

»Gemach, gemach, Félix. Ich werde mich drum kümmern, aber erst einmal schauen wir uns diesen Albert Lefèvre an.« Vernaux erhob sich mit an den Knien ausgebeulter Anzughose.

»Mal sehen, ob er uns sagen kann, wo wir seinen SUV finden«, meinte Félix, als der Commissaire Anstalten machte, seine Bürohöhle zu verlassen.

»Gestohlen gemeldet wurde er jedenfalls nicht.« Vernaux hob die Hand. *»À tout à l'heure.«*

»*D'accord*, bis gleich.«

Als er Emanuelle wenig später erreichte, war sie natürlich sauer, weil er ihren Anruf zuvor nicht angenommen hatte. »Sag mal, erst anrufen, dann auflegen und dann nicht erreichbar sein, ist das jetzt eine neue Masche?«

»*Je m'excuse*, aber es war wichtig.« Seine Entschuldigung war ernst gemeint.

»Das sind wir auch.« Sie sprach mit Nachdruck, ihre Stimme wurde etwas höher, so wie immer, wenn sie sich aufregte. »*Écoute!* Lucien ist mit meinen Eltern bei mir zu Hause, sie sind heute Vormittag aus Draguignan gekommen und wollten den Kleinen gleich sehen. Ich bin gerade mit einem Kollegen in Nizza wegen eines Termins, und Maman hat eben angerufen. Lucien ist ungnädig, weil er einen von seinen beiden *petits ours* bei dir im Auto vergessen hat.«

Das war wirklich wichtig. Lucien liebte seine beiden kleinen Bären, die er Maman und Papa getauft hatte. Diesmal hatte er anscheinend Maman bei ihm im Auto gelassen. Es kam öfter vor, dass er einen der beiden vergaß, und jetzt wollte er seine beiden Bären wieder zusammenführen. Kindliche Fantasie, die in dem Fall als Realitätsersatz herhalten musste.

Félix warf einen Blick auf seine Uhr. »Ich habe gleich ein Verhör.«

Anders als erwartet zeigte Emanuelle Verständnis. »Kein Problem, ich brauch auch noch rund zwei Stunden. Das dürfte sich ausgehen, oder? Und wenn du mich anschließend nach Hause fährst, bitte ich Maman, ihr *pot-au-feu* zu machen, das du so liebst. Wir könnten alle zusammen essen, dann wird Lucien gleich doppelt begeistert sein. Danach kannst du wieder fahren und dir die Nacht mit diesem Fall um die Ohren schlagen, *c'est bon?*«

Das hörte sich wirklich verlockend an. »*Oui, d'accord!* Solange du nicht sauer wirst, wenn ich nicht auf die Minute pünktlich bin.«

»Ich hab was zu lesen dabei und warte im Bistro *L'Aventure* gegenüber vom Commissariat.«

Kaum hatten sie aufgelegt und kaum war Félix bewusst geworden, dass Emanuelle mal wieder genau in dem Moment besonders freundlich und verständnisvoll war, in dem Conny und er sich besonders nahe waren, da wurde er auch schon zum Verhör mit Albert Lefèvre gerufen. Er verließ sein Büro. Über Emanuelles Verhalten würde er sich später noch Gedanken machen.

31

Conny stieß sich von der Balkonbrüstung ab und sah dem großen Mann mit dem hellbraunen Haar im schwarzen Leinenanzug hinterher, der zwischen mit Luftmatratzen, Flossen und Schnorcheln beladenen Strandbesuchern verschwand. Er war es also gewesen. René.

René Delon hatte bei Inès übernachtet.

Nun, die beiden hatten schon auf der Party recht vertraut miteinander gewirkt. Conny rief sich die Bilder in Erinnerung. War eine sexuelle Spannung zwischen den beiden gewesen? Tatsächlich hatte Inès den Produzenten geradezu angeschmachtet, während er weit weniger begeistert gewirkt hatte. Doch Conny musste zugeben, dass sie aus dem Mann nicht richtig schlau wurde.

Sollte sie Inès, die jetzt mit hängenden Schultern auf einer Plastikliege saß, auf ihn ansprechen? Sie schien verzweifelt, war so in ihrer Welt versunken, dass sie nicht mitbekommen hatte, dass Conny René aus dem Haus hatte schlüpfen sehen.

Conny hielt es für unklug, Inès direkt danach zu fragen. Stattdessen setzte sie sich neben die Visagistin und griff nach ihrer Hand. »Ich habe heute Vormittag Simonette getroffen. Ich hatte dir ja gestern erzählt, dass sie mir den Job beim Festival besorgt hat.«

Inès nahm einen kräftigen Zug von ihrer Gauloises, und das Misstrauen in ihren Augen flackerte wieder auf.

Conny wusste, dass ihr nächster Satz sie treffen würde. Sie sprach leise und einfühlsam, darauf gefasst, dass Inès jederzeit explodieren konnte. »Sie hat mir erzählt, dass Margaux dir kündigen wollte.«

Stille. Dann lief ein Beben durch Inès' Körper.

Die Sonne war in Richtung Südwesten weitergewandert und eroberte nun Zentimeter für Zentimeter den Balkon.

Inès erhob sich und kurbelte die gestreifte Markise herunter. Sie wollte anscheinend Zeit gewinnen, um sich eine Antwort zu überlegen.

»Über zwanzig Jahre bin ich mit ihr durch dick und

dünn gegangen«, sagte sie dann. »Hab ihre Launen ertragen, hab sie aufgebaut, wenn es ihr schlecht ging – und das war nicht gerade selten, das kannst du mir glauben. Ich hab mein Leben nach ihr ausgerichtet, obwohl sie mich nicht einmal besonders gut bezahlt hat. Aber ich hab sie bewundert und war stolz, in ihrer Nähe sein zu dürfen.« Sie hielt inne und ihren Kopf gerade. »Genau genommen war ich geradezu besessen von ihr. Aber seit den Dreharbeiten von *Une année sans regrets* war irgendetwas anders mit Margaux und auch zwischen uns.«

»Hat sie in den letzten Jahren auch noch andere Filme mit René Delon gedreht?« Die Frage war Conny herausgerutscht, obwohl sie mit ihr eigentlich noch hatte warten wollen.

»Wieso fragst du das?« Inès, noch die Markisenkurbel in der Hand, fuhr herum.

Jetzt durfte Conny nichts Falsches sagen. »Weil du meintest, dass irgendetwas anders war. Vielleicht hatte es mit René zu tun.«

Inès schob die Unterlippe vor. »Sie hat zuvor zwei Filme mit ihm gedreht. *Viens avec moi* vor zwanzig Jahren, für ihre Rolle darin hat Margaux den César bekommen. Und vor zehn Jahren einen weiteren, der wurde allerdings ein Flop. Margaux' einziger. René hat er an den Rand des Bankrotts gebracht. Trotzdem hat er jetzt noch mal einen Film mit ihr gewagt, vielleicht war der Grund die Konstellation mit Juliette. Mutter und Tochter. Zwei Schauspielerinnen von solcher Klasse sind rar gesät; in einer Familie eigentlich ein Wunder.« Sie legte die Kurbel zurück in die Ecke des Balkons. »Die Dreharbeiten waren völlig chaotisch, aber der Film scheint ein Erfolg zu werden. Man steckt eben nie drin.«

Conny dachte an ihre Arbeit. Auch in ihrer Branche war es schwierig, die Reaktion der Leser vorherzusagen. Artikel, von denen man glaubte, dass die Leute einem wegen ihnen das Blatt aus den Händen reißen würden, erschienen ohne eine nennenswerte Resonanz. Andere schafften es als Topthemen in die sozialen Medien, wurden zigmal verteilt, lösten einen Hype oder aber gar einen Shitstorm aus. »Wie erklärst du dir das Chaos beim Dreh?«

Inès war jetzt ruhiger geworden. Sie hob die Schultern. »Vielleicht lag es an Margaux. An der Stimmung, die sie verbreitet hat. Ich habe sie selten so abweisend und kühl erlebt. Zur Rolle hat es gepasst. Die distanzierte, beherrschte Mutter, die sich mit einer leidenschaftlichen, rebellischen Tochter konfrontieren muss. Irgendwie sind Dreh und Realität miteinander verschwommen.«

»Aber wenn alles gut lief, wieso wollte sie dir dann kündigen?«, kam Conny auf das Ausgangsthema zurück.

Inès fuhr wieder auf. »Ich hab nicht gesagt, dass alles gut lief. Margaux' distanzierte und kühle Art wurde immer schlimmer. Sie hatte sich einen richtigen Panzer zugelegt, durch den keiner mehr durchkam. René war ständig bei den Dreharbeiten dabei, was ungewöhnlich war und uns alle verrückt gemacht hat. François und er sind bei jeder Kleinigkeit aneinandergeraten, doch Margaux hat ihn einfach nicht beachtet. René war Luft für sie. Er hätte sie mit Sicherheit hochkant rausgeworfen, wenn er gekonnt hätte, denn ihr Verhalten ihm gegenüber war einfach nur respektlos. Aber er konnte das nicht, und sie hat das gewusst und ihre Position ausgenutzt. «

»Und Juliette?«

Inès lachte auf und ließ sich wieder auf der Liege nieder. Sie bückte sich, hob eine alte Kippe vom Boden auf und legte sie auf das Platiktischchen. »Juliette ist nach ihrem Selbstmordversuch regelrecht aufgeblüht. Als hätte sie sich dadurch endlich vom mächtigen Schatten ihrer Mutter befreit.«

»Wollte sie immer noch wissen, wer ihr Vater ist?«

Eine leichte Brise wehte salzige Luft zu ihnen herüber.

Inès' Blick glitt übers Meer. »*Bien sûr*, genau wie im Drehbuch. Wobei das ursprüngliche Drehbuch anders war, aber François hat es im Laufe der Dreharbeiten umgeschrieben und an die Realität angepasst. Juliette und er haben viel Zeit miteinander verbracht. Sie hat sich ihm anvertraut, ihm erzählt, was in ihr vorgeht. Er hat das als Chance für den Film erkannt. Erst dadurch hat er die Tiefe bekommen, die ihn jetzt zu einem Erfolg machen kann.«

»Worum geht es in dem Film eigentlich?« Conny wollte hören, wie Inès die Handlung beschreiben würde.

»Mutter und Tochter leben zusammen, die Tochter weiß nicht, wer ihr Vater ist, ist deshalb so verzweifelt, dass sie sich fast das Leben nimmt, sucht und findet ihn aber am Ende. Herzschmerz und ein Happy End.« Sie verzog sarkastisch die Lippen. »Und wenn sie nicht gestorben sind, dann leben sie noch heute.«

»Margaux ist gestorben«, stellte Conny trocken fest.

»Ja.« Trauer legte sich über Inès' dunkle Augen.

Conny sah, dass sie Tränen zurückhielt. Die Ereignisse hatten sie mehr mitgenommen, als sie nach außen hin zeigte. Sie musste sehr an Margaux gehangen haben. Also blieb Conny hartnäckig. »Aber ich verstehe immer noch nicht, warum sie dir jetzt kündigen wollte.«

Inès senkte den Blick. »Tja, sie war meiner wohl überdrüssig geworden. So ist das manchmal nach so einer langen gemeinsamen Zeit. Genau genommen habe ich damit wohl ein Motiv. Aber glaub mir, sie war noch sehr lebendig, als ich sie gestern verlassen habe.«

»Am Tag ihres Mordes?«

»*Que diable!*« Inès schien sich einen Ruck zu geben. »Was soll's, dann erzähle ich dir eben alles. Wie gesagt, Margaux war schon seit Beginn des Drehs anders als sonst. Auch anderen ist das aufgefallen. Und seit der Film abgedreht war, hatte sie auch weniger Anfragen und Termine. Trotzdem haben wir uns einmal pro Woche gesehen. Hier ein Interview, dort ein Fotoshooting für einen Beitrag. Und ich war immer ihre Stylistin.« Sie hustete. Ein tiefer, kehliger Raucherhusten. Sie schaute zu der Zigarettenschachtel auf dem Plastiktischchen, griff aber nicht nach ihr. »Außerdem meinte ihre Agentin, sie solle nach den Filmfestspielen mit Social Media beginnen und die Zeit nutzen, um Fotos vorzuproduzieren.« Conny nickte, und Inès fuhr fort. »Aber sie war immer schlecht drauf, wenn ich kam. Die Fensterläden waren meist geschlossen, ich hatte Probleme, sie zu schminken. Selbst der Tageslichtfilter an ihrem Schminktisch war ihr zu hell.«

»Meinst du, sie war krank?« Conny dachte an ihre Theorie der Lichtallergie.

Inès zuckte die Achseln. »Ich habe mich gefragt, wie sie die Termine überhaupt überstanden hat. Sie war in Kontakt mit dem Seelenklempner, der auch Juliette behandelt hat.« Sie überlegte. »Ein Professor Bernard.«

Conny spürte, dass es Inès guttat, endlich zu reden. Trotzdem gab die nun ihren inneren Kampf auf und zündete sich die nächste Gauloises an. Da die Flamme des Feuerzeuges schwach war, hielt Conny schützend ihre Hände darum, bis die Zigarettenspitze glomm.

Inès inhalierte tief. »Vor vier Wochen, vor dem Termin mit der *Vogue* wegen der Homestory, war ich dann so dumm, Margaux zu erzählen, dass ich Juliette mit René in Cannes in einem Bistro gesehen habe. Sie wirkten sehr vertraut, er strich ihr mit der Hand über den Oberschenkel. Ich meine, so etwas tut man nicht, wenn man sich nicht schon nähergekommen ist.« Inès lehnte sich zurück und blies den Rauch nach oben. »Ich wusste, dass Margaux früher oder später davon erfahren würde, und dachte, es wäre besser, wenn ich es ihr erzählte. Ich wollte es harmlos klingen lassen und fragte sie wie nebenbei: ›Was meinst du, René und Juliette, *ils font l'amour?*‹ Da ist sie völlig ausgerastet und hat mich rausgeschmissen, obwohl wir noch gar nicht fertig waren. Keine Ahnung, wer sie fertig geschminkt hat.«

Das konnte ein Trigger gewesen sein, stellte Conny fest, hütete sich aber, Inès zu unterbrechen.

»Ich bin gestern Vormittag trotzdem wie verabredet zu

ihr gefahren. Sie hat mich reingelassen, und zuerst war alles wie immer. Sie sollte erst mal eine spezielle Gesichtsbehandlung mit einer Glow-up-Maske bekommen und hatte schon ein paar Gläser Champagner intus, obwohl es noch nicht *midi* war. Sonst hat sie nie vor zwölf Uhr getrunken. Sie war ziemlich aufgedreht, hat sich auf das Opening gefreut. Wir haben überlegt, was sie am Abend anziehen soll, und uns für das schwarze Samtkleid mit den Seidenornamenten entschieden. Darin wäre nicht weiter aufgefallen, dass sie ein paar Kilo zugelegt hatte.«

Die Zigarette war bereits heruntergeraucht, doch Inès zog noch einmal daran, bevor sie sie auf dem Betonboden ausdrückte. »Tja, und dann habe ich wieder einen Fehler gemacht. Obwohl ich hätte wissen müssen, dass es sie fürchterlich aufregen würde, habe ich ihr erzählt, worum Juliette mich gebeten hatte. Ich hätte es schon längst tun sollen, dachte aber, so kurz vor der Eröffnung der Filmfestspiele würde Margaux sich beherrschen, um einen öffentlichen Eklat mit ihrer Tochter zu vermeiden. Sie konnte das. Dinge aussitzen, ausschweigen. Zumindest konnte sie es bisher. Nie und nimmer hätte ich mit einer so emotionalen Reaktion gerechnet.« Sie wischte sich mit dem Zeigefinger unter der Nase entlang. »Ich meine, ich habe wirklich nicht gewusst, wie wichtig Margaux dieser Noah und seine Beziehung mit Juliette waren. Ich dachte, wenn ich sie nicht endlich darauf anspreche, wird Juliette sauer auf mich sein. Und ich wollte sie nicht enttäuschen, wo Margaux doch so unberechenbar geworden war. Sie fühlte sich alt, hässlich und dick. Manchmal hatte sie

Angstattacken, wagte sich nicht mehr in die Öffentlichkeit. Dann igelte sie sich tagelang ein. Wenn es so weitergegangen wäre, wären die Tage ihrer Karriere gezählt gewesen. Ich wäre meinen Job als ihre Visagistin los gewesen, wollte aber wenigstens Teil von Juliettes Karriere bleiben, *tu comprends?*«

Conny nickte verständnisvoll.

Inès schob mit dem großen Zeh die ausgedrückte Kippe auf dem Boden hin und her. »Seit dem Abdreh von *Une année sans regrets* hatte ich circa drei Termine pro Woche bei Juliette. François hat ihr tolle Kontakte vermittelt, sie hatte Vorsprechen und hat sich unter anderem mit einem Regisseur aus Hollywood getroffen. Er war begeistert von ihr. Von allem, ihrem Typ, ihrem Können. Auch von ihren kurzen Haaren. Genau das würde man jetzt in Hollywood suchen, meinte er.« Inès kickte die Kippe über den Balkon. »Und ich habe mal wieder genau das Falsche getan.«

»Worum hatte Juliette dich denn gebeten?«, wollte Conny nun wissen.

Inès seufzte tief. »Dass ich Margaux darüber informiere, dass sie die Hochzeit mit Noah abgesagt hat.«

Nun, für Conny war das keine Überraschung, das hatte sie schon von Simonette erfahren. Aber Margaux musste diese Information hart getroffen haben. Und was war mit Noah? Hatte Juliette es ihm überhaupt schon gesagt, oder hatte sie erst die Reaktion ihrer Mutter abwarten wollen? Conny beschloss, ihn so schnell wie möglich dazu zu befragen. Kurz überlegte sie, Félix Bescheid zu geben. Aber durch seine letzte WhatsApp wusste sie, dass er momentan vermutlich damit beschäftigt war, Albert Lefèvre zu verhören. Sie musste also sehen, wie sie allein hier weiterkam. Vielleicht war das alles ja doch nur Familienkram, der mit dem Mord nichts zu tun hatte.

»Margaux hat mich angeschrien, ich solle auf der Stelle das Haus verlassen und nie mehr wiederkommen«, fuhr Inès jetzt ohne Aufforderung fort. »Und diesmal war es ihr ernst.«

»Aber du konntest doch nichts dafür.« Wieso eine solche Überreaktion? Wie Conny von Simonette wusste, hatte Margaux die Entscheidung, Inès zu entlassen, ja schon länger mit sich herumgetragen.

»Wahrscheinlich hat sie gedacht, ich hätte Juliette beeinflusst«, sagte Inès. »Im Gegensatz zu Margaux bin ich nie ein Fan von diesem Noah gewesen. Er ist mir zu glatt, ich finde nicht, dass er zu ihr passt. Vielleicht war sie aber auch eifersüchtig, dass Juliette mir mehr anvertraut als ihr. Es war, als ob Margaux mich plötzlich nicht mehr ertragen konnte.«

Conny hatte Mitleid mit Inès. Bestimmt hatte ihr Margaux' Reaktion sehr weh getan. »Was hast du dann gemacht?«, fragte sie behutsam.

Inès strich ihre zerzauste Haarmähne nach hinten. »*Alors*, ich hab gedacht, *je m'en fous*, scheiß drauf! Gegen achtzehn Uhr wollte ich noch mal zu ihr, weil ich dachte, dass sie mich trotz allem brauchen würde. So war es immer. Vor allem musste ich ihr versichern, wie gut sie aussieht.«

»Und?«

»Ich will dir das gar nicht erzählen, *putain!*« Die Visagistin sprang auf.

»Hattet ihr Streit?« Ein furchtbarer Verdacht keimte in Conny auf. »Hast du sie erschlagen, Inès?«

»*Tu es con?* Bist du jetzt völlig verrückt?«

»Ich hab eben René das Haus verlassen sehen.« Conny reichte es allmählich. »Was läuft da zwischen euch? Wieso war er bei dir, wenn er doch angeblich in Juliette verliebt ist?«

»*Merde*, Conny, was geht dich das eigentlich an?«, blaffte Inès zurück, beide Hände in die Hüften gestemmt, wieder ganz die unnahbare Motorradfahrerin.

»Sag mir einfach, was los war, verdammt noch mal!« In Conny brodelte die Wut.

»*Nom de Dieu!* In Gottes Namen, ich weiß doch auch nicht, was die ganze Scheiße zu bedeuten hat. Ich weiß nur, dass ich doch nicht zu Margaux bin. Hätte ich mich anders entschieden, würde sie vielleicht noch leben.«

Sie hatte also wie Conny ein schlechtes Gewissen. »Und was hast du stattdessen gemacht?«

»Ich hab nachgedacht, bin in eine Bar nahe der Rue Renoir. Da war er dann.« Jetzt lehnte sich auch Inès mit dem Rücken an die Balkonbrüstung. »René. Hatte überall Blut und hat sich die Kante gegeben. Meinte, er wäre gerade in eine Schlägerei geraten. Er konnte kaum noch sprechen, so voll war er. Muss sich einige Gläser *vin rouge* hinter die Binde gekippt haben. Normal auch nicht sein Ding, sich vor so einem wichtigen Termin wie der Eröffnung der Filmfestspiele zu besaufen. Als ich ihm auf die Schulter getippt hab, wäre er fast vom Hocker gefallen.«

Conny nickte. Sie erinnerte sich noch gut an das seltsame Verhalten des Produzenten bei seiner Ankunft am Palais des Festivals et des Congrès.

Inès stieß sich wieder vom Balkongeländer ab, bevor sie abgehackt weitererzählte. »Ich konnte ihn da nicht lassen. Hab ihn hinter mich aufs Motorrad gesetzt und an mich gebunden, damit er nicht runterkippt. Blut und Wasser hab ich geschwitzt, bis wir hier waren. Dann hab ich ihn unter die Dusche gestellt, damit er sich das Blut vom Körper wäscht und nüchtern wird. Sein Smoking war nicht mehr zu retten, aber zum Glück hatte ich einen Ersatzsmoking in einer Allerweltsgröße da. So einen kleinen Fundus hat man ja in meinem Beruf. Natürlich war der René zu klein, aber er hat sich reingezwängt. Und dann hab ich ihm ein professionelles Make-up verpasst. Er war ja weißer als die Wand.«

»Hat er was gesagt?«, fragte Conny verwirrt. Hatte sie eben noch geglaubt, mit Noah eine weitere heiße Spur zu haben, tat sich nun noch eine mit René auf.

Inès lachte höhnisch auf. »Was glaubst du? Das Erste, was er gesagt hat, war: ›Frag nicht.‹ Und glaub mir, daran hältst du dich, wenn jemand wie René es sagt, egal, in welchem Zustand er ist.«

Sollte das ein Witz sein? Wie konnte man einem blutverschmierten Mann keine Fragen stellen?

»Wo ist sein Smoking jetzt?«

»Den hat er wahrscheinlich gerade mitgenommen.«

Inès wollte vom Balkon verschwinden, doch Conny stellte sich ihr in den Weg. »Was noch?«

Sie war überrascht, dass sich die Visagistin tatsächlich von ihr aufhalten ließ, und antwortete: »Er hatte einen Brief dabei.«

»Hat er ihn dir gezeigt?«

»Nein.« Sie wirkte, als wäre sie heilfroh, dass er es nicht getan hatte.

»Was meinst du, wo René jetzt ist?«, fragte Conny.

»Vermutlich in der Villa seiner Frau. Die ist rechts vom Roc du Paradis am Boulevard Maréchal Juin, keine drei Kilometer von hier. Immer der Küste entlang nach Süden.«

»Und wieso war René heute Nacht bei dir?«, ließ Conny Inès noch immer nicht vom Haken, denn sie hatte noch nicht alles erfahren, was sie wissen wollte.

Diesmal lachte Inès laut auf. »Seine linke Hand ist gestern Nachmittag immer stärker angeschwollen. Er hatte Panik, dass der Ehering ihm die Blutzufuhr abklemmt und er dann den Finger verliert, deshalb haben wir den Ring abgezogen. Dann hat er ihn prompt bei mir vergessen, das ist ihm letzte Nacht nach der Party aufgefallen. Er hat geklingelt, kaum hatte ich mich nach dem Schlag auf den Kopf die Treppe hinaufgeschleppt. Er meinte, seine Frau achte auf solche Details. Keine Sekunde nachdem er den Ring wieder angezogen hatte, ist er auf mein Bett gekippt und eingeschlafen.«

Conny musste widerwillig grinsen. Was für eine verrückte Geschichte! Sie war sich sicher, dass es Inès genossen hatte, neben René einzuschlafen, auch wenn zwischen ihnen nichts passiert war. Das glaubte sie ihr sogar. Und sie glaubte ihr auch, dass sie nicht wirklich begünstigt vom Schicksal war. Wobei sie sich zugegebenermaßen nicht gerade besonders klug verhielt.

Sie legte Inès die Hand auf den Unterarm. »Wenn du das Apartment wirklich behalten willst, solltest du jetzt besser deine Arbeit machen und alles geben, um deinen Namen in der Branche zu retten.«

Damit verließ Conny den Balkon und Inès' Wohnung. Vor der Haustür schickte sie Félix eine Sprachnachricht. Er sollte erfahren, dass Juliette die Hochzeit mit Noah hatte platzen lassen und es ungewiss war, ob dieser davon wusste.

Die Informationen über René wollte sie noch einen Moment wirken lassen, bevor sie Félix davon erzählte. Am Ende würde er sie noch dafür maßregeln, dass sie auf eigene Faust ermittelte. Denn genau das tat sie.

32

Der stattlich gebaute Ex-Schauspieler mit den kantigen Gesichtszügen war völlig übermüdet und kaum ansprechbar.

Immer wieder fielen ihm die Augen zu, als er in dem durchgeschwitzten Smoking, den er wohl seit dem Vorabend trug, ohne Körperspannung auf dem Stuhl hing.

Auch sein ehemals weißes Hemd stand vor Dreck. Besonders auffällig waren die rotbraunen Flecken darauf. Ihm gegenüber, auf der anderen Seite des Tisches, saß Vernaux.

Blut?, fragte sich Félix. Er stand hinter der Glasscheibe des Verhörraums, betrachtete die Szenerie und hörte das Gespräch der beiden über Lautsprecher.

Obwohl Schweißperlen auf der Stirn des ehemaligen Schauspielers standen, bestand er darauf, die Smokingjacke anzubehalten. Hin und wieder schlang er die Arme fest um den Körper, seine Augen waren blutunterlaufen vor Müdigkeit und dem Alkohol, den er unverkennbar genossen hatte. Wenn er mal etwas sagte, dann schien seine Zunge so schwer zu sein, dass er kaum zu verstehen war. Außerdem hatte er offensichtlich Mundgeruch, denn Vernaux, der, wie Félix wusste, sehr geruchsempfindlich war, wich immer zurück, sobald Albert seinen Mund mit den quittengelben Zähnen auch nur ansatzweise öffnete. Doch das war noch nicht alles.

Alberts frische Wunde über der rechten Augenbraue war aufgeplatzt, sein Kinn trotz ausgeprägtem Tagesbartwuchs erkennbar angeschwollen. Am Haaransatz prangte auf seiner Stirn eine zweite Beule. Sichtbar alle paar Minuten, wenn der Schauspieler sich mit einer fahrigen Geste die Haare nach hinten strich.

Überhaupt seine Hände! Selten hatte Félix so große Hände gesehen. Sie erinnerten ihn an die Pranken eines Schlächters, was allerdings auch daran liegen konnte, dass sie ebenfalls geschwollen und die Knöchel rot und aufgeschürft waren.

Alles in allem war der Mann in einem bemitleidenswerten Zustand, und Félix fragte sich, wie um alles in der Welt die berühmte Margaux Calimard auf die Idee gekommen war, sich ausgerechnet ihn als ihren Begleiter für die Filmfestspiele auszusuchen. Selbst in Galaklamotten war immer noch unübersehbar, dass er auf seinem Lebensweg nicht nur gestolpert, sondern gestürzt war.

Seit dem gestrigen späten Nachmittag war er auf der Flucht gewesen, so viel hatte Vernaux inzwischen aus ihm herausbekommen.

Oui, er habe mit Margaux die Filmfestspiele besuchen wollen, und *oui,* er habe sich über das Engagement sehr gefreut. Aber *non,* mit dem Mord an ihr habe er nichts zu tun.

Wie dann seine Fingerabdrücke im Haus zu erklären seien, wollte Vernaux wissen.

Nun, er sei schon vorher, am Samstag, bei Margaux gewesen, zu einer Vorbesprechung. Ein süffisantes Lächeln, das mehr andeuten wollte, verzog seine Lippen. *Eh bien*, was man halt am Wochenende so mache. Schließlich seien sie alte Bekannte gewesen. Seine Spuren würden sich in mehreren Räumen der Villa finden lassen, Margaux sei schließlich noch immer eine attraktive Frau gewesen.

Vernaux ließ den letzten Hinweis unkommentiert und nickte nur.

Auf die Frage nach dem SUV reagierte Albert mit völligem Unverständnis. »*Quelle absurdité!* Meinen Sie, ich wäre mit den Öffentlichen geflohen, wenn ich so ein Auto hätte?«

Ein Argument, dem sich Félix nicht ganz verschließen konnte, denn Albert war tatsächlich am Busbahnhof von Ventimiglia aufgegriffen worden.

So ging es immer hin und her. Vernaux, von Natur aus kein sehr geduldiger Mensch, würde Albert erst weichklopfen. Félix, der bis dahin alles beobachtete, würde dann später übernehmen und wesentlich sensibler agieren.

Er schätzte, dass er sich noch etwas Zeit lassen konnte, also hörte er Connys neue Nachricht ab, stellte den Lautsprecher, der Vernaux' und Alberts Gespräch übertrug, leise und rief sie zurück.

Er war erfreut, als sie sich gleich meldete. »*Ça va, chérie?*«

Den Geräuschen nach saß sie in einem Auto, wahrscheinlich einem Mietwagen.

Mal wieder hielt sie sich nicht lange mit Nebensächlichkeiten auf. »Hast du meine Nachricht zu der geplatzten Hochzeit bekommen? Die Frage ist, ob Noah schon davon weiß oder nicht. Das kann von entscheidender Bedeutung sein, findest du nicht?«

»*Absolument! T'as raison*«, stimmte Félix ihr zu. Auch ihm kam manches an Noah Petit auffällig vor. Aber daraus zu schließen, dass er wusste, dass sich seine Verlobte von ihm trennen wollte, war nun doch etwas voreilig. Obwohl das natürlich erklären würde, warum er so klammerte. Es spräche auch für die von Félix vermutete erhöhte Medikamentengabe, die sie dringend überprüfen mussten. Und Vernaux' Schilderung seines Besuchs am Morgen mit dem Professor würde auch gut dazu passen. »*Alors*, es hat schon fast manische Züge, wie er versucht, sie nach allen Seiten hin abzuschirmen.«

Conny schien erfreut, dass er verstand, was sie meinte. »Und in ihrem jetzigen Zustand braucht er keine Angst zu haben, sie zu verlieren. Sie ist völlig von ihm abhängig.«

»C'est ça«, bestätigte Félix anerkennend. Ihre Beobachtungsgabe und die Schlüsse, die sie zog, beeindruckten ihn immer wieder. »Es ärgert mich, dass er so wenig kooperiert. Wir wissen ja noch nicht einmal, welche Medikamente sie bekommt, und Noah kann ihr *pratiquement* alles geben. In jeder beliebigen Menge. Leider sind wir machtlos, solange wir keinen richterlichen Beschluss haben und er das Vertrauen des betreuenden Arztes genießt.«

»Er könnte sie zusätzlich mit Schlafmitteln vollgepumpt haben«, gab Conny zu bedenken.

Daran hatte Félix auch schon gedacht. »*Tout à fait!* Besonders die starken Pharmazeutika, die auf dem Schwarzmarkt kursieren, haben starke Nebenwirkungen, die sich potenzieren, sobald man sie mit anderen Medikamenten kombiniert. Noah ist Naturwissenschaftler, unterrichtet Mathematik, Biologie und Chemie. Vielleicht kennt er sich damit besser aus, als wir uns vorstellen können, und nutzt sein Wissen gnadenlos aus.«

»Hat er irgendwelche Vorstrafen?«, fragte Conny in seine Überlegungen hinein.

»Das persönliche Umfeld jedes Opfers wird standardmäßig überprüft. Gäbe es etwas Ernstes, hätte man uns schon informiert«, antwortete er, dann wurde er vorsichtig. Schon wieder versuchte sie, ihn auszuhorchen. »*Dis-moi*,

Conny, kann es sein, dass du mal wieder am Ermitteln bist?«

Stille in der Leitung.

Sie schaltete hörbar in einen anderen Gang und schien ihre nächsten Worte sorgfältig abzuwägen. »Inès hat René Delon am Dienstagnachmittag kurz nach achtzehn Uhr in einer Bar in der Rue Renoir nahe von Margaux' Villa getroffen. Er sah aus, als wäre er in eine Schlägerei geraten und hatte schon einen über den Durst getrunken. Erinnerst du dich, wie er geschwankt ist, als er die Treppe vom Palais des Festivals et des Congrès hochlief?«

Sie war nicht auf seine Frage eingegangen, aber das beschloss er zu ignorieren. »*Absolument.* Aber er trug immerhin einen Smoking und sah auch sonst ganz manierlich aus.«

»Schon, aber vergiss nicht, da waren schon rund eineinhalb Stunden vergangen. In der Zwischenzeit ist Inès mit ihm nach Juan-les-Pins in ihr Apartment gefahren, hat ihn zum Ausnüchtern unter die Dusche gestellt und ihm einen Smoking geliehen. Weißt du noch, was für Hochwasser seine Hose schob und wie du einen Witz über den Smoking vom Ehemann seiner Liebhaberin gemacht hast?« Sie lachte auf. »Bei allem Respekt, in Noahs Smoking hätte er nicht gepasst.«

»*Comment?* Was willst du damit sagen, Conny?«

»Du hast schon richtig gehört, Félix. Angeblich ist die aktuelle Liebhaberin von René Juliette Calimard.«

»Von wem hast du das? Auch von deiner Inès? Sie scheint mir ja eine sprudelnde Quelle der Information zu sein.« Félix hörte selbst, dass er beleidigt klang. Wie machte sie das nur, so viel mehr als er herauszufinden? Er rief sich zur Vernunft. Er musste professionell bleiben. Unwillkürlich stellte er sich den schmächtigen Noah neben dem großen René vor. Kein homogenes Beuteschema, das musste er der jungen Schauspielerin lassen. »Wie auch immer, wenn dem so ist, dürfte es Noah nicht gefallen«, stellte er dann fest.

»*Et voilà.* Aber das ist noch nicht alles.« Connys Mitteilungsbedürfnis war ungebrochen, allerdings wurde die Verbindung jetzt sukzessive schlechter.

»Wo bist du eigentlich?«, fragte er.

»Auf dem Weg von Juan-les-Pins zum Cap d'Antibes.«

Er wollte sie schon zurechtweisen, doch sie war schneller.

»Ich habe den Eindruck, dass Inès René schützen will. Ich glaube, sie liebt ihn. Vielleicht verdächtigt sie ihn, der Mörder von Margaux zu sein, aber sie will ihn auf keinen Fall verraten. Ich frage mich schon die ganze Zeit, warum sie gestern sofort zu Juliette wollte, nachdem sie wiederaufgetaucht war. Noah wollte sie nicht zu ihr ins Schlafzimmer lassen, aber sie hat ihn einfach beiseitegedrängt und Juliette etwas gefragt. Inzwischen bin ich mir ziemlich sicher, dass sie von ihr das Gleiche wissen wollte wie wir. Ob sie den Mord beobachtet hat und wenn, ob René der Mörder ist. Wie gesagt, er war kurz nach der Tat blutverschmiert.«

Unwillkürlich musste Félix daran denken, dass Inès mit ihrem rabiaten Vorgehen gelungen war, was man Vernaux und ihm bis jetzt erfolgreich verwehrt hatte. Weil Noah bei ihrem Eintreffen bereits auf eine ähnliche Situation vorbereitet gewesen war?

»Du hast gerade etwas von achtzehn Uhr gesagt. In der Tat wurde Margaux etwa um diese Zeit getötet.« Das wusste er, weil der Bericht der Rechtsmedizin inzwischen vorlag. »Und hat Inès bei eurem Besuch eine Antwort von Juliette erhalten?«

»Nun, ich hatte den Eindruck, dass sie die Frage verstanden und verneint hat.«

Dass Juliette geantwortet hatte, überraschte ihn. Auf ihn hatte sie nicht ansprechbar gewirkt. Aber sagte ihre Antwort etwas aus?, überlegte Félix und gab die Frage an Conny weiter. »Hätte Juliette denn ihren Liebhaber verraten, wenn er der Mörder wäre?«

Die Erwiderung kam prompt. »Genau das frage ich mich auch. Auf jeden Fall ist es nicht verwunderlich, dass Juliette völlig durch den Wind ist. Ein neuer Liebhaber, ein eifersüchtiger Verlobter, eine abgesagte Hochzeit und eine Mutter, die gegen die neue Beziehung ist und dann ermordet wird.«

Félix ließ sich das alles durch den Kopf gehen.

»Laut François ist René komplett vernarrt in Juliette«, fuhr Conny schließlich fort. »Es soll anders sein als bei seinen Affären zuvor. Er lässt sie quasi nicht mehr aus den Augen.« Und als Félix auch daraufhin schwieg, ergänzte sie: »Margaux hat Inès übrigens rausgeschmissen, als sie angedeutet hat, dass zwischen Juliette und René etwas läuft.«

Während er versuchte, den Neuigkeiten einen Sinn zu geben, beobachtete Félix, wie die Stimmung hinter der Glasscheibe zu kippen drohte. Vernaux war aufgesprungen, und Albert ballte die Hände zu Fäusten. Die Körpersprache der beiden wirkte bedrohlich, aber der Erkenntnisgehalt von Alberts Antworten ließ anscheinend weiterhin zu wünschen übrig. Er würde bald gebraucht. »*Écoute,* Conny, was hast du jetzt vor?«

Den Geräuschen nach schien sie gerade einzuparken. »Ich werde mal sehen, wie es René inzwischen so geht. Ob er seinen Rausch ausgeschlafen hat. Er war gestern Nacht übrigens noch bei Inès, kurz nachdem wir sie verlassen hatten. Angeblich auf der Suche nach seinem Ehering, den er vorher ausgezogen hatte, weil seine Hand nach einer vermeintlichen Schlägerei angeschwollen war.«

Das war jetzt wirklich interessant. Unweigerlich fiel Félix' Blick auf Alberts gerötete Pranken mit den aufgeschürften Knöcheln, und es machte bei ihm klick. Nun hatte er einen neuen Ansatzpunkt für das Gespräch. Er würde auf den Überraschungsmoment setzen. Geschickt eingesetzt ließe der sich vielleicht nutzen, um Albert mehr zu entlocken.

»Vertraust du Inès eigentlich?«, fragte er, nun wieder mit mehr zeitlichem Spielraum.

»Mhm.« Conny zögerte. »Sie ist sehr speziell, keine Frage. Aber dass sie Margaux erschlagen hat, kann ich mir nicht vorstellen. Auch wenn sie ein hitziges Temperament hat, würde sie nie den Ast absägen, auf dem sie sitzt. Außerdem mochte sie Margaux. Wirklich.«

Er verlieh seiner Stimme einen tiefen, autoritären Ton. »Conny, mir wäre es lieber, du überlässt es uns, mit diesem René zu sprechen.«

»Keine Angst, ich fühle nur vor.« Eine Autotür schlug zu.

»Keine eigenmächtigen Aktionen«, sagte er mit Nachdruck, merkte aber selbst, wie müde er klang.

»Ich melde mich dann später«, flötete sie fröhlich. *»Bisou!«*

Er sparte sich ein gestrenges *Au revoir*.

Als er wieder zur Glasscheibe sah, traf ihn Vernaux' hilfesuchender Blick, und er regelte die Lautstärke des Lautsprechers wieder hoch. Das Gespräch war an einem Punkt angelangt, an dem Albert nur noch den Kopf schüttelte und Vernaux' Stimme an Volumen gewann.

Doch Félix wollte Noah Petit nicht aus dem Kopf gehen. Er dachte an ihre gestrige Unterhaltung in Margaux' Küche. Zu dem Zeitpunkt hatte er den jungen Mann noch für einen engagierten Lehrer gehalten, der sich Hals über Kopf in eine Schauspielerin verliebt hatte. Doch mittlerweile erkannte er in dessen Verhalten Züge, die durchaus abnormal waren.

Das Schlafzimmer, das einem Kinderzimmer glich. Der Salon, in dem so gut wie nichts darauf hindeutete, dass dort auch eine Frau lebte. Die Art, wie Noah während ihres Gesprächs mit seiner rechten Hand immer wieder über seinen rechten Oberschenkel gestrichen hatte. Eine Übersprunghandlung, die darauf hindeuten könnte, dass er nicht die Wahrheit gesagt hatte.

Wie hätte Noah wohl reagiert, wenn Juliette ihm offenbart hätte, dass sie nicht nur die Hochzeit platzen lassen würde, sondern sogar schon einen Ersatz für ihn gefunden hatte?

Sofort fiel Félix sein Denkfehler auf.

Hätte Noah sich nicht viel eher dafür an Juliette gerächt oder aber seinen Konkurrenten René ausgeschaltet, als Margaux zu töten?

Kurzerhand griff Félix erneut zum Telefon, Vernaux würde sich noch einen Moment gedulden müssen.

»*Bonjour*, Monsieur Petit«, sagte er, als abgenommen wurde. »Wie geht es Ihnen?«

»Was glauben Sie denn?« Er klang ausgesprochen unfreundlich. »Ich hüpfe vor Freude durchs Zimmer. Meine angehende Schwiegermutter ist tot, meine Verlobte seither nicht ansprechbar.«

Félix ließ sich nicht irritieren. »Juliette geht es immer noch unverändert?«

»Sie haben richtig gehört.«

Im Hintergrund erklang ein Hupen. Wo war Noah? Müsste er nicht bei Juliette sein? Hatte er dafür gesorgt, dass jemand auf sie aufpasste? Sie in ihrem Zustand unbeaufsichtigt zu lassen wäre verantwortungslos.

»*Eh bien*, Noah, wissen Sie eigentlich, dass Juliette die Hochzeit abgesagt hat?«, entschied er sich, Klartext zu reden.

Félix glaubte, einen kurzen Fluch zu hören, doch Noah hatte sich gleich wieder im Griff.

»Wie kommen Sie darauf?«, fragte er.

Félix, der Gegenfragen nicht mochte, fiel die Erwiderung leicht. »Ich schlage vor, wir unterhalten uns in Ruhe darüber. Wann können Sie frühestens im Commissariat sein?«

»*Pas du tout!* Gar nicht, Sie wissen doch, dass ich Juliette nicht allein lassen kann.« Noah sprach eine Spur zu laut, er war nervös.

»Wo sind Sie jetzt?« Félix vermutete, dass Noah wie Conny eben im Auto saß.

»Zu Hause.«

»Tatsächlich? Ich höre Fahrgeräusche im Hintergrund.« So leicht ließ er sich nicht täuschen.

»Ich sitze am Computer und spiele. Irgendwie muss ich mich ja ablenken.«

Nun, das glaubte Félix zwar nicht, aber eigentlich tat das auch nichts zur Sache. »Dann schicke ich Ihnen gleich zwei Beamtinnen, die Juliette Gesellschaft leisten, während wir beide uns noch mal unterhalten. Es wird nicht lange dauern. In zwei Stunden sind Sie wieder zurück. Machen Sie sich auf den Weg, wenn die Kolleginnen eingetroffen sind.«

Noah schwieg so lange, bis Félix andeutete, dass er ihn sonst mit Blaulicht abholen lassen würde und außerdem einige Journalisten kannte, die das sicher gerne live dokumentieren würden. Erst dann lenkte er ein und legte auf.

Félix war sich bewusst, dass das nicht die feine englische Art gewesen war, aber dass der Termin auf dem Commissariat stattfinden sollte, hatte einen speziellen

Grund. Er würde Jacqueline Roche, eine sehr versierte junge Commissaire-Anwärterin, bitten, sich währenddessen dezent in Noahs und Juliettes Wohnung nach Medikamenten umzuschauen. Sie hatten keine Zeit, auf richterliche Beschlüsse zu warten, und Jacqueline würde so geschickt die Informationen einholen, dass es ihnen später vor Gericht nicht schaden würde. Félix hatte das ungute Gefühl, dass Gefahr im Verzug war und er Argumente brauchte, um Juliette aus Noahs Fängen zu befreien.

Vernaux und Albert saßen sich inzwischen schweigend gegenüber und trugen ihr Duell mit Blicken aus, wobei Albert immer wieder die Augen schloss.

Nun, dachte Félix und konnte sich eines kleinen Triumphgefühls nicht erwehren, bestimmt würde er gleich sehr wach werden.

Ein letzter prüfender Blick auf die Hände des Verdächtigen, dann war er sich sicher. Er und René kannten sich, und er wusste, wann und wie sie zuletzt aufeinandergetroffen waren. Nur den Grund für ihren Streit, den galt es noch herauszufinden.

Sekunden später riss Félix die Tür des Verhörraums so schnell auf wie ein paar seiner ehemaligen Lehrer, wenn sie die Klasse mit ihrer plötzlichen Ankunft überraschen hatten wollen.

»*Alors,* Monsieur Lefèvre, jetzt erzählen Sie mal, warum und wieso Sie sich gestern am späten Nachmittag in der Rue Renoir mit René Delon geprügelt haben.«

33

Merde! Wieso hatte sich ausgerechnet jetzt dieser Fallanalytiker, dieser Félix Weißenstein, melden müssen? Der Anruf hatte Noah kalt erwischt. Und woher wusste der Typ überhaupt von der geplatzten Hochzeit? Juliette hatte Noah erst vor einigen Tagen offenbart, dass sie ihn nicht heiraten wollte, aber hoch und heilig versprochen, noch einmal darüber nachzudenken und mit niemandem darüber zu sprechen.

Fluchend wartete Noah, bis kein Gegenverkehr mehr kam, dann wendete er seinen Renault Twingo. Angespannt dachte er an den aus den Papierschnipseln aus Margaux' Papierkorb zusammengesetzten Briefentwurf in seinem Handschuhfach, den er René hatte geben wollen. Er hatte sich dazu entschlossen gehabt, die Sache ohne Vaterschaftstest voranzutreiben. Hauptsächlich, weil er Renés Reaktion sehen wollte. Er hatte sich schon so auf seinen verdutzten Gesichtsausdruck gefreut. Wie er die Nachricht, dass es einen weiteren Mitwisser gab, wohl aufgenommen hätte? Und ausgerechnet ihn, seinen größten Konkurrenten um Juliette! Außerdem enthielt dieser Brief ein mehr als offenkundiges Mordmotiv. Zu gegebenem Zeitpunkt würde er das fehlende Puzzleteil für den Erfolg seines Anliegens sein, dessen war sich Noah sicher.

Er war bereits kurz vor Antibes gewesen, fuhr jetzt jedoch verdrossen in Richtung Cannes zurück, ohne einen Blick für das Meer und die Schönheit der Natur übrig zu haben.

Quel idiot, dieser René, dachte er dabei immer wieder. Ausgerechnet dieser Idiot hatte sich aufgespielt und ihm Juliette wegnehmen wollen. Wie hatte sie aber auch so blöd sein können, auf einen solchen Aufschneider hereinzufallen? Das sah man doch auf Hundert Meter Abstand, dass er nur ein reicher Gigolo war.

Und jetzt musste sein Gespräch mit René wegen diesem Weißenstein warten. Vielleicht wäre es beim nächsten Versuch besser, ihn vorher anzurufen, sonst würde er ihn vermutlich gar nicht empfangen. Es war wirklich zum Verzweifeln. Er hatte alles so gut geplant gehabt. Auch Inès hätte er im Anschluss noch einen Besuch abstatten können, um zu sehen, wie es ihr ging und ob sie nach wie vor eine Gefahr für ihn darstellte. Aber jetzt musste er umdisponieren.

Wenn er den zwei Beamtinnen der Police municipale gleich seine Tür nicht öffnete, wäre er geliefert. Und wenn er es tat, dann blieb ihm nichts anderes übrig, als wieder zurück nach Nizza zum Commissariat der Police nationale zu fahren. Er habe noch Fragen, hatte dieser arrogante Weißenstein gemeint. Hatte er vielleicht gedacht, dass er, Noah, ihm die geplatzte Hochzeit direkt auf die Nase binden würde? Das konnte doch keiner von ihm verlangen. Ebenso wenig wie die Herausgabe von Juliettes Medikation.

Noah stutzte. Warum sollte er sie ihm eigentlich nicht vorlegen? Das könnte vielleicht sogar zu seinem Vorteil sein. Damit würde er sich kooperativ zeigen. Und was Juliette wirklich bekam, war schließlich eine ganz andere Sache.

Schwierig würde es erst werden, wenn die Ermittler eine Blutprobe von Juliette erwirkten, was es unbedingt zu verhindern galt. *Non, les choses n'allaient pas bien en ce moment.* Gerade lief es wirklich nicht rund für ihn. Er musste auf der Hut sein.

Dabei hatte der Tag so gut begonnen. Noah grinste, während er ein Touristenpärchen in einem BMW-Cabrio überholte. Eindeutig daran zu identifizieren, dass sie keine fünfzig Stundenkilometer fuhren. Als ob auch alle anderen Autofahrer im Urlaub wären und Zeit ohne Ende hätten. Am frühen Vormittag hatte er vorsichtshalber Juliettes SUV im Hinterland von Nizza versteckt, in der *garrigue* zwischen Korkeichen, Schwarzkiefern und Brombeersträuchern. Sicher würde der Lack verkratzt sein, aber er würde den Crossback sowieso umlackieren lassen. Die Kennzeichen hatte er vorsichtshalber abgeschraubt und etwas weiter oben auf dem Hügel vergraben.

Er war bis zur Straße zu Fuß zurückgegangen, dann hatte er seinen Studienfreund Maurice angerufen und ihm erzählt, er brauche dringend jemanden zum Reden. Natürlich hatte Maurice ihn abgeholt und nach Hause gebracht. Er hatte schon Bescheid gewusst, schließlich berichteten die Nachrichten *toujours* über die ermordete Schauspielerin und ihre Tochter.

Noah hatte ihm gesagt, dass sich eine Freundin in seiner Abwesenheit um Juliette kümmerte. Eine Freundin, die natürlich nicht existierte, denn Juliette hatte keine Freundinnen. Verehrer, Fans, gute Bekannte, Girls zum Ausgehen, *bien sûr*, aber jemanden, den er hätte anrufen und um Hilfe bitten können, gab es nicht. *Personne.* Niemanden.

Deswegen hatte Juliette weitergeschlafen, während er sich hatte darum kümmern wollen, dass René umgehend aus ihrem Leben verschwand.

Erst dann nämlich würde Juliette sich wieder ihm zuwenden. Welche Wahl hatte sie schon? Er wusste nicht, ob sie den Inhalt des Briefes kannte. Aber wenn, dann hatte das Schicksal sie gnadenlos hinter den Spiegel blicken lassen. Der Schock säße tief, und Noah wäre dann erst recht ihre einzige Rettung.

Mit jedem Kilometer, den er sich Cannes näherte, wurde der Verkehr dichter. *Merde alors!* Was, wenn er zu spät kam? Wenn die Beamtinnen schon vor der Haustür warteten? In einem wilden Manöver wechselte er die Fahrbahn und hätte fast einen Unfall produziert.

Dieser verflixte Félix Weißenstein! Das hatte er nur ihm zu verdanken. Ahnte er etwas? Sicher, wahrscheinlich war er ziemlich intelligent. Aber war er wirklich drauf und dran, Noahs Pläne zu durchkreuzen? *Jamais!* Das würde er niemals zulassen. Er würde den Spieß umdrehen.

Noah schaltete Cannes Radio 91.3 FM ein, und schon beim nächsten Beitrag bekam seine eben noch aufgeflammte Zuversicht den nächsten Dämpfer.

Die Fahndung nach Albert Lefèvre war erfolgreich gewesen. Die Polizei hatte ihn gefasst. Früher als erwartet. Damit wäre es wohl keine gute Idee, sich weiterhin der

Identität des Mannes zu bedienen, obwohl Noah seine Pläne noch nicht zu Ende ausgeführt hatte.

Er würde die entsprechende Perücke entsorgen. Und vielleicht eine andere aus Juliettes Reserve zuschneiden. Noah hatte da schon eine Idee.

34

Sie war heilfroh, Félix erreicht zu haben. Zwar hatte sie einige Details ausgespart, wie zum Beispiel, dass René seinen blutbefleckten Smoking aus der Wohnung von Inès mitgenommen hatte und diese niedergeschlagen worden war, aber das könnte sie ihm auch später noch erzählen.

Jetzt studierte Conny die unverständlichen Angaben auf dem Parkscheinautomaten. Durfte sie nun hier parken, oder war das nur den Bewohnern der *commune* erlaubt?

Egal, sie würde hier stehen bleiben, auf einem der schönsten Parkplätze, den sie sich vorstellen konnte. Direkt am Cap d'Antibes mit dem in der nachmittäglichen Sonne glitzernden Meer vor ihr. Und neben und hinter sich die leicht geschwungenen Hügel, dicht bewachsen mit Strandkiefern, Ginster, Zistrosen und Wacholder, aber auch mit duftenden Kräutern wie Thymian, Oregano, Rosmarin und natürlich Lavendel. Darüber der knallblaue Himmel. Sie hätte hier für immer bleiben können, aber für immer hatte sie jetzt natürlich keine Zeit.

Irgendwo hier musste sich die *Villa de Soleil* von Renés Frau Alice befinden. Conny ließ den Blick links am Hang entlanggleiten und wurde fündig. Zwischen Olivenbäumen, dunkelviolett blühenden Bougainvillea, Palmen und hohen Hecken aus Ginster und Kirschlorbeer duckten sich in großen Abständen charmante Villen.

Villa de Soleil, Sonnenhaus. Besonders einfallsreich fand Conny den Namen nicht. Die Villa musste ganz in der Nähe sein, an der Spitze des Caps, wo die Aussicht am spektakulärsten war. Inès hatte ihr die Lage genau beschrieben. Ein solches Anwesen konnte man sich nur leisten, wenn man im Besitz eines seit Generationen prosperierenden Familienunternehmens war.

Conny nahm einen steinigen Trampelpfad durch die *garrigue*, von dem sie glaubte, dass er sie auf direktem Weg zum Ziel führen würde. Die Luft roch nach trockenem Gras, die Zikaden waren in ihrem Element und zirpten so laut, dass man sich in einem Konzertsaal glaubte. Wie sie das liebte! Würde sie an die Wiedergeburt glauben, dann wäre sie in einem ihrer Vorleben mit Sicherheit eine Südfranzösin gewesen.

Und tatsächlich musste sie am Ende des Pfads nur noch eine schmale, von Schlaglöchern übersäte Straße überqueren und stand vor einem Eisentor mit dem in Schreibschrift geschmiedeten Namen des Anwesens: *Villa de Soleil.*

Conny sah durch den Zaun hindurch. Das Gebäude hinter dem Auffahrtrondell wirkte verlassen. Ein für die Gegend typisches Steinhaus mit geschlossenen pastellblauen Fensterläden, allerdings zweistöckig und mit mehreren kleinen Erkern. Kein Auto parkte vor dem Eingang.

Sie versuchte, sich einen Überblick zu verschaffen. Wenn sie sich nicht täuschte, erstreckte sich der Garten auf der anderen Seite bis zum Meer, das für sie über einen weiteren Trampelpfad erreichbar zu sein schien. Kurz entschlossen schlug sie ihn ein und registrierte erleichtert, dass der Weg sie tatsächlich zu einer kleinen uneinsehbaren Bucht führte. Kleinode wie dieses gab es nur noch selten.

Nahe dem Wasser zog Conny Shorts und T-Shirt aus und schlüpfte in ihren Bikini. Sie hatte den Rucksack mit dem Handtuch und der Wasserflasche gerade hinter einem Felsvorsprung versteckt, da verkündete ihr Handy den Eingang einer WhatsApp. Neugierig holte sie es noch einmal aus dem Rucksack hervor. Simonette hatte ihr ein paar Fotos geschickt, anscheinend hatte sie ihre Kisten voller Bilder durchstöbert.

Voilà, chérie, das habe ich gefunden.

Drei Schnappschüsse folgten, aufgenommen am Alten Hafen von Saint-Tropez, im Hintergrund Simonettes Hotel *La Maison des Pêcheurs*. Der Mode der drei Personen auf dem Bild nach mussten sie in den späten Neunziger- oder frühen Nullerjahren gemacht worden sein. Margaux, Albert und – Conny traute ihren Augen kaum – René.

Schlanker, sportlicher und, das musste man neidlos anerkennen, verdammt gut aussehend. In Gewinnerpose versprühte er Charme und Coolness. Er legte von rechts den Arm um Margaux, während Albert auf der anderen Seite dicht neben ihr stand und sie ebenfalls voller Besitzerstolz umarmte. Also war René der zweite Mann im Spiel gewesen.

Juni 2000, schrieb Simonette jetzt.

Conny vergrößerte die Bilder. Margaux und die beiden Männer sahen strahlend jung und schön und unmissverständlich verliebt aus. Auch eine Dreiecksbeziehung, aber mit einer anderen Konstellation als ihre eigene mit Félix und Emanuelle, dachte Conny mit einem Anflug von Ironie.

War Margaux' Variante die gefährlichere gewesen? War sie deswegen jetzt tot? Neigten Männer dazu, Eifersucht aggressiver auszuleben, oder saß sie gerade einem Vorurteil auf? Schluss jetzt damit, rief Conny sich zur Raison. Aber etwas anderes konnte sie anhand dieser Fotos sehr wohl konstatieren. Beide Männer, sowohl Albert als auch René, konnten Juliettes Vater sein. Sie schluckte.

War sie damit schon wieder auf eine heiße Spur gestoßen? Aber dass die drei gemeinsam Urlaub bei Simonette gemacht hatten, musste noch nichts bedeuten. Sie sollte erst mit René sprechen, bevor sie ihre Schlüsse zog. Blieb zu hoffen, dass sie ihn antreffen würde.

Danke, deine Nachricht kam genau im richtigen Moment!, schrieb sie Simonette zurück, dann ließ sie ihr Handy wieder in den Rucksack zurückgleiten und watete ins tiefblaue Meer.

Wie herrlich! Das Wasser hatte genau die richtige Temperatur, wärmer als gewöhnlich im Frühjahr. Rund zweiundzwanzig Grad, schätzte sie. Sie schwamm mit raumgreifenden Zügen erst hinaus, dann seitlich am Grundstück der *Villa de Soleil* entlang. Noch ein paar Schwimmzüge, dann kam eine weitläufige Terrasse in Sicht. Täuschte sie sich, oder stand die Terrassentür offen?

Sie kniff die Augen zusammen. Ein Kiesweg führte durch einen gärtnergepflegten Garten ohne Pool bis zum Ufer und endete an einem kleinen Bootshaus mit Steg.

Hoffnungsvoll schwamm sie darauf zu. Die Wellen waren gerade so groß, dass sie schaukelnd getragen wurde, ohne gegen sie ankämpfen zu müssen.

Im Schatten des Bootshauses tauchte nun ein Liegestuhl auf. Und darauf, Conny wagte ihren Augen und ihrem Glück kaum zu trauen, saß einsam und verlassen: René, in weißen Badeshorts und mit großer verspiegelter Sonnenbrille. Eine Kühltasche neben sich und eine Flasche in der Hand, so starrte er bewegungslos aufs Meer hinaus.

Selbst in diesem Outfit – oder gerade in diesem Outfit – sah man ihm den Womanizer fortgeschrittenen Alters an.

Er hatte Conny noch nicht bemerkt.

Sie überlegte, sich hinterrücks anzupirschen, entschied sich dann aber für einen großen Auftritt. Immerhin trug sie einen Bikini, und außer ihnen beiden dürfte es kein Publikum geben. Sie vermutete, dass Alice abgereist war. Zu ihrem Zweit- oder Drittwohnsitz. Sie hatte gestern schon so ausgesehen, als wäre ihr die Anwesenheit hier eine Qual.

Sie orientierte sich noch einmal, holte tief Luft und tauchte. So lange, bis sie weichen Sand unter ihren Füßen spürte. Als die Luft zur Neige ging, stand sie in dem flachen Wasser auf und genoss Renés Überraschung. Mit großen selbstbewussten Baywatch-Schritten ging sie lächelnd auf ihn zu, und als das Meer nur noch ihre Fesseln umspülte, stellte er die Bierflasche auf den Bootssteg und applaudierte ihr.

»*Bravo*, das nenne ich einen Auftritt! Die geborene Meerjungfrau.« Er griff nach einem Handtuch, das neben seinem Stuhl lag, und warf es ihr zu.

Sie fing es auf und begann, sich damit die Haare zu trocknen.

»*Bon*, sollten wir mal die Rolle einer Nixe zu besetzen haben, werde ich dich vorschlagen. *Vraiment*, das war *formidable*, wirklich ausgezeichnet.« Die langen Beine noch immer lässig auf der Liege übereinandergeschlagen griff er jetzt wieder nach seinem Bier und fragte: »Auch eins?« Dann bot er ihr mit einem Nicken einen Platz auf seinem Liegestuhl an. Eine Luxusausführung in Überbreite aus hellem Polyrattan und mit einem dicken weißen Polster.

»Warum nicht«, sagte sie, schlang sich das Handtuch um die Taille und setzte sich neben seine Oberschenkel. »Ich bin allerdings nass.«

»Das haben Meerjungfrauen so an sich.« Routiniert öffnete er ein Bier für sie, reichte es ihr und prostete ihr lachend zu. »*Pas de problème*. Eine Erfrischung tut mir ganz gut.«

Die Flaschen klirrten.

»Ich weiß zwar nicht, was es mit deinem netten Überraschungsbesuch auf sich hat, aber du wirst es mir sicher gleich sagen.« Scheinbar entspannt lehnte er sich auf der Liege zurück.

Auf der Party am vergangenen Abend hatten sie das ein oder andere Wort gewechselt und sich dabei wie in der Branche üblich geduzt.

Conny nahm einen Schluck von dem kühlen Bier und nutzte die Zeit, um zu überlegen, wie sie nun vorgehen wollte. Traumambiente. Traumtyp. Es war schwer, sich Renés Präsenz zu entziehen. Lag es am Bier, oder warum fühlte sich ihr Gehirn gerade so leer an?

Sie zwang sich, sich auf die Fakten zu konzentrieren. René war gestern noch bei Margaux gewesen, Inès hatte ihn kurz nach der Tatzeit ganz in der Nähe ihrer Villa entdeckt. Das Blut auf seiner Kleidung hatte er mit einer Schlägerei erklärt. Er und Albert, der Mann, der nun als Hauptverdächtiger von Félix verhört wurde, kannten sich, und zwar schon ziemlich lange, wie die Fotos von Simonette zeigten, und wahrscheinlich auch ziemlich gut. Beide waren damals mit Margaux befreundet, ja vermutlich sogar in die junge, aufstrebende Schauspielerin verliebt gewesen, wobei René bereits verheiratet gewesen war. Und jetzt, zwanzig Jahre später, hatte er eine Affäre mit Margaux' Tochter begonnen. Dass Margaux davon nicht begeistert gewesen war, lag auf der Hand.

Conny musterte ihn. Die Tatsache, dass René eine Liaison mit Juliette hatte, sprach auf den ersten Blick dagegen, dass er ihr Vater war. Hatte er Ähnlichkeit mit ihr? Nun, sie waren völlig unterschiedliche Menschen. Ein Mittfünfziger und eine Zwanzigjährige. Ihre Augen hatte

Juliette von Margaux, wenn auch deren Farbe eine andere war; aber sie stimmte auch nicht mit der von Renés Augen überein. Er hatte volles hellbraunes Haar, Juliettes war etwas dunkler. Aber konnte man eine Abstammung ersten Grades überhaupt verlässlich an den Haaren festmachen? Jedenfalls kam er ihr nicht wie der Typ vor, der seine eigene Tochter verführte. Perversität hatte der Mann nicht nötig, vermutlich erlag ihm so ziemlich jede Frau, wenn er es darauf anlegte.

Hatten sich Albert und René vielleicht zusammengetan, als Margaux sich vehement gegen Renés Beziehung mit Juliette gestellt hatte?

War eventuell doch Albert Juliettes Vater, und hatte René um seine Unterstützung als Schwiegervater gebuhlt? Die Beziehung mit Juliette schien René ernst zu sein, wenn Conny François' Eindrücken Glauben schenken konnte, und sie sah keinen Grund, das nicht zu tun.

Hatte René seinen alten Kumpel Albert, der pleite war, vielleicht sogar mit Tipps für einen Raubüberfall versorgt, weil er Margaux einschüchtern wollte? War sie dazwischengeraten, und dann war alles aus dem Ruder gelaufen? Oder, schlimmer noch, hatte René ihren Tod geplant? Hatte er Albert als Killer angeheuert?

Und welche Rolle spielte Alice bei allem? Hatte sie sich längst an Renés Eskapaden gewöhnt, oder war sie damals wie heute rasend vor Eifersucht?

Die Gedanken flitzten durch Connys Kopf, während René auf eine Antwort wartete.

»*Bon*«, sagte er schließlich, als es ihm zu lange dauerte.

»Wir können auch schweigen und die Aussicht genießen. *Pas de problème*. Alles gut.« Er trank einen Schluck.

Schließlich entschied sich Conny dafür, ihn mit einer Behauptung zu konfrontieren. »Du warst kurz vor Margaux' Tod bei ihr. Warum?«

»Darum geht es also? Wer hat das gesagt? Inès?« Er überkreuzte seine langen braun gebrannten Beine so, dass nun das zuvor untere zuoberst lag. »Ermittelst du jetzt? Ich dachte, du bist Journalistin und eine Freundin von Simonette?«

Conny stand auf und hielt das Handtuch fest, damit es ihr nicht von den Hüften rutschte. »Dann sind wir ja quasi quitt. Es scheint, als hätte Inès ihre Informationen gerecht verteilt.« René konnte nur von der Visagistin wissen, dass sie Journalistin war, denn Conny hatte ihm das nicht erzählt.

»Bon, alors.« Er lächelte sie an.

Sie wollte schleunigst zur Sache kommen, aber wie? »Ich frage mich, was da zwischen euch war«, begann sie. »Ihr drei, du, Albert und Margaux, ihr kennt euch von früher. Im Juni 2000 habt ihr gemeinsam bei Simonette im *La Maison* Urlaub gemacht. Kurz vor den Dreharbeiten von *Viens avec moi*. Margaux hat für ihre Rolle darin später den *César* erhalten, während man von Albert danach nichts mehr hörte. Einer von euch beiden muss Juliettes Vater sein.« Sie hatte ganz bewusst »muss« und nicht »könnte« gesagt. »Ganz zu schweigen davon, dass du damals schon verheiratet warst.«

Als er schwieg, fuhr sie fort. »Ist das der Grund, warum

das Verhältnis zwischen dir und Margaux bei den Dreharbeiten jetzt von Anfang an so angespannt war? Und warum sie dich nicht mehr beachtet hat, als du eine Affäre mit Juliette begonnen hast?«

Er sprang so abrupt auf, dass die Liege zu kippen drohte, und fuhr mit der freien Hand durch die Luft, als ob er mit einer Sense hohes Gras schnitt. »*Ça suffit!* Das reicht! Lösch das sofort aus deinem Kopf, Conny! Juliette und ich haben und hatten nie eine Affäre.«

Renés Reaktion machte Conny eindrücklich klar, dass mit ihm im Zweifelsfall nicht gut Kirschen essen war und dass sie gut daran tat, ihre Taktik zu ändern.

Doch er hatte sich schon wieder im Griff. »*Écoute,* wie ich dich einschätze, wirst du nicht aufhören, mich zu nerven, bevor du nicht etwas herausgefunden hast. *Bon*, dann werde ich dir eben erzählen, was gestern Nachmittag vorgefallen ist.«

Sie hob eine Augenbraue. Hatte sie ihn wirklich schon geknackt, oder war das nur ein Ablenkungsmanöver?

René rieb sich das Kinn, setzte die Bierflasche erneut an, nahm einen weiteren Schluck und begann: »Margaux wollte vor der Eröffnung mit mir reden. Weil, ja, weil während der kompletten Dreharbeiten tatsächlich etwas zwischen uns gestanden hatte. Also bin ich hin zu ihr, obwohl meine Frau das gar nicht gern sah. Sie ist etwas heikel in der Beziehung, schon immer gewesen.«

Conny runzelte die Stirn. Kokettierte er mit seinen Affären, oder zerfloss er gerade vor Selbstmitleid? Oder regte sich gar so etwas wie Mitgefühl für seine Frau in ihm? Ein gewisses Bedauern schien durchaus durchzuklingen. »Wann genau war das?«, fragte sie.

»Um halb fünf vielleicht, aber nagele mich nicht darauf fest. Ich hab nicht auf die Uhr geschaut. Ich dachte, wir würden reden.«

»Über Juliette?«

»Nein, über uns, über die Vergangenheit. Über Margaux' weitere Pläne. Ich wusste, dass sie kein Anschlussengagement hatte.«

»Brauchte sie das denn?«

Er hob die Schultern. »Ihr Konto nicht, aber ihr Ego.«

»Wieso hatte sie niemand besetzt?« Es war eigentlich unwichtig, aber Conny spürte, dass sie René auf die Sprünge helfen musste, damit er ins Reden kam.

»Es war schwierig mit ihr«, erwiderte er zögerlich. »Sie hatte sich verändert. Einerseits wollte sie ein Star sein, andererseits hat sie die Publicity und die Öffentlichkeit kaum noch ertragen. Aber Zweite zu sein, das war ihr nicht gegeben. Besonders dann nicht, wenn auf dem ersten Platz ihre eigene Tochter thronte. Die ihr im Übrigen, wenn es nach Margaux ging, nicht das Wasser reichen konnte. Aber da täuschte sie sich. Es ist nicht das erste Mal, dass ich so etwas miterlebt habe. Auch Margaux' Mutter hat die Gier nach Ruhm umgebracht. Margaux wusste das, und trotzdem konnte sie einfach nicht aufhören, als sie auf dem Gipfel ihrer Karriere war.«

Nun, das war wohl tatsächlich ein Phänomen in der Branche, aber sie kamen vom Thema ab. »Weißt du, was ich glaube?«, fragte Conny. »Es ging bei eurem Gespräch sehr wohl um Juliette. Margaux war supersauer, weil sie am Morgen von Inès erfahren hatte, dass sie die Hochzeit mit Noah abgesagt hat. Wegen dir! Ja, sie wollte mit dir reden, aber genau darüber und über deine Beziehung zu Juliette. Es kam zum Streit, du hast dich geweigert, die Affäre zu beenden, sie wollte dich zwingen, ein Wort ergab das andere … Und dann hast du sie erschlagen.«

Er war ihr nicht ins Wort gefallen, doch ein sarkastischer Zug umspielte seine Mundwinkel.

»Anschließend hat dir jemand geholfen, einen Einbruch vorzutäuschen«, fuhr sie fort. »War es Albert? Wollte er Margaux, bevor er sie zur Festivaleröffnung begleitete, noch einmal privat sehen und hat dich auf frischer Tat ertappt?« Conny sah die Situation gestochen scharf vor sich.

»Und mit wem hätte ich mich dann geprügelt?« René lachte auf. »*Que crois-tu?* Was meinst du?«

»Mit ihm? Albert?«

»Und warum?«

»Weil er dich verraten wollte.« Das machte Sinn.

René schüttelte den Kopf. »Ich sag dir, wie es war. Ja, ich war bei Margaux, aber ich habe die Villa gegen halb sechs verlassen. Da war sie, und das kannst du mir glauben, noch quietschlebendig. Nicht gut gelaunt, nein, das wäre gelogen, aber am Leben.«

»Und mit wem hast du dich dann geprügelt?«

Er nahm sich ein neues Bier aus der Kühltasche. »*Pour dire la vérité*, um ehrlich zu sein, lagst du mit deiner Vermutung gar nicht so daneben. Nahe der *Bar des Impressio-*

nists in der Rue Renoir kam mir Albert entgegen. Er war einfach plötzlich da. Ich habe ihn erst nicht erkannt. Ist alt geworden, *le vieux*. Sofort hat er angefangen rumzustänkern, also sind wir aneinandergeraten.«

»Aber was war der Grund?« Conny versuchte, sich die Szene vorzustellen. Man begegnete sich nach vielen Jahren wieder und prügelte sich gleich? Das kam ihr unwahrscheinlich vor.

»*Vieilles histoires*. Alte Ressentiments. Wir waren damals beide in Margaux verknallt, haben aber nie offen darüber geredet.«

Also doch keine funktionierende Ménage-à-trois? Wahrscheinlich war das sowieso nur eine Illusion.

Er stand auf, schob die Sonnenbrille nach oben und kniff die Augen zusammen. »Du hast recht, einer von uns ist Juliettes Vater.« Dann holte er tief Luft, trank einen großen Schluck und sagte mit Bestimmtheit: »Gut, ich hatte damals eine Affäre mit ihr, und vielleicht wäre ich es gern, aber ich bin es nicht.« Er schaute aufs Meer. »Es ist Albert. Margaux hat ihm gegenüber vermutlich angedeutet, dass Juliette und ich eine Affäre hätten, was im Übrigen weit hergeholt ist. Deshalb ist er explodiert, als er mich getroffen hat. Erst die Mutter, jetzt die Tochter.«

Conny fragte sich, ob sie ihm glauben konnte. Der kurze Monolog gerade eben hatte sich angehört wie auswendig gelernt. Und wenn er log? »Nun«, erklärte sie kühl, »ich denke, die Polizei wird sowieso so bald wie möglich einen Vaterschaftstest mit euch beiden machen.«

René reagierte mit Sarkasmus. »*On y va!* Nur zu! Hast

du vielleicht sogar einen dabei? Du scheinst ja über einen ganz heißen Draht zu den Ermittlern zu verfügen.«

Conny zog es vor, darauf nicht näher einzugehen. Aber sie würde Félix tatsächlich so schnell wie möglich bitten, einen Vaterschaftstest der beiden zu veranlassen. Ihr Gefühl sagte ihr, dass die Tragik, die hinter Margaux' Tod steckte, weit komplexer war, als sie bisher vermuteten.

35

Das Verhör von Albert wurde langsam zum Desaster. Zwar war es Félix mit seiner Behauptung, er habe sich mit René geprügelt, gelungen, den Mann zum Sprechen zu bringen, doch leider schien sich mit dem, was er daraufhin sagte, der Verdacht gegen ihn immer weiter zu zerschlagen.

Derart in die Enge getrieben beteuerte Albert, weder den Einbruch noch den Mord begangen zu haben. Das sei unmöglich, denn er habe ein Alibi, schrie er verzweifelt. Er habe seine Kleidung gegen einen Smoking für das Festival bei einem befreundeten Schneider getauscht, denn seinen habe er längst versetzt. Zufälligerweise befinde sich das Geschäft nicht weit entfernt von Margaux' Villa. Danach habe er in der *Bar des Impressionists* gewartet, um zum vereinbarten Treffpunkt an der Kreuzung Avenue de Vallauris, Rue Renoir zu gehen. Die Wartezeit habe er sich mit ein paar *verres de vin rouge* vertreiben wollen, als René Delon vorbeigekommen sei.

»Aber warum sind Sie geflohen, wenn Sie doch ein Alibi haben?«, fragte Félix verwundert.

»*Bon*, nach dem Streit mit René habe ich die Bar gewechselt und mich frisch gemacht. Als die Limousine dann nicht wie vereinbart an der Kreuzung erschienen ist, habe ich mir Sorgen gemacht und bin zur Villa gegangen, um nachzuschauen, was da los ist. Da hat es vor Polizisten nur so gewimmelt, und ich habe gehört, wie sie sagten, Margaux sei tot. *Eh bien*, natürlich war mir sofort klar, dass man mich verdächtigen würde, sobald herauskäme, dass ich ihr Begleiter für den Abend sein sollte.«

Der Mann war nicht dumm, dachte Félix. »Wo genau waren Sie um achtzehn Uhr?«

Erst zögerte Albert, dann versuchte er, einen Deal auszuhandeln. *Et alors*, er habe einen Zeugen für die Tatzeit, dessen Namen er aber nicht nennen wolle.

Nach einigem Hin und Her stellte sich heraus, dass er sich, gäbe er sein Alibi preis, unter Umständen in seinem laufenden Ermittlungsverfahren selbst belasten würde.

»Was ist Ihnen lieber?«, fragte Félix schließlich mehr als genervt. »Wegen Mordes oder eines doch weniger schwerwiegenden Delikts einzusitzen?«

Albert bat noch um einen *petit café*, bevor er endlich seine Version des vergangenen späten Nachmittags in Félix' Beisein zu Protokoll gab.

Derweil stellte Vernaux Hintergrundrecherchen an und fand heraus, dass der Schneider Farid Mezur als Hauptverdächtiger in einem millionenschweren Hehlerverfahren einsaß, bei dem man noch den Mittelsmann suchte. Albert, der verdächtig war, an einem Raubüberfall mit schwerer Körperverletzung beteiligt zu sein, war bislang nicht mit ihm in Verbindung gebracht worden, aber das hatte sich nun mit seiner Aussage geändert.

»*Dit donc!* Sieh mal einer an! Da ist uns ein Riesenfisch ins Netz gegangen.« Vernaux war begeistert, als er Félix das unter vier Augen mitteilte, während dieser die Felle in ihrem aktuellen Fall davonschwimmen sah.

Über seine Kollegen in Cannes veranlasste Vernaux die sofortige Befragung von Madame Mezur, die tatsächlich unweit von Margaux' Villa die Schneiderei ihres Mannes weiterbetrieb, während dieser in Untersuchungshaft weilte. Der Juge des libertés et de détention, ein vom Ermittlungsrichter unabhängiger Richter, hatte sie gerade gemeinsam mit dem Staatsanwalt verlängert, und seine Verbindung zu Albert Lefèvre würde Öl im Getriebe der Justiz sein.

Wie Félix bereits erwartet hatte, bestätigte Selma Mezur Alberts Alibi für den Zeitpunkt, an dem Margaux in ihrer Villa erschlagen worden war. Was die Sache mit der Hehlerei betraf, so schien der ehemalige Schauspieler nicht gerade schuldlos zu sein. Seine Gestik und Mimik, die er überraschend schlecht kontrollieren konnte, verrieten ihn.

Dass Madame Grand Albert und einen nachtgrauen SUV am frühen Morgen bei seinem Apartment gesehen haben wollte, stellte sich schnell als unwahr heraus. Denn Albert hatte die Nacht bei einer befreundeten Prostituierten in Cannes verbracht, die ihn, nachdem sie beide ausgeschlafen hatten, irgendwann gegen Mittag nach Ventimiglia gefahren hatte. Ja, gab er zu, er habe ein paar Tage verreisen wollen, bis sich die Situation ein bisschen beruhigt gehabt hätte.

»*Quand même!*« Félix war noch nicht zufrieden. »Trotzdem verstehe ich nicht, woher Ihre Fingerabdrücke in Margaux' Villa kommen.«

Nun, er habe Margaux tatsächlich vor ein paar Tagen besucht, gestand Albert. Er habe da anknüpfen wollen, wo sie vor Jahren aufgehört hatten. Schließlich sei sie noch immer eine schöne und jetzt auch wohlhabende Frau gewesen. Er habe sich vorstellen können, alles für sie aufzugeben.

»Und, wollte sie das?« Félix konnte sich diese Frage nicht verkneifen, während er fieberhaft überlegte, wer den Schmuck aus Margaux' Safe in Alberts Garten vergraben hatte. Wer hatte sich seiner Identität bedient? Es musste jemand sein, der sich in Margaux' Leben bestens auskannte.

Vernaux war derweil weiterhin damit beschäftigt, Alberts Angaben zu überprüfen. Und tatsächlich bestätigte eine gewisse Mélodie, die im *Club Exotique* in Cannes arbeitete, dessen Alibi.

Als Félix Albert darüber informierte, nahm der ehemalige Schauspieler die Nachricht selbstgefällig grinsend auf und pochte darauf, auf der Stelle entlassen zu werden.

Doch darauf ließ sich weder Vernaux noch Félix ein. Und dass, obwohl Félix ahnte, dass Emanuelle schon seit weit über einer Stunde auf ihn wartete.

Erst als er kurz den Verhörraum verließ, bemerkte er,

dass er sein Handy im Vorraum liegen gelassen hatte. Conny hatte vor wenigen Minuten nochmals versucht, ihn zu erreichen. *Merde!*

Schnell schob er den Gedanken an Emanuelle zur Seite und rief Conny zurück. »Wo bist du, *chérie?*«

»Ich komme gerade aus dem Meer.«

»Schön zu hören, dass es auch Menschen gibt, die den Tag genießen und nicht nur arbeiten«, stöhnte Félix.

»Man muss das eine mit dem anderen verbinden«, gab sie zurück. »Diese Kunst sagt man doch sonst eher euch Franzosen nach.«

Er lachte. »Wie es scheint, gehöre ich zu den Ausnahmen. Aber Spaß beiseite, was kann ich für dich tun?«

»Wohl eher umgekehrt, *mon cher!* Ich kann etwas für dich tun. Ich weiß jetzt nämlich, mit wem sich René gestern geschlagen hat.«

Sie war also genauso weit wie er. Er tat ihr den Gefallen, sie ausreden zu lassen.

»Mit Albert.«

»*Voilà!* Da wir beide zum gleichen Ergebnis gekommen sind, dürfte es wohl stimmen.« Den alleinigen Triumph wollte Félix ihr dann doch nicht gönnen. Er erzählte ihr kurz vom Verhör mit Albert und dass sich gerade so gut wie alle Verdachtsmomente gegen ihn in Luft auflösten.

Conny schien damit nicht zufrieden. »Wirklich? Aber er ist doch der Vater von Juliette«, platzte sie heraus.

»Albert Lefèvre?«, fragte Félix ungläubig. Sicher, Gegensätze zogen sich an, trotzdem war es erstaunlich, dass sich die göttliche Margaux Calimard mit einem *salaud*, einem unangenehmen Typen wie diesem Albert, eingelassen haben könnte. Gut, das musste Jahre her sein, aber grundsätzliche Persönlichkeitsmerkmale veränderten sich doch in der Regel nicht.

»Wir brauchen einen Vaterschaftstest«, brachte Conny ihr Anliegen vor. »Und zwar so schnell wie möglich.«

»Wir?«, fragte Félix amüsiert.

»Nun ja, da ich es war, die auf diese Spur gestoßen ist«, gab sie weit weniger amüsiert zurück, »darfst du davon ausgehen, dass ich genauso interessiert am Ergebnis bin wie ihr.«

Er zögerte. Ein Vaterschaftstest. Vor Luciens Geburt hatte er auch einmal daran gedacht, einen zu machen, aber das tat jetzt nichts zur Sache. Dieser Fall mit all seinen Nebenschauplätzen wurde wider Erwarten *bien compliqué*, und er wusste, dass Vernaux es lieber einfach mochte. »Als Erstes werde ich mit Albert darüber sprechen. Aber du hast recht, wir brauchen Klarheit darüber, wer Juliettes Vater ist. Das könnte in das Mordmotiv mit reinspielen. Auch für das erste Gespräch mit Juliette und für ihre Genesung könnte es hilfreich sein, in dem Punkt endlich Bescheid zu wissen.«

»Warte mal«, unterbrach Conny seinen Gedankenfluss. »Obwohl er es bestreitet, kommt auch René infrage.«

Félix pfiff durch die Zähne. »Hast du nicht gesagt, Juliette und er hätten eine Affäre? Vater und Tochter? Das wäre natürlich mehr als brisant.« Der Sache mussten sie unbedingt nachgehen. Er wollte sich gar nicht ausmalen, was das bedeuten würde. Oder bedeutet hatte. Für Margaux, René – und für dessen Frau. Keiner der drei dürfte Interesse daran gehabt haben, dass die Öffentlichkeit davon Wind bekam.

Wieder holte ihn Conny aus seinen Gedanken. »Stopp, Félix, bevor dein Gehirn noch Kapriolen schlägt. René behauptet, dass sie nie eine Affäre gehabt haben.«

Félix hatte plötzlich das deutliche Gefühl, auf eine brandheiße Spur gestoßen zu sein. Sie mussten endlich mit Juliette sprechen. Er sah auf die Uhr. *»Désolé, ma chérie*, es tut mir leid, aber jetzt muss ich wirklich Schluss machen. Noah Petit kommt gleich. Ich werde ihn auch zu Juliettes und Renés angeblicher Affäre befragen.«

»Mach das, aber sei vorsichtig«, meinte Conny. »Er ist eifersüchtig und mir mehr als suspekt. Sehen wir uns später noch?«

In Félix' Kopf ratterte es. Es wäre besser, Emanuelle erst gar nicht zu erwähnen, obwohl ihre gemeinsame Fahrt nach Saint-Paul-de-Vence im Grunde rein praktischer Natur war.

»Willst du wirklich noch eine Nacht im Hotel bleiben, Conny?«, drückte er sich um eine konkrete Antwort. »Du könntest auch so schnell wie möglich auschecken und zu mir ziehen? Ich habe genügend Platz.«

»Heute bleibe ich auf alle Fälle noch«, blieb sie bei ihrer Entscheidung vom Morgen. »Aber du weißt ja: Die Rezeption ist durchgehend besetzt, du kannst mich also jederzeit besuchen.«

»*C'est bien*, also gut«, flüsterte er. »Ich melde mich, sobald ich absehen kann, wann.«

Sie legten auf, und Félix rief umgehend Noah an. »Wo sind Sie?«

»Gleich in Nizza.«

»Nun, ich muss Sie bitten, noch einmal umzukehren. Ich brauche eine Zahn- oder Haarbürste von Juliette. Am besten beides, wenn es Ihnen nichts ausmacht.« Das würde den Vaterschaftstest erleichtern. Und wenn er Noah richtig verstanden hatte, war auch ihm daran gelegen, endlich die Identität von Juliettes Vater herauszufinden, da seine Lebensgefährtin unter der Unwissenheit litt.

»Für eine DNA-Untersuchung?« Der junge Mann klang alarmiert.

»Nun, ja. Gestern haben Sie doch gesagt, dass es gut für Juliette wäre, wenn sie wüsste, wer ihr Vater ist, oder habe ich Sie da falsch verstanden?«

Jetzt schien Noah zu kapieren, denn er erklärte sich sofort bereit zurückzufahren. Bei dem Verkehr brauche er dafür aber mindestens eine, wenn nicht zwei Stunden.

Félix war das nur recht, denn so konnte er in der Zwischenzeit Emanuelle samt dem *petit ours* namens Maman zu Lucien nach Saint-Paul-de-Vence bringen. Und Juliette würde länger als ursprünglich geplant von den Kolleginnen betreut werden. Vielleicht ein Vorteil.

»Stellen Sie sicher, dass die Beamtinnen für den Notfall die Telefonnummer von Professor Bernard zur Hand haben«, wies er Noah noch an, »und wir sehen uns dann gegen einundzwanzig Uhr.« Er legte auf, nicht, ohne positiv registriert zu haben, dass der junge Lehrer nun anscheinend doch beschlossen hatte, mit ihnen zu kooperieren.

Noch einmal betrat er den Verhörraum, wo Albert ihn schimpfend empfing. *»C'est quoi, alors!? Je m'en fous!* Was soll das, mir reicht es! Mich einfach hier sitzen zu lassen.«

»Wir wissen inzwischen, dass Sie Juliettes Vater sind«, wagte Félix einen Testschuss.

Albert riss die Augen auf, bevor er losprustete. »Dann wissen Sie mehr als ich oder sind einer Lüge aufgesessen. Ich muss Sie leider enttäuschen.«

Er stritt die Vaterschaft also ab. Aber wie konnte er sich so sicher sein? Nun, um Klarheit zu haben, brauchten sie tatsächlich diesen verdammten Test.

»Wir sehen uns später«, verabschiedete er sich, war sogleich aus der Tür und wies draußen einen Beamten an, eine Speichelprobe von Albert zu nehmen.

Eigentlich hatte er noch schnell mit Vernaux den aktuellen Stand der Ermittlungen besprechen wollen, aber als er ihn nicht fand, beschloss Félix, dass auch das warten konnte. Erst würde er mit Emanuelle zu ihr nach Hause fahren. Sicher warteten ihre Eltern und der Kleine schon sehnsüchtig auf den *petit ours*. Und wenn er vom *pot-au-feu*, das Emanuelles Mutter Valérie wirklich *formidable* zuzubereiten wusste, nur etwas mitnehmen würde, wäre er in einer Stunde locker wieder im Commissariat, um die Befragung von Noah zu übernehmen und ihn auf die geplatzte Hochzeit und Juliettes Affäre mit dem Produzenten anzusprechen. Danach wären sie sicher einen Schritt weiter.

Und wenn sie Druck machen würden, wäre bis morgen auch das Ergebnis des Vaterschaftstests da. Dann würden sie René Delon und François Marvis vorladen. Und auch diese Inès Rajab. Dadurch, dass sie Margaux laut Conny schon vor Juliettes Geburt gekannt hatte, würde sie vielleicht weitere Details über dieses komplizierte Dreiecksverhältnis kennen, die sie weiterbringen konnten. Parallel dazu würde er in seiner Funktion als Fallanalytiker einen Antrag auf Medikamenteneinsicht stellen und alle Hebel in Bewegung setzen, um Juliette so schnell wie möglich zu befragen. Albert würden sie über Nacht hierbehalten, eventuell gab es auch im Fall Farid Mezur morgen schon neue Ansätze. Wahrscheinlich war Vernaux in dieser Angelegenheit gerade aktiv und deshalb nicht auffindbar.

Er seufzte auf. Die kurze Pause jetzt hatte er nötig, und sie würde ihm hoffentlich guttun. Seine Eindrücke könnten sich setzen, und vielleicht würde ihm sogar etwas auffallen, was er bis jetzt übersehen hatte. Und auf der Rückfahrt von Saint-Paul-de-Vence würde er Conny anrufen. Vielleicht hätten sie noch Zeit für ein spätes *dîner* im Plage Beau Rivage, das Conny so liebte. Und mit ganz viel Glück würden sie danach in Connys Suite da weitermachen, wo sie heute Morgen aufgehört hatten.

Als Félix motiviert das Commissariat verließ, erhob sich Emanuelle auf der anderen Straßenseite sichtlich genervt von ihrem Bistrostuhl und kam ihm entgegen. Sie begrüßten sich mit den üblichen drei *bises*.

»Excuses-moi«, entschuldigte Félix sich für die Verspätung. »Aber es ging wirklich nicht schneller.«

»Das will ich hoffen«, entgegnete Emanuelle. »Denn sonst müsste ich davon ausgehen, dass du mich hier absichtlich warten gelassen hast.«

Um nicht noch mehr Zeit zu verlieren, bat er einen der Adjoints de sécurité, die vor dem Commissariat stationiert waren, sie die paar Hundert Meter zu sich nach Hause zu fahren, wo sein Alpin in der Auffahrt stand. Außerdem würde ihm die Anwesenheit des Officier de Police hoffentlich Emanuelles Vorwürfe ersparen.

Félix hielt ihr charmant die Hecktür auf und setzte sich auf den Beifahrersitz. Als sie losfuhren, nahm er im Seitenspiegel ein schwarzes Mercedes Coupé wahr, das aus einer Parklücke ausscherte und ihnen folgte, maß ihm aber keine Bedeutung zu.

36

Noah konnte sein Glück kaum fassen. Eben noch hatte er überlegt, ob er wirklich der Aufforderung von diesem Félix Weißenstein nachkommen und zurückfahren sollte, um Juliettes Zahn- und Haarbürste zu holen, da lief ihm der Tiger doch direkt vor die Flinte.

Wie gut, dass er sich aus einer Laune heraus entschlossen hatte, nicht seinen roten Twingo, sondern Margaux' schwarzes Mercedes Coupé zu nehmen, das die Spurensicherung schon heute freigegeben hatte. Den Schlüssel dazu hatte er gestern kurzerhand eingesteckt, ohne zu wissen, dass er ihn noch brauchen würde. Der Wagen stärkte sein Selbstbewusstsein.

Doch als er nun dem Polizeiauto mit diesem Fallanalytiker und der schlanken Frau mit den ewig langen Beinen folgte, bereute er seine Entscheidung fast schon wieder. Denn als sie Richtung des Observatoire fuhren, war die Straße zum Teil so steil und die Kurven so eng, dass er kräftig manövrieren musste. Zum Glück schienen die vor ihm Fahrenden keine Notiz von ihrem Verfolger zu nehmen.

Als der Psychologe und seine Begleiterin vor einer kaffeemühlenartigen Villa mit dem gemalten Schild *Les Vikings* ausstiegen, die zu diesem arroganten Weißenstein passte wie die Faust aufs Auge, fuhr Noah einfach weiter bis zur nächsten Kurve, von wo aus er beobachtete, wie sich die beiden in eine lautstarke Diskussion vertieften, kaum dass das Polizeiauto verschwunden war. Er wartete, bis sie in dem blauen Alpin in der Einfahrt saßen und den Berg wieder hinabfuhren, dann wendete er und rollte in einigem Abstand hinterher.

Sie waren Richtung Vence unterwegs. Noah, der in Vence aufgewachsen war, kannte jede Straße in der Gegend, jeden Feldweg und jeden Stein. Als dieser Weißenstein, der am Steuer saß, nicht in Vence abbog, war klar, dass er die schmale Straße nach Saint-Paul-de-Vence nehmen würde. In dem kleinen Ort wimmelte es wegen seiner malerischen Altstadt und seiner Auszeichnung als eines der schönsten Dörfer Frankreichs zu jeder Jahreszeit nur so von Touristen, aber um die Uhrzeit war die *route de campagne* fast leer.

Als Noah rechts eine kleine Abzweigung sah, nahm er

sie und beschleunigte. Ein *chemin de terre*, noch schmaler als die Landstraße, aber eine Abkürzung. Er gab Gas, achtete nicht auf Gräser und Sträucher, die ihm die Sicht versperrten und nach dem Lack des Mercedes griffen, und auch nicht auf Gegenverkehr, obwohl er bei der Geschwindigkeit kaum hätte ausweichen können. Doch er war allein auf weiter Flur.

Nach zwei Kilometern bog er wieder auf die Landstraße ein, nur fuhr er diesmal dem Psychologen entgegen. Auch diese Straße war so schmal, dass entgegenkommende Autos einander ausweichen mussten.

Weißenstein musste nur noch wenige Hundert Meter entfernt sein, dachte Noah, als er im Rückspiegel einen weißen Peugeot erkannte. Ein Risiko, weil dessen Fahrer später bezeugen könnte, was geschehen war. Doch dies hier war seine einzige Chance. Eine weitere würde er kaum bekommen. Er musste sie nutzen. Jetzt oder nie. Noah beschleunigte.

Und als der blaue Alpin fast auf seiner Höhe war, riss er das Lenkrad nach links.

37

Er reagierte reflexartig, riss den Wagen nach rechts, um nicht frontal in das schwarze Ungeheuer zu krachen, das kurz vor ihm die Straßenseite gewechselt hatte.

Emanuelles gellender Schrei, als der Alpin die ungesicherte Böschung hinabschoss, würde ihm ewig in Erinnerung bleiben. Er dröhnte in seinen Ohren wie der Schrei eines Muttertieres, das in Lebensgefahr nach seinem Kind ruft.

Angeschnallt machte sein Körper jeden Salto des Wagens mit. Félix zählte im Stillen: eins, zwei, drei.

Immer tiefer rutschten und flogen sie den Hang hinab.

Dann ein Splittern, als die Windschutzscheibe barst. Und in jedem Sekundenbruchteil hatte Félix gleichzeitig Conny und Lucien vor Augen: Conny, wie sie mit schreckgeweiteten Augen von seinem Tod erfuhr, und Lucien, fröhlich glucksend, aber hilflos und allein auf dem Wickeltisch liegend.

Irgendwann verlor er das Bewusstsein, obwohl sich alles in ihm dagegen wehrte. Er war noch nicht fertig mit seinem Leben, war sein letzter Gedanke. Er hatte noch so viel zu tun.

38

Putain, das war knapp gewesen. Mit aller Kraft umklammerte Noah das Lenkrad, um das schlingernde Coupé auf der Straße zu halten.

Im Rückspiegel sah er, wie der blaue Alpin über die Böschung schoss und im Nirgendwo verschwand. Tja, an der Stelle war der Abhang besonders steil.

Der Fahrer des weißen Peugeots hinter ihm musste alles beobachtet haben. Jetzt vergrößerte sich der Abstand zu ihm, was nur daran liegen konnte, dass er an der Unfallstelle angehalten hatte. Tatsächlich konnte Noah erkennen, wie ein Mann aus dem Auto stieg und zur Böschung lief.

Er atmete tief durch. Das war gerade noch einmal gut gegangen.

Die Wahrscheinlichkeit, dass Félix Weißenstein ihm in nächster Zeit noch mal in die Quere käme, war äußerst gering. Selbst wenn er den Unfall überlebt hatte, müsste es schon mit unrechten Dingen zugehen, wäre er nicht eine längere Zeit außer Gefecht gesetzt. Bis dahin wäre vermutlich auch Juliettes Zustand wieder stabil, und er hätte sie davon überzeugt, dass es das Beste war, wenn sie genau das tat, was er sagte, und im Übrigen abwartete, bis etwas Gras über Margaux' Tod und die Ermittlungen gewachsen war.

Mon Dieu!, stöhnte Noah innerlich und seufzte, als ihm nach wenigen Minuten ein Krankenwagen mit Blaulicht und überhöhter Geschwindigkeit entgegenkam und er ausweichen musste. Mit diesem Manöver hatte er sich wahrscheinlich das erste Mal in eine wirklich ausweglose Situation gebracht. Dieses Mal hatte er schwere Schuld auf sich geladen. Dieses Mal war jemand verletzt, wenn nicht gar tot.

Die Vorstellung, dass die beiden Insassen nicht mehr am Leben sein könnten, traf ihn mit solcher Wucht, dass ihm übel wurde. Kurz flackerten Zweifel in ihm auf. Konnte sein Plan noch gelingen? Könnte alles wieder so werden wie zuvor? Nur ohne Margaux? Würde Juliette je vergessen können, was geschehen war?

Noah wischte die Gedanken weg. Er durfte sie nicht zulassen, sie waren nicht hilfreich. Stattdessen musste er handeln und als Erstes den Wagen verstecken. Das Kennzeichen konnte der Zeuge kaum erkannt haben, den Hersteller des schwarzen Coupés dagegen schon. Und sicher waren auch die Police municipale und die Gendarmerie längst auf dem Weg. Noah zögerte. Wie standen seine Chancen, bis nach Cannes zu kommen, bevor eine flächendeckende Fahndung eingeleitet war?

Er entschied, es zu riskieren. Nur gut, dass er sich bestens hier auskannte und die eingehende Dunkelheit ihm in die Karten spielte.

Eine knappe halbe Stunde später stand der Wagen wieder in Margaux' Garage, blitzblank poliert auf der Fahrerseite, wo er den Alpin touchiert hatte. Noah konnte von Glück reden, dass ihm niemand seine Schlüssel von der Villa abgenommen hatte. Im Haus steckte er eine von Margaux' Bürsten in einen Frischhaltebeutel. Die würde er anstelle von Juliettes auf dem Commissariat abgeben, sodass die DNA-Untersuchung zu einem zweideutigen Ergebnis kommen würde.

Nachdem er zu seinem Wohnhaus zurückgegangen war und den Beutel in seinen roten Twingo in der Tiefgarage gelegt hatte, nahm er den Aufzug und rief beim Betreten des Apartments betont fröhlich: *»Bonjour!«*

»Oh, Sie sind schon wieder zurück?«, fragte eine der beiden Beamtinnen, die es sich auf seinem schwarzen

Ledersofa im Salon vor dem Fernseher bequem gemacht hatte.

Die andere Beamtin, die sich als Jaqueline Roche vorgestellt hatte, kam aus dem Schlafzimmer. Sie war besser informiert und entpuppte sich als übereifrig. »Ich wurde vorhin benachrichtigt, dass Sie Material für eine DNA-Untersuchung brauchen. Ich war so frei und habe das Gewünschte schon zusammengesucht. Es war ganz einfach, da jeder von Ihnen eindeutig seine eigene Seite im Bad hat.« Sie lächelte.

Noah fand sie ätzend, erwiderte aber ihr Lächeln und nahm einen Klarsichtbeutel von ihr entgegen. »*Merci.* Ja, das stimmt.«

Bürste und Zahnbürste von Juliette, die Haarbürste war sogar das gleiche Modell wie die Bürste von Margaux, er konnte die beiden also ohne Weiteres austauschen. Das Glück schien ihm wieder hold zu sein. Wer würde da noch daran zweifeln, dass es Juliettes Bürste war, von der man die Probe genommen hatte? Natürlich hatte die Beamtin ihre Kompetenzen überschritten, und er hätte sie dafür zusammenstauchen können, doch er hielt es für besser, eine scheißfreundliche Fassade zu wahren.

Das Misstrauen in ihrem Blick war ihm trotz des Lächelns nicht entgangen. Er hatte einen siebten Sinn bewiesen, als er Juliettes Medikamente im Keller versteckt hatte, beglückwünschte er sich. Nur die, die Professor Bernard gestern verschrieben hatte, lagen momentan in der Schublade von Juliettes Nachttisch. Bestimmt hatte die übereifrige Beamtin dort schon rumgeschnüffelt.

»Ich zieh mich nur schnell um, bevor ich wieder aufbreche«, meinte er. »Dann kann ich bei der Gelegenheit noch mal nach Juliette sehen.«

»Sie schläft bestimmt«, erwiderte die Polizistin, die vor dem Fernseher saß, aber damit sollte sie falschliegen.

Gerade als Noah sich ein frisches Hemd überstreifen wollte, öffnete Juliette die Augen und wollte sich aufsetzen. »Maman?«

»*Tout est bien, bébé*. Alles gut.« Er flößte ihr etwas Wasser aus dem Glas auf dem Nachttisch und zwei von den von Bernard verschriebenen Tabletten ein. Sicher war sicher. Und sie war jung, ihr Körper würde die Überdosis schon verkraften.

Als er daran dachte, sein verschwitztes T-Shirt in die Schmutzwäsche zu werfen, wurde ihm erneut heiß und kalt. Das Collier, der Ring und der César! Die eindeutigen Beweisstücke lagen nach wie vor zuunterst im Wäschesack.

Die Tatsache, dass man ihn noch nicht verhaftet hatte, ließ darauf schließen, dass die beiden Beamtinnen dort bisher nicht rumgeschnüffelt hatten. Aber es gab keine Gewähr, dass sie das nicht nachholen würden, sobald er das Apartment erneut verlassen hatte.

Er ging ins Bad, packte den kompletten Sack und legte das T-Shirt zuoberst. Dann trat er damit in den Flur und rief den beiden Polizistinnen zu: »*Merci* für Ihre Hilfe *et à plus tard!* Bis später! Ich nehme noch den Wäschesack mit. Bei der Aufregung seit gestern ist mir ganz entgangen, dass er schon überquillt.«

»Mir ist das schon aufgefallen«, kicherte die Beamtin, die sich auf seinem Sofa rekelte, während die andere ihm missmutig nachsah, als er die Tür hinter sich ins Schloss fallen ließ.

Aber was nun? Die Waschküche war nicht abschließbar. Noah sah sich mit einem neuen Problem konfrontiert, als er mit dem riesigen Sack vor seinem kleinen roten Twingo stand. Hörte das denn nie auf?

Er begann, sich nach Ruhe und Schlaf zu sehnen. Kurz entschlossen legte er das Collier, den Ring und den César in ein dreckiges Handtuch gewickelt in den Kofferraum und stellte den Wäschekorb in eine dunkle Ecke. Den Beutel mit Juliettes Bürsten warf er lächelnd zu dem mit der von Margaux auf den Beifahrersitz.

Er war froh, hinsichtlich der DNA-Untersuchung vorgesorgt zu haben, denn seine zukünftige Geldquelle sollte auf keinen Fall versiegen.

39

Da sich Félix bislang nicht gemeldet hatte und sie nach dem Schwimmen hungrig war, rief Conny Inès an. Vielleicht hatte sie ja Lust auf ein frühes gemeinsames Abendessen. Conny aß lieber in Gesellschaft als allein, und eventuell würde sie bei einer geteilten Flasche Bellet noch mehr über René, Albert, Margaux und ihre Dreiecksbeziehung erfahren. Und nach einem Glas dieses besonderen Weißweins, dessen Reben in einem kleinen Weinanbaugebiet über Nizza standen, sehnte sie sich bereits, seit sie gestern in Nizza gelandet war.

Doch Inès war wider Erwarten ihrem Rat gefolgt, und sie erreichte sie bei der Arbeit in Cannes.

»Wird René heute auch noch auf dem Festival erwartet?«, wollte Conny wissen.

»Je crois pas.« Inès verschluckte wie viele Franzosen des Midi das *ne* bei der Verneinung.

»Sag mal, hat er sich eigentlich die Zähne bei dir geputzt?« Conny hatte eine Idee. Vielleicht gab es sogar einen Weg, einen Vaterschaftstest mit einer Probe von ihm zu machen, ohne dass der Produzent davon erfuhr.

»Comment?«, blaffte Ines zurück. »Was soll die Fragerei? Aber wenn du es unbedingt wissen willst, der Morgen mit gemütlichem Frühstück und Zähneputzen wurde uns von dir gründlich versaut.«

Conny nickte vor sich hin. Es schien, als müsste sie ihre Neugierde, was den Vater von Juliette betraf, noch etwas zügeln.

Nachdem sie sich verabschiedet hatten, setzte sie sich an der Uferpromenade in Juan-les-Pins in ein Bistro und genoss den Anblick der heute besonders blutrot im Meer versinkenden Sonne. Ganz in der Ferne, am Horizont, meinte sie sogar, den Leuchtturm von Saint-Tropez ausmachen zu können.

Als Vorspeise bestellte sie Mozzarella mit Pfirsichen, das schien *à la mode* und die französische Antwort auf

Tomate mit Mozzarella der italienischen Nachbarn zu sein. Es folgten *moules marinées* in einer köstlichen Weißwein-Buttersoße, begleitet von einem kühlen Glas Bellet. Sie verkniff sich die *crème brûlée* als süßen Abschluss, genehmigte sich aber noch einen *petit café*, bevor sich das Bistro immer mehr füllte. Sie war mit ihrem *dîner* für französische Verhältnisse früh dran gewesen.

Sie fühlte sich wunderbar gestärkt, als sie, irritiert darüber, noch immer nichts von Félix gehört zu haben, seine Nummer wählte.

Zu ihrer Überraschung meldete sich Commissaire Vernaux, der kleine Mann mit dem Schnurrbart und den buschigen Augenbrauen, den sie zum ersten Mal vor Noahs und Juliettes Wohnung gesehen hatte. Machte man das in Polizeikreisen jetzt so, dass man an das Handy von Kollegen ging? »Hallo, Commissaire Vernaux, Conny von Klarg hier. Könnte ich bitte Félix sprechen?«

»*Désolé*, Madame. Ich kam noch nicht dazu, Sie zu informieren, aber gut, dass Sie anrufen.« Er klang besorgt.

Was dann kam, ließ Conny das Blut in den Adern gefrieren. Félix hatte einen Unfall gehabt. Er war mit Emanuelle – ausgerechnet – auf dem Weg nach Saint-Paul-de-Vence gewesen. Ein Zeuge hatte beobachtet, wie ihnen ein Auto auf der falschen Spur entgegengekommen war. Um einen Frontalzusammenstoß zu verhindern, hatte Félix den Alpin nach rechts gezogen, woraufhin er über die Böschung geschossen und in eine Schlucht gestürzt war.

Den Aussagen der Sanitäter nach hatte sich das Auto

mehrmals überschlagen. Ein Wunder, dass der Benzintank des Alpin nicht explodiert war.

»Wie geht es Félix?«, fragte Conny atemlos. Und nach einer kleinen Pause: »Und Emanuelle?«

»*Bon*, sie haben Glück gehabt, das kann man wohl so sagen. So wie das Auto aussieht, müssten beide tot sein. Jetzt sind sie im Krankenhaus in Nizza. Emanuelle wird bereits operiert, sie hat es wohl schlimm erwischt.« Er atmete hörbar tief durch.

»Und Félix?«, fragte Conny wieder.

»Er war länger bewusstlos, ist aber wieder zu sich gekommen. Er hat mehrere gebrochene Rippen, viel hat nicht gefehlt, und eine Rippe hätte die Lunge punktiert. Außerdem ziemlich viele Schürf- und Schnittwunden und eine schwere Gehirnerschütterung. Die Ärzte wollen ihn einige Tage zur Beobachtung dabehalten und haben ihm völlige Ruhe verordnet. Ich bin sofort ins Krankenhaus und konnte verhindern, dass man seine Oma benachrichtigt. Das hätte Félix nicht gewollt. Sie soll jede Aufregung vermeiden. Das Herz. Und er ist ja außer Lebensgefahr. Deswegen habe ich auch sein *portable*.«

Conny spürte, wie Erleichterung sie durchflutete. »Wissen Sie noch mehr darüber, wie es Emanuelle geht?«, fragte sie dann. Wieso war Félix überhaupt mit ihr unterwegs gewesen? Da war er wieder, dieser altbekannte Stich in ihrem Herzen, der aber echter Besorgnis wich, als Vernaux Emanuelles Verletzungen schilderte.

Neben komplizierten Brüchen der rechten Schulter, des rechten Handgelenks und des einen Oberschenkels hatte sie einen Milzriss erlitten. Was den Ärzten allerdings die größte Sorge bereitete, war ihre Kopfverletzung, wegen der schon ein Spezialist aus Paris eingeflogen worden war.

»Was ist mit Lucien?«

»Er war zum Glück nicht dabei. Er ist zu Hause in Saint-Paul-de-Vence mit Emanuelles Eltern. Der Vater ist gleich in die Klinik gefahren, die Mutter kümmert sich jetzt allein um den Kleinen.«

»Gott sei Dank.« Conny atmete durch. Zum Glück war Lucien nichts passiert. Sie ließ sich von Vernaux Emanuelles neue Adresse geben, die er im Gegensatz zu ihr kannte. »Wo genau ist der Unfall eigentlich passiert?«, fragte sie dann.

Vernaux nannte ihr die Koordinaten, und sie prägte sie sich zusammen mit Emanuelles Adresse ein. »Weiß man Näheres zu dem entgegenkommenden Auto?«

»Sie stellen Fragen wie eine Ermittlerin«, stellte Vernaux fest.

Seine Bemerkung entlockte ihr ein Lächeln. »Das haben Journalisten und Polizisten vermutlich gemeinsam. Beide Berufsgruppen haben gelernt, Fragen zu stellen.«

»Da haben Sie recht. Nun, alles, was wir wissen, ist, dass es sich um ein schwarzes Coupé gehandelt hat. *Seulement un conducteur*, nur der Fahrer saß im Wagen. Der Zeuge hat ausgesagt, entweder habe er den Unfall bewusst provoziert oder sei abgelenkt gewesen. Habe aufs *portable* geschaut und dabei das Auto aus Versehen nach links gezogen.«

»Félix wollte heute noch mit Noah Petit reden. Wissen

Sie, ob das Gespräch schon stattgefunden hat?« Als Conny Vernaux schnauben hörte, wusste sie, dass ihm der Rollentausch langsam missfiel, doch sie musste die Antwort wissen.

»Er hat vor einer Minute eine Zahnbürste und eine Bürste von Juliette Calimard abgegeben, sodass wir den Vaterschaftstest mit der Probe von Albert Lefèvre durchführen können.«

Conny kam eine spontane Idee. »Sie sind doch im Commissariat, oder? Könnten Sie mal durchs Fenster schauen? Vielleicht ist Noah Petit ja noch da. Mich würde interessieren, was für ein Auto er fährt.«

Sie hörte, wie Vernaux aufstand, dann Schritte. Also tat er ihr den Gefallen. Wenn auch von einem genervten Stöhnen begleitet. »*Dit donc*, da ist er. *Nous avons de la chance*. Wir haben Glück. Hat bereits den Autoschlüssel in der Hand. Und er fährt einen roten Renault Twingo.«

»Danke«, erwiderte sie. Kein Treffer. Aber vielleicht besaß er ja nicht nur ein Auto. Ihre Gedanken wanderten wieder zu dem Unfall. »Meinen Sie, dass ich Félix besuchen kann?«

»Je ne crois pas«, machte ihr Vernaux wenig Hoffnung. »Wie gesagt, die Ärzte haben ihm absolute Ruhe verordnet. Ich fürchte, ein Besuch ist nur möglich, wenn Sie zur Familie gehören oder Polizistin wären.« Sein Bedauern hörte sich echt an.

Als Conny aufgelegt hatte, war ihr Kopf vollkommen leer, und ihre Hände zitterten.

Jemand schien mit aller Macht verhindern zu wollen,

dass sie Margaux' Mörder fassten. Wahrscheinlich der Mörder selbst. Sie schalt sich für ihren naiven Gedankengang, weil das doch offensichtlich war. Wer hatte sich durch Félix' Fragen bedroht gefühlt? Dann fiel ihr plötzlich der Vaterschaftstest ein, den sie ins Spiel gebracht hatte.

Ihr wurde schlecht, als der Kellner das zweite Glas Bellet brachte, das sie auf den Schreck nachbestellt hatte. Dürfte sie nachher überhaupt noch Autofahren? Oder hätte sie mit zwei Gläsern Weißwein bereits die in Frankreich geltende Promillegrenze überschritten?

Sie nahm erst mal nur einen Minischluck und dann ihren roten Gedankenfaden wieder auf. Wenn der geplante Vaterschaftstest der Grund gewesen war, diesen Unfall zu provozieren, dann kam als Initiator nur eine der Personen infrage, die davon gewusst hatten. Und das waren: René, dem sie selbst davon erzählt hatte. Albert, der kurz vor dem Unfall noch verhört worden war, aber laut Félix ein Alibi für den Mord an Margaux besaß. Und Noah, der gerade eben Juliettes Zahnbürste und Bürste für den Test aufs Commissariat gebracht hatte.

Während sie auf Félix' Genesung anstieß, indem sie sich einen weiteren Minischluck des Bellet genehmigte, ließ sie ihr Handy die Nummer von Inès wählen.

Als diese erfuhr, was passiert war, fiel ihre Reaktion wie erwartet aus. »*Mon Dieu*, das ist natürlich schrecklich, aber ich muss arbeiten! Warst du nicht diejenige, die mir dazu geraten hat? Und wie soll ich das machen, wenn ich dabei dauernd von dir gestört werde?«

Conny ließ sich nicht irritieren. »Was für ein Auto fährt René?«

»Meistens lässt er sich fahren. Aber seine Frau hat unter anderem ein dunkelblaues Mercedes Coupé, das er manchmal nimmt.«

Na, also. Dunkelblau war doch so gut wie Schwarz, und in der Dämmerung konnte man sich leicht täuschen. Sollte sie Vernaux bitten, dieser Fährte nachzugehen?

»Könntest du dir vorstellen, dass René …«, wollte sie gerade ihre nächste Frage anbringen, doch sie verhallte im Nichts.

Inès hatte aufgelegt. Eine begnadete Kommunikatorin war die Visagistin wahrhaftig nicht. Dieses Gen schien ihr nicht in die Wiege gelegt worden zu sein.

Aber Conny konnte sich auch so denken, wie ihre Antwort gelautet hätte, so wie Inès René zugeneigt war. *Jamais!* Niemals. Und eigentlich konnte auch Conny sich nicht vorstellen, dass der Produzent der Unfallverursacher war.

Die Gedanken in ihrem Kopf kreisten so schnell, dass ihr fast schwindelig wurde. Wie sehr hätte sie sich gewünscht, jetzt mit Félix hierzusitzen und sie gemeinsam zu ordnen.

René musste einfach eine zentrale Figur im aktuellen Geschehen sein, auch wenn sie ihm weder den Mord an Margaux noch den Unfall zutraute. Doch wie weit wäre er bereit zu gehen, wenn sein Ruf und alles, was er sich erarbeitet hatte, auf dem Spiel standen? Aber war er zugleich Juliettes Vater und ihr Liebhaber?

Sie musste unbedingt noch einmal mit ihm sprechen. Ebenso mit Juliette. Sie wollte herausfinden, was an dem Gerücht ihrer Affäre dran war. Conny nahm einen weiteren Schluck Weißwein, um ihr Vorhaben zu besiegeln.

Blieb noch Noah als weiterer Verdächtiger. Doch was für ein Motiv hätte er? Er konnte definitiv nicht Juliettes Vater sein, und Margaux, das Mordopfer, hatte die Beziehung mit ihm befürwortet. Sie hatte ihn sogar gegen Juliettes Willen unterstützt. Als Inès sie noch am Morgen ihres Todestages über die geplatzte Hochzeit informiert hatte, war sie wütend geworden.

Geld?, überlegte Conny. Geld war ein genauso häufiges wie starkes Motiv, und sicher war Margaux vermögend gewesen. Aber als Juliettes Ehemann hätte Noah in jedem Fall von ihrem Reichtum profitiert. Laut Simonette war Margaux nie kleinlich gewesen, wahrscheinlich wäre sie sogar für ein rauschendes Hochzeitsfest aufgekommen. Außerdem kam ihr Noah nicht habgierig vor. Aber was für einen Grund könnte er dann haben? Conny fiel einfach keiner ein.

Während sie noch grübelte, klingelte ihr Handy. Es war Simonette. »*Bonsoir, chérie*. Ich wollte mal hören, wie es dir geht.«

Conny bedankte sich und erzählte ihr von Felix' und Emanuelles Unfall.

Simonette reagierte entsetzt und mitfühlend. Jetzt, da sie akzeptiert hatte, dass Conny trotz der komplizierten Konstellation mit Emanuelle nicht von Félix lassen würde, und nachdem er im letzten Jahr geholfen hatte, sie vor einer Gefängnisstrafe zu bewahren, hatte sie ihn im Kreise ihrer Liebsten aufgenommen.

»Und du darfst ihn nicht besuchen?«, fragte sie jetzt. »*C'est incroyable! Et la pauvre Emanuelle!* Vielleicht solltest du zu ihrer Mutter fahren und ihr Beistand leisten. Bestimmt ist sie völlig verzweifelt. Weiß sie von dir?«

»Sie weiß, dass ich eine Freundin von den beiden bin«, erwiderte Conny.

»Na, dann! Bestimmt wäre sie froh über deine Gesellschaft. Sie sorgt sich doch um ihre Tochter, noch dazu ist sie allein mit Lucien, der wahrscheinlich unruhig ist, weil er seine Mutter vermisst und spürt, dass etwas passiert ist.«

Conny musste Simonette recht geben. Sie hatte ihr mal wieder die Augen geöffnet. Es gab Menschen, die in diesem Moment ihre Hilfe brauchten. Sie bedankte sich bei ihr für den Rat, legte auf und ließ sich die Rechnung bringen.

Obwohl sie ahnte, dass ihr Versuch aussichtslos sein würde, wollte sie zum Hospital Center Universitaire de Nice fahren und darum bitten, Félix und Emanuelle zu sehen.

Doch bereits am Eingang war die erste Frage, ob sie ein Familienmitglied sei, die sie wohl oder übel verneinen musste.

»*Visite interdite!*«, war die Antwort der kurz angebundenen Frau hinter der Glasscheibe. Immerhin schien sie Zugriff auf den Operationsplan zu haben, denn auf Connys nächste Frage, ob Emanuelle denn noch operiert würde, nickte sie.

Schweren Herzens verließ Conny die Uniklinik mit

ihrer bedrückenden Atmosphäre. Es tat weh, ausgeschlossen zu sein.

40

So gut Conny die Côte d'Azur und die Provence auch kannte, Saint-Paul-de-Vence war Neuland für sie. Und das, obwohl das malerische Dörfchen im Hinterland von Nizza weithin bekannt war und neben anderen Künstlern auch Marc Chagall zwanzig Jahre dort gelebt hatte. Nun lag der Maler auf einem außergewöhnlich idyllischen Friedhof begraben, wie ihr Simonette als große Bewunderin des Impressionisten erzählt hatte. Unter anderen Umständen hätte Conny sein Grab gerne besucht.

Es war ein ausgesprochen schöner Abend. Die Luft war wie so oft nachts in der Provence mild, und sie konnte immer noch offen fahren, obwohl es weit nach zweiundzwanzig Uhr war. Die Hektik des Tages hatte sich gelegt, und der Boden schien während der Sonnenstunden all die Düfte der Natur aufgesogen zu haben, die er jetzt wieder zurückgab. Es roch nach Sonne und Wärme und tausend Kräutern.

Während Conny der Naviroute auf ihrem Handy ins Hinterland folgte, schickte sie Gebete an einen unbekannten Gott in den sternenklaren Nachthimmel. Mit der sehnlichen Bitte, dass Félix und Emanuelle schnell wieder vollständig gesund wurden. Davor verblasste alles, auch ihre Frage, warum Emanuelle überhaupt mit Félix in seinem Auto gesessen hatte. Alles, was zählte, war, dass sie ihr Leben weiterführen könnte wie zuvor.

Kurz fuhr sie rechts ran, um die Koordinaten der Unfallstelle, die Vernaux ihr genannt hatte, als ein Zwischenziel ihrer Route ins Handy einzugeben. Als sie die Stelle erreichte, parkte sie das Cabrio, schaltete die Warnblinker ein und stieg aus.

Weiße Kreidelinien zeichneten den Unfallablauf nach und markierten die Stelle, an der Félix' Alpin über die Böschung geschossen war.

Conny schaute in die Schlucht hinunter. Man hatte das Auto noch nicht geborgen. Im Mondschein konnte sie sehen, dass es sich um den verkohlten Stamm einer Korkeiche gewickelt hatte. Der komplette Hang musste im letzten Sommer abgebrannt sein, der Baumstumpf war die erste etwas größere Hürde gewesen, die den Alpin prompt gestoppt hatte.

Obwohl es in dieser Situation nebensächlich war, musste Conny daran denken, wie viel Félix an seinem Oldtimer lag. Besser, gelegen hatte. So wie es aussah, würde er ihn für immer abschreiben müssen.

Sie machte ein paar Schritte den Abhang hinab und auf den Wagen zu, merkte aber schnell, dass das ein sinnloses Unterfangen war. Als sie fluchend auf allen vieren wieder zurückkroch, fiel ihr etwas braunes Flauschiges neben einem jungen, aus der verbrannten Erde sprießenden Ginsterbusch auf.

Ein Marder? Hatte das Auto das Tier im Fallen erwischt? Als sie sich näherte, erkannte sie, dass es sich um ein Stofftier handelte. Einen Stoffbären. Hatte Félix nicht erwähnt, dass Lucien zwei davon besaß und sie immens wichtig für ihn waren?

Sie griff sich das dunkelbraune Kuscheltier mit den Knopfaugen und der roten Schleife um den Hals, befreite es vom Dreck und suchte vergeblich nach einem möglichen zweiten.

Also fuhr sie mit dem einen Bären weiter bis zu einem Steinhaus, dessen Fensterläden im Licht von mehreren Gartenlaternen mintgrün leuchteten. Sie war am Ziel. Als sie ausstieg, atmete sie die duftende Nachtluft tief ein, um sich zu beruhigen. Emanuelle war es gelungen, das ehemalige Bauernhaus, durch dessen Fenster Licht in den Garten fiel, mustergültig zu renovieren. Es sah aus wie das Ideal eines provenzalischen Steinhauses.

Conny sah sich um. Der Kiesweg, die Blumenbeete mit einer griffbereit stehenden Gießkanne aus passend zu den Fensterläden lackiertem Metall, Lavendel, der Jasmin neben der romantischen Sitzecke auf der Terrasse mit Blick ins Tal. Sie konnte sich nur zu gut ausmalen, wie Félix mit Lucien und Emanuelle hier an einem sonnigen Sonntag frühstückte. Er hatte ihr erzählt, dass sie das manchmal taten, für Lucien.

Aber bevor sie weiter darüber nachdenken konnte, blickte sie durch das Fenster in die beleuchtete Küche, wo eine mittelgroße, rundliche Frau sich nach Leibeskräften bemühte, ein schreiendes Kleinkind zu beruhigen.

Da war er. Lucien. Félix' Sohn.

Und die Frau musste Valérie sein, Emanuelles Mutter.

Sie hielt Lucien im Arm, der sich mit zornesrotem Gesicht immer wieder nach hinten schmiss, sodass sie ihre ganze Kraft aufwenden musste, damit er ihr nicht entglitt. Schließlich beobachtete Conny, wie sie ihn auf den Boden setzte, wo er noch immer kreischend um sich schlug.

Schnell umrundete sie das Haus und klopfte laut gegen die Tür.

»*Qui est là?*«, rief eine tiefe, aber zittrige Frauenstimme.

»Conny von Klarg, ich bin eine Freundin …«

Schon öffnete sich die Tür, und Valérie unterbrach sie. »*Je sais*, ich weiß. Sie sind eine Freundin von Emanuelle. *Entrez*, kommen Sie herein.«

Und von Félix, ergänzte Conny in Gedanken. Es war klar, dass Emanuelle ihre Mutter nicht in die Besonderheit ihrer Beziehung eingeweiht hatte. Und sie würde sich davor hüten, es jetzt zu tun.

Sie folgte Valérie in die Küche und ließ sich auf die Knie nieder. »Schau mal, ich habe das Kuscheltier gefunden, gehört es vielleicht dir?« Sie hielt Lucien den braunen Bären hin.

Félix' Sohn kam ihr neugierig und auf wackligen Beinen entgegen. Als er seinen *petit ours* erkannte, lief ein Strahlen über sein Gesicht, das Conny so an Félix erinnerte, dass sie Lucien sofort lieb gewann.

»Maman!«, rief er, und Conny wusste, noch bevor er sich das Stofftier griff, dass er nicht sie, sondern den Bären meinte.

»Dieu merci!«, seufzte Valérie. »Er hat ihn schon den ganzen Tag vermisst.«

Sie ließ sich erschöpft auf einem Küchenstuhl nieder, während Lucien den zweiten Bären holte und Conny strahlend erklärte: *»Maman et Papa.«*

Sie hatte ihre Gefühle glücklicherweise so weit unter Kontrolle, dass sie bei dem Gedanken, dass sein echter Vater und seine echte Mutter nun im Krankenhaus lagen, nicht losweinte.

Stattdessen lächelte sie den Kleinen an und wandte sich dann an die völlig erschöpfte Valérie: »Soll ich Ihnen einen Thymiantee machen? Er würde Ihnen bestimmt guttun.«

Sie hatte sich erinnert, dass Emanuelle gerne Thymiantee trank, und vermutete, dass sie einen Vorrat davon im Haus hatte.

Valérie nahm das Angebot dankend an, und die nächste Stunde verbrachten die beiden Frauen in Sorge um Emanuelle. Und während Conny Lucien ins Bett brachte, konnte Valérie endlich in Ruhe mit ihrem Mann telefonieren, der im Krankenhaus die Stellung hielt und ihr mitteilte, dass ihre Tochter immer noch operiert wurde.

Als der Kleine schlief, erzählte Valérie Conny voller Liebe von ihrer Tochter, und sie dachte, wie schön es wäre, würde ihre eigene Mutter noch leben. Schmerzhafter denn je wurde ihr bewusst, was ihr durch den frühen Tod ihrer Eltern verwehrt geblieben war.

Aber sie dachte auch daran, dass eine Mutter-Tochter-Beziehung nicht immer harmonisch war. So wie anscheinend die von Margaux und Juliette Calimard.

41

Irgendwann, als die Sonne im Osten schon ihre ersten Strahlen vorschickte und Conny und Valérie mit den Köpfen auf der Küchentischplatte eingenickt waren, kam der erlösende Anruf aus dem Krankenhaus.

Emanuelles OP war so weit gut verlaufen, aber sie war noch nicht außer Lebensgefahr. Entscheidend würden die nächsten Tage sein. Man würde sie im Koma lassen, bis das Gehirn abgeschwollen war. Erst danach würde man verlässlich sagen können, ob alles gut gegangen war, aber bisher spreche nichts dagegen.

Fürs Erste beruhigt verabschiedete sich Conny. Sie wollte versuchen, in ihrem Hotelbett zumindest noch ein paar Stunden zu schlafen, und riet Valérie, die ihr angeboten hatte, bei ihr zu übernachten, dasselbe zu tun. Lucien würde schon bald wieder topfit sein und seine Großmutter brauchen.

Tatsächlich wäre sie gerne bei seiner Betreuung eingesprungen, doch andere Dinge waren dringender. Ob Commissaire Vernaux inzwischen Neuigkeiten hatte? Auch wollte sie unbedingt und so schnell wie möglich mit René und danach mit Noah und Juliette sprechen. Sie brauchte nur noch einen guten Vorwand.

Und letztendlich würde sie sich auch etwas einfallen lassen müssen, um Marie Sommer zu besänftigen. Denn sie glaubte kaum, dass es ihr gelingen würde, ihrer Chefin wie versprochen bis Freitag ein Interview mit Juliette zu liefern.

Was François Marvis betraf, sah die Sache vielleicht anders aus. Sie beschloss, Marie als Alternative ein Interview mit ihm vorzuschlagen. Und vielleicht wäre ein Artikel über ihn in der *La Voyagette* auch für René ein Anreiz, sich auf ein zweites längeres Gespräch mit ihr einzulassen.

Wider Erwarten schlief Conny sofort ein, als sie in das breite Bett in ihrer Suite fiel. Allerdings war ihr Schlaf unruhig, sie träumte von Félix, der blutüberströmt immer wieder die leblose Emanuelle auf einer Krankenbahre in den OP schob, den *petit ours* mit dem Namen Maman unter den Arm geklemmt.

Als sie, noch immer aufgewühlt von den Erlebnissen der Nacht, vor acht Uhr erwachte, fühlte sie sich wie gerädert, doch dann erinnerte sie sich, wie glücklich Lucien ausgesehen hatte, als sie ihm seinen Bären wiedergebracht hatte.

Allerdings war es ihr nicht vergönnt, dieses schöne Gefühl lange zu genießen. Denn kurz darauf schrillte ihr Handy, wie es nur Marie Sommer fertigbrachte, es schrillen zu lassen. Conny hatte keine Ahnung, wie ihre Chefin das hinbekam. Seufzend griff sie nach dem Telefon, es hätte keinen Sinn gehabt, den Anruf zu ignorieren.

»*Bonjour,* Madame«, flötete Marie ihr mit einem starken deutschen Akzent ins Ohr.

Die Herausgeberin der *Voyagette* war ein Morgenmensch

und konnte unglaublich anstrengend sein, wenn man selbst sich erst mit dem Tag anfreunden musste. Sie begann mit ihrem Tagewerk, sobald sie die Bettdecke zur Seite geschlagen und aus dem Bett gesprungen war.

»Hi«, gab Conny etwas unterkühlt zurück.

»Was macht dein Interview mit Juliette Calimard?« Direkt zum Punkt, wie immer. Jetzt war Improvisationstalent gefragt.

Conny setzte sich im Bett auf und ließ den Blick durchs Fenster über die Baie des Anges gleiten. »Marie, du wirst es nicht glauben, aber ich hab eine unglaubliche Idee!« Sie machte eine Pause, um die Spannung zu erhöhen.

»Ich höre?«

»Wir werden verschiedene Porträts bringen, als Serie. Das wird der Hammer! Nicht nur eins mit einem Interview von Juliette. Dessen Wirkung würde schnell verpuffen, und *Une année sans regrets* gibt viel zu viel her. Wir widmen uns den wichtigsten Personen, die mit dem Film zu tun haben. Wir starten mit François Marvis, dem Regisseur, einem unglaublich charismatischen Typen. Dann folgt ein Artikel über René Delon, den Produzenten, und dann einer über Inès Rajab, Maskenbildnerin und eine enge Vertraute von Juliette und Margaux.« Conny schob ihre Bettdecke zur Seite. Die Idee, die sie gerade entwickelte, begann sie selbst zu begeistern. »Und erst am Ende, als Höhepunkt, wenn der Film in ein paar Monaten mit der Palme d'Or ausgezeichnet in die Kinos kommt, bringen wir das Interview mit Juliette plus Porträt. Was meinst du? Das wird der Knaller!«

Conny hatte schon mehrmals die Erfahrung gemacht, dass man Marie am besten mit dem eigenen Enthusiasmus überzeugen konnte. Doch diesmal blieb ihre Chefin entgegen ihrer Hoffnung zurückhaltend.

Je länger Conny allerdings ihre Vorstellungen skizzierte und ihr den Spannungsbogen schmackhaft machte, desto mehr schien sich Marie mit ihrem Vorschlag anzufreunden.

Als Conny schon glaubte, dass sie sie überzeugt hätte, meinte Marie: »Weiß man inzwischen, wie Margaux Calimard gestorben ist?«

»Sie wurde erschlagen.« Sie stutzte. War das bis nach Deutschland noch nicht durchgedrungen?

»Wie kann das eigentlich sein?«, fragte Marie. »Ich schicke dich zweimal nach Südfrankreich, und beide Male passiert ein Mord ausgerechnet in deinem Umkreis. Du bist dir schon bewusst, dass du für ein Luxusmagazin schreibst und nicht für ein True-Crime-Blättchen?«

»Wo viel Licht ist, ist halt auch viel Schatten.« Mehr fiel Conny spontan dazu nicht ein.

»Das mag sein, aber wende dich bitte zukünftig ausschließlich dem Licht zu.« Es hörte sich an wie ein Befehl.

Nachdem sie Marie das versprochen hatte, mehr, um sie zu beruhigen, als dass sie selbst es vorgehabt hätte, genehmigte die ihr immerhin zwei weitere Tage vor Ort. Sie fügte noch an, dass sie sich auf das Interview mit François Marvis freue, das sie für den gleichen Abend erwarte, damit es mit dem Rest des Magazins morgen in den Druck gehen könne, und legte dann auf.

Conny wusste nicht, ob sie sich über den Ausgang des Gesprächs freuen sollte, aber zumindest hatte sie sich einen kleinen Aufschub verschafft.

Als Nächstes versuchte sie, Félix zu erreichen, und erfuhr von Vernaux, der natürlich immer noch im Besitz seines *portable* war, dass es keine Neuigkeiten gab.

Anschließend machte sie sich stöhnend und mit leerem Magen daran, für das Interview mit François zu recherchieren. Sie hatte schon genügend Interviews geschrieben, um zu wissen, was man wie vorbereiten konnte, um es danach mit O-Tönen zu würzen. Auf den Infos einer Filmografie aufbauend setzte sie einen vorläufigen Text auf, den sie mit ein paar gezielten Fragen an den Regisseur vervollständigen und ausbauen könnte. Interessant und ungewöhnlich erschien ihr Inès' Aussage, dass François das Drehbuch geändert und der Realität angepasst hätte. Damit könnte sie einen wunderbaren Bogen zu seinem künstlerischen Genie spannen.

Dann schickte sie ein paar Links an Ella von der Bildredaktion der *Voyagette* mit der Bitte, das entsprechende Fotomaterial zu organisieren und mit aktuellem von der Eröffnung der Filmfestspiele zu ergänzen. Außerdem sollten ein paar Stills aus *Une année sans regrets* den Artikel ergänzen, da der Film der rote Faden der Artikelreihe sein würde.

Sehr zufrieden mit sich und ihrer Arbeit beschloss sie, im Pool auf der Dachterrasse ein paar Bahnen zu ziehen, und genehmigte sich als Belohnung für ihre Effizienz am Vormittag im Anschluss daran im Bistro zwei *pains au chocolat*, die sie in ihren *café au lait* tunkte, bevor sie sie genoss.

Wieder in der Suite, packte sie ihren Koffer, denn sie hatte sich entschlossen, nun doch auf Félix' Angebot einzugehen und bei ihm zu wohnen. Sie war sich ziemlich sicher, dass er es nicht länger als notwendig im Krankenhaus aushalten würde, und sie wollte sich um ihn kümmern, wenn er nach Hause kam.

42

In dieser Nacht hatte sie tief und traumlos geschlafen. Wie ausgeknockt. Aber jetzt war Juliette wach. Wach und im Vollbesitz ihrer geistigen Fähigkeiten wälzte sie sich mit noch geschlossenen Augen in ihrem Bett.

Sie erinnerte sich sehr wohl daran, was geschehen war. Daran hatten auch die Tabletten nichts ändern können. Maman war tot. Juliette sah wieder ihren ausgestreckten, regungslosen Körper im Salon vor sich. Die Blutlache um ihren Kopf.

Ihre Hand tastete nach Noah, doch das Bett neben ihr war leer. Er war also bereits aufgestanden. Hatte er vielleicht sogar wieder die Wohnung verlassen, so wie schon gestern Abend, als die beiden Polizistinnen gekommen waren?

Sie machte sich Sorgen, ob *les deux femmes policiers* ihm

erzählt hatten, dass sie während seiner Abwesenheit aufgewacht war und sich übergeben hatte. Gerade noch rechtzeitig hatte sie es ins Bad geschafft, und die beiden hatten sich nett um sie gekümmert und versprochen, Noah nichts von dem Vorfall zu erzählen. Aber ob sie sich daran gehalten hatten? Noch konnte sie sich nicht sicher sein.

Sie wollte sich nicht mehr mit Tabletten vollstopfen lassen. Alles in ihr wehrte sich dagegen. Sie hatte genug davon. Tränen liefen ihr über die Wangen, sie wischte sie mit einer Ecke des Betttuchs weg. Er durfte nicht merken, dass sie endlich wieder annähernd klar im Kopf war.

Sie lauschte. In der Küche klapperte es. Er war also doch da.

Sie öffnete die Augen und zog vorsichtig die Schublade ihres Nachttischs auf. Da waren sie wieder, all die Pillen. Gestern hatte er sie weggeräumt, wahrscheinlich wegen der beiden Polizistinnen. Die natürlich die Schublade aufgezogen, doch lediglich die Packung Amitriptylin gefunden hatten, die Professor Bernard ihr verschrieben hatte. Die Tabletten waren allein eingenommen schon stark genug, doch in Kombination mit den Medikamentencocktails, die Noah ihr mischte, war ihre Wirkung verheerend.

Jetzt hallten seine Schritte im Flur und kamen näher. Schnell ließ sich Juliette zurück in die Kissen sinken und schloss wieder die Augen.

»Le petit déjeuner, mon poussin!«

Entweder nannte er sie so oder *bébé*. Aber sie war weder sein Küken noch sein Baby. Wie sie diese Verniedlichungen hasste. Bestimmt hatte er das Holztablett in den Händen, darauf ein Teller mit klein geschnittenem Obst. Margaux hatte ihr ein gesundes Frühstück verordnet, schon vor langer Zeit.

Sie ließ ihm zuliebe die Lider flattern wie ein Küken die Flügel und tat so, als würde sie gerade aufwachen und wäre noch benommen.

Er setzte sich auf die Bettkante auf ihrer Seite und legte ihr seine kalte Hand auf die Stirn. Sie hatte schon immer gut die leidende Kranke, die Schwache, Hilflose spielen können. Eine ihrer Paraderollen. Selbst ihre Mutter hatte sie nicht durchschaut.

Juliette erinnerte sich nur zu gut an die Mandelentzündung, die sie mit zehn Jahren vorgetäuscht hatte. Mit Chilipulver hatte sie ihre Schleimhäute gereizt und sich dann so verhalten, wie ihre Freundin Mimmi es ihr geschildert hatte, die tatsächlich eine Mandelentzündung gehabt hatte. Sie war sehr überzeugend gewesen. Mimmi war nie operiert worden, Juliette schon. Kurz vor der Anästhesie hatte sie überlegt, den Irrtum aufzuklären, sich aber dagegen entschieden. Mit dem triumphalen Gefühl, ein kleines Geheimnis zu haben. Und eine Fähigkeit, die ihr Macht verlieh. Sie konnte Menschen erfolgreich täuschen.

Niemand, niemand hatte sie je durchschaut, außer René. Nie würde sie vergessen, wie er zu ihr ins Krankenhaus gekommen war, nachdem sie sich die Pulsadern aufgeschnitten hatte. »Du solltest jetzt aufhören, Theater zu spielen, Juliette«, hatte er gesagt. »Diesmal wäre es fast danebengegangen.«

Und an den Kuss, der folgte, würde sie sich auch für immer erinnern. Erst auf die Wange, doch dann hatte sie ihm ihre Lippen hingehalten, und er war der Einladung gefolgt. In diesem Kuss hatte sie all die Liebe und all das Verständnis gefunden, wonach sie sich immer gesehnt hatte.

Trotzdem hatte es sich irgendwie falsch angefühlt.

Und jetzt wusste sie auch, warum. Jetzt wusste sie, warum sie sich so nahe waren, näher noch, als Margaux und sie es je gewesen waren. Und jetzt konnte sie sich auch sicher sein, dass er sie genauso liebte wie sie ihn.

Tränen schossen ihr in die Augen.

Noah streichelte ihr über die Wange und rückte dann die Kissen in ihrem Rücken zurecht. »*Tout est bien, mon poussin.*«

Nein, es war nicht alles gut. Sie schluchzte auf. Wieder passte ihr Verhalten zu der Rolle, die er ihr gegeben hatte. Was war Spiel, was Realität?

Er zog die Schublade auf, drückte Tabletten aus unterschiedlichen Blistern heraus. Wieso tat er das? Was versprach er sich davon? Dachte er wirklich, er könnte sie so halten?

»Nimm die hier, *mon poussin*. Drei vor, drei nach dem Essen.«

Die vor dem Essen würden eine Herausforderung sein. Wie sollte sie sie ausspucken, ohne dass er es mitbekam?

Sie nahm die drei Pillen, die wie unterschiedlich dicke rosafarbene Bohnen aussahen, und steckte sie sich in den Mund. Keine Minute, und die Gelatinehaut würde sich auflösen und der bittere Wirkstoff sich in ihrem Mund ausbreiten. Sie musste sie vorher loswerden.

»Mon café?«, fragte sie mit zittriger Stimme.

Er reagierte erfreut. »Du möchtest einen *café au lait, petit poussin?*«

Sie nickte so heftig wie ein Kind, dem unverhofft ein Eis angeboten wird.

Als er in die Küche lief, spie sie die Tabletten wie Kirschkerne in ihre Hand. Gerade noch rechtzeitig. Die Gelatine klebte an ihrer Handfläche und färbte sie rosa.

Er kam zurück. »Bist du sicher, *petit poussin?*«

Konnte er nicht mal das Küken weglassen? Aber sein Misstrauen war verständlich. Seit Wochen hatte sie keinen Kaffee getrunken. Er starrte auf ihre rechte Hand. Ahnte er, dass ihre Finger die Tabletten umschlossen?

Mit der Geste einer Dahinscheidenden legte sie die Handfläche auf die Decke und öffnete die Finger. Die Dinger klebten zuverlässig. Nur die rosa Flecken, die müsste sie später loswerden.

Sichtbar beruhigt verließ er das Schlafzimmer.

Sie schob die Tabletten oder das, was von ihnen übrig war, in den Schlitz zwischen den beiden Matratzen und wischte die rosa Farbe dann an der Bettdecke ab.

Gleich würde er zurückkommen. Schnell tauschte sie ihre gegen seine Bettdecke aus und drehte sie mehrmals, damit die rosa Flecken am Fußende waren.

Dann begann sie, mit der Gabel in den Ananas- und Papayastücken herumzustochern. Wie gern hätte sie ein frisches, schweres Croissant in ein *bol* mit *café au lait* getunkt. Aber darauf, dachte sie, würde sie wohl warten müssen, bis sich keiner mehr Gedanken um ihre Figur machte.

Noah war zufrieden, als er mit dem *café au lait* zurückkam und sie essen sah. Sie lächelte ihn an und dachte an René.

43

Nirgendwo war es offensichtlicher, dass Félix mehr Franzose als Deutscher war, als in seiner Küche.

Conny hatte den losen Stein in der rückwärtigen Hauswand herausgezogen und dahinter wie erwartet den Ersatzhausschlüssel entdeckt. Das Versteck hatte Félix schon oft gerettet, wenn er den Schlüssel vergessen hatte, was gar nicht mal so selten passierte. Auch in ihrem Beisein. Nachdem sie ihren Koffer in das Schlafzimmer in die erste Etage geschleppt hatte, stand Conny nun in der Küche. Obwohl Félix selten kochte, war sie besser ausgestattet als so mancher Arbeitsplatz eines Sternekochs.

Er besaß eine Salatschleuder, eine Vielzahl an Töpfen, Pfannen, Messern und Mörsern und sogar einen Drehspieß, um ein Hähnchen im Ofen zu grillen. Auf dem Herd stand die typisch französische Presskaffeekanne, an der Wand hing eine Kaffeemühle. Bevor Conny einen Blick in den Kühlschrank werfen konnte, wurde draußen laut gehupt.

Das galt vermutlich ihrem Cabrio, das sie statt in der Einfahrt am Straßenrand geparkt hatte, schließlich wollte sie fürs Erste nicht lange bleiben. Doch gerade hier war die Straße so eng, dass ihr Wagen nun vermutlich einem anderen den Weg versperrte.

Für den Fall, dass Félix früher zurückkam als erwartet, kritzelte sie schnell eine Nachricht auf einen Block auf dem Küchentisch: *Willkommen zu Hause! Bin in Cannes. Bisou, Conny*

Sie schlang sich in der Taille ein Tuch um ihr Kleid, griff nach ihrem weißen Hoodie für den Abend und nach ihrem Rucksack, dann stürzte sie aus dem Haus und legte den Schlüssel zurück in sein Versteck.

Als sie auf die Straße trat, winkte sie fröhlich zwei Autofahrern zu, von denen keiner weiterkam. Während der eine sie mit wilden Flüchen bedachte, pfiff der andere bewundernd durch die Zähne und setzte grinsend zurück, damit sie ausparken konnte.

Ihnen zum Abschied zuwinkend fuhr sie davon mit der Croisette als Ziel. Alle wichtigen Filmleute würden für die Zeit des Festivals immer wieder dort anzutreffen sein, und mit ihrem Presseausweis konnte sie praktischerweise eines der Parkhäuser nutzen.

Zuerst wollte sie mit François sprechen. Wenn er sich zu einem *déjeuner* überreden ließ, hätte sie ihren dringendsten Artikel schnell unter Dach und Fach. Und im Anschluss würde sie René aufsuchen.

Während sie mit geschlossenem Verdeck die Autobahn La Provençale in Richtung Cannes raste, kramte sie in ihrer Handtasche nach den AirPods, steckte sie sich in die Ohren und ließ ihr Handy Félix' Nummer wählen.

Wieder ging Vernaux ran.

Conny fluchte innerlich, denn sie hatte gehofft, dass der Commissaire es Félix schon zurückgegeben hatte, weil es diesem besser ging. »*Bonjour*, Commissaire Vernaux, gibt es etwas Neues von Félix?«

»*Désolé*, Madame. Aber rufen Sie doch im Krankenhaus an. Wenn er auf der normalen Station liegt, wird man Sie vielleicht mit ihm verbinden.« Den Hintergrundgeräuschen nach befand auch er sich im Auto.

»Wurde der Vaterschaftstest schon ausgewertet?«, fragte sie schnell und mit so sicherer und fester Stimme, als wäre sie Staatsanwältin. Der Bluff gelang.

»*Eh bien*, Albert ist nicht derjenige, welcher.«

Conny nickte. Das war ja mal interessant. »Commissaire Vernaux, ich habe gleich einen Termin mit René Delon. Ich habe einen ziemlich guten Draht zu ihm.« Was beides geflunkert war. »Ich könnte mir vorstellen, ihm die Nachricht zu überbringen, dass Albert nicht Juliettes Vater ist. Vermutlich wird ihn das ziemlich aufwühlen.«

Vernaux schaltete schnell. »Sie meinen, weil er selbst als Vater in Betracht kommt?«

»Ganz genau!«

»*Bon,* Madame«, meinte der Commissaire nach längerer Pause. »Ihnen ist bewusst, dass ich offiziell nichts sagen darf, aber es gibt eine neue Entwicklung.«

»Eine neue Entwicklung?«

»*Alors*, ich weiß, dass Félix große Stücke auf Sie hält,

und vertraue seiner Menschenkenntnis. Tatsächlich bin auch ich gerade auf dem Weg zu Monsieur Delon, zu der Villa von ihm und seiner Frau bei Juan-les-Pins.«

»Warum?«

Sie hörte ihn schlucken und stellte sich vor, wie sein Adamsapfel auf und ab hüpfte, als er sagte: »*Bah*, Félix hat am Tatort einen Papierschnipsel sichergestellt. Wir hatten gleich den Eindruck, dass er von einem Briefentwurf stammen könnte.«

»Und?« Wieso geizte der Mann eigentlich so mit seinen Worten, wenn er ihr doch eigentlich etwas mitteilen wollte? Ganz anders als die meisten Franzosen, die sie kannte und die kaum mehr zu stoppen waren, wenn sie einmal redeten.

»*Eh bien*, der Schnipsel wurde kriminaltechnisch untersucht. Es handelt sich tatsächlich um den Teil eines Briefs, vermutlich der zweiten Seite.«

»Woher weiß man das?«

»Die Anrede von der ersten Seite hat sich durchgedrückt. Daraus geht hervor, dass das Schreiben an einen gewissen René gerichtet war, und unserer Recherche nach gibt es nur einen Mann mit diesem Namen in Margaux Calimards Umfeld. René Delon, den Produzenten.«

Conny war jetzt ganz Ohr. Das wurde ja immer besser! »Das heißt, Margaux hat kurz vor ihrem Tod einen Brief an René geschrieben.« Plötzlich hatte sie eine klare Vorstellung davon, was in diesem Brief gestanden haben könnte.

Schließlich hatte die Schauspielerin zuvor von Inès

erfahren, dass ihre Tochter die Hochzeit mit Noah platzen lassen wollte. Vermutlich wegen der Affäre mit René. Wenn René tatsächlich Juliettes Vater war, wäre das wohl der Moment gewesen, in dem Margaux ihr Schweigen hätte brechen müssen.

»Außerdem besitzt Renés Frau ein dunkelblaues Mercedes Coupé«, unterbrach Vernaux diesmal ihre Überlegung. »Der Unfallzeuge hat zugegeben, dass er die Farbe des Autos, das auf Félix und Emanuelle zugerast ist, nicht eindeutig erkannt hat. Das bedeutet, René könnte durchaus der Verursacher des Unfalls sein, wegen dem Emanuelle noch immer in Lebensgefahr schwebt.«

Conny nickte vor sich hin. An dem Punkt war sie auch schon gewesen. Allerdings war ihr immer noch nicht klar, welches Motiv René haben könnte, Félix aus dem Weg zu räumen. Reichte es, dass er der Wahrheit nahegekommen war?

»*Bon*, es gibt noch etwas, das Sie interessieren dürfte.« Vernaux zeigte sich auf einmal überraschend mitteilsam. »Wir haben Teile von Margaux' Schmuck in Alberts Garten sichergestellt. Eine Nachbarin hat beobachtet, wie er dort vergraben wurde. Von einem Fahrer eines nachtgrauen SUVs. Unseren Recherchen nach hat Juliette ein solches Fahrzeug erst vor Kurzem von ihrer Mutter geschenkt bekommen. Wir fahnden gerade danach.«

Juliette? Das war seltsam, aber immerhin nahmen die Ermittlungen Fahrt auf.

Und nachdem Conny sich höflich für Commissaire Vernaux' Vertrauen bedankt und aufgelegt hatte, wurde ihr bewusst, dass auch dieser Hinweis ein Indiz sein konnte, das für René als Täter sprach.

Der nachtgraue SUV fiel ihr ein, der Félix und ihr unweit der Kreuzung von Juan-les-Pins entgegengekommen war und auf ihre Seite gezogen hatte, sodass Félix aufgeblendet hatte. Konnte René der Fahrer gewesen sein? Nun, der Wagen war in Richtung seiner Villa unterwegs gewesen, aber die Frisur des Fahrers hatte gänzlich anders ausgesehen. Hatte René eine Perücke getragen? Juliette hätte ihm sicher ihr Auto geliehen. Oder er hätte sich die Autoschlüssel aus ihrer Handtasche nehmen können. Ebenso könnte er sie mit ihrem eigenen SUV entführt haben, nachdem er Margaux erschlagen hatte.

In Connys Kopf arbeitete es. Wer sagte eigentlich, dass sie entführt worden war? Vielleicht war sie ja freiwillig in das Auto gestiegen.

Wobei, der Mord war gegen achtzehn Uhr geschehen, wie Félix ihr anvertraut hatte. Zu der Zeit war Juliette nach aktuellem Stand der Ermittlungen in der Villa gewesen, René hingegen hatte ausgesagt, dass er sich mit Albert kurz nach achtzehn Uhr ganz in der Nähe der Villa geprügelt hatte.

Sie rief Vernaux erneut an. »*Excusez*, aber hat Albert den Streit mit René zugegeben?«

»*Tout à fait*, Madame«, bestätigte Vernaux, »unbedingt.«

»Nach achtzehn Uhr?«

»*Voilà, c'est ça.*«

Damit war Renés Alibi bestätigt. »Dann kann René Juliette nicht entführt haben.«

Vernaux zeigte sich irritiert. »Wer hat denn gesagt, dass er das getan hat?«

»Die Vermutung lag doch nahe«, rechtfertigte Conny sich überflüssigerweise.

»*Eh alors*, Madame Klarg, bisher wissen wir nicht, ob sie entführt wurde oder einfach weggelaufen ist. Wir hatten noch keine Gelegenheit, sie dazu zu befragen.«

»Natürlich, entschuldigen Sie.« Während sie das Gespräch beendete, schalt sie sich, wieder einmal vorschnell gewesen zu sein.

Als sie sich der *péage* der Ausfahrt von Cannes näherte, überlegte sie: Sollte sie zurück nach Juan-les-Pins fahren, wo Vernaux gleich René treffen würde? Aber wer sagte denn, dass René sich dort aufhielt?

Sie nahm die Ausfahrt und rief Inès an.

»*Pas vrai*, du bist wirklich hartnäckig, Conny«, beschwerte sich die Visagistin. »Ich tue gerade mal wieder das, was du mir empfohlen hast, *je travaille*.«

»Sorry, nur ganz schnell: Hast du René heute schon gesehen?«

»Er war kurz da, dürfte aber inzwischen nicht mehr ansprechbar sein. Hatte *à midi* schon getrunken. Kein Wunder, seit etwa einer Stunde ist ein Foto von ihm und Juliette im Netz, das die liebe Alice kaum erfreuen dürfte.«

»Was für ein Foto?«

»Auf dem Bild legt René seinen Arm um Juliettes Schultern, während sie sich küssend ein Hotel betreten. Ziemlich eindeutig.«

»Hast du es online gestellt?«

»*T'es folle?*«, herrschte Inès sie in der ihr eigenen Manier an.

Nein, verrückt war Conny nicht, aber sie wusste nur zu gut, wozu sich Frauen hinreißen ließen, wenn sie einen Mann für sich haben wollten. Manchen war es sogar egal, dass sie den Mann ihrer Wünsche dabei in eine so aussichtslose Lage brachten und er letztlich nur zu ihnen gekrochen kam, weil er keine Alternative mehr hatte. Hauptsache, sie hatten ihn für sich. Und ein solches Vorgehen traute Conny Inès sehr wohl zu. Doch nicht nur ihr.

Sie bedankte sich kurz und ließ dann Inès wieder ihrer Arbeit nachgehen.

So bald wie möglich musste sie sich dieses Foto ansehen, doch beim Fahren ging das schlecht. Zumal sie sich inzwischen von der Hafenseite der Croisette näherte und die Absperrungen wegen der Festspiele den Verkehr behinderten.

Eigentlich hatte sie in der Tiefgarage des Palais des Festivals et des Congrès parken wollen, doch als sie am *Hôtel Martinelle* vorbeifuhr, sah sie, wie René schwankend in die Lobby ging.

Sie wendete bei der nächsten Gelegenheit, fuhr vor, winkte den Portier zu sich, wie Inès es vor zwei Abenden gemacht hatte, und bat ihn, das Cabrio zu übernehmen. Dann lief sie René hinterher.

44

Félix richtete sich in seinem Krankenhausbett auf. Sein Oberkörper fühlte sich an wie aus Beton gegossen, dabei hatte man ihn nur fest mit einem Verband umwickelt.

Überall war seine Haut mit Schürfwunden und blauen Flecken übersät, und jede Faser seines Körpers schmerzte auf andere Weise, doch die Stiche in seiner Brust übertrafen alles.

Trotzdem musste er weg von hier.

Die Ärztin hatte ihm auf seinen mehrfach geäußerten Wunsch hin ein Formular auf den Tisch geknallt, das er nur zu unterschreiben brauchte, um sich selbst zu entlassen. Und genau das tat er jetzt.

Aber bevor er das Krankenhaus verließ, wollte er mit eigenen Augen sehen, wie es Emanuelle ging. Man hatte ihm gesagt, dass sie nur wenige Meter entfernt von seinem Zimmer auf der Intensivstation lag.

Sorgfältig darauf bedacht, sich so wenig zu bewegen wie nur möglich, schlüpfte er in seine Kleider, die er auch beim Unfall getragen hatte und die überraschenderweise unversehrt geblieben waren, wenn man bedachte, in was für einem Zustand sein Körper war.

Er verließ sein Einzelzimmer, schlich durch den langen Gang und eine Glastür und passierte ein leeres Schwesternzimmer. Auf der Intensivstation hatten die Zimmer zum Gang hin Glasscheiben, hinter denen Patienten, aus denen Schläuche ragten, in ihren Betten lagen. Endlich sah er sie.

Emanuelle.

Den Kopf bandagiert, die Augen geschlossen, verschwand sie an unzählige Maschinen angeschlossen geradezu zwischen den weißen Laken.

Er wollte zu ihr, ihr sagen, wie leid es ihm täte, ihr versichern, dass alles wieder gut werden würde, sie nur durchhalten müsse.

Doch bevor er auch nur daran denken konnte, zu ihr ins Zimmer zu huschen, tauchte eine Krankenschwester am Gangende auf. »Monsieur! *Attendez!* Halt!« Die Frau begann zu laufen.

Aber Félix wollte nicht warten, wollte keine Diskussion. Also hob er beschwichtigend die Hand und hastete zurück und aus dem Krankenhaus.

Er wollte nach Hause. Erst mal zur Besinnung kommen. Ein oder zwei *petits cafés*, dann würde er wieder er selbst sein und sich anschließend darum kümmern, zumindest sein Handy zurückzubekommen. Er winkte einer der Taxen vor dem Hospital zu.

Der Fahrer lehnte sich aus dem Fenster und erschrak, als er Félix' Gesicht sah. *»C'est pas encore Halloween, non!* Halloween ist doch erst Ende Oktober.«

»Allez-y!« Félix ignorierte die Bemerkung, ertrug den stechenden Schmerz beim Einsteigen und den Schwindel, der die Welt um ihn herum kurz schwarz werden ließ. Der Mann sollte jetzt einfach nur seinen Job machen und losfahren, was er schließlich auch tat.

Die Taxifahrt wurde zu einem Höllenritt, bei jeder Erschütterung hätte Félix schreien können, doch er stand sie tapfer schweigend durch. Und war unglaublich erleichtert, als sie endlich bei ihm Zuhause ankamen.

Kaum hatte er die Tür geöffnet, nahm er einen vertrauten Duft wahr.

»Conny?«, rief er.

Ein warmes Gefühl durchströmte ihn, obwohl er keine Antwort erhielt. Sein Herz schlug wie wild, als er ihren Koffer im Schlafzimmer entdeckte. Ihre Lederjacke hatte sie aufs Bett geworfen. Wie oft hatte er sich schon aufgeregt über ihren Hang, Chaos zu verbreiten, doch jetzt vergrub er sein Gesicht in der Jacke, bevor ihm vor Erschöpfung die Augen zufielen.

45

Zuerst steuerte René auf den Aufzug zu, doch dann schien er es sich anders zu überlegen und lief durch die Lobby Richtung Bar.

Conny folgte ihm.

Als sie ihn erreicht hatte, hatte René bereits einen doppelten Martini mit Eis und Zitrone vor sich und nahm einen großen Schluck.

Selbst jetzt, als die Mittagssonne senkrecht am Himmel stand, war es dunkel in der Bar, in der Kirschholz und

Blautöne dominierten und nur wenige Gäste saßen, da die meisten im Restaurant das *déjeuner* einnahmen.

Conny ließ sich neben René auf einen Barhocker nieder.

»Die ersten Kritiken für *Une année sans regrets* sind hervorragend, was man so hört.« Als sie ihn ansprach, zuckte er zusammen. »Wäre es da nicht sinnvoller, weiter PR zu machen, statt sich hier zu verkriechen und sich volllaufen zu lassen?«

Er fixierte seinen Drink. »*Pas du tout!* Wohl kaum. Spätestens morgen wird sich ganz Frankreich das Maul über mich zerreißen.«

Er hob sein Glas an die Lippen, leerte es und bestellte einen weiteren doppelten Martini. Gentleman, wie er war, bot er ihr auch einen an, den sie aber dankend ablehnte. Der Barkeeper stellte zwei Schälchen mit Oliven und Crackern dazu, und Conny bat um *une bouteille d'eau naturelle*.

René befand sich bereits in einem Zustand, in dem er nicht mehr mitbekommen dürfte, wenn sie seinen Martini damit verdünnte.

»Du weißt es schon, oder?«, fragte sie.

Er war sicher nicht der erste Mann, der sich betrank, nachdem er erfahren hatte, dass er Vater geworden war. Obwohl die Geburt ja schon eine Weile zurücklag.

Statt eine Antwort zu geben, griff René in die Innentasche seines weißen Leinenjacketts und förderte einen dreimal gefalteten Brief zutage, den er vor sie auf den Tresen warf.

Während Conny nach dem Brief griff, stützte er seine Ellenbogen auf und ließ sein Gesicht in die Hände sinken. *»Je suis foutu.«*

Ganz so negativ hätte Conny seine Situation nicht beschrieben. Am Arsch war man nicht so leicht. Aber natürlich hatte sich seine Lage nicht verbessert, seitdem das kompromittierende Foto von ihm und Juliette im Netz aufgetaucht war, das sie leider noch immer nicht mit eigenen Augen gesehen hatte.

Conny faltete den Brief auseinander und begann, Wort für Wort den Text zu entziffern, was nicht einfach war. Die Buchstaben waren verschnörkelt, und er war mit einer Feder geschrieben worden, die immer wieder gekleckst hatte. Als sie fertig war, lag Renés Stirn auf seinen auf dem Tresen ruhenden Unterarmen.

»Hast du Margaux deshalb erschlagen?«, fragte Conny und hielt ihm den Brief hin.

»Comment?« Er drehte ihr das Gesicht hin. »Warum hätte ich sie erschlagen sollen? Weil sie mir all die Jahre verschwiegen hat, dass ich der Vater ihrer Tochter bin? Oder weil sie mich damit erpressen wollte? Sie war so eine unglaubliche Egoistin.« Er ließ die Worte im Raum stehen.

Conny bezweifelte zwar, dass René kein Egoist war, aber das war in diesem Moment nebensächlich. Jetzt wollte sie erst einmal wissen, was genau vor zwei Tagen passiert war. »Erzähl der Reihe nach. Du bist also am Dienstag zu Margaux gegangen, und dann?«

Er sprach so undeutlich, dass sie an ihn heranrutschen musste, um ihn zu verstehen.

Sein Blick war so leer, als gäbe er den Inhalt eines Films wieder, der ihn kaum berührt hatte. »Margaux hatte mich um siebzehn Uhr zu sich bestellt. Ich dachte, sie will sich mit mir aussprechen, damit wir uns auf der Bühne um den Hals fallen und uns als Dream-Team präsentieren können.«

Er lachte auf. »Sie hatte den Brief gerade fertig geschrieben, die Tinte war noch feucht.« Er deutete auf einen verwischten Klecks, der anscheinend entstanden war, als sie ihn mit noch feuchter Tinte gefaltet hatte. »Sie hat mir den Brief gegeben und gemeint, es sei ihr ernst. Ich solle Juliette in Ruhe lassen, sie werde Vorkehrungen treffen, mit Noah und François in die USA zu gehen. Dann wäre sie für immer aus meinem Blickfeld verschwunden. Und Juliette solle nie erfahren, was sie mir jetzt sagen würde.«

Er schwieg, und seine Lider flatterten. »Sie hat hämisch gelacht und gemeint, einen auf Vater könne ich ja jetzt sowieso nicht mehr machen. Es würde Juliette umbringen, sollte sie davon erfahren, was für einen *filou* und Playboy sie zum Vater habe. Einen, der mit seiner eigenen Tochter eine Affäre habe. Wenn ich mich an ihre Abmachung hielte, würde kein Wort über meine Vaterschaft an die Öffentlichkeit dringen. Wenn nicht, würde die Nachricht spätestens am Donnerstag die Runde machen. Sie hatte vorgesorgt.«

Er hob den Kopf, setzte sich auf und schob Conny mit zittriger Hand sein Handy hin. Auf dem Display war das Foto, von dem Inès gesprochen hatte.

Es war wirklich eindeutig. Eindeutig kompromittierend.

Wie René den Arm besitzergreifend um Juliette in ihrem aufreizenden Minikleid legte. Wie sie ihn anstrahlte. Jeder, der das Foto sah, würde wie ganz selbstverständlich weiterdenken und die beiden bereits im Bett sehen, obwohl sie doch nur durch eine Hoteltür gingen.

»Wer hat das Foto durchgestochen?« Conny konnte jetzt verstehen, dass er lieber Martini als Wasser trank, auch wenn sie ihn inzwischen mit Wasser verdünnt hatte.

Die Antwort kam sofort und überzeugt. »François.«

»Warum?«

»Er hat von Anfang an geahnt, dass sie meine Tochter ist. Er hat sofort gespürt, wofür Juliette und ich blind waren. Er war mit Margaux sehr eng. Bei dem Gespräch in ihrer Villa hat sie mich gewarnt, dass sie einen Mitwisser hätte. Dass François es ist, ging mir auf, als er am Dienstag diese Show auf dem roten Teppich abgezogen hat. Natürlich hätte er das Foto nicht an die Presse weitergeben müssen. Aber er hasst mich. Jetzt noch mehr als je zuvor. Nicht nur weil er denkt, ich hätte einen schlechten Einfluss auf Juliette.« René nahm einen großen Schluck. »Wir hatten immer wieder Differenzen während der Dreharbeiten. Er hätte gerne einen Film à la Jean-Luc Godard daraus gemacht, Filmgeschichte geschrieben. Die Nouvelle Vague in die heutige Zeit übersetzt. Er meinte, mit Juliette genau die richtige Hauptdarstellerin dafür zu haben. Einen Film für Cineasten, keinen Mainstreamhit. Das wirft er mir vor. Ich hätte seinen Ruf als Künstler verdorben, weil ich ihn in eine andere Richtung gezwungen hätte, als die, die ihm vorschwebte. Dass der Film ein

Erfolg wird, sieht er eher als einen Beweis für seinen geringen intellektuellen Anspruch.« Er machte eine Pause.

Conny dachte nach. Sie wollte nicht glauben, dass der Regisseur das Foto an die Presse gegeben hatte, auch wenn er René vermutlich wirklich hasste, weil der François' künstlerisches Genie in dessen Augen missbraucht hatte. Nach wie vor war sie überzeugt davon, dass das Foto von Inès stammte. Und dass diese es vermutlich auch Margaux gezeigt hatte.

Nachdem René einen weiteren Martini bestellt hatte, fuhr er fort. »Anders als in der Realität gibt es im Film eine glückliche Wendung, gegen die sich François gewehrt hat. Man stelle sich jetzt nur die Berichterstattung vor, wenn bekannt wird, dass ich Juliettes Vater bin. Das könnte François die skurrile Publicity bringen, die er sich wünscht.«

»Aber er hat doch längst einen Namen als Regisseur.«

»Das ist nicht der Punkt. Es geht um die Form von Kunst, die ihn unsterblich machen wird. Das Spiel mit der Imagination und der Realität. Ein Film, der die Realität einholt. *Une annèe sans regrets* ist dann nicht mehr Mainstream, sondern postmoderne Kunst.«

Conny nickte. Renés Gedankengänge waren reichlich abstrakt, aber sie hatte eine Ahnung davon, was er meinte.

Der Produzent lachte auf und war gedanklich wieder bei Juliettes Mutter. »Margaux sagte auch, dass ihr Schweigen nicht umsonst sei. Als Gegenleistung sollte ich in meinem nächsten Film dank meiner Beziehungen dafür sorgen, dass sie besetzt wird. Sie hat den César vom Sideboard genommen und ihn mir entgegengestreckt. Das, meinte sie, würden wir noch einmal hinbekommen.«

Conny schob ihm den Brief hin, in dem fast all das stand, was er ihr gerade erzählt hatte. Dass er Juliettes Vater war und dass Margaux versprach zu schweigen, wenn er sie in seinem nächsten Film besetzen würde. Eine Art Vertrag, der mit einer Linie für Renés Unterschrift endete.

»Du hast nicht unterschrieben«, bemerkte sie.

»*Quoi?* Ich wollte Bedenkzeit, war überfordert. Gerade hatte ich erfahren, dass ich der Vater des Mädchens bin, das ich so liebe, wie ich noch nie jemanden zuvor geliebt habe. Allerdings nicht als Vater. Ich hatte ja keine Ahnung …« Er raufte sich das volle hellbraune Haar mit den vereinzelten weißen Strähnen, die seine Männlichkeit noch unterstrichen.

Conny kam plötzlich eine Schullektüre der zehnten Klasse in den Sinn. *»Homo Faber«*, meinte sie und nahm einen Schluck Wasser.

Er nickte. »Ich weiß.«

Also war auch er mit dem Prosawerk von Max Frisch vertraut. In der Geschichte ging der Protagonist, der Ingenieur Walter Faber, unwissentlich eine Beziehung mit seiner Tochter ein. So wie René mit Juliette. Allerdings gipfelte die Beziehung von Homo Faber im tragischen Unfalltod der Tochter, während in der Realität die Mutter der Geliebten ermordet worden war.

Ein solches Chaos der Gefühle war nicht zu unterschätzen. Es konnte ein starkes Motiv sein, um denjenigen zu töten, der einen mit der dunklen Seite seines Selbst konfrontiert hatte. In Renés Fall Margaux, die ihm vor Augen geführt hatte, dass er sich in seine eigene Tochter und damit auch ein Stück weit in sich selbst verliebt hatte. Der Mord an ihr könnte sein Versuch gewesen sein, die schockierende Wahrheit auszuradieren.

Es half nichts, sie musste ihn provozieren, damit er gestand. »Du hast Margaux den César aus der Hand gerissen und sie mit der Statue erschlagen, weil du weder die Wahrheit hören wolltest noch ertragen konntest, dass jemand anderes sie erfährt.«

Er sah sie an, der Blick starr vor Trauer. »*Pas du tout!* Ich habe nur den Brief genommen und bin gegangen. Ich hatte keine Ahnung, was ich jetzt tun soll, und musste die Tatsache, dass Juliette meine Tochter ist, erst mal verdauen. Und bevor du fragst: Margaux hatte keinen Beweis dafür, aber ich habe es ihr sofort geglaubt, weil mir im Nachhinein so viele Parallelen aufgefallen sind. Juliette und ich sind uns tatsächlich ähnlich. Den Grund dafür zu wissen hat mir schlichtweg den Boden unter den Füßen weggezogen.« Er saß jetzt aufrecht und drehte das Martiniglas am Stiel zwischen Daumen und Zeigefinger.

Sie war versucht, ihm zu glauben. »Wolltest du nicht als Erstes zu Juliette, um mit ihr zu reden?«

Er zuckte mit den Schultern. »Ich war zu feige. Ich kam mir vor wie das Biest, das sich an der Schönen vergangen hatte, obwohl es eigentlich auf sie hätte aufpassen müssen. Ich habe mich so geschämt.«

Conny schluckte die Frage herunter, wie weit ihre Beziehung gegangen war.

»Ich habe sogar beobachtet, wie sie Margaux' Villa betrat. Sie trug schon das Outfit für den Abend. Natürlich hätte ich da zu ihr gehen sollen. Hätte ich mit ihr gesprochen, wäre der Abend mit Sicherheit anders verlaufen. Margaux wäre noch am Leben, und Juliette …« Er schloss die Augen.

Conny konnte deutlich erkennen, wie er sogar noch in seinem alkoholisierten Zustand seine Worte genau wählte.

»Ich meine, es ginge ihr jetzt gut. Sie müsste nicht um ihre Mutter trauern.« Er fuhr sich mit der Hand über den Mund.

»Und dann bist du durch die Straßen geirrt. Was war mit deinem Auto?«

»Ich hatte ein Uber genommen. Ich hatte tatsächlich gehofft, dass wir zusammen in der Limousine, die Margaux und Juliette abholen würde, zur Festivaleröffnung fahren und unter dem Applaus der Umstehenden als göttliches Trio aussteigen würden.« Er versank in der Erinnerung.

»Und dann?«, hakte sie nach, während sie dachte, dass Trio infernale wohl die bessere Bezeichnung gewesen wäre.

»Dann hab ich die Kneipe gesehen. Ich wollte gerade rein, da ist mir Albert aufgefallen, der draußen an einem Tisch saß. Er war betrunken, und eins führte zum anderen. Das hab ich ja schon erzählt … Er meinte, ich sei schuld an der Misere seines Lebens. Wollte wissen, warum ich ihn nicht mehr besetzt hätte. Er hat mir sogar vorgeworfen, ihn in der Branche schlechtgemacht zu haben.

Wahrscheinlich mussten wir beide Aggressionen und Frustrationen abbauen.«

Es passte alles. Langsam setzte sich vor Connys innerem Auge ein Bild zusammen.

Nur François' Andeutungen ergaben noch keinen Sinn, also sprach sie sie direkt an. »François ist überzeugt, dass du etwas mit Margaux' Tod zu tun hast.«

Er lachte traurig auf. »François denkt nur an eins. *L'art pour l'art*, die Kunst um der Kunst willen. Er hat das Drehbuch immer wieder umgeschrieben und an die Realität angepasst, bis ich ein Machtwort gesprochen habe, weil der Film ein Happy End brauchte. Ich konnte mir nicht noch einen Misserfolg leisten, erst recht nicht, wenn ich mit Juliette ein neues Leben beginnen wollte, ohne das Geld von Alice. François hat uns genauestens beobachtet. Er wollte sehen, wohin das Drama führt, und jetzt, da Margaux tot ist, will er mir sämtliche Schuld in die Schuhe schieben. Wahrscheinlich sammelt er schon Stoff für seinen nächsten Film. Eine Tragödie, die nicht wie *Une année sans regrets* mit einem Picknick im Sonnenschein enden wird.«

Conny seufzte. Hatte sie nur den Eindruck, oder drehten sie sich wirklich im Kreis? »Und wer hat Margaux erschlagen, wenn du es nicht warst?«

Sie beobachtete ihn. Er hing über dem Tresen, ein Mann, der die Herzen ganzer Reihen von Frauen gebrochen hatte. Vermutlich auch das von Inès.

Es hatte den Anschein, als stellte er sich diese Frage jetzt zum ersten Mal. Und plötzlich, ganz unvermittelt, streckte er ihr beide Arme hin, sodass sie, hätte sie Handschellen dabeigehabt, sie ihm hätte anlegen können. »*C'était moi,* du hast natürlich recht gehabt. Ich war es. Kein anderer als ich kann es gewesen sein. Ich habe Margaux getötet.«

Conny schüttelte den Kopf. Sein Verhalten bestärkte sie nur in dem Verdacht, der sich in ihr regte. Als sie an René vorbeiblickte, entdeckte sie plötzlich Noah in der Lobby.

»Du bist mit Noah verabredet?«, fragte sie René überrascht.

»Dann ist er also tatsächlich gekommen.« Er hob den Kopf und blickte zu dem jungen Mann, der nahe einer Sitzecke wartete, ohne sie zu sehen.

Behände glitt Conny vom Barhocker und verbarg sich in der dunklen Ecke der Bar. »Wenn du willst, dass ich dir helfe, die Dinge zu klären, dann halte ihn hin.«

»Aber will ich das denn?«, fragte er und blickte dabei in sein Glas.

Sie hatte Mitleid mit ihm. »Mit Sicherheit. Denn du weißt so gut wie ich, dass es keine andere Möglichkeit gibt.«

Schnell klemmte Conny einen Zehneuroschein unter ihr Wasserglas, dann verließ sie das Hotel über den Notausgang. Bevor sie sich vom Portier beschreiben ließ, wo ihr Miet-Cabrio stand, vergewisserte sie sich noch mit einem Blick durch die Fenster, dass Noah und René sich gefunden hatten. Damit war ihr Weg zu Juliette frei.

46

Sie hatte Glück. Nicht nur die Haustür, auch die Tür von Juliettes und Noahs Apartment stand offen. Conny trat ein, doch wie erwartet war das Bett im Schlafzimmer leer und auch die restliche Wohnung verlassen.

Conny zog die Schublade des Nachttischchens auf Juliettes Seite auf. Da lagen sie alle, die verschiedenen Tablettenpackungen. Ein ganzes Assortiment, von dem sie bezweifelte, dass Professor Bernard es verschrieben hatte. Conny zückte ihr Handy und machte ein Foto.

Dann besah sie sich das Bett. Auf der unteren Seite einer der beiden Bettdecken fand sie rosafarbene Flecken. Eine Farbspur führte zum schmalen Spalt zwischen den beiden Matratzen, in dem sie auf ganze Tabletten und Reste davon stieß. Juliette war es also gelungen, Noah auszutricksen. Sie musste jetzt bei mehr oder weniger klarem Verstand sein, wobei Conny keine Ahnung hatte, was genau das hieß.

Einem Gefühl folgend öffnete sie eine Tür nach der anderen des weißen Einbauschranks und fand schließlich, wonach sie gesucht hatte. Juliettes Perücken.

Der dunkelbraune Pagenschnitt ähnelte eindeutig Alberts Frisur. Die Perücke mit den vollen hellbraunen Haaren dagegen der von René. Jemand hatte sich sogar die Mühe gemacht, mit Deckweiß Strähnen hineinzuziehen.

Die Chancen, dass sich irgendwo hier auch der César, das Collier und der Ring von Chopard befanden, standen gut, doch danach sollte später die Spurensicherung suchen. Viel interessanter fand Conny in dem Moment, dass das Vögelchen Juliette ausgeflogen war.

Sie trat auf den Balkon. Was für ein unvergleichlicher Ausblick!

Waren Juliette und Noah blind dafür gewesen? Es war Conny ein Rätsel, dass vor dieser Schönheit der Natur nicht alles andere verblasst war. Was hatte sie noch mal gedacht, als sie das Apartment zum ersten Mal betreten hatte? Genau, das Nest zweier Verliebter.

Ganz so war es wohl nicht gewesen.

Conny fragte sich, was von Juliettes und Noahs Verhalten bewusst, was unbewusst gewesen war. Waren sie beide in einen Sog geraten, der so stark gewesen war, dass er sie einfach mitgerissen hatte? Und spielte das für die zwei jetzt überhaupt eine Rolle? Eigentlich nicht, entschied Conny. Wohl eher wäre es die Aufgabe der Staatsanwaltschaft, Ordnung in dieses Gefühlschaos zu bringen. Und die Aufgabe von Félix, die Beamten dabei mit seinen Gutachten zu unterstützen.

Sie genoss noch einmal den faszinierenden Ausblick auf die Bucht von Cannes. In der Ferne konnte man sogar die Silhouette der Insel Sainte-Marguerite sehen. Dazwischen, auf dem azurblauen Meer, dümpelten weiße Jachten und Segelboote. Sie seufzte tief. Es war Zeit, sich von dem Panorama loszureißen, denn sie konnte nicht davon ausgehen, dass René Noah lange aufhalten würde.

Vielleicht hatte er sogar seine Meinung geändert. Er hätte wohl kaum für Juliette getötet, doch ins Gefängnis würde er für sie gehen. Das hatte er ihr mit seinen Worten, *c'était moi*, und seinen ihr entgegengestreckten Händen mehr als deutlich gemacht.

Zugegebenermaßen hatte er lange gebraucht, bis er die Zusammenhänge durchblickt hatte. Noah schien schneller gewesen zu sein und hatte die Initiative ergriffen, während René sich volllaufen ließ.

Und Juliette? Wartete sie noch immer darauf, dass René ihr half? Conny nahm an, dass sie inzwischen wusste, dass er ihr Vater war. Wusste sie auch, was am Dienstagabend gegen achtzehn Uhr in Margaux' Villa geschehen war? Oder flüchtete sie vielmehr vor der Wahrheit?

Die Tatsache, dass sie die Tabletten in Eigenregie abgesetzt hatte, sprach gegen Letzteres. Aber wie würde sie reagieren, wenn sie mit den Fakten konfrontiert wurde? Würde sie mit der Realität leben können? Die Überlegung war berechtigt, denn Juliette hatte in einer Krise schon einmal versucht, sich das Leben zu nehmen.

Ein letztes Mal ließ Conny ihren Blick über die Dächer gleiten. Dort rechts, wenige Hundert Meter entfernt und von hier aus gut sichtbar, lag die Villa von Margaux. Davor leuchtete ein grüner Fleck. Palmen, Büsche, Zypressen, Schwarzkiefern. Der Parc Matignon.

War er nicht Juliettes Zufluchtsort? Conny dachte an das Fußkettchen, das sie am Parkeingang neben dem blühenden Pfingstrosenstrauch gefunden hatte. An die Bank in der Mitte des Parks, wo Inès sie vermutet hatte.

Conny drehte sich um und rannte los. Keine Minute zu früh, denn in dem Moment näherte sich Noah dem Hauseingang.

47

Félix erwachte mit einem seltsamen Gefühl. Hatte er im Traum noch einmal die Momente des Unfalls durchlebt, oder wieso war ihm so übel? Er musste dringend einen Schluck kaltes Wasser trinken.

Doch zuvor griff er aus Gewohnheit nach seinem *portable* auf dem Nachttisch. Als er ins Leere tastete, stöhnte er auf. Wie abhängig er davon war! Irgendwie musste er Conny und Vernaux erreichen. Er hatte keine Ahnung vom Stand der Ermittlungen im Mordfall Margaux, und Conny machte sich bestimmt Sorgen um ihn.

Immer wieder versuchte er, sich das Gesicht des Fahrers des schwarzen Mercedes Coupés ins Gedächtnis zu rufen, der auf sie zugerast war. Für den Bruchteil einer Sekunde hatte es im Licht der Scheinwerfer des Alpin aufgeleuchtet, doch das hellbraune Haar mit den weißen Strähnen hatte das meiste verdeckt.

Albert konnte es jedenfalls nicht gewesen sein, schließlich hatte der zu dem Zeitpunkt auf dem Commissariat de Nice in Untersuchungshaft gesessen.

Félix schleppte sich die Treppe hinunter in die Küche

und fand Connys Zettel. Sie war also wieder in Cannes. Er hätte so gern mit ihr gesprochen. Sicher dachte sie, dass er noch im Krankenhaus lag. Zu dumm, dass er auch den Festnetzanschluss gekündigt hatte, weil er ihn seit Ewigkeiten nicht mehr benutzt hatte. Und nicht mal ein Auto hatte er, um von hier wegzukommen. Sein schöner blauer Alpin, er durfte gar nicht daran denken. Wahrscheinlich war er jetzt reif für die Schrottpresse. Hätte nicht der stechende Schmerz in seiner Brust ihn permanent daran erinnert, dass das Wichtigste im Leben die Gesundheit war, hätte er vor Wut darüber, dass sein geliebter Oldtimer Geschichte war, laut aufgeschrien.

Woher sollte er jemals wieder so ein Auto bekommen? Der Alpin hatte seinem Großvater gehört, einem angesehenen Politiker, nach dem in Nizza sogar eine Straße benannt war.

Félix gab Bohnen in die Kaffeemühle und mahlte sie, bis die Stückchen so groß wie grob zerstoßener Pfeffer waren. Dann brühte er in der silberfarbenen Presskanne auf dem Herd einen starken Kaffee auf.

Er fand sogar noch eine Packung Madeleines, die er, als alles fertig war, eine nach der anderen in seinen *grand bol de café* tunkte, diesmal ohne Milch, während er sein weiteres Vorgehen plante. Er würde seine schrullige Nachbarin, Madame Eugenie, bitten, ihm ein Taxi zu rufen. Damit würde er auf das Commissariat fahren, sich von Vernaux sein Handy zurückholen und sich weder von ihm noch sonst jemandem wieder nach Hause schicken lassen.

Wenig später klopfte er an die Haustür von Madame

Eugenie, die ihn mit seinen Verletzungen wohl nicht erkannte und für einen Penner oder Schlimmeres hielt.

»*Va te faire foutre!* Hauen Sie ab, oder ich rufe die Polizei«, zischte sie durch den Türspalt. Genau in dem Moment, als Vernaux in seinem orangen Citroën DS vorfuhr.

»*La voilà*. Und da ist sie auch schon, die Polizei.« Damit ließ Félix die verdutzte Frau stehen.

Am nächsten Tag würde sie vermutlich überall herumerzählen, dass einer der berüchtigsten Verbrecher Frankreichs persönlich bei ihr angeklopft hätte, bevor er von einem Kumpel in einem orangenen Straßenkreuzer abgeholt worden war.

Nachdem Félix mit zusammengebissenen Zähnen zur Beifahrertür gehinkt war, ließ er sich in den weichen Sitz sinken.

»*C'est pas vous*, Félix!«, rief Vernaux, als er sein Gesicht sah.

»*Bien sûr, mon ami*, das kann ich dir versichern.«

»*Mon Dieu!* Du solltest dich besser ausruhen und zusehen, dass du wieder auf die Beine kommst.« Trotzdem warf Vernaux ihm sein *portable* zu. »Deine Conny versucht andauernd, dich zu erreichen. Vielleicht hörst du mal die Nachrichten ab.«

Félix hielt sich sein *portable* vors Gesicht, doch da die Gesichtserkennung versagte, tippte er den Code ein.

Als das Handy entsperrt war, sah er, dass Conny ihm fünf WhatsApps geschrieben und zweimal auf Band gesprochen hatte.

Nachdem er die Nachrichten gelesen hatte, gab er den Standort, den Conny mit ihm geteilt hatte, an Vernaux weiter und bat ihn, sich zu beeilen, während er die Sprachnachrichten abhörte.

Sie fuhren zum Parc Matignon.

48

Jetzt war der Akku ihres Handys leer. Frustriert verstaute Conny das nutzlos gewordene Gerät in ihrem Rucksack, den sie in den Kofferraum legte, dann machte sie sich zu Fuß auf in den Park.

Sie war darauf gefasst, dass Noah mit Sicherheit auch nach Juliette suchen und ihr dabei dicht auf den Fersen sein würde. Conny lief vom Parkeingang bis zu der Bank, wo Inès Juliette vermutet hatte, doch fand nirgends auch nur den Hauch einer Spur von ihr.

War Juliette vielleicht doch zur Villa ihrer Mutter gelaufen? Das wäre sogar mehr als wahrscheinlich, und Conny schalt sich, dass sie nicht gleich daraufgekommen war. Als sie an den kleinen Balkon im dritten Stock dachte, fragte sie sich unwillkürlich, wie hoch die Fallhöhe von dort war, und eine schreckliche Vorahnung machte sich in ihr breit.

Conny sprintete durch den Park, jeden Moment darauf gefasst, dass Noah hinter einem Busch hervorspringen würde, um sie zu Boden zu reißen. Doch sie erreichte wohlbehalten das Cabrio und fuhr los.

Als sie vor Margaux' Villa eintraf, stand das Gartentor offen. Bedacht darauf, kein Geräusch zu verursachen, schlich sie neben dem Kiesweg entlang. Was, wenn Noah schon vor ihr eingetroffen war? Durch die Ritzen einiger der geschlossenen Fensterläden im Parterre drang schwaches Licht. Sie hoffte, dass sie Juliette vorfinden würde – allein.

Sie rüttelte an der Haustür, aber sie war verschlossen. Ihr blieb also nichts anderes übrig, als weiter auf Zehenspitzen um das Haus herumzuschleichen. Klingeln wollte sie nicht, um weder Noah noch Juliette zu warnen oder sie zu erschrecken und womöglich eine Panikreaktion zu provozieren. Wann immer sie auf ein trockenes Blatt oder ein Ästchen trat, knackte es leise und raschelte. Es roch nach Pinien.

Irgendwo müsste sich doch eine Möglichkeit zum Einstieg finden lassen. Und tatsächlich! Sie hatte die Villa etwa zur Hälfte umrundet, als sie einen Fensterladen bemerkte, der angelehnt statt verschlossen war. Ein breiter Lichtstrahl fiel nach außen. Als sie näher kam, sah sie, dass die Halterung des Ladens abgerissen war.

Vorsichtig öffnete sie ihn und entdeckte im Fenster dahinter ein so großes Loch, dass sie hindurchgreifen und es öffnen konnte.

Nachdem es ihr gelungen war, fast lautlos einzusteigen, fand sie sich zwischen Küche und Esszimmer wieder, woran sich über Eck der Salon anschloss. Dort verströmte eine Lampe gerade so viel Licht, dass man nicht nur die Schemen der Möbel, sondern auch ihre Farben erahnen konnte.

Conny tastete sich weiter in Richtung Salon und spähte schließlich um die Ecke. Im ersten Moment erschrak sie, als sie eine schmale Gestalt am Boden knien sah. Doch dann machte sich Erleichterung in ihr breit. Es war Juliette in einem eng anliegenden, dunklen Nachthemd.

Sie saß neben dem Kreideumriss von Margaux' Körper auf dem Parkett, vielleicht zwei, drei Meter von dem Blutfleck am Kopf entfernt.

Die junge Frau, deren zerbrechliche Gestalt der eines Teenagers glich, hatte die Hände auf die Oberschenkel gelegt, starrte auf den Blutfleck und murmelte leise etwas in einer Art Singsang vor sich hin. Conny horchte, aber sie konnte nicht verstehen, was sie sagte.

Was sollte sie jetzt tun?

Warten, bis Juliette den Monolog, der anscheinend an ihre Mutter gerichtet war, beendet hatte? Conny sah nur die ihr zugewandte Gesichtshälfte, aber selbst darin spiegelte sich die volle Bandbreite der Gefühle zwischen Liebe und Hass. Schatten schienen Juliettes Gesicht zu zerschneiden, je nachdem, ob sie sich vor oder zurück wiegte. Nie zuvor hatte Conny bei einem Menschen ein solches Mienenspiel beobachtet.

Es faszinierte sie, dennoch nahm ihre Unruhe zu. Jeden Moment rechnete sie damit, dass Noah hereinplatzen würde. Sicher besaß er einen Hausschlüssel. Dann würde er Juliette mitnehmen wollen, und so zerbrechlich, wie sie wirkte, würde sie ihm wohl kaum Widerstand leisten. Und er würde sie wieder mit Tabletten vollstopfen. Dazu durfte es nicht kommen. Conny räusperte sich behutsam.

Juliette zuckte zusammen und fuhr herum. In ihrem Blick lag blanke Angst.

Conny trat näher, streckte beide Arme beschwichtigend nach vorn, die Handflächen nach oben gedreht. »Alles ist gut, Juliette«, sagte sie mit ruhiger, leiser Stimme. »Ich bin Conny, eine Freundin von Simonette. Sie hat dir schon häufig von mir erzählt.«

Juliette starrte sie an, dann huschten ihre Augen hin und her, als ob sie kein Wort verstand und nach einem Fluchtweg suchte. Doch immerhin sprang sie nicht auf und ergriff die Flucht.

»Simonette vom *La Maison des Pêcheurs*, wo du so oft mit deiner Mutter warst.« Instinktiv duzte sie das zerbrechliche Geschöpf, das ihr sofort vertraut war.

Als Juliette doch aufstehen wollte, schien es kurz, als würde sie ihr Gleichgewicht verlieren. Conny eilte zu ihr, stützte sie am Unterarm und führte sie, bevor Juliette Einspruch erheben konnte, zu dem Sofa vor der Fensterfront mit den verschlossenen Läden. Am liebsten hätte Conny auf der Stelle das Haus mit ihr verlassen, um sie vor Noah zu beschützen, doch Juliette wirkte so fragil, dass sie befürchtete, sie könnte ohnmächtig werden.

Hier im Salon waren sie in höchster Gefahr, doch Juliette schien sich dieser Gefahr in keiner Weise bewusst zu sein. Sie befand sich in ihrer ganz eigenen Welt.

Conny betrachtete sie voller Sorge. Kurzes hellbraunes

Haar umrahmte ihr junges Gesicht mit den großen dunklen Augen, der Wange mit dem Bluterguss und der Beule auf der Stirn und verlieh ihm etwas geradezu Dramatisches. In ihrem Nachthemd wirkte sie abgemagert, vermutlich hatte sie seit Dienstag kaum etwas zu sich genommen. Conny suchte in ihrem Äußeren nach Ähnlichkeiten mit René. Vielleicht das braune Haar, das etwas länger voll und wellig wäre, die hohen Wangenknochen, die markante rechteckige Gesichtsform?

Juliette wiegte sich noch immer hin und her und starrte dabei schweigend ins Leere. Conny spürte, dass sie von sich aus nicht reden würde. Sie würde auch nicht fliehen. Obwohl sie Noah gerade entkommen war, würde sie hier und jetzt auf ihn warten. Ein leichtes Opfer. Was man von Conny keinesfalls behaupten könnte, sie würde kämpfen.

Allerdings spürte sie auch, dass Juliette sich am Ort des Geschehens erinnerte, was am vergangenen Dienstag geschehen war, und dass sie es aussprechen musste.

Wenn sie Juliette helfen wollte, dann musste die junge Frau jetzt das in Worte fassen, was Conny sich längst denken konnte. Die tragische und grausame Wahrheit.

»Juliette.« Sie nahm ihre Hand. »Was ist am Dienstagabend hier geschehen?«

Juliettes Augen suchten nach einem Punkt, an dem sie sich festhalten konnten. Sie fand ihn in dem Kreideumriss von Margaux' rechter Hand. »Es war alles weg, doch jetzt kann ich mich wieder erinnern.«

Conny strich über ihre Finger. »Ich weiß.«

»Ich wusste, dass *Maman* tot ist, aber ich hatte keine Ahnung, warum. Ich hatte immer nur dieses Bild von ihr im Kopf, wie sie dort lag. Und wie die Blutlache um ihren Kopf immer größer wurde.« Juliette deutete auf die Kreidesilhouette.

Conny nickte und schwieg.

Schließlich gab sich Juliette einen Ruck und begann, mit tonloser Stimme zu sprechen. »Wir waren hier, im Salon. *Maman* war wütend, weil ich die Hochzeit abgesagt hatte. Inès hatte es ihr am Vormittag erzählt und ihr vor ein paar Tagen ein Foto gezeigt. Von René und mir. *Maman* meinte, ich müsse ihn vergessen. Er sei nichts für mich. Ich solle Noah heiraten und mit ihm nach Hollywood gehen. Es sei schon alles geregelt, François würde mir helfen. Drüben würde ich es schaffen. Den Durchbruch und die ganz große Karriere. Sie sah mich schon als Hollywoodstar.« Sie hielt inne. Ihr Gesicht war vor Schmerzen verzogen.

»Aber das wolltest du nicht«, stellte Conny fest, während sie auf mögliche Geräusche lauschte und sich fragte, wie viel Zeit ihnen wohl noch blieb.

Juliette schüttelte den Kopf. »Ich wollte nicht weg von hier. Ich wusste, dass ich mit Noah niemals glücklich sein würde, mit René aber schon. Ich habe immer auf meine Mutter gehört, habe immer getan, was sie wollte. Aber jetzt ging es nicht mehr. Das hab ich ihr gesagt. Ich habe sie angebettelt und angefleht, dass sie mich doch verstehen soll.«

Conny streichelte weiterhin Juliettes Hand.

»Sie hat mich angeschrien, es gebe keine andere Möglichkeit. Sie würde noch einen Film mit René drehen und dann nachkommen. Als ich zurückgeschrien habe, dass ich froh wäre, wenn ich sie nie wiedersehen müsste, hat sie zwei Papierblätter vom Schreibtisch genommen und sie mir hingehalten. Ich solle das lesen.«

Der Brief an René, dachte Conny. Wahrscheinlich hatte sie eine Kopie davon gemacht, oder es gab einen Entwurf.

»Ich habe gelesen, was sie geschrieben hatte, dann die beiden Blätter zerrissen und die Schnipsel in den Papierkorb rieseln lassen.«

»Es muss ein Schock für dich gewesen sein, dass ausgerechnet René dein Vater ist.« Conny konnte sich nur schwer vorstellen, was diese Tatsache bei Juliette ausgelöst haben musste.

»Es war wie ein Schlag ins Gesicht, ich war geschockt. *Maman* hat mich an den Schultern gerüttelt. Sie hat mich zum Sideboard gezogen, auf ihre verdammten Preise gezeigt und gemeint, ich könne noch viel mehr erreichen als sie. Aber ich konnte immer nur eins denken: Warum hat sie es mir nicht früher gesagt? Immer wieder, vor allem während der letzten Monate, habe ich sie angefleht, mir endlich zu sagen, wer mein Vater ist.« Juliette entzog Conny ihre Hand und faltete sie mit ihrer anderen im Schoß wie zum Gebet. Die Geste hatte etwas Friedliches und machte deutlich, wie essenziell das Wissen um ihren Vater für die junge Frau gewesen war.

Conny fürchtete schon, dass Juliette nun verstummen

würde, doch sie fuhr fort. »Ich habe sie wirklich immer wieder angebettelt. Schon zu Beginn der Dreharbeiten zu *Une année sans regrets*. Vor der Sache mit den Pulsadern. Ich habe etwas gespürt. Dass sich bald etwas ändern würde. Aber nein, sie schwieg. Ich dachte, vielleicht ist es dieser Albert, und war mir sicher, dass der Dienstagabend mir Gewissheit bringen würde. Aber damit hatte ich nicht gerechnet. Nicht mit René.«

Keine Regung zeigte sich mehr in ihrem Gesicht. Als Conny Juliette anschaute, schauderte sie. Die junge Frau war ihr unheimlich.

»Sie hat immer weitergeredet«, fuhr Juliette fort. »Von meinem Leben, von den Plänen, die sie mit mir hat. In mir hat es immer nur geschrien, dass ich das alles nicht will. Dieses Leben, das sie für mich ausgesucht hatte. Dass sie mir jetzt aber ausgerechnet das, was ich wirklich wollte und was mir etwas bedeutete, das mit René, zerstörte, das war zu viel. Auf einmal hat sich alles um mich herum gedreht.«

Sie schwieg, und Conny meinte zu sehen, wie sich ihr Blick nach innen richtete, als wollte sie sich noch immer dagegen wehren, das zu sehen, was tatsächlich geschehen war.

Conny drehte den Kopf zum Sideboard, und die Worte kamen ganz allein aus ihrem Mund: »Du hast nach dem César gegriffen und sie damit erschlagen.«

Es hörte sich brutal an. Und doch so schlicht. Einfach.

Aber Juliette schien diese klare Feststellung gebraucht zu haben. »Sie hat sich umgedreht, wollte zum Schminktisch, wo ihr Champagnerglas stand. Ich habe den César mit beiden Händen umklammert und ja, dann zugeschlagen.«

Es war, als ob die Welt für einen Moment aufhören würde, sich zu drehen. Juliettes Blick war leer, noch immer war keine Träne zu sehen. Sie wirkte wie erstarrt, nichts an ihr ließ einen Hinweis darauf zu, ob sie ihre Tat bereute. Aber jetzt war es ausgesprochen.

Conny schluckte. *Mon Dieu*, was für eine Tragödie. Die Tochter verliebte sich in den eigenen Vater, und die Mutter schwieg, bis es zu spät war. Warum hatte Margaux so lange weggesehen? Warum um alles in der Welt hatte sie Juliette nicht früher gesagt, wer René war?

Juliette klang unbeteiligt, als sie auf die Kreidestriche deutete und sagte: »Sie lag da auf dem Boden, die Blutlache um ihren Kopf wurde immer größer. Und dann kam Noah.«

Gott, Noah! Den hatte Conny ja ganz vergessen. Sie musste sehen, dass sie von hier wegkamen. Aber vorher musste sie ausnutzen, dass Juliette so gesprächig war. »Wieso war er vorher nicht dabei?«

»Wir hatten uns gestritten. Er wollte nicht mit zur Eröffnung. Mir war es recht, aber später hat er es sich doch noch anders überlegt. Er kam hier in den Salon, kurz nachdem es geschehen war. Er hat mich angeschrien, ich solle mich beruhigen, und hat mir irgendetwas mit einem Glas Wasser gegeben. Ich war so durch den Wind, dass ich es hinuntergeschluckt habe. Es war mir egal, was es war, ich wollte einfach weg, weit weg.«

Vermutlich stark sedierende Tabletten. Conny nickte. »Was geschah dann?«

»Ich wurde müde und bin eingeschlafen.«

Margaux war laut Félix gegen achtzehn Uhr erschlagen worden. Wenn Conny sich die zeitliche Abfolge der Ereignisse vorstellte, konnte Juliette nicht viel länger als zehn, zwanzig Minuten geschlafen haben. Zeit, die Noah genutzt hatte, um ihre Spuren zu verwischen und einen Einbruch vorzutäuschen, was ihm immerhin so gut gelungen war, dass man einen Raubmord in Erwägung gezogen hatte.

»Irgendwann bin ich aufgewacht. Ich habe Maman und die Blutlache gesehen, konnte mich jedoch an nichts erinnern. Aber plötzlich hatte ich Angst vor Noah. Er war eine Gefahr. Ich dachte, er hätte Maman getötet, habe Panik bekommen und bin weggerannt.«

Das Bild in Connys Kopf war damit fast vollständig. »Er hat dich am Eingang vom Parc Matignon eingeholt«, half sie Juliette auf die Sprünge.

»Ja, ich bin ausgerutscht.« Es war ihr anzusehen, dass die Erinnerung sie anstrengte. »Wir haben gekämpft, ich hab das Bewusstsein verloren, und als ich wieder zu mir kam, lag ich in einem Kofferraum. In meinem eigenen Auto, das meine Mutter mir zum Abschluss der Dreharbeiten geschenkt hatte. Das habe ich später beim Aussteigen gesehen.«

So also war es Noah gelungen, Juliette zu entführen und sich gleichzeitig ein Alibi zu verschaffen. Nachdem er sie im Park gefunden hatte, hatte er sie im Kofferraum ihres eigenen Wagens versteckt und war zur Villa zurückgegangen. Dadurch hatte Félix ihn am Tatort befragen können. Und dank dieser List war er ganz selbstverständlich von der Liste der Verdächtigen gestrichen worden.

»Noah hat große Angst, dich zu verlieren.« Conny verschwieg, dass er bereit gewesen war, mehrere Menschen für sie zu töten. Félix, Emanuelle und wahrscheinlich auch Inès.

In dem Moment war draußen auf dem Kiesweg ein Knirschen zu hören.

Juliette und Conny blickten sich an.

»Noah!«, flüsterte Conny alarmiert, doch Juliette zeigte keine Reaktion. Sie saß da wie ein Kleinkind, das auf seine Bestrafung wartet.

»Er wird wütend sein, dass du abgehauen bist.« Conny griff nach Juliettes schlaffer Hand, zog die junge Frau in die Senkrechte und mit sich zur Treppe, die ins Obergeschoss führte. »Schnell, er darf nicht merken, dass wir hier sind.«

Doch die Chancen darauf standen schlecht. Das Licht verriet sie. Aber vielleicht würde er wieder abziehen, wenn er Juliette nicht gleich fand. Schließlich konnte sie die Villa bereits wieder verlassen und das Licht brennen lassen haben. Doch ihr größter Vorteil bestand darin, dass er nicht ahnen konnte, dass Conny ebenfalls in der Villa war. Zwar stand ihr Cabrio in der Straße, aber es parkten noch weitere Autos dort und er kannte es nicht.

Doch was, wenn er sich von diesem Überraschungsmoment nicht verunsichern ließ? Wenn er realisierte, dass

Conny die Wahrheit herausgefunden hatte und damit eine Gefahr für ihn darstellte?

Juliette hatte er in der Hand, und er würde alles tun, um sie nicht zu verlieren. Wozu er fähig war, um sie zu schützen, hatte er längst bewiesen, indem er den Alpin mit Félix und Emanuelle mit dem klaren Ziel von der Straße gedrängt hatte, sie aus dem Weg zu räumen, bevor Félix den Mord an Margaux aufklären konnte.

Conny war überzeugt, dass Noah sie töten würde. Und sie bezweifelte, dass er Juliette am Leben lassen würde, wenn er erfuhr, dass sie ein Geständnis abgelegt hatte. Erst recht nicht, wenn sie sich dagegen sträuben würde, sich seinem Willen zu beugen. Conny war sicher, dass er Juliette lieber tot sah als in einem Leben ohne ihn. Selbst wenn dieses Leben hinter Gittern stattfinden würde.

Schnell verdrängte sie die Gedanken und hastete mit Juliette im Schlepptau die Treppe in den ersten Stock hinauf.

49

Félix hatte Connys letzte Nachricht alarmiert. Kurzatmig und schnell hatte sie ihm erzählt, dass Juliette verschwunden war und sie sie unbedingt vor Noah finden mussten. Daraufhin hatte er versucht, Noah Petit zu erreichen, doch der hatte seinen Anruf weggedrückt.

Vernaux war noch schneller gefahren und hatte dann mit quietschenden Reifen am Eingang zum Parc Martignon gebremst.

Jetzt rannten sie durch den Park, doch von Conny keine Spur.

»Margaux' Villa«, fiel Félix schließlich ein. »Es ist nur logisch, dass sie, wenn nicht hier, in der Villa von Margaux nach Juliette sucht.«

Sie beeilten sich.

Als sie bei der Villa ankamen, stand das Gartentor offen, und durch die Läden drangen dünne Lichtstrahlen. Jemand war anwesend.

»Bist du bewaffnet?« Félix hatte das ungute Gefühl, dass es von Vorteil wäre, wenn Vernaux seine Dienstwaffe dabeihätte. Das war jedoch nicht immer der Fall, denn der erfahrene Commissaire hielt sich nur selten an die diesbezügliche Vorschrift.

»*Heureusement.*« Vernaux öffnete sein Jackett und zeigte auf sein Schulterhalfter, in dem die handliche Sig Sauer SP 2022 steckte.

Félix nickte. Das war wirklich Glück.

»Bleib du hinter mir«, bedeutete der Commissaire ihm und zückte die Waffe.

Dann schlichen sie durch das Gartentor und über den Rasen neben dem Kiesweg, um sich fast geräuschlos dem Haus zu nähern. Trotz der stechenden Schmerzen in seiner Brust huschte Félix tief gebückt in den Schatten eines Drachenbaums, als ein Fensterladen schlug, und Vernaux tat es ihm gleich, ohne zu zögern.

50

Conny war sich nicht sicher, inwieweit sie sich auf Juliette verlassen konnte. Die junge Frau, die sie da hinter sich die Treppe hochzog, war ihr ein Rätsel. Sie fragte sich, ob bei ihrem Verhalten auch Berechnung im Spiel war. So vieles an ihr war widersprüchlich.

Was, wenn sie ihr etwas vorspielte? Oder tatsächlich schwerwiegende psychische Probleme hatte. Probleme, die Realität als solche wahrzunehmen? Was, wenn sie längst entschieden hatte, sich von Noah »retten« zu lassen. Im Grunde wäre das ihre einzige Chance, straffrei davonzukommen.

Wenn sie sich stellte, würden ein Strafverfahren und eine Gefängnisstrafe folgen. Wobei sie in Anbetracht ihrer Vergangenheit, dem Selbstmordversuch und der Tablettenabhängigkeit durchaus auf eine verminderte Schuldfähigkeit hoffen konnte.

Sie musterte die Frau. War eben noch für einen kurzen Moment die Angst vor Noah in ihren Augen aufgeflackert, so wirkte Juliette jetzt wieder teilnahmslos, alles schien ihr egal. Doch Conny misstraute dieser Teilnahmslosigkeit. Juliettes Hand in ihrer war schweißnass, und ihre Augen, immer noch weit aufgerissen, huschten ruhelos hin und her. Sie war definitiv in keinem guten Zustand, auch wenn sie keine Tabletten genommen hatte. Vielleicht war ja genau das das Problem. Vielleicht brauchte sie ein paar der Medikamente wirklich, weil sonst wie jetzt ihr Bewusstsein verrücktspielte. Wie auch immer, Conny musste bei ihr jeden Moment auf eine unvorhersehbare Reaktion gefasst sein.

Am Treppenabsatz angekommen öffnete sie die erstbeste Tür und schob Juliette lautlos hindurch.

Das Zimmer war so gut wie leer. Keine Versteckmöglichkeit. Einzig ein Schaukelstuhl aus Rattan, eine Leselampe und ein Tischchen standen in der Mitte des Raums mit der Dachschräge. Auf dem Tischchen lag ein Drehbuch. Hatte Margaux hier ihre Texte gelernt? Eine Tür ging auf den schmalen Balkon hinaus, den Conny schon von außen gesehen hatte. Gerade einmal so breit, dass man in einer lauen Nacht den Schaukelstuhl hinausstellen, in den Sternenhimmel schauen und den Geräuschen lauschen konnte.

Conny sah zum Türschloss, aber es gab keinen Schlüssel, mit dem sie sich hätten einschließen können.

Auf der Treppe ertönten Schritte.

Was sollten sie tun? Gleich würde Noah im Raum stehen, und sie hatten rein gar nichts, um sich zu verteidigen.

In dem Moment machte Juliette sich von ihr los, rannte zur Balkontür und riss sie auf.

Conny erkannte sofort, was sie vorhatte. Sie bekam gerade noch den Zipfel von ihrem Nachthemd zu fassen, an dem sie sie festhielt, dann stieß sie Juliette mit aller Kraft zu Boden und schmiss sich über sie.

Juliette schrie und schlug um sich, doch Conny umklammerte sie mit beiden Armen wie mit einem Schraubstock.

Sekunden später flog die Tür zum Erkerzimmer auf.

»Hilf mir!«, schrie Conny Noah zu. »Sie will vom Balkon springen.«

Noah kam langsam auf sie zu, versetzte Juliette einen Schlag, der ihren Körper erschlaffen ließ, kniete sich dann auf Conny, legte ihr die Hände um den Hals und drückte zu.

Conny wehrte sich gegen Noah, doch er war stärker als sie. Sie hatte keine Chance. Er drückte fester und fester zu, bis ihre Lunge nach Sauerstoff schrie und Sterne vor ihren Augen zu tanzen begannen.

Sie wusste nicht, wie viel Zeit verging, ihr kam es vor wie eine Ewigkeit. Doch bevor ihr Bewusstsein schwand, hörte sie eine laute Stimme.

»*Arrêtez, c'est la police!* Ergeben Sie sich!«

Ein Schuss krachte in einen Holzbalken über ihr, und der Druck um ihren Hals wurde etwas schwächer. Dann ließen die Hände von ihr ab, und Noahs Kopf flog von einer Faust getroffen zur Seite.

Ein Mann rollte den Körper von ihr und ging neben ihr in die Hocke, während eine zweite Person sich Juliette annahm. War das nicht Commissaire Vernaux?

Später fragte sie sich, ob es an ihrem Zustand gelegen hatte, dass sie Félix nicht gleich erkannte. Doch dann kam sie zu dem Schluss, dass es wohl den Schürfwunden und Prellungen in seinem Gesicht geschuldet gewesen war.

»Aïe!«, stöhnte er, als er sich aufrichtete und sich mit schmerzverzerrtem Gesicht die Seite hielt.

Conny rappelte sich ebenfalls auf. *»Merci!«*

»Il n'y a pas de quoi!«, grinste Félix.

»Wenn nicht dafür, wofür dann?« Conny spitzte die Lippen und drückte ihm vorsichtig einen Kuss auf ein heiles Stückchen Haut seiner Wange.

Es war ein schönes Gefühl, wieder in Sicherheit zu sein.

Und noch schöner war es, dass Félix sie, wenn auch vorsichtig und unter leisem Gejammer, in Zeitlupe in seine Arme schloss.

51

Der Tag neigte sich dem Ende entgegen, ein lauer Sommerabend an der Côte d'Azur, wie Conny ihn liebte. Es war gerade noch so hell, dass die Zikaden zirpten, und sie saßen auf der Terrasse von *Les Vikings*, die nach hinten hinausging, inmitten von magentarot blühenden Bougainvillea, duftendem Lavendel und Jasmin.

Durch die riesigen Palmen hindurch, die schon Félix' Großeltern gepflanzt hatten, hatte man von hier, einer der höchsten Stellen des Mont Vinaigrier, einen herrlichen Blick über die Baie des Anges.

Die Sonne, die im Westen bei Saint-Tropez unterging, schickte ihr warmes Licht über das Meer, das unter dem roten Himmel orange glänzte. Nur vereinzelt wurden Musik und heitere Stimmen von den Bars und Bistros aus Vieux Nice zu ihnen heraufgetragen, Ruhe und Frieden hatten sich wie eine leichte Frühlingsdecke über die Stadt gelegt und verdrängten die Hektik des Alltags.

Vor ihnen auf dem eingedeckten Holztisch standen eine Flasche gekühlter Rosé von der Domaine Ramatuelle, die Simonette Félix geschenkt hatte, eine Schüssel dampfendes Ratatouille mit viel Rosmarin und Käse überbacken und ein Korb mit knusprigem Baguette aus Connys Lieblingsboulangerie.

Félix reichte gerade Lucien, der in seinem Hochstuhl saß, ein Stück Brot. Er quietschte vor Begeisterung und strampelte so mit den Beinen, dass Conny den Stuhl festhielt, während sie mit Lucien lachten.

Drei Tage waren seit der Nacht in Margaux' Villa vergangen, in der Conny von Noah fast erwürgt worden war. Ihr Hals schmerzte noch immer, und die blauen Flecken würden ihr wohl noch einige Tage als Andenken erhalten bleiben.

Doch all das verblasste vor dem Hintergrund des Hier und Jetzt, dem Savoir-vivre. An diesem Abend fühlte sie sich so glücklich, so beschwingt und frei wie schon lange nicht mehr.

Das mochte einerseits an der Tatsache liegen, dass es Noah eben doch nicht gelungen war, sie ins Jenseits zu befördern, wofür sie äußerst dankbar war. Aber auch daran, dass das Rätsel um Margaux' mysteriösen Tod gelöst war. Damit stand fest, dass der berühmten Schauspielerin, die wohl eine gewisse Mitschuld an dem trug, was geschehen war, Gerechtigkeit widerfahren würde.

Noah war in Gewahrsam, Juliette in psychiatrischer Behandlung. Stolz und hocherhobenen Hauptes hatte sie sich abführen lassen. Das erste Mal, dass Conny sie als Diva erlebt hatte – wie ihre Mutter Margaux. Danach, so hatte Félix ihr erzählt, war sie wieder in Lethargie versunken. Es würde sich zeigen, wie es für die beiden weiterging, doch ihr Leben würde sich wohl dramatisch ändern. Und auch Félix würde noch eine ganze Weile mit dem Fall beschäftigt sein, denn er war für die psychologischen Gutachten von Juliette und Noah verantwortlich.

Natürlich war es traurig, dass es so weit hatte kommen müssen, und Conny konnte noch immer nicht verstehen, warum Margaux, Juliette, Noah und René nicht miteinander geredet hatten, bevor die Situation eskaliert war. Waren manche Dinge wirklich so verfahren, dass nicht einmal mehr das möglich war?

Ein kleiner Trost war, dass sie inzwischen bezweifelte, dass sie den Mord hätte vermeiden können, wenn sie gleich nach ihrer Ankunft in Nizza mit Margaux telefoniert hätte. Denn nach allem, was sie mittlerweile von ihr wusste, war es mehr als wahrscheinlich, dass Margaux so in ihrer Haltung gegenüber René und ihrer Tochter festgefahren war, dass Connys Anruf rein gar nichts bewirkt hätte. Das Kind war zu dem Zeitpunkt längst in den Brunnen gefallen.

Und noch etwas trug zu ihrer Beschwingtheit bei: Félix und sie waren seit dem Ereignis vor drei Tagen so gut wie nie getrennt gewesen und hatten alles geteilt. Nicht nur Bett, Frühstück und ihre Mahlzeiten, sondern auch die Sorge um Emanuelle.

Luciens Maman lag noch immer im Koma, und um ihretwillen war Conny noch dankbarer für den Faustschlag, den Félix Noah verpasst hatte. Nach wie vor war ihr Zustand kritisch, sie hatten sie jeden Tag gemeinsam besucht, nachdem Emanuelles Eltern ihnen die Erlaubnis gegeben hatten. Und seit gestern wohnte Lucien bei ihnen, weil die Großeltern ein bisschen Ruhe brauchten.

»Faim!«, rief der kleine Mann jetzt und zeigte auf den Topf mit Ratatouille. Er hatte Hunger.

Während Félix ihm ein Lätzchen umband, schob Conny ihm seinen Melaminteller mit ein paar klein geschnittenen Gemüsestücken hin. Dann reichte sie ihm seinen Löffel, und er strahlte sie an, als wüsste er ganz genau, dass sie es gewesen war, die ihm seinen *petit ours* Maman gebracht hatte. Manchmal lag auch der Ausdruck von Staunen in seinen großen Augen, die an Félix erinnerten. Als ob er sich wundern würde, warum sie und nicht seine richtige *Maman* bei seinem Vater saß.

Nachdem alle versorgt waren, stießen Conny und Felix mit ihrem kühlen Rosé an, dann fassten sie sich alle drei an den Händen, wünschten sich *bon appétit* und begannen zu essen.

Später, als Félix Lucien ins Bett brachte, räumte Conny den Tisch ab und dachte daran, wie erleichtert sie war, dass Marie Sommer ihr Interview mit François, das sie inzwischen per Videocall geführt hatte, abgenickt und für gut befunden hatte. Damit hatte sie ihr Okay für die komplette Serie erteilt, und Conny konnte die restlichen Tage bis zu ihrem Urlaub an der Côte bleiben.

Während ihres Gesprächs mit dem Regisseur hatte sich herausgestellt, dass René recht gehabt hatte. François hatte ihr gebeichtet, dass er tatsächlich schon länger vermutet hatte, dass René Juliettes Vater war. Doch er hatte geschwiegen, weil er neugierig gewesen war, was genau geschehen würde, wenn René und Juliette selbst dahinterkamen. Unumwunden hatte er zugegeben, dass er beobachten wollte, wie der Konflikt zwischen René, Margaux und Juliette sich zuspitzte. Eine dramaturgische Elementarerfahrung, hatte er ohne schlechtes Gewissen gemeint, die er für seine zukünftigen Arbeiten zu nutzen gedachte.

Daraufhin hatte Conny in ihren Artikel eine paar kritische Betrachtungen miteinfließen lassen und erfreut bemerkt, dass Marie Sommer, die den Schein von Glamour und Luxus in der Regel nicht um eine Nuance getrübt sehen wollte, diese nicht herausgestrichen hatte.

Und nicht nur das, Marie hatte sogar zugesagt, in Zukunft eine Rubrik »Kultur« einzuführen. Connys Serie über die wichtigsten Akteure von *Une année sans regrets* sollte der Auftakt dazu sein.

Als Nächstes würde sie längere Gespräche mit René und Inès führen und hatte auch schon Ideen zu den entsprechenden Artikeln. Juliette hingegen würde wohl in absehbarer Zeit kaum in der Lage für ein Interview sein. Bei dem Artikel über sie würde Simonette Conny mit Hintergrundinformationen aushelfen müssen. Auch eine

Art Nachruf auf Margaux inklusive Würdigung ihrer großen schauspielerischen Leistung war geplant. Während sie ihre Artikel vorproduzierte, wäre längst klar, welcher Film mit der Palme d'Or ausgezeichnet worden war. Und vielleicht würde der Gewinner ja tatsächlich *Une année sans regrets* heißen.

Als sie fertig mit dem Abräumen war, füllte sie zwei Gläser zu einem Viertel mit Pastis, gab Eiswürfel in eine Karaffe und goss sie mit kaltem Wasser auf. Dann erntete sie eine Zitrone von einem Zitronenbäumchen im Garten, rieb die Schale ab und gab die Zesten in ein kleines Tonschälchen. Anschließend trug sie alles auf die Terrasse und wartete auf Félix, der sich kurz darauf neben sie setzte. Gemeinsam blickten sie über die Dächer von Vieux Nice aufs Meer.

Es war der erste Abend seit ihrer Ankunft in Nizza, an dem sie endlich Ruhe hatten, doch Connys Gedanken wanderten immer wieder zurück zu dem, was passiert war.

»Verrückt, findest du nicht?«, meinte sie. »Noah war bereit, über Leichen zu gehen, nur um Juliette nicht zu verlieren.«

Félix, der von Vernaux auf dem Laufenden gehalten wurde, nickte und goss den Pastis in ihren Gläsern mit Eiswasser auf. »Er kam gegen seine Verlustängste einfach nicht an«, setzte er zu einer Erklärung an. »Seine Mutter hat die Familie verlassen, als er acht Jahre alt war, und kurz darauf starb seine vier Jahre jüngere Schwester bei einem Autounfall, den er mitansehen musste. Sein Vater hat Noah die Schuld an allem gegeben, wieder geheiratet und mit seiner zweiten Frau drei weitere Kinder bekommen. Noah hat er wie einen Aussätzigen behandelt. So eine Kindheit hinterlässt ihre Spuren.«

Conny rührte ihre Getränke mit einem langstieligen Löffel um, bis sie sich milchig färbten, und streute dann Zitronenzesten darüber. »Selbst nach der Tragödie mit seiner Schwester kam seine Mutter nicht zurück, um sich um ihn zu kümmern?«

Félix schüttelte den Kopf. »*Non*. Er muss innerlich völlig vereinsamt und verhärtet gewesen sein, bis er Juliette kennenlernte, der es trotz völlig anderer Umstände ähnlich ging. In ihrer Kindheit war Margaux selten da, bis sie wohl später so etwas wie ein hübsches Beiwerk in Juliette gesehen hat. Zumindest solange ihre Tochter das machte, was sie wollte. Nämlich eine Karriere als Schauspielerin. Wäre Juliette unbegabt gewesen, hätte sie es vielleicht leichter gehabt, aber ihr Talent hat Margaux' eigenen Ehrgeiz erst richtig angestachelt.«

Conny verstand. »Was meinst du, warum hat Margaux Juliette nicht gesagt, wer ihr Vater ist?«

»*Eh bien*, manchmal können Menschen nicht über ihren Schatten springen. Oder sie wollen an die Vergangenheit nicht erinnert werden.« Er seufzte. »Dafür, dass sie mit René abgeschlossen hatte, kann es viele Gründe gegeben haben. Vielleicht hat sie ihn wirklich geliebt, doch er ist bei seiner Frau geblieben. Sie war stolz, die Trennung hat sie tief verletzt. Dass er eine Tochter hat, war ihr Trumpf im Ärmel. Ihn so lange nicht auszuspielen muss ihr größte Genugtuung bereitet haben.«

»Willst du damit sagen, dass sie an ihrem Tod selbst schuld war?«

»Eher nicht. Meist sind es doch Missverständnisse oder Verletzungen, die nicht besprochen werden, die zu gegenseitigem Unverständnis, zu Wut, Hass und letztlich auch zu Rache führen.«

»Das heißt, wenn René Margaux gesagt hätte, dass er sie liebt, aber seine Frau nicht verlassen kann, wenn er sich also auf erwachsene Art von ihr getrennt hätte, dann hätte sie ihm auch erzählt, dass er Vater wird?«

Félix griff nach den Gläsern und hielt ihr ihres hin. Ein Lächeln umspielte seine Mundwinkel. »Ganz so einfach ist es wohl nicht, Conny. Schau nur uns an.« Er sagte es unbeschwert.

Conny stieß mit ihm an und ließ den Pastis ihren Gaumen fluten, bevor sie schluckte. Dann stellte sie ihr Glas ab, stand auf und setzte sich auf Felix' Oberschenkel.

Mit einer sanften Geste strich er ihr das Haar aus ihrer Stirn.

»Das letzte Mal, als wir einen Fall gelöst haben, hast du Martin Luther King zitiert«, erinnerte sie sich. »›Der Bogen des moralischen Universums ist weit. Aber er neigt sich in Richtung Gerechtigkeit.‹«

»*Dit donc!* Sieh mal einer an, du hast es dir gemerkt.« Er grinste.

»Du nicht?«

»Natürlich.«

Sie lehnte sich zurück. »Und welches Zitat hast du heute parat?«

»C'est l'amour qui donne et prend la vie.«

Dagegen war schwer etwas zu sagen. »Es ist die Liebe, die Leben gibt und die Leben nimmt«, wiederholte sie die Übersetzung. »Von wem ist das?«

Er lächelte. »Keine Ahnung, wer außer mir schon zu dieser Erkenntnis gekommen ist.«

»Dann lass uns Leben geben«, meinte sie.

Und als ihre Lippen sich trafen, fühlte sich Conny endlich zu einhundert Prozent zur richtigen Zeit am richtigen Platz.

Fragte sich nur, wie lange dieses Gefühl anhalten würde.

Danksagung

Ganz herzlich möchte ich mich bei allen bedanken, die mich beim Schreiben dieses Buches inspiriert, begleitet und unterstützt haben.

Meiner Familie, meiner Lektorin, meiner Redakteurin und dem Goldmann Verlag. Wie heißt es so schön? Es braucht ein Dorf, um ein Kind zu erziehen. Das Gleiche gilt auch für das Schreiben eines Romans. Danke euch allen.

Und natürlich danke ich Ihnen, liebe Leser*innen, denn für Sie ist dieses Buch geschrieben. Möge es Ihnen spannende und unterhaltsame Lesestunden schenken.

Übrigens: Bei dem Hotel, in dem Conny wohnt, handelt es sich um das Radisson Blu Hotel Nice, ein wirklich toll gelegenes Hotel an der Promenade des Anglais mit ganz außergewöhnlichen Suiten und einer Dachterrasse mit Pool und Restaurant mit grandioser Aussicht. Der Stadtstrand Régence Plage ist gleich vis-à-vis. Connys Bericht dazu finden Sie unter dem Stichwort ReiseRubin im Internet.

Schauen Sie doch gelegentlich auf meine Autorenhomepage. Mit etwas Glück stoßen Sie dort auf ein Gewinnspiel, das Ihnen die Welt der Conny von Klarg in Südfrankreich noch näherbringt.

In Gedanken sitze ich jetzt mit Conny und Félix auf der Terrasse seiner Villa *Les Vikings*. Hoch oben, am Hang vom Mont Vinaigrier. Wir blicken bei Sonnenuntergang über die Dächer von Vieux Nice auf das orange glitzernde Meer und stoßen gemeinsam mit Ihnen an. Auf die Gerechtigkeit, die sich wie ein Bogen um das Universum spannt. Und auf die Liebe, die Leben gibt und nimmt. Auf die Schönheit der Natur, die jede Sekunde unseres Lebens einmalig macht. Und auf Sie. Natürlich mit einem Pastis, eisgekühlt und mit Zitronenzesten. *À votre santé!*

Herzlich
Ihre
Sabine Vöhringer

Autorin

Sabine Vöhringer zog nach einem Jahr in Südfrankreich und dem Design-Diplom nach München, wo sie eine Kommunikationsagentur gründete. Krimis und die Côte d'Azur sind ihre Leidenschaft, und beides verbindet sie in ihren Kriminalromanen um die Reisejournalistin Conny von Klarg. Sabine Vöhringer lebt mit ihrer Familie im Münchner Süden.

Weitere Informationen unter:
www.sabine-voehringer.com
www.instagram.com/sabinevoehringer
www.facebook.com/SabineVoehringer

Sabine Vöhringer im Goldmann Verlag:

Schatten über Saint-Tropez. Ein Fall für Conny von Klarg 1. Kriminalroman
Dunkle Wolken über Cannes. Ein Fall für Conny von Klarg 2. Kriminalroman

(Alle auch als E-Book erhältlich)